W. Somerset Maugham,

想象另一种可能

理
想
国

imaginist

THE RAZOR'S EDGE

刀锋

[英] 毛姆 著　　陈以侃 译

W. Somerset Maugham

北京日报出版社

图书在版编目(CIP)数据

刀锋 / (英) 毛姆 (W.Somerset Maugham) 著 ; 陈
以侃译 . -- 北京 : 北京日报出版社 , 2023.1 (2025.6 重印)
ISBN 978-7-5477-4458-1

Ⅰ.①刀… Ⅱ.①毛… ②陈… Ⅲ.①长篇小说 – 英
国 – 现代 Ⅳ.① I561.45

中国版本图书馆 CIP 数据核字 (2022) 第 233350 号

特约策划 : 雷　韵
责任编辑 : 卢丹丹
装帧设计 : 陆智昌
内文制作 : 马志方

出版发行 : 北京日报出版社
地　　址 : 北京市东城区东单三条8-16号东方广场东配楼四层
邮　　编 : 100005
电　　话 : 发行部 : (010) 65255876
　　　　　 总编室 : (010) 65252135
印　　刷 : 山东京沪印刷科技有限公司
经　　销 : 各地新华书店
版　　次 : 2023年1月第1版
　　　　　 2025年6月第5次印刷
开　　本 : 787毫米×1092毫米　1/32
印　　张 : 15
字　　数 : 264千字
定　　价 : 76.00元

智者言：通往醒觉之路实艰，如锋刃之难蹈。

《羯陀奥义书》

目录

第一章

1

我之前任何一部小说，动笔时从来没有像这样疑虑重重。称之为小说，只因为想不到别的叫法。这里面没有多少故事要讲，结尾既无人离世，也不是一场婚礼。人一死，万事皆休，用来了结整个故事很有概括性；用结婚收尾也很妥当，见多识广的读者一听这种所谓的大团圆结局，就要皱眉头，其实大可不必。普通人总有这样一种自然反应，觉得一旦结了婚，剩下的事就没什么好讲了；这种反应很有道理。男人女人，不管之前如何跌宕起伏，既然终成眷属，生物意义上尽了自己的责任，兴趣自然就转移到了下一代人身上。但我没有给读者这样安心的终局。这本书，写的是我对某个男子的回忆，与他偶尔有面对面的接触，可每次都相隔很久，其间他经历了怎样的生活，我其实不太了解。若用想象去填补空缺，应该不至于太牵强，多少能让我的叙事前后连贯些，但我无意做这样的事。我只想把我自己确知的情况落于文字。

很多年前我写了一部小说，叫《月亮与六便士》，里面我拿了一个很有名的画家保罗·高更当主角，其实我对他所知寥寥，但凭着小说家的特权，我根据那些讯息发明了一些情节来展现人物性格。这本书里，我完全没有做类似的事情，没有凭空创造任何东西。有些人物，现实中还在世，为了不让他们尴尬，我自己造了些名字，也在别的地方花了不少心思，只为了让读者认不出他们。我写的那个男子不是名人，他也可能永远不会出名。等他的生命终于完结之时，或许他在世间踏过，也只像石子投入河中，不会在水面留下什么痕迹。那么我的这本书，要是真有人读的话，也只因为它自身有几分趣味而已。但他给自己选的生活方式，他性情中独有的坚韧和美好，影响或许会越来越深远，于是在他离世多年之后，后人会意识到有一个了不起的人物曾活在这世间。到了那时，或许大家会明了我在这本书里写的是谁，而那些想要了解一点他早年生活的人，也可以在这里找到一些他们想看的东西。我想，这本书纵然有明显的缺憾与不足，可对于要给我那位朋友作传的后来者，终究可以提供不少有用的材料。

我自然知道书里的对话不是逐字逐句的记录稿，那些场合中，谁和谁说了什么，我从来没有做过笔记，但我记性尚可，这些对话虽然是我重写的，我还是相信，它们忠实呈现了当时那些人所要表达的意思。就在刚才，我说我没有凭空创造任何东西；现在要略微修正一下。自从希罗多德开始，历史学家就有这样的自由，可以把言谈放入人物的口中，我这里也是如此，很多话是我没有听到，也不可能听到的。我这样做的缘由也跟历史学家一样，有些场面，若只是叙述，总少了几分鲜活和逼真。我想要大家读我的书，而尽力把故事写得好读些，应该不算什么过错。聪明的读者一看便知，哪些地方是我用了上述手法拟作的，他若是认为这不足取，自然也是读者的自由。

开写这部小说时，还有一个理由让我颇有顾虑，那就是里面要处理的大多是美国人。了解一个人本就极为不易，我一向有个观点，除了自己的同胞，我们是无法真正认识一个人的。男男女女都不只是他们自己，还是他出生的地方、他学步的公寓或农场、孩童时玩的游戏、老人家的迷信说法、吃的食物、上的学堂、关注的运动、记诵的诗人，还有他们信仰的神。所有这些东西构成了一个人，而这些东西，你靠道听途说是懂不了的，你只有实实在在地经历过它们，才能懂得。你得是他们，才能懂得他们。而你只能通过观察去了解一个外国人，要在纸面上让他们有血有肉是很难的。即使目光如炬、心思细腻如亨利·詹姆斯，他写的英国人，也从来没有一个从骨子里让人感觉是完完全全的英国人，而他可是在英格兰住了四十年。拿我自己来说，除了某几个短篇小说，我一般只写我自己的同胞，而之所以在短篇里没有完全恪守这一准则，那是因为短篇小说可以更简明扼要地写人。你给读者一些粗略的讯息，他们能自己填补细节。读者或许要问，既然把保罗·高更都改成了英国人，这本书为何就不能改呢？回答很简单：没法改。他们若不是美国人，就不会是他们这样了。我也没有那样的幻觉，自以为把他们写成了美国人心目中的自己，他们只是一双英国眼睛里看出的美国人而已。我也没有刻意复制美国人说话的特色。英国作家做这种事，总是乱七八糟的，就像美国作家要呈现英格兰那个岛上的英语，也没有好到哪里去。他们很难绕过俚语这个大陷阱。亨利·詹姆斯写英国故事，不停讲着英国俗话，但英国人又几乎从来不是这么讲的，他想让文字有种口语的感觉，但很多时候只是让英国读者一怔，微微有些出戏而已。

2

　　1919 年，我要去远东，正好在芝加哥停了两三个礼拜；不过在芝加哥要办的事情，跟笔下这个故事没有什么

4

关系。那时我刚出了本小说，回响尚可，一时间成了热门人物，刚到城里就有人来做了采访。第二天早上，电话响，我接了起来。

"我是艾略特·坦普尔顿。"

"艾略特？我还以为你在巴黎。"

"来这边看我姐姐。今天想请你过来，跟我们一起吃个中饭。"

"乐意之至。"

他定了个时间，又把地址给了我。

我认识艾略特·坦普尔顿已经十五年了。他当时快六十岁，身材高挑，举止优雅，本来就面貌俊朗，一头浓密的黑色鬈发，花白得恰到好处，更显得器宇不凡。他很多衣服、饰品是在夏维[1]买的，但西服、帽子、鞋子，都从伦敦订。巴黎左岸有一条时髦的街道，叫作圣纪尧姆街，他在那里有套公寓。不喜欢他的人说艾略特是个艺术贩子，对于这种恶名，他向来很愤慨。艾略特有品位，有见识，刚住到巴黎的时候，有钱的收藏家想买画，他不吝于给出建议，这点他是承认的；社交圈里有英国贵族、法国贵族，潦倒了，想出手一幅上乘的画作，他都很乐意牵线搭桥，

---

1 Charvet，高级衬衣品牌，1838 年创立于巴黎。——译者注（本书脚注皆为译者注）

说他恰好听说美国某些个博物馆的馆长正在找这几位大师的作品。不少古老的家族，无奈要卖出一件带签名的布勒[1]家具，或是齐彭代尔[2]本人做的写字台，但这样的事情，最好不为人知。如果能找到一个行家，学识不凡又通情达理，替他们安排这些事，不声张地打点这些买卖，自然再好不过。这样的人家，当年时局使然，法国很多，英国也有一些。大家理所当然认定艾略特从中赚了大钱，但都是有身份的人，谁也不会提起。也有不厚道的嘴巴，断言艾略特的公寓里没有一样东西不是待售的，请美国富翁来吃中饭，佳肴美馔，上等好酒，事后他家里总要少一两幅价值不菲的画作；或是一个细工镶嵌的抽屉柜变成了涂漆的柜子。如果你问他，某件东西怎么不见了，他的道理总是很可信的，说一直觉得那件东西还够不上他要的水准，就换了一件更好的，还说总看着同样的东西，眼睛都累了。

"Nous autres Américains，我们美国人，"他说，"喜欢变化。既是弱点，也是长处。"

巴黎有些美国贵妇，号称对艾略特知根知底，说他出身颇为寒苦，现在能过上这样的生活，全靠他脑子足够

---

1 Buhl，指源自法国家具艺术大师安德烈·布勒（André Boulle）的家具风格，常用玳瑁、象牙、黄铜等材料做精致镶嵌工艺。

2 Thomas Chippendale（1718—1779），英国家具木工，新古典主义风格的代表，装饰华贵，外廓典雅。

聪明。艾略特到底多有钱，我的确不太清楚，但他那套公寓，房东是个贵族，租金可不便宜，而且装饰也极尽豪奢。墙上挂着法国大师的绘画，都是华托、弗拉戈纳尔、克劳德·洛兰这样的人物，萨福内里[1]和欧比松[2]的毯子铺在镶木地板上，满眼的华美，客厅里有一套路易十五风格的家具，斜针刺绣的罩面，听艾略特说，那是蓬帕杜夫人的旧物，这套家具确实太过雅致，让人简直要相信他的话。照艾略特的说法，绅士过日子，有不可随便之处，但不管怎样，今时今日，他似乎不用努力挣钱也足够应付这样的开销，而他曾经使过什么手段，要是你还不希望他跟你断绝往来，聊天时最好不要谈及。总之，他算是不再为生计所困，可以全心投入他一辈子最热衷的事业：社交。年轻时踏上欧洲大地，靠着介绍信，结交了一些有头有脸的人物，得以立足，后来就这么跟英法那些家道中落的大人物保持生意往来，让他站稳了脚跟。那些带着头衔的美国贵妇，读了介绍信都对他另眼相看，因为艾略特来自弗吉尼亚一个古老的家族，从母亲那一支，可以追溯到《独立宣言》的一个签署人。艾略特在容貌上本就得天独厚，人又聪明，

---

1 Savonnerie，由法国萨福内里工坊设计、生产的织毯，作坊名源于十七世纪的一家肥皂厂，以富丽的花卉、建筑图案为主，经常在宫廷装潢中被采用。
2 Aubusson，法国中部欧比松村生产的地毯，多为皇室、贵族采用，早期设计有东方风格，之后与萨福内里十分相近。

舞技高超，枪法精湛，网球场上也是个好手，任何派对有了他都增色不少。他喜欢送花，送昂贵的巧克力，出手极为阔绰；虽然很少请客，但常附着别致的心思，逗人欢喜。带那些很有钱的女士去索霍区的波希米亚餐厅，或是拉丁区的小酒馆，她们都觉得很是有趣。他总在想方设法为你做些什么，不管多么麻烦，只要你开口，他一定乐意效劳。他不知费了多少工夫，让那些上了年纪的妇人觉得他如此体贴，很多名门望族，不出多久都对他宠爱有加。他和气至极，如果有人放了鸽子，最后一刻只能拉他凑数，他从不介意；你可以把他安排在一个极为无聊的老太太边上，而他一定会毫无保留地贡献自己的殷勤和魅力。

　　每年社交季临近尾声，他都在伦敦度过，初秋还要去乡间的大宅子走一圈，另一边是他常住的巴黎，这两个地方，一个美国青年能结交的人，也不过两三年，他全都认识了。把他引入上流社会的那些贵妇，发现他的交际网变得如此宽广，总有些意外。自己庇荫的年轻人广受欢迎，肯定是得意的，但有些名流，跟她们交往也不过场面上客套而已，却跟艾略特分外亲近，让她们的感受略为复杂。艾略特对她们热心依旧，很多时候还是用得着他，但难免觉得自己像是他往上登攀的垫脚石，又不大自在。

　　他们总隐隐嫌弃艾略特是个势利眼。艾略特势利，这一点是确凿无疑的。很难遇到比他更势利的人了，而且他的趋炎附势是不带羞愧的。如果他想参加某场派对或者认识某个贵族的遗孀，为了拿到那张邀请函，或是跟那个脾气不好的老太太说上话，任何侮慢，任何回绝和冷落，他都咽得下去。他不知疲倦和放弃为何物，一旦盯上了猎物，那份执着就像植物学家为了找到一种特别珍稀的兰花，可以不顾山洪、地震、热病的危险，不惧充满敌意的当地土著。1914 年是他一锤定音的机会，战争爆发，他加入了救护队，一开始在佛兰德斯[1]服役，后来去了阿尔贡[2]；一年之后回来，他的扣孔里多了表彰军功的红绸带，又在巴黎的红十字会里获得了一个职位。这时候他已经非常殷实了，位高权重之人支持的那些善举，他都慷慨解囊。有些慈善活动广受关注，他也很乐意贡献自己的高雅品位和组织才华。他成了巴黎两家最难进的俱乐部的会员。法兰西国土上最高贵的那些女子，在她们口中，他都是 ce cher Elliot[3]。他终于得偿所愿。

1　Flanders，历史地区名，位于欧洲西北部，包括今法国北部、比利时西部和荷兰西南部的部分地区，曾为服装业中心，享有实际的独立权。

2　Argonne，法国东北部丛林丘陵地区，是第一次世界大战的主要战场之一。

3　法语，意为：那个亲爱的艾略特。

3

　　刚认识艾略特的时候，我只是芸芸年轻作家中的一个，他注意不到我。但艾略特只要见过你的脸，就再也不会忘记，我们不时碰到，他会热情地跟我握手，但从来没有要彼此加深了解的意思。比方说，我去看歌剧，发现艾略特也在观众之中，旁边是某个显赫的人物，他就不太容易发现我。后来，我写剧大受欢迎，简直到了让人瞠目的地步，很快我就感觉艾略特对我更亲切了一些。有一天收到他的短笺，请我去凯莱奇酒店[1]用午餐。他到伦敦短住，基本就下榻在那里。那个午餐会规模不大，也没有很出彩的人物，饭局间我突然生出一个念头，觉得他是在考察我。在那之后，因为有了些名气，新朋友也多了不少，见到他就更频繁了。就在凯莱奇那顿午餐后不久，我在巴黎住了三个礼拜，那是秋天，有一个朋友，我和艾略特都认识，在他家里我们又遇到了。艾略特问我住在哪儿，没过一两天，我又收到了午餐的邀请，这一回是在他的公寓；我一进门就有些意外，发现这次聚会非同小可。我暗自笑了笑，他在社交场上判断轻重是从不会错的，像我这样的作者，他明

1　Claridge's，伦敦梅费尔区的高级酒店，长年受王室眷顾，被称为"白金汉宫的附属建筑"。

白，在英国的上流社会终究无关紧要，但换到法国，只要是个作家就带着些威望，于是我也成了个有分量的人。

接下来那些年，我们算是熟络起来，但也谈不上什么友情。可我也实在难以想象艾略特·坦普尔顿跟谁能真正成为朋友。任何一个人，艾略特只关心他的社会地位，其他事情都是无所谓的。要是我正好在巴黎，或者他正好在伦敦，他会经常邀请我去派对，一般都是餐桌还空了一张椅子，或是要招待一些旅途中的美国人。我怀疑，有一些是他的老主顾，还有一些是带着介绍信，被指引来找他的。这是他生命中必须扛起的十字架。艾略特也觉得尽地主之谊是应该的，但又不想让他们见到自己真正贵重的朋友。应付他们，最容易的自然是摆一桌宴席，然后带他们去看戏，但他的日程往往提前三周都排满了，所以也没有这么顺便，再者说，这样的节目，估计他们也不太满意。他把这些烦恼向我倾吐，因为我不过是个作家，自然是不打紧的。

"那些在美国的人，写介绍信真是太随便了。往我这里送的人，不是我不愿意招待，我自然是乐意之至，但要我的那些朋友也必须面对他们，我实在是想不出个理由。"

他为了弥补，会送去一大捧玫瑰花，美不胜收，或是送巧克力过去，盒子都大到吓人，但这样可能还是不够。也就是这种时候，他会邀请我去参加他的派对。之前跟我说过那样的话，还敢开口要我作陪，他的心思确实单纯。

"她们太想见你了，"他恭维我，"某某夫人很有文化，你写的每个字她都读过。"

某某夫人后来会跟我说，她非常喜欢我的那本《佩林先生和特雷尔先生》，也恭喜我的那部戏《软体动物》。前面那本书是休·沃波尔写的，后面那部戏的作者是休伯特·亨利·戴维斯。

4

或许有读者已经认定，艾略特·坦普尔顿是个小人，要是真给读者留下了类似印象，那一定是我的描述有失偏颇了。

法语里有个词叫 serviable，据我所知，英文中没有一个词能跟它完全对应。英文有 serviceable，字典上说，如果用的是它"乐于助人、存心良善"的意思，那是古旧的用法。但那绝对可以拿来形容艾略特。他很大方，刚出道时，给新交旧识不加节制地送花，送糖，送礼品，当然别有用心，但后来已经没有必要送东西了，他还是会这样做。付出能带给他快乐。艾略特很好客。他府上那位厨师在整个巴黎都是首屈一指的，而且，坐到他的宴席上，你一定能吃到当季最时鲜的食材。餐桌上的酒也彰显了他的品位。确实，艾略特选客人，只看社会地位，不管他们有没有意思，但其中至少有那么一到两位，是艾略特费心邀请来活跃气氛的，所以他的派对基本从来都不会沉闷。大家都在背后笑话他，说他是个恶心的势利鬼，但依然会兴高采烈地接受他的邀请。他说一口流利的法语，而且语法、口音，一点毛病都挑不出。他还很刻苦地掌握了英国人说话的腔调，存留的那一丝美国口音偶然显露，要是耳朵不够敏锐，几乎听不出来。只要你有办法不让他聊起男公爵女公爵，他是个很会谈天的人，考虑到艾略特的社会地位已难以撼动，即使是聊到了那些贵族，尤其是独处的时候，他也能放松下来，开开玩笑。他的刻毒听来让人愉悦，那些显贵们的丑闻秘史，没有哪条不曾进过他的耳朵。从他那里，我知道了 X 公主刚生的小孩父亲是谁，谁又是 Y 侯爵的情妇。对贵族精神世界的深入体察，我甚至认为马塞尔·普鲁斯特都未必及得上艾略特·坦普尔顿。

之前去巴黎的时候，我们经常一起吃午饭，有时候在他的公寓，有时候去餐馆。我喜欢逛古玩店，难得出手，基本都只是看看，艾略特每次都意兴盎然地陪着我去。他见多识广，而且发自真心地喜欢那些漂亮东西。巴黎的古玩店，我觉得没有一家是艾略特不熟的，每个老板都像是跟他认识了很久。他热爱讨价还价，每次出发的时候都要关照我：

"有看上的东西，不要自己买；给我个眼色，剩下的交给我就好。"

要是我有心仪的目标，他替我拿下，比起最初的要价还帮我省了一半，他会非常开心。看他还价是种享受。他会争执、哄骗、发脾气、诉诸卖家的善念、嘲弄卖家、指出物件的瑕疵、威胁说再不会踏进这家店、叹气、耸肩、劝诫、皱着眉头怒气冲冲朝门口走，等老板终于松口，他又会哀伤地摇摇头，好像万般无奈地接受了失败。这时他会低声用英文跟我说："东西拿走。这个价钱，就是翻个倍也是便宜的。"

艾略特是个热忱的天主教徒。当时定居巴黎，没过多久他就认识了一个法国神父。这个神父很有名，不少离经叛道之辈都由他领进了信仰的羊圈。饭局中，他也是个名声赫赫的座上宾，大家都听说过他的谈吐不凡；而且他作为神职人员开展工作，服务对象只限于贵族和有钱人。艾略特对他心生向往是必然的，这位神父出身平平，但在那些最高贵的府邸中，主人都很期待他的造访。有一位美国妇人，家财万贯，最近也在神父劝导之下皈依了教会，艾略特向她透露，虽然他们家里一直是美国新教圣公会的教徒，但他对天主教向来很感兴趣。一天晚上，贵妇请他赴宴，再加上神父，一共三人，而神父言谈间的才情果然熠熠生辉。女主人把谈话引到天主教，神父聊得虔诚，但也并不迂腐，他虽为神职人员，但此刻只是一个上流人士在跟另一个上流人士说话。艾略特发现神父对他非常了解，虚荣心极为满足。

"就前两天，旺多姆公爵夫人正好说起你，她跟我说，觉得你特别聪明。"

艾略特喜不自胜。之前经人引见，公爵夫人是见过他的，但他都不曾奢望，夫人还会想起他来。神父谈起信仰，满是智慧和善意，他的观念很现代，不褊狭，对人对事极为宽厚。他让艾略特觉得，教堂似乎是个条件苛刻的俱乐部，但有教养的人若是不能成为会员，那是对自己的亏欠。六个月后，他入了天主教。他的皈依，再加上为天主教慈善事业的慷慨解囊，之前关着的好几扇门纷纷对他敞开了。

背弃祖辈传承下来的信仰，动机或许不够单纯，可一旦皈依，艾略特的虔敬却不容置疑。礼拜天的弥撒，他每周都去，那个教堂接待的都是最有身份的信徒，他也经常找神父做忏悔，定期去罗马。日积月累，教堂奖赏他的虔诚，封他作教宗侍从，又因为对此头衔下的种种职责尽心尽力，我记得他似乎还成了圣墓骑士团[1]的一员。艾略特的名流生涯自是成就斐然，但其实作为一个天主教徒，他的业绩也是毫不逊色的。

1　Holy Sepulchre，成立于 1099 年第一次十字军东征，除征战之外，早期职责还包括寻找圣物、保护朝圣者等。公元十四世纪遭审判之后，大致作为普通修会或传道会存在。

我时常问自己，这么一个聪明、风雅之人，性情又如此仁厚，却如此执迷于王公贵族，到底是为什么。他绝不是什么暴发户，艾略特的父亲在美国南方的一个大学当过校长，祖父是个很有名望的神学家。艾略特那么敏锐，肯定看得出：不少他请来赴宴的人，不过是为了能白吃一顿宴席而已；有些客人是蠢货，还有一些无趣至极。但他们的头衔太过响亮，震得主人对这些问题都视而不见。跟那些血统悠远的绅士能像老熟人一样说话，能鞍前马后地替他们的夫人效劳，恐怕给了他一种强烈的成就感，始终都没有厌倦。我也只能如此揣测了。我想，在那背后，有一种澎湃的浪漫主义，让艾略特面对那个竹竿一般的法国公爵，仿佛看到了跟着圣路易奔赴圣地的十字军骑士，听着那个英国伯爵满嘴大话，在他猎狐的身姿里，依稀见出他当年在金缕地 [1] 看顾亨利八世的先人。在这些人中间，他觉得自己活在广阔、豪迈的过往中。我想，他翻阅《哥达年鉴》[2] 的时候，看到那些名姓，一定心潮起伏，想起久远的战役、史书上的围城，想起后人传颂的决斗、外交的疑云，和君王的恋情。不管如何，这就是艾略特·坦普尔顿了。

1　Field of the Cloth of Gold，1520 年 6 月英王亨利八世和法王弗兰西斯一世在法国加莱附近会见，因为场面盛大、奢华，峰会地点被称为"金缕地"。
2　*Almanach de Gotha*，记录欧洲王室与贵族谱系的权威年鉴，1763 年首次出版，至 1944 年结束。

5

那天是艾略特的午餐会，我正在梳洗、整装，前台突然来电话，说他就在楼下。我有些意外，但收拾停当便立马下楼了。

"为了保险起见，我还是来接你一下，"艾略特跟我握手时说道，"怕你对芝加哥不熟悉。"

他的这种想法，我经常碰到。有些美国人在欧洲住久了，总觉得自己的祖国是个不好对付，甚至危机四伏的地方，把一个欧洲人丢在这里不管是肯定要出事的。

"时候还早，我们或许可以走一段。"他提议道。

虽然空气中还带着一丝冷冽，但抬头碧空万里，能走走路，活动一下腿脚，确实舒服。

"我是觉着，见我姐姐之前，最好先跟你提两句，"艾略特一边走着，一边说道，"我在巴黎的房子，她来住过一两回，不过当时你都不在。今天也没有请谁，就我姐姐，她女儿，还有格雷戈里·布拉巴宗。"

"那个做装潢的？"我问道。

"对啊，我姐姐的房子太糟糕了，我跟伊莎贝尔都想让她重新装修一下。正好，我听说格雷戈里也在芝加哥，就请他一起来吃中饭。当然，他肯定算不上个绅士，但品位是有的。玛丽·奥利方的兰尼城堡，还有圣厄斯的那个圣克莱门·塔尔伯特，都是让他做的。公爵夫人对他满意极了。路易莎的房子，你到时一见就明白我的意思了。她这么多年是怎么住得下来的，我反正是理解不了。不过，要这么说的话，她一直愿意留在芝加哥，我也永远不会懂。"

大致情况似乎是这样：丧夫之后，布拉德利夫人带着两个儿子和一个女儿，但两个儿子岁数都不小了，而且都已经成家。一个被政府派去了菲律宾，另一个子承父业，从事外交，正在布宜诺斯艾利斯供职。布拉德利先生之前在世界各地都工作过，在罗马担任了几年一等秘书之后，成了驻南美西海岸某个共和国的全权公使，后来在那里去世了。

"他故世之后，我劝路易莎卖掉芝加哥的房子，"艾略特继续说道，"但她割舍不了，这是布拉德利家族的房产，已经有年头了。布拉德利家是伊利诺伊州最古老的家族之一，1839 年从弗吉尼亚过来，拿了大约六十英里的土地，就在今天的芝加哥。那块地现在还是他们家的。"艾略特迟疑了一下，朝我瞄了眼，看我的反应。"最先到这里定居的那位布拉德利，应该可以算是个农民吧。当时的情况不知道你了解多少，中西部刚开发的时候，有不少弗吉尼亚人，比方说，阔绰人家的那几个小儿子，会被未知的世界所诱惑，抛弃家乡暖衣饱食的日子，出来闯荡。我姐夫的父亲，切斯特·布拉德利，觉得芝加哥很有发展，进了这里一家法律事务所。不管怎样，他确实赚了不少钱，给我的姐夫留下了丰厚的资产。"

艾略特没有明说，但语气和姿态中，仿佛在朝我抱怨，已经作古的切斯特·布拉德利先生，当初抛下家里的豪宅和广阔土地，进了一家公司，实在是不智之举，但总算积累了好大一笔财富，多少算是将功补过。后来，布拉德利夫人给我看了几张快照，是他们在乡下的老房子，艾略特颇有些不快。他所谓的"家业"，不过是个朴质的木板房，旁边有个可爱的小花园，几步之外就是谷仓、牛舍和鸡圈，再往外，全是荒芜的原野。我不免觉得，当年切斯特·布拉德利先生抛下这些，去城市里拼一个立足之地，好像有他的道理。

没走多远，我们拦了一辆出租车，开到一幢褐砂石建筑前。这房子又高又窄，到大门必须先爬一段陡峭的台阶。这条街连着湖畔公路，有一排住宅，这房子是其中一栋，即使秋光如此明媚，它却依然很灰暗，让你想不通怎么会有人对它寄托感情。开门的是个黑人男管家，领我们进了客厅。布拉德利夫人从椅子里起身迎接我们，艾略特介绍了我。布拉德利夫人年轻时一定是个美人，五官虽然尺寸有些偏大，但算得标致，眼睛也长得好看。可惜面色不佳，又像是斗气似的完全不化妆，略显土黄色的面颊已经松垮了，而且不难确认，在跟中年发福的抗争中，她已败下阵来。看她总是坐得笔挺，显然还不愿接受失败。那是张直背椅，但靠着那套狠心的塑身衣作为盔甲，似乎坐得比软椅还舒服。她穿一条蓝色长裙，有繁复的饰边，有鲸须撑起的高领子。一头饱满的银发，烫成波浪，压在头顶上，显然精细地打理过。另一位客人还没来，等他的时候我们就随意寻话题聊着天。

"艾略特跟我说，你是从南边那一路过来的，"布拉德利夫人说道，"罗马去了吗？"

"去了，待了一周。"

"亲爱的玛格丽特女王[1]最近怎么样？"

这问题多少有些出其不意，我说，我也不知道。

"啊，你没去看她吗？多温柔的女子啊。我们在罗马的时候，她待我们真是客气。布拉德利先生当时是一等秘书。你怎么没去看她呢？你不会跟艾略特一样吧，'黑'[2]到去不了奎里纳尔宫？"

"不是的，"我微笑道，"我确实不认识她啊。"

"你不认识她？"布拉德利夫人的语气就好像她没法相信自己听到了什么。"怎么会呢？"

"跟您说实话，作家，一般来讲，跟国王和王后没有那

1　Queen Margherita（1851—1926），意大利国王翁贝托一世的王后，颇受国民爱戴，1900 年丈夫遇刺之后，依然是重要的公众人物。
2　1870 年萨伏伊王室统治罗马后，支持教皇的贵族被称为"黑色贵族"。

么要好。"

"但她可亲切了,"布拉德利夫人抗议道,就好像不认识那位王室是我架子太大了,"相信我,你肯定会喜欢她的。"

这时候门开了,管家把格雷戈里·布拉巴宗引了进来。

格雷戈里·布拉巴宗虽然名字气派,却不是个浪漫的人。个头很小,奇胖,秃得跟鸡蛋一样,只剩耳边和后脖子上一圈黑色鬈发,脸上也光秃秃、红通通的,好像随时就会以汗洗面;灰色的眼珠,目光很锐利,面颊厚重,厚嘴唇,一副耽于酒色的样子。他是英国人,伦敦有些波西米亚的派对,我时不时就能碰到他。他很热情,总是高高兴兴的,喜欢大笑,但你也不用多会察言观色,应该看得出,他这闹腾的友善不过是套伪装,底下是个非常精明的生意人。伦敦所有做装修的人里面,已经有好多年了,他都算是最成功的一个。他声音颇低沉,听在耳朵里隆隆地响,加上两只胖手,你想象不到他多会传情达意。几个恰到好处的手势,一串昂扬的字词,还在犹疑的客户立马就浮想联翩,这时要忍住不把房子交给布拉巴宗几乎是不可能的,而他接下这个活儿会勉强得好比是在施恩。

管家举着一托盘的鸡尾酒又进来了。

布拉德利夫人取了一杯,说道:"我们不等伊莎贝尔了。"

"她人呢?"艾略特问。

"去跟拉里打高尔夫了。她说可能会迟到。"

艾略特转过来跟我说：

"拉里本名叫劳伦斯·达雷尔，伊莎贝尔算是跟他订婚了。"

"我不知道你也喝鸡尾酒，艾略特。"我说。

"我不喝的，"他抿了一口，冷冷地说道，"但到了这没开化的禁酒国，有什么办法呢？"他叹了口气。"巴黎有些地方也开始上鸡尾酒了。好的教养顶不住罪恶的交流。[1]"

"艾略特，你又胡说八道了。"布拉德利夫人道。

她的语气足够和善，但里面有种不容置辩的意味，让我觉得这大概是个强硬的女子，她还朝艾略特使了个眼色，承认被逗乐之外，也透着犀利，我不禁揣测，她或许早把这个弟弟看透了。我不知道她见了格雷戈里·布拉巴宗，会有怎样的评价。布拉巴宗进屋的时候，我逮到他作为业内人士扫去的那一眼，还下意识地耸了耸他浓密的眉毛。这确实是一间难以置信的客厅。墙纸、窗帘的印花布、家具上的针织品，图案是一样的；墙上的油画显然是布拉德利夫妇在罗马时买的，都裱着巨大的金色画框。拉斐尔那一派的圣母，圭多·雷尼那一派的圣母，祖卡雷利那一派的风景，帕尼尼那一派的古迹。他们曾在北京住过，有些东西是彰显那段人生的，几张雕工过于炫技的黑檀木桌子，几

1　原文（"Evil communications corrupt good manners."）引自《圣经·哥林多前书》，意为交坏朋友会败坏品德。

只巨大的景泰蓝花瓶；还有些在智利或者秘鲁买的东西，用珍稀石材雕的臃肿人像，陶制的花瓶。这里还有一张齐彭代尔的写字桌，镶嵌饰面的玻璃柜子。白色绸面的灯罩，有个不明事理的艺术家在上面画了些牧羊人和牧羊女子，都穿着华托画里的服饰。整间屋子确实丑陋，但我也不知道为什么，觉得很舒服。它有家的气息，让人感到确实有人在这里生活。虽然这一大堆杂乱无章的摆设的确看得人目瞪口呆，但它们是有意义的，它们之所以应该摆到一起，是因为它们都属于布拉德利夫人的过往。

我们喝完鸡尾酒，哐的一声，门开了，一个女孩走了进来，后面跟着一个男生。

"我们迟到了吗？"她问。"我把拉里带回来了。有没有东西给他吃？"

"应该有吧，"布拉德利夫人微笑道，"摇一下铃，跟尤金说添个位子。"

"是他给我们开的门，已经跟他说了。"

布拉德利夫人转过来告诉我："这是我的女儿伊莎贝尔。这位是劳伦斯·达雷尔。"

伊莎贝尔跟我握了下手，立马兴冲冲地转向格雷戈里·布拉巴宗。

"您就是布拉巴宗先生吗？我一直盼着见到您，都急疯了。您给克莱芒蒂娜·多默做的那些，我可太喜欢了。这间屋子很可怕吧？我一直要妈妈重新装一下，已经努力了很多年，终于在芝加哥等到您，我们的机会来了。您说实话，这间屋子您觉得怎么样？”

我知道布拉巴宗是绝不会“说实话”的。他朝布拉德利夫人瞥了一眼，但那张脸上一无表情，他也看不出什么来。他心下认定，伊莎贝尔才是管事的人，突然哈哈笑起来。

“想必住着是舒服的，”他说，“但若是你非逼我做个评判，我只好说，确实很糟糕。”

伊莎贝尔是个高个子的姑娘，鹅蛋脸，鼻梁很挺，眼睛也长得漂亮，饱满的嘴唇似乎继承了他们家的特色。她虽然偏胖，但依然算得上标致，我觉得胖只是年纪关系，岁数大起来，人也会消减下去。她有一双灵活、有力的手，虽然跟短裙下的双腿一样，略有些肉鼓鼓的。她皮肤和气色都好，刚刚做完运动，又开敞篷车回来，自然脸色愈发红润。这个活泼的姑娘像是整个人都闪着光。那洋溢着的健康，欢喜中带着的一点调皮，以及生活给她的快乐和幸福，让旁人都随着激动起来。她一举一动都毫无造作，艾略特在她旁边，再如何优雅，都显得俗气了。布拉德利夫人那张布满皱纹的苍白的脸，被女儿的清新更衬得疲惫和衰老。

我们下楼用午餐。见到餐厅，布拉巴宗惊得瞪大了眼睛。墙纸是暗红色的，像是要人误以为是布料，上面挂着的肖像都是面容肃穆的男男女女，画技拙劣，是布拉德利先生的直系先祖。布拉德利先生自己也位列其中，浓密的一字须，穿着礼服大衣和浆好的白领子，一看就不太好活动。布拉德利夫人的肖像挂在壁炉上方，是九十年代一位法国艺术家画的，身上是最正式的晚礼服，淡蓝色的缎面裙子，珍珠项链，头上还佩着星形的钻石。一只手珠光宝气，捏着蕾丝的披肩；披肩画得太细了，一针一线都点得清楚。另一只手随意握着鸵鸟毛的扇子。一屋子黑橡木的家具气势逼人。

"您觉得这套家具怎么样？"我们坐下的时候伊莎贝尔问布拉巴宗。

"我觉得一定花了不少钱。"

"确实挺值钱的，"布拉德利夫人说，"是布拉德利先生的父亲送我们的结婚礼物。跟着我们满世界转过一圈了。里斯本、北京、基多、罗马。亲爱的玛格丽特女王喜欢极了。"

伊莎贝尔又问布拉巴宗："如果这套家具是您的，您会怎么处理？"没等他说话，艾略特替他答道：

"烧了。"

他们三个人开始讨论要如何改装这套房子。艾略特极力支持路易十五的风格，伊莎贝尔想要那种修道院里的长餐桌，和意大利风格的椅子。布拉巴宗说，要跟布拉德利夫人的性情更和谐，那还得是齐彭代尔。

"主人是什么性情，"他说，"我一直觉得是头等大事。"他转过去问艾略特："奥利芬特公爵夫人你肯定认识吧？"

"玛丽？她是我最亲近的几个朋友之一。"

"她把餐厅交给我，我见到她第一眼，就说：'乔治二世。'"

"你看得很准，上次去吃饭的时候，我就注意到那间餐厅了。审美上真是恰到好处。"

餐桌上就这么聊着，布拉德利夫人一直在听，但你看不出她心里的想法。我没有说什么话，伊莎贝尔带来的年轻人，我只记得他叫拉里，姓什么都忘了，基本没有开过口。他的座位安排在布拉巴宗和艾略特中间，在我对面，我时不时就瞄他一眼。拉里看上去还很年轻，大概六英尺不到一点，跟艾略特差不多高，瘦瘦的，举手投足很松弛。他说不上英俊，也不丑，有些害羞，丝毫找不出与众不同之处，但只看着就让人觉得舒服。我有个朦胧的印象，他进屋之后，可能说的词不超过五六个，但毫不局促，且似乎不用开口就参与到了对话之中，这件事让我很感兴趣。我也注意到他的手。以他的身材来说，手不算大，但颇为修长，样子好看之外，却又不失力道。如果我是画家，应该会很想画这双手。拉里的身材并不壮实，但看上去却没有纤弱的感觉，我反而会说这像是个有肌肉、很硬气的小伙子。他的脸晒黑了，但除此之外没什么血色，没表情的

26

时候显得严肃，五官虽然端正，也没有值得说道之处。颧骨略高，太阳穴的地方微微凹陷。深棕色的头发有一点点卷。眼睛因为深陷在眼窝里，睫毛又粗又长，所以让人感觉眼睛特别大。他的双眼还有一点特别，伊莎贝尔跟她母亲和舅舅一样，眼珠都是饱满的栗色，而拉里的眼珠太黑了，跟瞳仁成了一种颜色，好像格外有神。他有种天然的优雅，很迷人，我很能理解伊莎贝尔为何对他如此倾心。伊莎贝尔的眼神偶尔会停在拉里身上，在她的表情里，我好像不只读出了男女之情，还有种额外的疼爱。两人目光交汇时，拉里眼中的温柔也让人觉得分外美好。年轻的爱是世间最动人的景象，我一个中年人有些妒忌，却又同时感到些许心疼。这很莫名其妙，因为我又实在想不出自己在心疼什么，担忧什么，首先他们经济上似乎没有压力，结婚之后就此幸福地生活下去显得那么顺理成章。

伊莎贝尔、艾略特、布拉巴宗还在一个劲儿地聊着装修，想让布拉德利夫人松口，至少承认维持原状是不行的，但夫人只是和善地微笑着。

"你们不要催我，总得给我点时间考虑下。"她转过来问那个年轻人。"他们说的这些事情，拉里，你怎么看？"

他看了看桌边坐着的人，眼中带着浅浅的笑意。

"我觉得改不改都没关系。"他说。

"你这个没心没肺的，拉里，"伊莎贝尔喊起来，"我特地关照了你要帮我们说话的。"

"要是路易莎阿姨喜欢现在的样子，那改它到底是为了什么呢？"

他的问题是如此的切中要害，又是如此的合乎情理，我忍不住哈哈大笑。他朝我看看，也微笑起来。

"你咧着嘴得意什么，就因为自己说了句蠢话吗？"伊莎贝尔说。

但他并没有收起自己的笑容，我注意到他长着两排小小的牙齿，但很白、很齐整。伊莎贝尔感觉到了他投来的眼神，脸红起来，呼吸都急促了。我要是没看错的话，她对拉里是神魂颠倒的，但我也不知道自己发现了什么，让我感到她的爱有种母性，一个女孩子，如此年轻，这种感觉极其罕见。她嘴边带着温柔的笑意，又转去跟布拉巴宗说话。

"不要管他，这是个笨蛋，一点文化修养都没有。他除了开飞机就什么都不懂了。"

"开飞机？"我问。

"他是战场回来的飞行员。"

"但我看他的样子，要上战场应该不够岁数吧？"

"确实不够，差好多呢。他可乱来了。先是逃学，跑去了加拿大。不知道骗了多少人，他们居然相信了他十八岁，让他进了航空兵团。休战的时候，他正在法国的战场上。"

"伊莎贝尔，这是你母亲的贵客，别拿这些无聊事烦人家了。"拉里说。

"我打小就认识他，但回来的时候，他穿着军装真是神气啊，紧身夹克上挂着那些漂亮的绶带。然后我就往他家门口一坐，你懂我意思吧，他只为了不让我一直烦他，只好答应娶我。当时跟我抢他的人不知道有多少。"

"伊莎贝尔，你呀……"她母亲说道。

拉里朝我探身说道：

"希望您一个字都不要信，伊莎贝尔这姑娘心是不坏，就是满嘴谎话。"

午餐会不长，结束之后，艾略特和我很快出了门。我之前跟他提过，想去博物馆看画，他说要带我过去。我去画廊，不喜欢有人陪着，但又不好意思拒绝，就答应了。路上，我们说起伊莎贝尔和拉里。

"看着年轻人如此相爱，真是浪漫。"我说。

"他们现在结婚还太年轻。"

"怎么了，年轻、相爱、结婚，多有意思啊。"

"别说笑，她十九岁，他才二十，没有工作，只有一点点定息收入。路易莎跟我说的是三千块一年。而路易莎再怎么说也不算有钱，她那点钱都是要自己派用场的。"

"那他找个工作也不难吧。"

"问题就在这里。他不想找啊。什么事情都不做，也不着急。"

"我猜，应该是打仗的时候吃了不少苦头，他想要休息一下。"

"他已经歇了一年了，这无论如何也够久了吧。"

"我倒觉得这小伙子好像还挺不错。"

"哦，我也不讨厌他。出身什么的，都挺好。他父亲是巴尔的摩来的，之前是耶鲁还是类似地方，罗曼语系的助理教授。母亲是费城人，贵格派那一支的旧家族。"

"你用的全是过去式，他们都不在了？"

"不在了，母亲难产死的，父亲十二年前也走了。拉里是他父亲一个大学同学带大的，那个人在马尔文当医生，所以就跟路易莎和伊莎贝尔认识了。"

"马尔文是哪里？"

"布拉德利他们家的产业，路易莎夏天一直在那边过，就在马尔文。尼尔森大夫是个单身汉，完全不懂怎么教养小孩。路易莎就心疼这孩子，也是她非要送这孩子来圣保罗中学读书，圣诞假期也一直邀请他来这儿一起过。"艾略特耸肩很有高卢人的做派："有今天的局面也是必然，她早该想到的。"

这时我们已经走到博物馆，心思就都放在了画作上。我再次领教了艾略特的见识和品位。他引着我逛展览厅，就好像我是一队游客，但你确实能从他的评断中学到不少，在这点上，艾略特胜过任何一个艺术学的教授。我已经想好了，要自己再来一次，到时再开开心心地由着性子闲逛，所以就听任艾略特的教导。过了一会儿，他抬手看表，说道：

"我们走吧，在同一家画廊里，我最多只待一个小时。鉴赏力就只能支持那么久。我们改天再把这些画看完。"

分别之时，我好好地谢了他一番。一个人回酒店的路上，我自觉学识大概是有长进的，却又很想发一通脾气。

之前跟布拉德利夫人告别的时候，她说第二天还有一个饭局，是伊莎贝尔请了几个她的年轻朋友，吃完会去跳舞，要是我愿意过去，年轻人走了之后，艾略特可以跟我聊会儿天。

"他会感激你的，"她补充道，"他在国外这么久，到这里觉得格格不入。他好像找不到任何人跟他有共同语言。"

我接受了邀请，后来在博物馆门口的台阶上道别，艾略特说他很高兴我明天也会去。

"在偌大的城市里，我觉得自己像个走失的魂灵一样，"他说，"我答应了路易莎，要陪她六个星期，毕竟 1912 年之后，我们就没有见过。但我数着日子，盼着能回巴黎的那一天。稍微讲究一点的人，除了巴黎，这世上已经没有地方能住了。我的好朋友，你知道他们这儿都怎么看我吗？他们都觉得我是个怪物。这帮野人。"

我笑了笑，走了。

6

第二天晚上，电话里艾略特又好意要来接我，我拒绝了，并安全抵达布拉德利夫人的宅邸。之前有人来看我，所以迟到了一点。我走上门前台阶时，客厅传来的声音很是嘈杂，我还以为宾客一定很多。但进去之后很意外，包括我在内就十二个人。布拉德利夫人雍容华贵，绿绸缎的长裙，项圈式的高领，装饰着小颗珍珠，而艾略特穿着剪裁合身的无尾礼服，那种优雅别人是学不来的，跟我握手的时候，阿拉伯香水扑鼻而来。有一个壮硕的高个子，红红的面颊，好像穿着晚礼服不太自在。介绍的时候，他们说这个人就是尼尔森医生，但那一刻，我不知道尼尔森医生是谁。另外的宾客都是伊莎贝尔的朋友，那些名字我一听过就忘了。女孩们都年轻可爱，男孩子们身材挺拔，很有正气。但我对他们都没留下什么印象，只记得有个青年实在太高了，有六英尺三四英寸，肩膀极宽极厚实。那天晚上伊莎贝尔也很漂亮，白色丝绸裙衫，下半身是长款霍步裙的样式，下摆收紧，看不出腿的粗细，上半身的剪裁显出好身材，双臂露在外面，还是有点胖的，但脖子很好看。她那天晚上很兴奋，一双漂亮的眼睛在放光。伊莎贝尔是个非常可爱、让人心动的年轻女子，这一点没有任何疑问，但很明显也能看得出，要是她自己不多加小心，身材怕有臃肿走形的风险。

等到坐定，我发现我一边是布拉德利夫人，一边是个羞涩沉闷的姑娘，好像岁数比那些年轻人还要小。入座的时候，布拉德利夫人为了方便说话，先做了介绍，说这个姑娘的祖父母住在马尔文，她和伊莎贝尔是同学，名字我只听到叫作索菲。餐桌上，各种玩笑你来我往，大家都扯着嗓子说话，笑声不绝于耳。他们好像彼此都很熟悉。不用应付女主人的时候，我试着跟另一个邻座说上话，但收效甚微。这个姑娘比其他人安静多了。她并不好看，但长相很有意思，鼻子微微有些歪，嘴很宽，蓝眼睛带着些绿光；头发是浅棕色的，发型做得很简单。她身形极瘦，胸部平得几乎像个男孩。朋友们都在互相打趣，她也一直在笑，但笑起来好像有些刻意，你感觉其实她没有真的被逗乐。我想，她是在很努力地不让自己坏了大家的兴致。她到底是的确有些愚钝，还是过分羞怯，我也判断不出，试了各种各样的话题，一个个全掉在地上，也想不出什么有意思的话来说，我就请她跟我介绍一下餐桌边的这些客人都是谁。

"尼尔森医生嘛，你已经认识了，"她指的是布拉德利夫人正对面的中年男子，"他是拉里的监护人，也是我们在马尔文的医生。他脑子可好了，会发明用在飞机上的那些小装置，只是没有人理他，不发明的时候，他就在喝酒。"

那双浅色的眼睛有亮光闪过，这姑娘大概并不像我先前以为的那样平淡。接着，她报了一串名字，还告诉我那些年轻人的父母都是谁，说到那些男生时，还补充了他们上的是哪所大学，干过什么工作。但听了她的介绍，还是不太知道在讲怎样一个人。

都是像这样的话："她人很好。"或者，"他打高尔夫球很厉害"。

"那个眉毛很浓的大个子是谁？"

"那个吗？哦，那是格雷·马图林。马尔文有条河，他爸爸在河边有栋豪宅，是我们那儿的百万富翁，整个镇子都挺以他为荣的，马尔文因为他就像是提升了档次。马图林、霍布斯、雷纳尔、史密斯，这是芝加哥最有钱的几个人了，而格雷是马图林家唯一的儿子。"

她在列富人名单的时候，那种反讽的意味听着实在有趣，我忍不住好奇，朝她看了看。这一眼被她发觉了，脸红了一下。

"再跟我说说马图林先生吧。"

"也没别的好说了，他有钱，又备受尊崇，在马尔文给我们建了个新的教堂，还给芝加哥大学捐了不计其数的钱。"

"他儿子也是相貌堂堂。"

"他人不错的，你绝对想不到，他的祖父是个住棚屋的爱尔兰穷光蛋，祖母是瑞典人，以前是在街边小吃店当服务员的。"

格雷·马图林其实谈不上英俊，但那张粗糙的、未经雕琢的脸，你很难不注意他。没有棱角的短鼻子，饱满的嘴唇，典型的爱尔兰好气色；一大蓬乌黑的头发，很顺滑，浓密的眉毛下是湛蓝的眼睛。虽然体型偏宽厚，但比例很好，要是脱了衣服肯定是一流的男性身材。他一看就力气不小，满身的阳刚之气。拉里虽然只矮他四五英寸，但坐在马图林旁边，却显得很是瘦弱。

"喜欢他的人可多了，"我羞涩的邻座又说道，"我就认识好几个姑娘，要是能拿下格雷·马图林，她们是连杀人都干得出来的。不过她们一点机会都没有。"

"为什么没有？"

"原来你什么都不知道啊？"

"这不是再正常不过了嘛。"

"他爱的是伊莎贝尔，爱得简直脑子都糊涂了，但伊莎贝尔爱的是拉里。"

"他难道不能想想办法把伊莎贝尔抢过来吗？"

"拉里是他最好的朋友。"

"那确实就有些棘手了。"

"要是你也像格雷一样讲原则就确实棘手。"

这是她一本正经说的，还是语气中带着一丝嘲讽，我不太确定。她举止间并没有任何轻佻之处，也没有唐突、调皮的感觉，但我却留下了一个印象，觉得她必定是个有趣犀利的人。跟她谈天时，我一直在揣测她心里究竟在想些什么，但也明白永远不会知晓答案。显然，在社交场上该如何自处，她还有些犹疑，我隐约感觉，她家里应该没有兄弟姐妹，身边都是岁数比她大很多的人，成长过程中少与人交流。她身上有种朴质，不事张扬，甘于人后，让我想跟她多聊上几句。我推断她是个经常独处的姑娘，就算这一点大致准确，那她应该也在心里对周围那些长辈下了不少论断。年轻一辈是经常会评判我们这些中年人的，既不讲情面，但又很具洞见，只是我们平时都不会察觉他们有类似的心思。我又看着她那双带着些绿色的蓝眼睛。

"你多大了？"我问。

"十七岁。"

"你是不是读了不少书？"我胡乱一猜。

她还不及作答，布拉德利夫人说了句什么话把我引了过去，这是她作为女主人的尽职尽责。我还没从那个对话中抽身出来，宴会已经结束。年轻人立马出门赶往下一场，剩下我们四个，上楼去了客厅。

先是东拉西扯随便聊了几句，他们开始谈些出乎我意料的话题，照理说，这该是他们私下商量的事，我有些不解为什么要请我来。我拿不定主意，到底是该尊重他们的隐私，起身告辞，还是因为这件事跟我没有关系，我反而该留下，当个有用的听众。他们探讨的是拉里为何莫名其妙地不愿工作，尤其是最近马图林先生提出让拉里进他的公司，让问题更加显眼了。这是个很好的机会，要是拉里确有些才干，又肯下功夫，将来必定能赚不少钱。格雷·马图林，也就是马图林先生的儿子，宴会上的那个高个子，看拉里迟迟不答应，一直很着急。

当时说的话自然不能全记得，但大意还是很清楚的。拉里刚从法国回来的时候，监护人尼尔森医生建议他去上大学，他拒绝了。战场何其艰险，而且还受了两次伤，虽然伤得不重，但拉里会有一段时间什么都不想干，也在情理之中。尼尔森医生以为战事的冲击依旧困扰着他，休息一段时间，等完全复原再说，像是合理的安排。但一周一周过去，转眼就是好几个月，到了现在，离拉里脱下军装已经一年多了。他似乎在航空兵团里立了些功劳，刚回到芝加哥的时候也算个风云人物，于是好几个富商大贾给他提供了职位。拉里谢了他们，但工作邀约通通拒绝。他没有说具体原因，只说自己还没想好要做什么。后来就跟伊莎贝尔订了婚。因为他们很多年来都形影不离，而且女儿情有所钟，布拉德利夫人早就预料到了这一步；她也喜欢拉里，觉得他能让伊莎贝尔幸福。

"她个性比他强；他的不足正好由她补上。"

虽然两人还如此年轻，布拉德利夫人并不介意他们现在就结婚，但她有个条件，就是拉里必须先找到工作。拉里自己确实有一小笔存款，但即使他的积蓄再添十倍，布拉德利夫人的条件还是不会让步的。听得出来，她和艾略特想从尼尔森医生这里问明白，拉里到底是什么打算。他们想让尼尔森医生管一管这个被监护人，让他接受马图林先生的邀请。

"你们知道我向来是指挥不了拉里的，"他说，"还是个小孩的时候，他就有自己的想法。"

"我知道。你总由着他胡闹。他现在能这么像样，真是奇迹。"

尼尔森医生之前就喝了不少酒，听了这话一脸不悦，瞪了瞪她，满面的红光更红了些。

"我之前太忙了，有自己的事要操心啊。我答应抚养他，一来，他爸是我朋友，二来，他根本没别的地方可去。但这孩子，你要他干什么都不容易。"

"你怎么能这么说呢？"布拉德利夫人冷冷驳他道，"拉里性情那么温和。"

"他也不跟你争，就是我行我素，你生气了，他就说对不起，任由你在那儿发火，像这样的男孩你能怎么办？要是我自己的孩子，肯定揍他了。但他在这世上，一个亲人都没有，他爸爸把他留给我，心里想着就是我一定会对他很好，我下不去手。"

"这都已经离题了，"艾略特仿佛有些气恼，"目前的局面就是这样：他已经晃荡够久了，这份工作很难得，他有机会挣很多钱，要是他想娶伊莎贝尔，就得先接受这份工作。"

"他一定要明白，眼下的世界，"布拉德利夫人说道，"一个男人不干活是不行的。他现在身心都很康健，已经完全恢复了。之前内战打完，我们都知道，有些战场回来的人就什么也干不了了，成了家庭的负担，社会的累赘。"

这时我也说了句话：

"那些个工作机会，他拒绝的时候都给了什么理由呢？"

"没有理由。就说这些工作对他没吸引力。"

"那他有什么自己要干的事吗？"

"显然没有。"

尼尔森医生又给自己调了高杯酒[1]，饮下一大口，看着他的两位朋友。

"跟你们说说我的感觉吧，我承认我不是什么体察人心的行家，但至少也练习了三十多年，不可能什么都看不出来。战场上肯定发生了什么事，回来的那个拉里跟之前不是同一个人了。不只是岁数大了一点，总之发生了什么事情，把他的性格都变得不一样了。"

---

1 Highball，用威士忌或白兰地等烈酒掺水或汽水加冰块制成，放在高玻璃杯内饮用。

"什么样的事情？"我问道。

"我也不知道，战场上的事，他几乎从来不提。"尼尔森转向布拉德利夫人。"他会跟你谈起吗，路易莎？"

她摇摇头。

"没有，刚回来的时候，我们都会问他，想让他说一说出生入死那些经历，但他就是笑笑，那种笑容你们也都熟悉，就告诉我们，没有什么值得谈的。他甚至都不跟伊莎贝尔说那些事。她用过各种方法问他，但什么都没问出来。"

就这样，你一言我一语，也聊不出什么结果，尼尔森医生看一眼手表，说他一定得走了。我正准备跟他一起告辞，艾略特非劝我再留一会儿。送走医生，布拉德利夫人向我致歉，说本是他们的家务事，却耽误了我的时间，担心我听得很无趣。

"但你也明白，我现在心思都在这件事上。"她最后说道。

"毛姆先生说话行事很周到的，路易莎，什么事都可以跟他说，不用担心。我一直觉得，鲍勃·尼尔森和拉里并不亲近，但路易莎和我都同意，有些事最好还是不要在他面前提起。"

"艾略特。"

"都已经跟他说了这么多，何必再多做保留。你吃饭的时候有没有注意到格雷·马图林？"

"他那么高大，想不注意也很难。"

"他是伊莎贝尔的一个追求者，拉里不在的时候，对伊莎贝尔十分关心。伊莎贝尔也喜欢他，要是战争一直拖延下去，两人很可能就结婚了。格雷求过婚，伊莎贝尔没接受，也没拒绝。路易莎推测，她是想先等拉里回来再做决定。"

"他怎么没上战场？"我问。

"他打美式足球，后来心脏吃不消了。不是什么严重的病，但军队不收。不管怎么样，拉里一回家，他半点机会也没有了。伊莎贝尔直截了当拒绝了他。"

我不知道听了这些话该作何回应，就什么都没说。艾略特继续说了下去。他如此的气度不凡，又一口的牛津英语，没有人能比他更像一个外交部的高官了。

"拉里当然是个好孩子，自说自话跑去加入航空部队，确实有些气概，不过，我还是很会看人的……"他微微一笑，意在言外；我从来不曾听他提起自己做艺术品买卖挣了大钱，这是唯一一次："否则，我手头也不会有这笔还算体面的金边证券。在我看来，拉里不会有什么出息。他谈不上有任何家产，也没有社会地位。而格雷·马图林就是另一回事了。他的姓氏很贵重，是爱尔兰一个古老的大家族，之前出过一个主教，一个剧作家，好些有名的军人、学者。"

"这种事你都是从哪儿知道的？"我问。

"这种事，本来就该知道的，"他随口答道，"其实，是我那天去俱乐部，正好在翻《国家人物传记大辞典》，就看到了这个名字。"

我想起吃饭时邻座提到的棚屋爱尔兰人和瑞典服务生，但格雷祖父母当年究竟是干什么的，似乎不用我来多作澄清，就没有说话。艾略特继续道：

"亨利·马图林，我们都认识他很多年了，极好的人，也很有钱。格雷进的是芝加哥最好的证券经纪公司，整个世界都在他脚下。他想娶伊莎贝尔，站在女方的角度，这不是好姻缘吗？我是全心认可的，我知道路易莎也是这个意思。"

"你离开美国太久了，艾略特，"布拉德利夫人脸上的微笑很勉强，"你忘了，在美国，女孩嫁谁不看她母亲和舅舅是不是认可。"

"这种事一点都不值得骄傲，路易莎，"艾略特回得颇为严厉，"我观察了三十年，可以告诉你，如果好好衡量了彼此的地位、财富、生活状况，包办的婚姻大大胜过那些为爱而结合的夫妻。说到底，这世上也就法国这么一个文明国家，如果同样情况发生在法国，伊莎贝尔想都不想就会答应格雷，再过一两年，要是她愿意，就让拉里做她的情人，而格雷会找一间奢华的公寓，养一个大牌女演员，所有人都会过得心满意足。"

布拉德利夫人可不糊涂，也想逗一逗她的这个兄弟。

"这么安排也有问题，艾略特，纽约的剧团来这儿演戏，时间有限，格雷那间奢华的公寓，一年到头也未必能见几回那位房客。那各方人士恐怕也很难平心静气吧？"

艾略特微微一笑。

"格雷可以在纽约证券交易所买个席位。说到底，一个人要是非住美国不可，除了纽约我真想不出还有什么能待的地方。"

聊到这儿，我差不多就准备走了，但不知道为什么，出门之前，艾略特又请我第二天去用午餐，见一见马图林父子。

"美国这么多生意人，亨利属于最好的那一种，"他说，"我觉得你俩该认识一下，他替我们打点投资已经很多年了。"

我并没有什么迫切的愿望要认识亨利·马图林，但也没有理由拒绝，就说我很愿意明天赴宴。

7

住芝加哥的这段时间，他们替我找了一家俱乐部，里面有个很好的图书馆，第二天上午，我去那儿找几本杂志。这类期刊都是大学出的，不订阅很难见到。时候还早，除我之外，图书馆里只有一个人，坐在一张巨大的皮沙发里，专心致志读着书。结果那居然是拉里。在这样的地方遇见他，是我万万没有想到的。我走过的时候，他抬头认出了我，作势要起身。

"不用麻烦，"我说，几乎是下意识地，我紧接着问了一句，"你在读什么？"

"就一本书。"他带着微笑说道，但他笑得太有魅力了，这么简慢的回答一点也不让人生气。

他把书合上，故意把书拿得我看不见书名。拉里用他那双格外浓稠的双眼看着我。

"你们昨天晚上玩得开心吗？"我问。

"开心极了，直到五点才到家。"

"然后这么早就过来了，还这么精神奕奕的，真是勤奋。"

"我经常来。这个点过来，一般能独享这个图书馆。"

"我不会打扰你的。"

"你没有打扰我。"他说，又微微一笑，我发现，他的笑真是格外动人，那不是表面上的光芒四射，而像是有一团内在的光，把他的面容都点亮了。他坐的地方两边有书架伸出，像个凹室，里面有两张椅子。他拍了下另一张椅子的扶手，问我："要不要坐一会儿？"

"行啊。"

他把手里的书递过来。

"在看这个。"

我低头一看，发现是威廉·詹姆斯的《心理学原理》。这本书在心理学的发展史中，自然是重要的必读书，而且还出奇的好读，但这么一个弱冠少年，一个飞行员，早上五点还在跳舞，此刻却捧起了这样一本书，却是我想不到的。

"你为什么会看这本书？"我问道。

"我很无知。"

"但你也还很年轻。"我微笑道。

他沉默了许久，我开始觉得这寂静长得有些尴尬，快要忍不住起来去找杂志了。但我有种感觉，身边这个年轻人有话要说。他的目光投向前方的一片空洞，他的脸很郑重，像在竭力思考着什么。我等着，很好奇这背后究竟是怎么一回事。当他开口时，就像正常接上了对话，就像刚才漫长的寂静根本不存在。

"我从法国回来的时候，他们都想让我去上大学。我没法去。经历了那些事之后，我觉得我不可能回到校园了。再说，之前上预科学校，我也什么都没学到。我觉得，大一新生的生活 我肯定讲不去的，他们也不会喜欢我。我不想演一个我没有感觉的角色。另外，我想了解的东西，我也不认为那里的老师会教给我。"

"我很明白这不关我的事，"我回道，"只是我并不认同你的某些说法。你的意思我觉得我听懂了，大学前两年，本科生不过名头好听些，其实跟中学生差别不大，经历了两年战争，再进校园过这样的日子，肯定是恼人的。但你说他们会不喜欢你，我不相信。美国的大学我不太了解，我也不相信美国的本科生和英国的本科生竟那么不同，或许美国的更闹腾一些，捉弄同学或许要玩过头，但大体上都是正经、有头脑的青年人，要是你不想过他们那种生活，只要稍微讲究些策略，他们也不会非要来烦你。我兄弟去了剑桥，我没有。那时是有机会的，我放弃了，我想去外面的世界转转。直到今天我都后悔。由经验丰富的老师引导你，学得会快不少。没有人领着你，往死胡同里钻，大把时间都被浪费了。"

"你说得或许不错。可我不介意犯错。或许就在某条死胡同里，有我要找的东西。"

"你要找的是什么？"

他迟疑了片刻。

"我还不太清楚，问题就在这儿了。"

我沉默了，这样的话简直叫人无言以对。我自己从很年轻的时候起，前方就有明确而清晰的目标，听到这样的想法难免有些不耐烦，但又立马知道不该如此。这个男孩的灵魂中有些混乱的抗争与进取，但这不过是我的些许直觉，具体那些奋争是出于尚未厘清的想法，还是朦胧的感受，我也说不清，但这让他心绪难平，推着他向某处去，可他自己也不知道要去哪里。莫名的，我对这个青年极为感同身受。之前没听他说过几句话，直到此刻，才意识到他声音悦耳，极为动人，听着只觉得心头一阵慰藉。想到这里，又想到他迷人的微笑，还有那双如此能传情达意的黑眼睛，伊莎贝尔会深爱着他，也很好理解了。他身上确实有些很可爱的东西。他转过头来，毫不局促地看着我，但眼睛里确有别样的表情，像是饶有趣味在审视我。

"昨晚我们都去跳舞之后，我猜你在聊我，是不是？"

"有时候聊到了你。"

"我想，他们非要鲍勃叔叔来吃饭，也是这个缘故，他是很讨厌出门的。"

"我听说有人给了你一份很好的工作。"

"人人羡慕的工作。"

"你会接受吗？"

"大概不会。"

"为什么不接呢？"

"我不想干。"

此事与我毫无关系，本不该多嘴，但我又感觉，正因为我是个不相识的外国人，拉里才不介意跟我多聊几句。

"你也知道，有些人，要是其他事都干不好，他们就会去当作家。"我说着，轻声笑了笑。

"我没有写作的才华。"

"那你想干什么呢？"

他向我来了一下他那明媚迷人的微笑。

"游手好闲。"他说。

我忍不住哈哈笑起来。

"要在芝加哥以此为业,我看大概不容易吧,"我说,"那行吧,我不打扰你看书了,我过来是想翻一会儿《耶鲁季刊》的。"

于是我就起身了。离开图书馆的时候,拉里还在专心致志读着威廉·詹姆斯那本书。我一个人在俱乐部吃了午饭,因为图书馆安静,我又去那里抽雪茄,看信写信,消磨掉一两个小时。出乎意料的是拉里依旧沉浸在那本书中,好像我走开之后他就没有动过。我大概是四点钟走的,他还在那里。那份专心确实让我赞叹,我回去又离开,他根本没注意。我下午去办了些杂事,晚上有场宴会,直到换衣服的时候才回去黑石酒店[1]。半路上,我突然好奇心大盛,又拐进俱乐部,去图书馆看了一眼。当时有好几个人,有的在看报,有的在读别的东西。拉里依旧坐在同一张椅子里,专心读着同一本书。真是怪事!

8

第二天的午餐,艾略特放在帕尔默家园酒店[2],主要就是

---

1 Black Stone,1910 年开始营业的芝加哥地标酒店,被称为"总统的酒店"。
2 Palmer House,1870 年开业的芝加哥传奇酒店。

让我见一见马图林父子。席上就我们四个人。亨利·马图林也是大个子，身材几乎和他儿子相当。红通通的胖脸，壮实的下颌，鼻头也是扁的，一样气势汹汹，但他的眼睛比儿子小，没有那么蓝，而是透露出极精明的神采。虽说最多不过五十出头，但他看上去有六十岁，头发都已经雪白，掉得很快。第一眼看他，很难给人好感，只觉得他很多年来都待自己太好了。我感觉这是一个强悍、聪明、处事有力之人，至少在生意场上，应该是从不留情面的。他一开始话很少，应该是在掂量我；而我也不难看出来，他多少把艾略特当成个笑话。格雷很和气、很礼貌，但几乎什么话都没有，还好艾略特的社交手腕登峰造极，餐桌上始终流动着轻松的对话，否则场面会很尴尬。过去，要哄得那些中西部的商人为某位艺术大师一掷千金，我猜艾略特累积了不少经验。马图林先生很快放松了一些，有几句话听得出他比看起来聪明，甚至还有点冷幽默。他们聊的一度都是股票和分红，艾略特虽然时常有那些不合乎俗情俗理的举动，但我知道，他精明起来不输给任何人，所以发现他也很懂金融场上的事情，我一点都不奇怪。这时马图林先生说道：

"今天早上，接到一封信，是格雷的朋友拉里·达雷尔写来的。"

"你没跟我说啊，爸爸。"格雷道。

马图林先生转过来问我：

"拉里你认识吧？"

我点点头。

"我听了格雷的建议，让他加入我的公司。他们是很好的朋友，格雷对他佩服极了。"

"爸，他说什么了？"

"他谢了我，说他明白，这对年轻人是绝好的机会，他认真地考虑了，觉得肯定会让我失望，所以决定还是不来了。"

"他这决定真是愚蠢。"艾略特说道。

"确实。"马图林先生说。

"我真的很遗憾，爸爸，"格雷说，"要是我们能一起工作，那就太棒了。"

"牵牛到河边容易，你还能按下牛头逼它喝水吗？"

马图林先生说这话时，转头看他儿子，目光就柔和起来。我发现这个生意场的硬汉还有另一面，对这个身高马大的儿子，他似乎满是宠溺。这位父亲又转向我：

"你知道吗，礼拜天，在我们那个球场，这小子比标准杆低两杆就打完了。打了我一个'狗牌'[1]，我都要用铁头杆敲他脑袋了。谁能想得到，是我教他打的高尔夫啊。"

他的骄傲溢于言表，我都有点喜欢他了。

1　在比洞赛中，剩下六洞时，以七洞优势大比分拿下比赛。（术语起源：旧时在英国，带宠物狗入球场时，需支付七先令六便士。）

"爸，那天是我运气特别好。"

"完全不是运气，从沙坑把球打到离洞六英寸，是靠运气？真要说多远，我可以跟你打包票，那一杆足足有三十五码。我想让他明年去参加业余比赛。"

"我肯定抽不出那个时间。"

"我是你老板啊，你忘了？"

"哪里忘得了！我要是到办公室晚了一分钟，你快要把屋顶都掀了。"

马图林先生呵呵一笑。

"他这是想把我说成个暴君，"他跟我说道，"不要信他。我这生意，合作伙伴是没什么用的，做好做坏都是我自己。我这小子，我让他从最底层干起，希望他能一路干上去，就跟每一个我招来的年轻人一样，这样等到我退休的时候，他才算做好了准备。有些客户，我照看他们的投资已经三十年了，他们信我。跟你说实话，我宁可自己损失，也不想让他们亏钱。"

格雷笑起来。

"那天，一个老太太进来，要投一千美金在一个不靠谱的项目上，说是她牧师推荐的，父亲拒绝受理，那老太太非要投，父亲狠狠地训斥了一通，她哭着出去了。然后他又打电话给那个牧师，也把他骂了一顿。"

"大家一说起我们这些经纪人，话都不好听，但经纪人也有各式各样的。我不喜欢看人亏钱，我想让他们发财。只不过，看他们那些行事作风，你会觉得大多数人的人生目标就是把自己的钱全糟蹋光。"

马图林父子跟我们道别去公司，我和艾略特走在路上，他问我："好啦，你觉得这人怎么样？"

"能认识不一样的人我总是高兴的。他们父子情深，还真有些感人。我在英格兰很少见到。"

"他可喜欢这个儿子了。老马图林是个奇怪的混合体。他刚刚说起他的那些客户，也是实情。老妇人、退伍军人、牧师，这样的客户他有好几百个，照看着他们的积蓄。照我说，那些人都太麻烦了，得不偿失，但这些人信任他，亨利引以为傲。不过，一旦来了什么大买卖，又碰上有钱有势的对手，没有人比他更心狠手辣，那可以说是一点怜悯都不会有。该得的钱，他肯定是不择手段要拿到的。一旦你招惹了他，他不但要毁了你，而且以此为乐。"

回到家，艾略特把拉里拒绝亨利·马图林的事告诉了布拉德利夫人。伊莎贝尔出去跟她几个女性朋友吃午饭，回来的时候他们还在聊。据艾略特后来的转述，把情况告知伊莎贝尔之后，他还慷慨陈词了一番。虽然他有十年跟任何工作都不沾边，而且当年也并不是靠做了什么苦工才有今天的锦衣玉食，但他认定，人类社会要运转，本质上靠的是努力付出。拉里完全就是个平头百姓，年纪尚轻，有什么道理不去秉持自己国家的可贵品质。像艾略特这样的耳聪目明之人，说美国正要开启一个前所未有的繁荣时期，这在他看来是不言而喻的事情。而拉里有机会从起步时就投身其中，要是能埋头苦干，到了四十岁，很可能就有好几百万的身家了。那时候，他想退休，比方说，想去巴黎过绅士的日子，在森林大道[1]买套公寓，在都兰[2]买个城堡，他（也就是艾略特）绝不会再说三道四。但路易莎说得更精炼，也更难辩驳：

"要是他爱你，就应该愿意去为你工作。"

我不知道伊莎贝尔对此是如何应答的，但她足够清醒，也明白，道理终究还是在长辈这一边。她认识的同辈人，要么正在学习，为某个职业做准备，要么已经在办公室忙碌起来。拉里虽然在空军有光辉履历，但也不可能一辈子指着它过日子。战争已经结束，所有人谈战争都谈厌了，恨不得明天就忘记它。讨论结束，伊莎贝尔同意，跟拉里把事情摊开，一劳永逸地说清楚。布拉德利夫人提了个建议，让伊莎贝尔找拉里开一趟车，送她去马尔文。她给客厅订了

---

1 Avenue du Bois，指布洛涅森林大道，即现在的福煦大道。十九世纪末，名流纷纷于此建筑豪宅。

2 Touraine，位于法国卢瓦尔河谷的一个地区，英法百年战争及之后的几百年受帝王青睐，成为重镇，兴建了诸多城堡。

新窗帘，但尺寸弄错了，所以要伊莎贝尔再去量一次。

"鲍勃·尼尔森会给你们准备午饭。"她说。

"我有个想法，"艾略特说，"给他们准备一个午餐篮，可以在门廊上吃，吃完了就好好聊聊。"

"这样挺有意思。"伊莎贝尔说。

"如果能打点妥当，一次闲适的野餐是最让人享受的事情，"艾略特指点道，"乌泽斯公爵夫人以前跟我说过，这种时候，再顽固的男人也会变得好说话，提什么都容易答应。你打算给他们的篮子里准备些什么？"

"甜馅鸡蛋和鸡肉三明治。"

"胡来，野餐不能没有鹅肝酱。开胃一定要有咖喱虾，然后得有鸡胸肉做的肉冻，沙拉可以用生菜心的嫩叶，我亲手给你们做沙拉酱，要是你们实在喜欢美国吃法，我可以让一小步，鹅肝酱之后来一个苹果派。"

"我就给他们甜馅鸡蛋和鸡肉三明治，艾略特。"布拉德利夫人带着决断说道。

"行，那我把话放在这儿，这肯定是要失败的，到时你怪不了别人。"

"拉里吃得很少，艾略特舅舅，"伊莎贝尔说，"而且我觉得他从来都注意不到吃进嘴里的是什么。"

"可怜的孩子，我只希望你没把这当成他的优点吧。"舅舅回道。

可既然布拉德利夫人这么说了，他们的菜单也就定了。艾略特后来跟我说起这次短途旅行的成果，完全像是个法国人似的耸了耸肩。

"我跟她们说了，这样会失败，求路易莎放一瓶蒙哈榭酒在里面，那是战前我寄给她的，她也不听。他们装了一保温瓶的热咖啡去，能有什么希望？"

艾略特说，那时候客厅里只有他和路易莎，先是听到车停在大门口，接着是伊莎贝尔进来。当时暮色刚起，窗帘都拉上了。壁炉边一张扶手椅，艾略特懒懒坐着读小说，布拉德利夫人在加工一幅织毯，之后要用在壁炉屏风上。伊莎贝尔没有进来，而是径直上楼回了自己房间。

艾略特从镜片上方看着自己的姐姐。

"我猜她是先去把帽子放回房间，马上就下来了。"她说。

但伊莎贝尔没有下来。好几分钟过去了。

"她可能累了，要躺一会儿。"

"照理说，拉里也该一起进来的吧。"

"不要气人，艾略特。"

"反正这是你的事情，跟我没什么关系。"

他的视线落回到书上，布拉德利夫人也继续做起针线活。但半个小时过去，她突然站了起来。

"我觉得我最好还是上去看看，确认她没什么事。要是她休息了，我也不会吵醒她。"

她走了出去，没过一会儿又下楼了。

"她一直在哭。拉里要去巴黎了，要走两年。伊莎贝尔答应要等他。"

"他为什么想去巴黎？"

"艾略特，你问我没有用，我不知道，她什么都没说。她说她理解拉里，不会横加阻拦。我跟她说：'要是他准备丢下你，一走就是两年，他不可能有多爱你。''这我掌控不了，'她说，'最重要的是我爱他，我很爱他。'我问她：'甚至发生了今天这样的事，还一样爱他吗？'她说：'今天让我比以往任何时候都更爱他了，而且他也爱我，妈妈，我很确定。'"

艾略特想了想。

"两年之后会怎么样？"

"我跟你说了，艾略特，我不知道。"

"你不觉得这很难让人满意吗？"

"很难。"

"别的没什么好说了，只能说他们都还很年轻，等两年也害不了他们，这两年里可能会发生很多事情。"

他们都同意，先让伊莎贝尔自己静一静为好，他们那天晚上还有一个宴会要去。

"我不想让她又难受起来，"布拉德利夫人道，"眼睛要是肿得太厉害，大家肯定要乱猜。"

但第二天吃过午饭之后，只剩他们三人，布拉德利夫人又提起了那个话题，但还是问不出什么。

"那他去巴黎想干吗呢？"

伊莎贝尔微微一笑，她知道这个回答在她母亲听来有多么荒唐。

"游手好闲。"

"游手好闲？你到底在说什么？"

"他就是这么跟我说的。"

"我真的受不了你了，要是你还没有完全自暴自弃，当时就该把婚约给解除了。他只是在戏弄你。"

伊莎贝尔看着左手那枚戒指。

"我能怎么办？我爱他。"

这时艾略特加入对话中来。这个舅舅讲话最知进退，那是远近闻名的，"我没有把自己当成一个舅舅，那只是一个颇有些阅历的人，讲些事情给一个涉世未深的女孩听"，但收效还不如他的姐姐。那天晚些时候，艾略特到了我在黑石的那间小客厅里，复述了当时情境，我听出来伊莎贝尔应该让他不要多管闲事，用词当然不会失礼，但意思相当明确。

"路易莎说得当然没错，"他补充道，"这很难让人满意，但放任年轻人自己择偶，只看彼此是否有意，就会遇上这样的麻烦。我跟路易莎说，不要太担心，我觉得这事最后不会像她料想的那么糟糕。拉里一旦走开，而格雷·马图林那个小伙子却常伴左右——这么说吧，跟人相处多了，总不会对他们一无所知，最后结果会如何，已经很明显了。十八岁的时候，情感都很激烈，但它们不持久。"

"你张嘴就是看透俗世的智慧啊，艾略特。"我微笑道。

"我的拉罗什富科 [1] 可不是白读的。你也知道芝加哥是个什么样的地方，他们三天两头会碰到。有个男人这么对你死心塌地，女孩都会觉得受用，而且她明白，自己那些女性朋友，随便哪一个都会立马答应格雷的求婚，这是很有面子的事情——我就问你，都是凡胎俗骨，这种把所有人抛在身后的诱惑，谁能抵御得了？这就像一个派对，你知道去了会无聊到灵魂出窍，茶点也只有柠檬水和饼干，但你还是去了，因为你知道你最好的朋友都不惜一切代价想来，但没有收到邀请。"

"拉里什么时候走？"

"不知道，应该还没有定。"艾略特从口袋里掏出一只黄金、铂金拼接的烟盒，取了一支细长的埃及烟。像法蒂玛、契斯特菲尔德、骆驼、好彩那些牌子，都入不了他的眼。他神情暧昧地朝我笑了笑。"这小伙子的心思，我其实

1　La Rochefoucauld（1613—1680），法国作家，以警句形式写成《箴言录》，流传最广的文字大多是用精炼的笔调揭示传统道德观背后的自私自利。

隐隐地还有一丝认同，这我自然不会告诉路易莎，但可以跟你说说。我了解，他打仗的时候浮光掠影地见识了巴黎，全世界唯一一个文明人住得下去的城市，被迷住了，这也怪不了他。他还年轻，收心过婚后生活之前，想要荒唐一番。很正常，也很正当。我会照看他一眼的。把对的人介绍给他认识；他举止得体，再听我指点一二，在社交场上会很像模像样。他能领略一些没几个美国人见识过的法式生活，这一点我是可以打包票的。你放心，一个普通美国人要进圣日耳曼大街，比他进天堂还难。拉里今年二十岁，招人喜欢，我或许可以牵线搭桥，让他跟一个年长些的女子在一起。这能塑造他。我的看法向来如此，年轻男子如果能和某个年纪的女子有段恋情，这是最好的教育；当然，如果照我期盼的那样，那会是个所谓的名媛，他在巴黎立马就有了自己的位置。"

"这些你跟布拉德利夫人说了吗？"我微笑着问道。

艾略特呵呵笑道：

"朋友啊，要说我有什么是引以为傲的，那就是我知道什么该说，什么不该说。跟我姐姐是不能说这些话的，这个可怜人理解不了。路易莎有些方面我从来都无法理解，她半辈子都活在外交界，住过全世界一半的首都，但依旧'美国'得无可救药。"

9

那天晚上去湖畔公路吃饭，一幢石头房子，气势恢宏，乍一看，似乎是建筑师本想建一个中世纪城堡，造了一半，又要把它改成瑞士的农舍。晚宴排场很大，宽阔的客厅极尽奢华，全是雕像、棕榈树、吊灯、大师作品，还有过于拥挤的家具摆设。还好，宾客中有几位是我认识的。亨利·马图林把我引见给了他的妻子，身材纤弱，已颇显老态。我也去问候了布拉德利夫人和她女儿。那晚伊莎贝尔身着红色长裙，正好衬她黑色的头发、浓栗色的眼睛，整个人都格外鲜丽。她似乎兴致很高，没人猜得到她刚经历的烦忧。她身侧围着两三个年轻男子，聊得欢畅，格雷也在其中。晚餐时她坐在另一桌，我看不到她。散席之后，男人们要无休无止地享用咖啡、利口酒、雪茄，再重新回到客厅，这时我有机会跟她聊上几句。我们交情还太浅，艾略特之前跟我说的事，没法直接提起，但我确有些话可以告诉她，至少我以为伊莎贝尔也是愿意听的。

"那天我在俱乐部看到你男朋友了。"我随口说道。

"哦，是吗？"

她的语气跟我一样漫不经心，但我发现她立时紧张起来，眼神很关切，我还从中读出一丝担忧。

"他在图书馆看书。他的专注力很让我佩服。我去的时候十点刚过，他就在看书，我午餐回去他在看书，晚餐前我去图书馆转了一下，他还在看书。我很确信他有接近十个小时没怎么动过。"

"他在读什么？"

"威廉·詹姆斯的《心理学原理》。"

她把头低了下去，我看不出刚刚的讯息对她造成了什么影响，但我感觉她既困惑，又释然。这时，主人喊我去打桥牌，牌局结束时伊莎贝尔和她母亲早已走了。

10

两天之后，我去跟布拉德利夫人和艾略特道别。他们正在品茶，到了没多久，伊莎贝尔也正好回家。大家聊了聊我接下来的旅程；在芝加哥受到他们款待，我也表达了感谢，坐了好一会儿才走。

"我陪你走到杂货店，"伊莎贝尔说，"刚想起要买样东西。"

布拉德利夫人留给我最后的话是这样："下次见到亲爱的玛格丽特女王，你会替我转达问候的吧？"

澄清过几次我与那位尊贵的女王并不相识，但早已放弃，就轻佻地应诺下来，说我一定会转达。

到了街上，伊莎贝尔侧眼朝我微笑，问道：

"冰激凌苏打，你觉得你能喝得下吗？"

"我可以试试。"我小心答道。

一直走到杂货店，伊莎贝尔没有说话，我也没有想出能说什么。进了店，找了张桌子坐下，椅背和椅子脚都是用铁丝绕的，极不舒服。我点了两份冰激凌苏打。虽然有几个人在柜台买东西，别的桌子也坐着几对客人，但他们都在专心谈自己的事，实际上我们也算是独处了。伊莎贝尔呁着一根长吸管，似乎喝得别无他求，我只点了一支烟，等着她。她隐约透露出一些紧张。

"我之前就想跟你聊一聊。"她突然开口道。

"我也有这个感觉。"我微笑道。

她看着我，若有所思，又过了一会儿。

"前天在萨特斯怀特家，你干吗要跟我说拉里那些事？"

"我只是想着，你可能会感兴趣。拉里所说的'游手好闲'，或许你并不清楚他到底什么意思。"

"艾略特舅舅太多嘴了，他说要去黑石跟你聊一聊，我就知道他会什么事都跟你说的。"

"你也知道，我认识他很多年了，你舅舅很喜欢聊一些与他无关的事情。"

"我知道。"她微笑道。但那笑意一闪而过，她定定地看着我，眼神很严肃。"你觉得拉里怎么样？"

"我只见过他三回，似乎是个很不错的青年人。"

"就这样？"

她的声音里带着一丝忧愁。

"或许还可以多说两句，但你也明白，我对他太不了解了，下不了什么判断。当然，他很有魅力，他身上有种谦逊、友善、温柔的特质，很给人好感。而且这么年轻，却这么拿得定主意，很少见，跟我在这里认识的男孩子很不一样。"

这些印象在我自己头脑中都是朦胧的，只好手忙脚乱地寻些字词去描绘，伊莎贝尔始终专注地看着我。听完这段，她轻轻叹了口气，好像有所释然，然后脸上绽开一个迷人的微笑，甚至带些调皮。

"艾略特舅舅经常说，你的观察力常叫他意外，说什么都逃不过你的眼睛，还说你写东西有一大过人之处，就是你的常识。"

"我还能想到更有价值的过人之处，"我冷冷答道，"比如，才华。"

"你知道，我没有别的人可以商量这件事了。妈妈只会从她的角度看问题，她想要我的未来能安定下来。"

"那也很自然，不是吗？"

"还有艾略特舅舅，他只知道社会地位，而我自己的那些朋友，就是我的那些同辈朋友，觉得拉里不会有什么出息了。这真的很伤人。"

"确实伤人。"

"他们也不是故意要伤他，认识拉里的人，谁都忍不住对他友善起来。但他们都觉得拉里很可笑，一直寻他开心，可是，拉里无所谓，总是一笑置之，这也能让他们恼火起来。目前是什么状况你知道吗？"

"我只知道艾略特告诉我的那些。"

"我能不能跟你说说，我们去马尔文的时候到底发生了什么？"

"当然了。"

我这里把伊莎贝尔告诉我的前前后后重新描绘出来，部分是她的讲述，部分是我的想象。当时她和拉里聊了很久，此处所呈现的，必定略去了不少。那样的场景中，恐怕有很多话无关主旨，还会把同样的意思翻来覆去说很多遍。

那天伊莎贝尔醒来，发现天气很好，给拉里打了个电话，说母亲要她去马尔文办件事，让拉里开车送她。母亲之前就让尤金放一壶热咖啡在篮子里，伊莎贝尔又找了个热水壶，装好了马提尼酒，以备不时之需。拉里的敞篷车是他最近买的，很为之得意，他开车很快，那天的车速让两人的兴致都飞扬起来。到了之后，找到要换的窗帘，伊莎贝尔量尺寸，让拉里把数字抄下来。然后就把午餐在门廊上摆了出来。那个地方，风都被挡住了，小阳春的日光却是暖洋洋的。屋子造在一条土路边上，完全没有新英格兰那些木板房的优雅，要想尽力夸它，也只能说很宽敞，住起来挺舒服。但从门廊往外看，一个巨大的红色谷仓很漂亮，黑色的屋顶，边上一簇老树，再远些，直到视线尽头，都是棕色的田野。风光是谈不上的，但年岁将尽，苍茫日照中淡淡漾着光晕，却有种风致，让人很愿意亲近。眼前的广阔无垠，总是让人心神为之一振。冬日里，必定冷冽、凄苦，到了三伏天，或许又是烈日炙烤、酷热难耐，但只在此时此刻，却莫名有种兴奋，而豁目远望，仿佛灵魂也随着去冒险了。

他们本就是活力充沛的年轻人，这一餐吃得高兴，能有彼此相伴也很幸福。伊莎贝尔把咖啡倒入杯中，拉里点起了烟斗。

"你开始吧，亲爱的。"他说，眼睛里是饶有兴味的笑意。

伊莎贝尔惊住了，尽力装出天真的表情，问道：

"开始什么？"

他轻轻笑道：

"亲爱的，你到底觉得我有多蠢啊？客厅里的窗帘尺寸，你母亲要不是早就一清二楚，我立马把这帽子吞了。你让我开车送你到这儿来，肯定不是为了窗帘。"

伊莎贝尔又镇定下来，对着拉里灿烂地笑了笑。

"我就不能只想让你陪我出来，就我们两人舒舒服服过一天？"

"当然可以，但我觉得这不是真的缘由。我猜是艾略特舅舅跟你说了，我拒绝了亨利·马图林的工作邀请。"

他说得轻松愉快，伊莎贝尔发现就顺着这个语气说下去，倒也不算难。

"格雷肯定失望透顶，他一直盼着跟你在同一个地方上班。你也总有一天要工作的，拖得越久越不好办。"

他抽了几口烟斗，看着伊莎贝尔，笑容很温柔，于是伊莎贝尔吃不准他的话到底是认真的还是开玩笑。

"你知道吗，我一直有个想法，觉得我的人生不止买卖债券。"

"那也行啊，进一个律师事务所，或者去学医。"

"不是，那些我也不想干。"

"那你想干吗？"

"游手好闲。"他平静地答道。

"拉里，别开玩笑，这可是最要紧不过的正经事。"

她的声音在颤抖，眼里都是泪水。

"别哭了，亲爱的，我不想让你这么难过。"

他走过去，在她身边坐下，伸手搂住了她。他的声音里有种柔情，伊莎贝尔再也抑制不住，泪水从眼眶滚落。但她擦干了眼泪，硬是在嘴角扬起一点笑容。

"说你不想让我难过，那也不过是说说罢了，你就是让我很难过。你知道的，因为我爱你。"

"我也爱你，伊莎贝尔。"

伊莎贝尔重重叹了口气，从拉里的怀抱中挪开，说道：

"我们不能异想天开，男人都是要工作的，拉里。否则他就把自己看轻了。我们这是个年轻的国家，正发生很多事情，男人就是要投身其中的。亨利·马图林前两天还在说，接下来这个时代，我们会获得空前的成就，会让历史上的任何辉煌都显得不值一提。他说美国的发展是不可限量的，到 1930 年，他很确信我们会是世界上最富有、最伟大的国家。你不觉得这特别激动人心吗？"

"很激动人心。"

"年轻人从来没有过这么好的机会，若是能参与到那个事业中去，我还以为你会很自豪的。这样的征程多美妙啊。"

拉里轻声笑了笑。

"未来很可能就是你说的这样，阿莫和斯威夫特会打包更多、更好的肉，麦考密克会造出更多、更好的收割机，[1] 亨利·福特会造出更多、更好的汽车，所有人都会越来越有钱。"

"这有什么不好呢？"

"你说得对，这挺好的，只是我正好对钱不怎么感兴趣。"

伊莎贝尔不由得笑出声来：

1　Armour，1867 年成立于芝加哥的肉类加工厂。Swift，十九世纪七十年代末在芝加哥发展起来的牛肉销售企业。McCormick，塞勒斯·麦考密克创立的公司，1902 与其他农具制造商合并为国际收割机公司。

"亲爱的，不要说傻话，没有钱谁也活不下去。"

"我有一点点钱，可以用来做我想做的事情。"

"游手好闲？"

"是啊。"他微笑着答道。

"你这样，我真不知道该怎么办了，拉里。"她叹气道。

"对不起，要是我可以的话，一定不会让你这么为难的。"

"你可以的。"

他摇摇头，一时半刻没有说话，某些念头让他想出了神。终于开口时，那句话吓了她一跳。

"人死的时候，看着真的是完完全全地死透了。"

"你在说什么啊？"她问得有些忐忑。

"就字面意思。"他忧伤地朝她微微一笑。"一个人开飞机在空中，有很多时间想事情。会有些古怪的念头。"

"怎么样的念头？"

"模糊的，"他微笑着说道，"混乱的，串不起来。"

伊莎贝尔琢磨了一会儿。

"等有了份工作，会不会这些想法就理清了，你也知道自己是怎么回事了？"

"我也这么想过，之前考虑，要么去做木匠，或者找个车行去干活。"

"拉里，大家会觉得你疯了。"

"这有什么关系呢？"

"对我来说，有关系。"

两人又陷入沉默，这次是伊莎贝尔先开口。她叹了口气，说道：

"你跟去法国前完全不一样了。"

"这不奇怪。你也知道，那边发生了很多事。"

"比方说呢？"

"啊，也就是那些司空见惯的事情。我在飞行队里最好的朋友死了，是为了救我。我发现这种事没那么容易忘记。"

"跟我说说吧，拉里。"

拉里看着她，眼神中是深深的忧伤。

"我还是不太想谈这件事。说到底，事情本身无足轻重，没什么值得讨论的。"

伊莎贝尔天生容易动感情，眼里满是泪水。

"你很不开心吗，亲爱的？"

"没有啊，"他答道，微笑着，"我只有一件事不开心，那就是我让你难过了。"他握住伊莎贝尔的手。伊莎贝尔只觉得他有力的手掌中传来的全是善意，全是贴心的疼爱，若不是她咬住嘴唇，肯定已经哭了出来。拉里郑重地说道："我得先把一些事情想清楚，否则我心里总是不得安宁。"迟疑了一下，他又说："这很难表达，一旦说出来，就觉得很尴尬。你会问自己：'我把自己当成什么人了，为什么费脑筋去琢磨这件事、那件事？可能没有别的道理，只因为我是个自以为是的讨厌鬼。随大流，顺其自然，不是更好吗？'但这时候，你又想起来，有那么一个人，半小时之前还生龙活虎，此刻躺在那儿，死了，太残酷，太没有意义了。你很难不去问自己，生命到底是为了什么，能不能说出个所以然来，或者它只是命运随意摆布的悲剧而已？"

拉里声音好听，本就莫名地动人，此刻，他断断续续逼自己讲出这些话来，真诚到透露着痛楚，好像他一边说着，一边宁愿自己没有说；所以伊莎贝尔一时间觉得自己怎么回应都不对。

"是不是去外面走一走，会对你好些？"

这句话问出来，她的心直往下坠。拉里回答前沉思了很久。

"应该会吧。你努力不去在意大家的看法，但这很难。如果别人带着敌意对你，你心里的敌意也会被扰起来，的确是种困扰。"

"那你为什么不走呢？"

"啊，为了你。"

"我们之间说话不用遮掩，亲爱的，你此时的生命里是没有我的位置的。"

"你是想说不想再做我的未婚妻了？"

她嘴唇颤抖，逼自己带着微笑说道：

"不是啊，笨蛋，我是想说我愿意等。"

"可能要一年，或许两年。"

"那就行。也或许用不了那么久。你想去哪儿？"

拉里全神贯注地看着她，仿佛要看到她心底去。伊莎贝尔心里极苦，不愿露在脸上，只微微一笑。

"我想先去巴黎。那里我一个人都不认识，也没有人会来管我了。以前放假的时候，去过几次。不知道为什么，总觉得到了那里，我脑子里那团乱糟糟的东西会清晰起来。那个画面挺怪的，就是一种感觉，好像你能毫无阻碍地把一些事情想到底。到了巴黎，我想我就能看到往后该往哪里走了。"

"要是你还是看不到呢？"

他呵呵笑了笑。

"我们美国人就算什么都不懂，怎么干活挣钱总是会的，到时我就把这一段当成误入歧途，回芝加哥，不管有什么工作都好好干起来。"

当时的场面对她过于重大，伊莎贝尔说着说着就控制不住情绪。终于说完了，她满眼可怜地看着我，问道：

"你觉得我这么做是不是不对？"

"我觉得你也没什么别的办法了，而且，你的宽厚和善解人意，都让我佩服。"

"我爱他，我怕他过得不开心。还有，你知道吗，他要这么离开，我心里并不全是难过。我不想让他继续在这种充满敌意的氛围里，不仅是为了他，也是为了我自己。很多人说他会一事无成，我恨他们，但他们这么想并不是完全没有理由的，我一直不敢面对心底的那份恐惧，就是怕他们说的并没有错。请不要说我善解人意，我根本就不理解他正追寻什么。"

"或许，是你的头脑不理解，但你心里是懂他的，"我微笑道，"为什么不现在就结婚，跟他一起去巴黎呢？"

她眼里闪过一丝若有似无的笑意。

"我做梦都想，但我没有办法。虽然不愿承认，但你知道吗，我真的觉得没有我在他身边，对他是有好处的。尼尔森医生说，有种创伤是滞后的，换个环境，关注新的事物，想必能治好他吧。等他心里安定了，就会回芝加哥，跟其他人一样进入商界。我不想嫁给一个懒汉。"

伊莎贝尔从小就被这样教养，有些理念灌输久了，已经根深蒂固。她很少想到钱，因为生活中需要什么，她从来都是不缺的，但她直觉中明白钱的重要。它意味着权力、影响力、社会地位，男人挣钱是最顺理成章、自然不过的事情，这本就是人生最基本的元素。

"你不理解拉里，我一点也不奇怪，"我说，"我多少能确定，他也不理解自己。那些目标，他不肯多说，因为对他也是朦胧的。我和他并没有什么接触，所以你要记得，接下来只是我的揣测。有没有可能，他正在找一样东西，但并不知道那是什么，或许，他甚至不确定那个东西真的存在。或许，战场上发生了一些事，让他心神不宁，没办法就这样回到寻常的日子中去。你觉不觉得，他在追寻的那个纯粹的东西，可能藏在一团未知当中——就像一个宇航员在找一颗星星，但除了数学演算的结果，他并没有别的证据说明这颗星星真的存在。"

"我觉得有东西正困扰着他。"

"他的灵魂？或许他有点害怕他自己。或许他隐约在头脑中望见的意象，他也拿不准是真的，还是只是幻觉。"

"有时候，他给我一些很奇怪的感觉，就好像他梦游到了一个陌生的地方，突然醒过来了，怎么想都想不出这是哪里。战争之前，他多么正常啊。他对生活热情似火，这也是他最招人喜欢的一点了。那么热闹、没定心的人，跟他玩在一起可高兴了；而且他又那么体贴、那么滑稽。到底能发生什么事，让他有这么大的变化？"

"那我没法知道，有时候可能只是很小的事情，结果对你的影响完全不成比例。和当时的种种客观状况，和你当时的心境，都有关系。我们说的万圣日，法国人叫'亡者之日'，有一年，我在一个乡村教堂参加他们的弥撒，德国人刚攻进法国的时候，在那个地方闹腾过。那天教堂里都是军人，还有很多一身黑衣的女子。墓地里好多排小小的木十字架，仪式很肃穆，后来女人哭起来，男人也在哭，我就生出一种感受，觉得我们这些活着的人，境况还不如那些小十字架下面躺着的亡魂。我跟一个朋友说了，他问我什么意思，我解释不了，看神色就知道，他觉得我那些话奇蠢无比。我还记得某场大战之后，我见过法国士兵的尸体堆积起来，就像某个木偶戏的剧团破产了，木偶从此毫无用处，被胡乱丢在角落里积灰。那时候我的想法跟拉里那句话一样：人死的时候，看着真的是完完全全地死透了。"

有读者或许觉得我在故弄玄虚，战场上发生了什么事，对拉里影响至深，而我刻意把它说得极其神秘，再挑一个合适的时机揭晓谜底。其实并非如此，我想拉里也从没有跟任何人说过这样的事。但多年之后，他的确跟某位法国女子提起过一个年轻的飞行员，讲那个人如何在救他的时候牺牲了。这位女士叫苏珊·鲁维耶，我也认识，又听她给我讲了一遍，所以，我在这里只是再把法语翻译过来而已。就是在飞行中队，好像拉里和一个青年人成了很好的朋友，苏珊听拉里提起他，只有一个戏谑的绰号。

"他是个红头发的小个子，一个爱尔兰人，那时候我们都叫他阿呆，"拉里说，"我接触过的人，谁也没有他那么有活力，整天像通了电一样。他那张脸就长得好玩，笑起来很有趣，所以你只看他就想笑。这是个冒失鬼，尽干些疯狂透顶的事，经常被上司训个狗血淋头。他完全不知道害怕是什么东西，有时毫厘之差捡了条命回来，他那满脸堆笑的样子，就好像从来没听过这么有意思的笑话。但他天生是个飞行员，一旦到了天上，他就很冷静也很小心。他教了我很多东西。我比他小几岁，他就一直很照顾我，但我又比他高了足足六英寸，所以看上去就很滑稽，要是真动起手来，我随手就能把他摞倒。有次在巴黎，他喝醉了，我怕他要惹事，就真把他敲晕了。

"刚进飞行队的时候，我有点不适应，担心自己不能胜任，但他用那些玩笑话让我真的自信起来了。他对战争的看法挺怪的，对那些德国佬，他恨不起来，就是想跟他们斗一斗，觉得乐趣无穷。把对方一架飞机打下来，他只觉得那是个恶作剧。他总是乱来，不顾后果，但你总能感觉到他是如此真诚，忍不住喜欢他。他可以不假思索地把自己最后一毛钱给你，但要是你只剩下了一毛钱，他说拿也就拿了。要是你觉得寂寞，或者想家了、害怕了，比如我有时候就那样，他会嘻嘻哈哈地过来，那张丑脸一笑更是全扭在了一起，可他就有本事用几句话让你心情好起来。"

拉里抽了几口烟斗，苏珊等着他说下去。

"我们那时候会使些小伎俩，把假期凑到一起。到了巴黎，他就无法无天了。我们玩得很开心。应该是一八年吧，我们三月初会有几天假，提前做了计划。所有该干不该干的事，我们都准备干他个遍。放假前一天，我们执行任务，

75

要飞越敌方的阵线，回来汇报看到的情况。我们突然迎面碰上几架德国飞机，马上就激战起来。有一架盯上了我，但我先得了手，转头看它是不是掉下去了，这时眼角发现另一架飞机就跟在后面。我马上一个俯冲，但没有摆脱，它瞬间就撵了上来，我只觉得我完蛋了；这时候我看到阿呆像闪电一样向它扑去，用全部火力死命地打。德国佬也打够了，一个转向飞走了，我们就回了营。我的飞机挨了不少炮弹，将将回到营地。阿呆比我先到。我一出驾驶舱，发现他们刚把他从舱里移出来。他躺在地上，大家在等救护车。他看到我，咧开嘴笑着。

"'跟在你屁股后面那个混蛋，我干掉了。'他说。

"'你怎么了，阿呆？'我问。

"'哦，没事，就受了点小伤。'

"他面色惨白，突然出现一个诡异的神情。是他刚刚意识到，自己要死了，死亡，这个念头甚至从来没在他头脑中出现过。大家甚至来不及阻拦，他一下坐了起来，笑了笑。

"'啊，我他妈不行了。'他说。

"'他往后一倒，死了，才二十二岁。本来战争结束，他要回爱尔兰跟一个姑娘结婚的。'"

跟伊莎贝尔说完话的第二天，我离开芝加哥，去了旧金山。从那里我要坐船去远东。

第二章

1

芝加哥别后，第二年六月底艾略特来伦敦，我们才又见到。我问他拉里后来究竟有没有去巴黎，他果然去了。艾略特对他颇有些气恼，我的兴致就来了。

"这小伙子想要在巴黎待个一两年，我私心里并不怪他，还准备将他隆重推出。我跟他说了，一到巴黎就告诉我。但我是读了路易莎的信，说他已经来了，我才知道。我只能通过美国运通[1]给他写信（因为路易莎就给了那么一个地址），让他来吃饭，让他认识一些我觉得应该认识的人。我原本打算，一开始，给他组一个都是美裔法国人的局，比

---

1 American Express，1850 年成立时主营快递业务，至十九世纪末，通过在全球推广旅行支票而发展壮大，主营旅行、保险、银行等业务。

如艾米丽·德·蒙塔杜尔和格拉西·德·夏朵-嘉亚尔那几个。你猜他怎么回的？他说他很抱歉不能过来，因为没有带正式的衣服。"

艾略特抛出此讯息时紧盯着我的表情，等着看我目瞪口呆，发现我平静接受之后，鄙夷地挑了下眉毛。

"他给我的回信，写在一张很邋遢的纸上，信头是拉丁区的一家咖啡馆；我写信过去，让他告诉我，他住在哪里。我感觉就算为了伊莎贝尔，我也得为他做点什么，而且我以为他只是害羞——反正我是不相信的，一个神志清醒的青年人，到巴黎来不带宴会衣服，怎么可能？不管怎样，这里也有几个过得去的裁缝。我请他来吃午饭，说就几个人的小聚会。说出来你可能都不信，我问他要一个'美国运通'之外的地址，他根本就不予理会，还跟我说他从来不吃午饭。反正，在我这儿，这个人就算完蛋了。"

"我想知道他都在忙些什么。"

"我不知道，而且实话跟你说，我也不关心了。依我看，这年轻人恐怕是完全不值得托付的，伊莎贝尔若是嫁给他，会是大错特错。不管怎么样，他过的定然是什么稀奇古怪的日子，否则我早在丽兹的酒吧或者富凯[1]那种地方遇到过他了。"

---

1 Fouquet's，创立于 1899 年的巴黎著名餐厅，位于香榭丽舍大街。

这些时髦的地方，我有时候也去，但我不只去这些地方。那年初秋，我要去马赛，准备搭"海运"公司的船去新加坡，先在巴黎待了几日。一天晚上，跟几个朋友在蒙帕纳斯吃饭，饭后去多摩咖啡馆[1]喝了杯啤酒。露天座都是大理石台面的小桌子，挤满了人，我只是四处闲看，竟发现了拉里，一个人坐在桌边。那一日有些闷热，街上行人往来，享受入夜的凉快，他只慵懒地观察路人。我抛下自己那些朋友，朝他走去。他看到我，神情亮了起来，笑容很亲切。他请我坐下，我说我跟朋友来的，就不坐了。

"我只是过来跟你打声招呼。"我说。

"你是最近都待在这边吗？"他问。

"只待几天。"

"你愿不愿意明天跟我一起吃顿午饭？"

"我还以为你从来不吃午饭的。"

他呵呵笑起来。

"你见过艾略特了。我一般是不吃的。时间不够，我就喝杯牛奶，吃个奶油鸡蛋卷，但是我想请你一起吃午饭。"

"没问题。"

我们约定，第二天在多摩喝杯开胃酒，然后就在蒙帕

1　Dôme，位于蒙帕纳斯大道的著名餐厅，创始于 1898 年，因二十世纪初期知识分子在此汇集而闻名。

纳斯大街上找个地方吃饭。我又回到自己朋友那桌，坐着聊天，等我再看的时候，拉里已经走了。

2

第二天上午很愉快，我先去了卢森堡博物馆，看了一小时喜欢的画作，接着在花园里逛了一会儿，重拾年少时的记忆。什么都没变。石子路上一对对并肩走来的学生，或许就是当年的那些，还在热烈地谈着让他们激动不已的作家。滚铁圈的孩子，小心看护他们的保姆，也是当年的那些。当年的老人依旧晒着太阳，读着早报。当年那些戴着孝的中年妇女，依旧坐在公共长椅上，家长里短，抱怨菜场的价格，仆人的不端。然后我去了奥德昂[1]，看摆出来的新书，我也看到那些少年，跟三十年前的我一样，被长罩衫的店员在旁边恶狠狠地盯着，我们买不起的那些书，只好在店里想尽办法多读几页。然后我信步走去，一条条晦暗的街道在我心里都很可爱，一直走到蒙帕纳斯大街，再走到多摩。拉里已经在了。我们喝了一杯，换到一家可以在街边用餐的餐厅。

1　环绕奥德昂剧场（Odéon）有条长廊，曾经是著名的书市。

他比我记忆中面色更苍白一些，本来眼窝就深，乌黑的眼珠，此时更动人心魄。但他的沉静还跟之前那样，在这个岁数也很不寻常，那个笑容也依旧率真。他点菜的时候，我发现他的法语很流利，没有口音；我赞许了一番。

"我之前就懂一点法语，"他解释道，"路易莎阿姨给伊莎贝尔找过一个法语家庭教师，在马尔文的时候，她一直让我们跟她说法语的。"

我问他觉得巴黎怎么样。

"很不错。"

"你住在蒙帕纳斯吗？"

"是的。"他说，欲言又止，我解读为他不愿说出自己具体的住址。

"你只给了艾略特美国运通的通信地址，他很受不了。"

拉里微笑了一下，没有接话。

"你平时都在干些什么呢？"

"游手好闲。"

"也读书？"

"对，也读书。"

"伊莎贝尔跟你通信吗？"

"有过几封，我俩都不爱写信。她在芝加哥过得很开心，明年她们会过来，跟艾略特住一段时间。"

"你一定很高兴。"

"我印象中伊莎贝尔应该没有来过巴黎，到时带她转转，应该很有意思。"

他对我在中国的见闻感兴趣，听得很认真；不过，我试着让他聊聊自己，却失败了。他是如此的三缄其口，我只能推断，他邀请我吃午饭，真的不是要说什么，而只是愿意跟我相处而已。我自然受宠若惊，但也很困惑。刚喝完咖啡，他就要来账单，付了钱，站起身来，说道：

"好了，我必须得走了。"

之前很想知道他在巴黎干什么，道别之时，对此却还是一无所知。后来我没有再见过他。

3

第二年春天，布拉德利夫人和伊莎贝尔提前来了，住在艾略特家里。我那时不在，那几周发生了什么，我知道的不多，又只能用想象来填补了。她们是在瑟堡上的岸，向来体贴的艾略特在码头等着。过了海关，火车启动。艾略特略带自得地说道，他找了一个很好的女仆照料她们，布拉德利夫人说没有必要，他们不需要仆佣，艾略特语气变得严厉：

"不要刚到就这么气人，路易莎。想要穿得像样一点，没有仆人是不可能的。我找了安托瓦妮特来，不只为了你和伊莎贝尔，也是为了我自己。你们要是着装上出了什么岔子，我会很难受的。"

他朝两人身上的衣服瞧了一眼，面露鄙夷。

"你们肯定还要买几条新裙子。我仔细考虑过了，有了结论，香奈儿是你们的最佳选择。"

"我之前都是去沃斯[1]的。"布拉德利夫人说道。

这句话白说了，艾略特似乎没有听到。

"我自己去跟香奈儿聊过了，帮你们定了个时间，明天三点。然后，还有帽子。帽子自然要找赫布[2]了。"

"我不想花太多钱，艾略特。"

"我明白，我的意思就是你们所有的开销都由我来。你们是要为我增光添彩的，这个没有商量余地。啊，对了路易莎，我给你约了几个派对，还跟我的法国朋友说了，麦伦是大使，好听一些，更何况，他要是多活几年，本来就应该是大使了。这事情估计也没有人会聊起，但我觉得最好还是先知会你一声。"

"艾略特，你真是莫名其妙。"

---

1 英国设计师查尔斯·沃斯（Charles Worth）1858 年在巴黎创办的服装店，主营风格华贵的高级女装。

2 卡洛琳·赫布（Caroline Reboux，1840—1927），法国设计师，被称为"女帽皇后"。

"这不是莫名其妙，我很明白，世界就是这样。我明白一个大使的遗孀比一个公使的遗孀更受敬重。"

火车轰隆隆进了巴黎北站，伊莎贝尔一直站在车窗前，喊道：

"拉里在那儿。"

火车还没停稳，她冲出车厢，朝拉里奔去。拉里把她搂在怀里。

"他怎么知道你们来了？"艾略特问他的姐姐，语气中多是不悦。

"伊莎贝尔在船上给他发了电报。"

布拉德利夫人跟拉里作贴面礼，满是爱惜，艾略特只懒懒地伸出手来，跟拉里握手。那已经是晚上十点。

"艾略特舅舅，明天午餐拉里能来吗？"伊莎贝尔大声问道，她的手臂还缠在男友的臂弯里，一脸的急切，眼睛在放光。

"我自然是很乐意请拉里过来的，但他跟我说得很明白，他不吃午饭。"

"他明天吃的。对吧，拉里？"

"对。"拉里微笑道。

"那我明天一点恭候大驾。"

他又朝拉里伸出手去，意思是拉里可以走了，但拉里桀骜不驯地朝他笑着。

"我还要帮忙搬行李，再帮你们叫一辆出租车。"

"我的车在外面等着，行李我的仆人会管的。"艾略特说道，一身的尊贵。

"好啊，那现在往外走就行了是吧？要是坐得下，我就坐到你们门口，到了把我放下就行。"

"好啊，拉里，跟我们一起走吧。"伊莎贝尔说。

他们沿着站台朝前走去，布拉德利夫人和艾略特在后面跟着，艾略特面色冷峻，刻满了反对。

"Quelles manières.[1]"他心里叹道。某些情况下，他觉得自己的情绪只有用法语才说得真切。

艾略特不是个早起的人，第二天上午十一点，他穿戴齐整，让自己的仆人约瑟夫给他姐姐的女仆安托瓦妮特递了一张条子，请她来书房，有事商议。姐姐到了之后，他小心关上了门，放了一支烟在他奇长无比的玛瑙烟嘴里，点着了，坐了下来，问道：

"难不成伊莎贝尔和拉里还订着婚吗？"

"据我所知是这样。"

"那很遗憾，若你要问我他在巴黎的事情，我恐怕说不出什么好话。"他聊起自己曾如何打算，要将他隆重推出，为了能让他体面地立足于上流社会，做了哪些精心的安排。

1　法语，感叹句，大致意为：这都是什么举止仪态。

"我甚至挑好了一套 rez-de-chaussée[1]，觉得是为他度身定制的。雷特尔侯爵也岁数不大，这房子本来是他的，但他被派去马德里的大使馆了，所以想把它再转租出去。"

但拉里当时那样拒绝他的几番邀请，显然是明说了自己不需要他的帮助。

"既然来了巴黎，但又不去享受巴黎能够提供的好处，我不明白，那你来这里是为了什么。我不知道他时间都花在哪儿了。好像他跟谁都没来往。你知道他住在哪儿吗？"

"我们只有一个地址，就是美国运通的那个。"

"简直就像一个出差的销售员，或者放假的教师。说不定他在蒙马特租了间一室户，跟个娼妓住在一起，至少我是一点也不会意外的。"

"艾略特，别瞎说。"

"那还能怎么解释？为什么他要把自己的住处弄得这么神秘，也完全不跟自己阶层的人往来？"

"拉里不像你说的那样。还有，昨天晚上，你不觉得他对伊莎贝尔的爱很真挚吗？他们最好的时候也不过如此。这种伪装，拉里是做不出来的。"

艾略特耸了耸肩，意思是要他姐姐永远不要低估男人的狡诈。

1　法语，意为：底楼的房子。

"格雷·马图林怎么样？他算退出了吗？"

"要是伊莎贝尔松口，明天两人就能结婚。"

布拉德利夫人告诉他，为什么她们提前到欧洲来了。她发现自己这一段身体不好，医生诊断出了糖尿病。病情并不严重，只要注意饮食，温和地用些胰岛素，她还有很多很多年好活，但知道自己身体里有个不治之症，她着急想让女儿把终身大事定了。母女俩把事情谈开，伊莎贝尔很理智，她同意母亲说的，两年之期一到，要是拉里不肯回芝加哥找份工作，就只能跟他分手。但布拉德利夫人觉得事关尊严，不能就这样候着别人指定的时限，像抓捕逃犯归案一样，特地来一趟把人接回去。这对女儿来说，未免太过屈辱。但伊莎贝尔长大之后还没回过欧洲，来这里过一个夏天总是很顺理成章的。巴黎之后，她们可以找一个适合她养病的矿泉疗养地，接着去奥地利的蒂罗尔[1]待一段时间，再从那里去意大利，在亚平宁半岛悠闲地转一圈。布拉德利夫人的设想是让拉里一路陪着她们，看长久分离之后，他和伊莎贝尔之间的情感是否一如往日。而同行的时间一长，也自然看得出拉里放纵了心性之后，是否准备好担负起人生的责任。

"拉里拒绝那份工作，亨利·马图林还是耿耿于怀，但

1　Tyrol，位于奥地利西部及意大利北部的阿尔卑斯山脉地区，旅游胜地。

格雷把父亲说通了，只要拉里一回芝加哥，他立马就能进公司上班。"

"格雷这孩子很好。"

"的确很好，"布拉德利夫人叹气道，"我知道他一定会让伊莎贝尔幸福的。"

艾略特于是把他安排的聚会罗列出来，第二天是一个大型的午餐会，周末会有一场豪华的晚宴。他会带她们去夏朵-嘉亚尔府上的一场宴会，另外，罗斯柴尔德他们家办的舞会，他也替母女俩拿到了邀请函。

"你会请拉里的吧？"

艾略特哼了一声："他告诉我，他没有正式的衣服。"

"即便他这样说，还是一样请他一下，他说到底还是个正派的孩子，故意给他脸色看，对谁都没有好处，只会让伊莎贝尔更固执。"

"既然你要他来，我问他一声便是了。"

第二天到了时间，拉里来了，艾略特的温和多礼本就为人所称道，今天刻意对拉里格外亲切。但这并不需要费多大力气，拉里那么自在、那么兴致盎然，你得找到一个比艾略特阴暗得多的人，才能不被拉里打动。餐桌上的谈话围绕着芝加哥和他们在那里的共同朋友，于是艾略特也没有什么好参与的，只需要摆出一副和蔼的样子，假装关心聊到的那些人，虽然他从来都觉得那些人无足轻重。他并不介意听人说话，实际上，他听久了甚至有些感动，他们讲述着这一对年轻人订婚了，那一对年轻人婚后生活如何如何，还有一对年轻夫妇已经离婚，等等。这些人都是谁？怎么居然还有人会聊起他们？而他自己，他知道那个可爱的柯兰香侯爵夫人之前自杀未遂，是因为她的情人科伦贝亲王抛弃了她，娶了一个南美百万富翁的女儿。要聊就该聊这样的事吧？

他望了一眼拉里，不得不承认拉里身上有些极其迷人的特质：眼窝深邃，眼睛黑得异乎寻常，高颧骨，白皮肤，嘴唇表情丰富，他让艾略特想起波提切利的一幅人像，突然他又想到，要是让拉里穿起画作中那个时代的装束，他将会散发出何等浪漫的气息。他又想起自己曾有意牵线搭桥，让拉里跟某位有头有脸的法国女子走到一起；周六的宴会，玛丽·路易·德·弗洛里蒙德会来，无可挑剔的家世，伤风败俗的德行，集于一身，想到此处，艾略特不由得暗自微笑。她今年四十，但看上去比真实年龄小了十岁，有她家族里世代相传的纤雅精致的美；纳蒂埃[1]曾描绘过她的祖辈，还要感谢艾略特，那幅画作此时正悬在美国，跻身于某组重要的收藏之中。而她对于男女之事是不知餍足的。

1　Jean-Marc Nattier（1685—1766），法国宫廷画家，路易十五时期最成功的肖像画家之一。

艾略特决定把拉里的座位放在她旁边。他知道德·弗洛里蒙德从不拖泥带水，拉里肯定会第一时间了解她的所欲所求。而他还请了英国大使馆一位年轻的随员，他觉得伊莎贝尔或许会喜欢这个英国人。伊莎贝尔很漂亮，而有钱的英国人不在意她是否要继承万贯家财。那天午餐会，上来就是一瓶上等的蒙哈榭，艾略特有些陶陶然了，接下来喝到那瓶醇美的波尔多，艾略特脑中都是不请自来的各种可能，这种愉悦让他心平气和。如果事情发展正如他预想的那样，而这预想本来就很合理，那到时他亲爱的姐姐就没有什么好焦虑的了。她向来都没有完全认可他，可爱的路易莎，她头脑太闭塞，但艾略特还是很喜欢她的。如果能凭着对人情世故的熟稔替姐姐把一切都料理妥当，这对他会是极大的满足。

艾略特不浪费时间，早就安排好了，午餐之后要立马带女士们去看衣服，大家刚从餐桌边起身，他就向拉里透露，后面的活动，就不用他作陪了，但措辞之雅致妥帖，他的确是大师；他还有两场盛大的派对，又盛情邀约，请拉里务必要来。其实他倒不必费这么多心思，两个邀请，拉里都欣然接受。

但艾略特的计划却落空了。后面那场晚宴，拉里穿着一件很体面的无尾礼服现身，他确实舒了口气，之前还有点紧张，怕拉里身上还会是午餐会时那套蓝西服；晚餐用毕，他把玛丽·路易·德·弗洛里蒙德引到角落，问她觉得自己那个年轻的美国朋友怎么样。

"他眼睛挺好看，牙齿也长得不错。"

"仅此而已？我把他放在你旁边，还以为是投你所好了。"

她看着艾略特，满眼猜疑。

"他跟我说，你可爱的外甥女是他的未婚妻。"

"Voyons, ma chère,[1] 一个男人属于另一个女人，这件事什么时候拦住你横刀夺爱了？"

"你心里盘算的原来是这个吗？可怜的艾略特，我可不是来给你干脏活的。"

艾略特呵呵笑起来。

"你这么说，在我听来是你试了你的那些手段，却发现不起作用。"

"我喜欢你这个人，艾略特，就因为你的道德水准跟一个老鸨差不多。你不想让他娶你的外甥女吗？为什么呢？他教养很好，也很有魅力。不过说真的，他太单纯了。我那些弦外之音，我觉得他根本就没往那些地方去想。"

"你应该说得更直白些。"

"我也有些阅历了，是不是在浪费时间我很清楚。他眼里只有你的小伊莎贝尔，这是事实，还有，这句话只在我

---

1 法语，意为：我们都明白，亲爱的。

们之间说，她还有二十岁的年龄优势。而且她本来就很讨人喜欢。"

"你喜欢那身裙子吗？我亲自选的。"

"很漂亮，也很合适。但当然了，她没有 chic[1]。"

艾略特觉得自己也在这句话的攻击范围之内，不能让德·弗洛里蒙德就这么毫发无伤地过去了。他和善地微笑着，说道：

"女子也只有到了你这样风韵饱满的成熟年纪，才能有你这样的 chic。"

德·弗洛里蒙德夫人挥舞起的可不是一柄轻剑，而是一根重棒，那句反驳让艾略特的弗吉尼亚血液都沸腾了起来：

"也不用担心，在你们那片暴徒纵横的美妙土地上（她说的是 votre beau pays d'apaches），这么微妙又难以模仿的东西，恐怕他们也用不上吧。"

纵然德·弗洛里蒙德夫人有诸般挑剔，艾略特的其他朋友对伊莎贝尔和拉里都是一见倾心。他们喜欢她漂亮中的清新之感，喜欢她如此健康，喜欢她的活力；他们喜欢他别致的面容，他的得体，他颇含反讽却又不张扬的幽默感。他俩还占了一个法语流利的便宜；布拉德利夫人这么多年生活在外交圈中，虽然毫不压抑自己的美国口音，法语也

1　法语词，包含"时尚、雅致、不俗"的意思。

说得有板有眼。艾略特招待她们不计成本。伊莎贝尔对自己的新衣服、新帽子很满意，艾略特办的各种活动也让她极为尽兴，自然还有和拉里的相聚，她觉得自己从来没有这么开心过。

4

艾略特有个观点，早饭若是万般无奈非要与人同吃，也只能是完全不认识的陌生人。所以，布拉德利夫人和伊莎贝尔只好在自己房间里吃早饭。布拉德利夫人是被逼无奈，她女儿倒并不介意。伊莎贝尔早上醒过来，有时会告诉安托瓦妮特（就是艾略特替她们找的那个气派的女仆），让她把 café au lait[1] 拿到母亲的房间里，这样喝咖啡的时候还能跟母亲说会儿话。女儿每日奔忙，一天之中也只有这个时刻能与母亲独处。到巴黎几乎一个月了，又是这么一个早晨，伊莎贝尔把前一天晚上的活动给母亲讲了一遍，主要就是和拉里还有一群朋友到各个夜总会转了一圈。从抵达巴黎开始，有个问题一直悬着，女儿叙述完毕，布拉德利夫人让它掉下来了。

---

1 法语，意为：欧蕾咖啡；牛奶咖啡。

"他什么时候回芝加哥？"

"不知道，他还没说起。"

"你没问吗？"

"没有。"

"你不敢问是不是？"

"不是啊，这有什么不敢的。"

布拉德利夫人正躺在长沙发上涂指甲油，身上是艾略特非要送她的一件时髦的晨衣。

"就你们两个人的时候，都在聊些什么？"

"我们也不一直聊天，待在一起就很好。你知道，拉里向来不怎么说话。我们聊天的时候，基本都是我的声音。"

"他在巴黎都干了些什么呢？"

"我也不太清楚，应该没干什么。我想他就是在享受生活吧。"

"那他住哪里？"

"我也不知道。"

"他好像很不愿谈这些事，对吧？"

伊莎贝尔点了烟，鼻子里喷出烟云，不动声色地看着母亲。

"妈妈，你到底想问什么？"

"你艾略特舅舅觉得他有一间公寓，跟一个女子住在一起。"

伊莎贝尔忍不住大笑。

"你肯定不相信是吧？"

"不相信，我是真的不信。"

布拉德利夫人若有所思地看着指甲。"你跟他聊起过芝加哥吗？"

"聊过很多。"

"他有没有给过任何信号，让你觉得他准备回去了？"

"只能说我没收到这样的信号。"

"到十月，就是两年了。"

"我知道。"

"终究，这是你自己的事，亲爱的，只能照你的想法去做，但事情拖延着也不会变得更容易。"她扫了女儿一眼，伊莎贝尔的眼睛避开了。布拉德利夫人疼惜地朝她微笑，说道："你要是午餐不想迟到，现在就可以去洗澡了。"

"我午饭跟拉里一起，我们要一起去拉丁区的一个地方，"

"玩得开心点。"

一小时之后，拉里来接他。他们坐出租车到圣米歇尔桥，沿着熙攘的大道散步，看到一家咖啡馆，样子喜欢，两人就到露天桌边坐下来，点了两杯杜本内酒。然后他们又搭出租车到了一家餐厅。伊莎贝尔胃口向来不错，拉里点的好东西她都喜欢。店里坐满了人，大家都紧挨着，周围食客享用食物个个全情投入，伊莎贝尔看着有趣，忍不住要笑；但最让她开心的，还是能和拉里这样，没有旁人，隔着一张小桌子面对面坐着。听她聊得尽兴，拉里的目光中会露出饶有兴味的样子，伊莎贝尔好喜欢看这样一双眼睛。能和拉里这么自在地相处，实在是醉人。但伊莎贝尔内心深处，却朦朦胧胧有些不安。拉里也是自在的，但那种自在不像是因为她，而是因为周遭的氛围。之前母亲的话还是隐然纠缠着她，虽然毫无矫饰地在不停地闲扯，她也留意着拉里的每个表情。跟离开芝加哥时，他又不一样了，但她又说不出真的有哪里不同。记忆里的模样，一点没变，还是那么年轻，那么真诚，但表情不一样了，也不是更严肃，拉里只要静下来，表情总是严肃的，但此刻多了一份平静，她没见过；好像他跟自己讲通了一些事情，这种释怀是以前没有的。

午饭吃完，他提议去卢森堡博物馆逛一逛。

"不想去，我不想看画了。"

"那也好，我们就去花园里坐坐吧。"

"我也不想去花园，我想去看看你住的地方。"

"那儿没什么好看的，我就住在旅店一个脏兮兮的小房间里。"

"艾略特舅舅说，你有一间小公寓，跟一个艺术模特不清不白地住在一起。"

"那就来吧，你可以自己看看是不是这样，"拉里笑道，"离这儿就几步路。我们走着过去。"

拉里带着她穿过几条弯弯折折的窄街，两侧高房子，头顶还留下一道蓝天，但街上仍旧晦暗，走了一会儿，他们止步在一家小旅店门前，门面装得很是浮夸。

"到了。"

伊莎贝尔跟着进了大门，门厅很窄，一侧摆了张桌子，后面一个男人，衬衫外面一件细黄黑条马甲，一条脏围裙，正在读报纸。拉里问他拿钥匙，钥匙架子就在他身后，他取了递给拉里。他朝伊莎贝尔打量了一眼，立刻露出一抹坏笑，像是洞察了什么。很明显，他断定伊莎贝尔去拉里房间不是为了什么正经事。

楼梯上的红地毯快被脚步磨透了，他们爬了两层，拉里开了房间门。伊莎贝尔进屋，发现房间不大，有两扇窗户，望出去是对面的灰色公寓楼，底楼是家文具店。屋子里有一张单人床，一个床头柜，笨重的衣橱上有面大镜子，一张带软垫的直背扶手椅，那两扇窗中间，底下一张桌子，桌子上放着打字机、纸、几本书。壁炉架上也堆满平装书。

"你坐那张扶手椅吧，不很舒服，但已经是我这里最舒服的位置了。"

他拖过来另一张椅子，坐下了。

"你就住在这儿？"伊莎贝尔问。

看到伊莎贝尔脸上的表情，拉里笑了。

"对啊，我到了巴黎之后就一直住在这儿。"

"可是……为什么啊？"

"这里方便，国家图书馆和索邦大学就在旁边。"他抬手一指，伊莎贝尔才发现有扇门。"这里有卫生间，早上有早餐，一般中午我就在刚才那个餐厅吃点东西。"

"但这也住得太惨了。"

"不会啊，挺好的，我需要的都有了。"

"但这种地方住的都是些什么人啊？"

"啊，不太清楚。阁楼上住着几个学生。两三个有点岁数的单身汉，是在政府里上班的，一个奥德昂剧院的退休女演员。这里只有两个房间配浴室，另一间住着一个被包养的女人，那位男士隔一周的周四会来看她。大概也有一些短租的房客吧。这地方很清静，也很体面。"

伊莎贝尔听了，心里有些不知如何是好，她知道拉里看出了这一点，也知道拉里正乐在其中，她几乎要发火。

"桌上那本大部头是什么东西？"她问。

"那个啊，哦，是我的希腊语字典。"

"你的什么？"她大喊一声。

"没关系的，这书不会咬人。"

"你在学希腊语？"

"对。"

"为什么？"

"就是想学了。"

他看着伊莎贝尔，眼神中带着笑意，她也朝他微笑。

"你在巴黎待了这么久，不觉得应该跟我说说，都在忙些什么？"

"花了很多时间读书，每天总有八到十个小时吧。还去索邦听了一些课。法语文学里有分量的东西，我觉得我都看过了。我可以读拉丁文，至少读散文应该和法语一样轻松了。当然希腊语更难一点，但我有一个很好的老师。你来巴黎之前，我每星期有三个晚上会去他那儿上课。"

"你做这些事最终是为了什么呢？"

"获取知识。"他微笑道。

"听起来不是很实用。"

"或许没用，也可能有用，但总之真的很有意思。用原文读《奥德赛》，你难以想象那种美妙的感觉。就好像你只要踮起脚尖，向上伸直手臂，就能够着星辰。"

他本来坐在椅子上，仿佛兴奋得难以自抑，突然站了起来，在狭小的房间里来回走动。

"过去一个多月，我一直在读斯宾诺莎，可能现在还是一知半解，但已经让我满心的狂喜。就像你把飞机降落在群山中一片开阔的平地上，只有寂寞和纯净的空气，这种纯净像红酒一样，让你沉醉，让你感觉无与伦比。"

"你什么时候回芝加哥？"

"芝加哥？我不知道，还没想过。"

"你说过的，要是两年之后还没找到你要找的东西，就当自己走岔了路，不再去想它了。"

"我现在不能回去。我正在门槛上。我看到精神的广阔天地在我眼前展开，召唤着我，我迫不及待想要往前探索。"

"你期待能在前面找到什么呢？"

"我那些问题的答案。"他朝她看了一眼，眼神几乎是调皮的，要不是伊莎贝尔太了解他了，恐怕会觉得拉里是在开玩笑。"上帝存在，还是不存在，我想给自己一个结论。我想要弄明白为什么世间存在邪恶。我想要知道我是不是有不灭的灵魂，还是我死了之后，一切都结束了。"

伊莎贝尔微微一声惊呼，倒抽了一口凉气。听拉里说这些事，她会不舒服，还好拉里的语气是轻柔的，就像日常谈话一般，她的窘迫也不至于完全掩不住。

"可是，拉里，"她微笑道，"这些问题已经被问了几千年了。要是有答案，肯定早就有人回答过了。"

拉里呵呵笑起来。

"不要笑，你觉得我的话很蠢吗？"她问得有些严厉。

"恰恰相反，我觉得你很敏锐，但另一方面，我们也可以说，既然这些问题被问了几千年，说明大家忍不住不问，也必定会一再问下去。答案从来比问题更多，也有很多人找到了让自己完全满意的答案。比如我们亲爱的鲁斯布鲁克[1]。"

"他是谁?"

"啊,就大学里一个我不怎么认识的家伙。"拉里没有
正经回答。

伊莎贝尔不知道这话什么意思,就不去管它,继续说道:

"这些事情,我听上去都很青春期,可能大二学生会觉
得兴奋,但走出大学校门,就会把它们忘了。谁都要挣钱
养活自己啊。"

"我并没有说他们做得不对。你看,我运气还不错,正
好有点钱,足够我活着了。要是没有,我也会跟所有人一
样,要去挣钱。"

"可钱对你来说没有意义吗?"

"完全没有。"他满脸的笑意。

"你觉得你要在这些事上花多长时间?"

"还不知道,五年,十年。"

"那之后呢?有了那么多的智慧,你要怎么用它们呢?"

"要是真的有了智慧,应该也会明白该怎么用了吧。"

伊莎贝尔激动地握紧双手,依然坐着,上半身往前探出。

"拉里,你大错特错,你是个美国人,这不是你该待的

---

1 Jan van Ruysbroeck(1293—1381),佛莱芒神秘主义者,作品主要从人与
上帝的关系中探究人性。

地方。你应该在美国。"

"等我准备好了，会回去的。"

"但你错过太多了，我们前方的那些惊心动魄和妙不可言，是这个世界从来没体验过的，你怎么能就在这死气沉沉的地方坐着呢？你怎么受得了？欧洲已经完蛋了。我们是世界上最了不起、最强大的民族，正迅猛无比地向前奔去。我们什么都不缺。你有责任参与到祖国的发展中去。此刻的美国生活是如何激动人心，你忘记了，你也不知道。你不去参与，你能确定不是因为你害怕了吗？或许是你没有勇气去挑战每个美国人都要面对的工作？啊，我知道，你这也是一种努力，但它不也是对责任的逃避吗？难道它不只是一种辛勤的怠惰吗？要是每个人都像你这样逃避，美国会怎么样？"

"你好严厉啊，亲爱的，"他微笑道，"最后这个问题，答案就是，不是每个人的感受都跟我一样。大多数人都心甘情愿依照惯例活着，或许这对他们来说是种幸运；但你忘了，我想要学习，那种激情——举例来说，就跟格雷想要赚大钱一样。就因为我想要用几年时间受点教育，就真的背叛了国家吗？或许，等我学好了，我也能拿出些大家想要的东西。当然，这都说不准的，如果我失败了，就像去做生意没有赚到钱而已，没什么大不了的。"

"那我呢？我对你就无足轻重吗？"

"你对我无比重要。我想要你嫁给我。"

"什么时候？再等十年吗？"

"不是，就现在，越快越好。"

"我们的开销靠什么呢？妈妈没有多少钱，没法支持我。而且，她就算有钱也不会给我们的。资助你什么都不干地过日子，她会认为这是不对的。"

"我不会从你母亲那里拿任何东西，"拉里说，"我一年有三千块钱的收入。在巴黎，这不少了。我们可以租一间小公寓，雇一个 bonne à tout faire[1]。亲爱的，你可不知道我们能过得多有意思。"

"可拉里，三千块一年是过不下去的。"

"当然可以了，有很多人过得比这要穷得多。"

"但我不想过三千块一年的日子，我没有道理非要这样过。"

"我现在一年的开销只有一千五。"

"但你过的是这样的日子！"

她看着这个昏暗的小房间，厌恶地打了个寒战。

"所以我还存了一些钱。我们可以去卡普里[2]度蜜月，到了秋天，我们可以去希腊。我真的太想去希腊了。你记

1　法语，意为：负责所有家务的女佣。

2　Capri，意大利南部海岛，位于那不勒斯湾。

得吗，我们以前总是聊起要两个人周游世界的？"

"我当然也想旅行，但不是那样的旅行。我不想坐汽轮的二等舱，不想忍受没有洗手间的三流旅店，不想吃便宜的餐馆。"

"去年十月份，我就是那样把意大利转了个遍，那真是美妙极了。三千块一年，足够我们环游世界了。"

"可我想要孩子，拉里。"

"没问题，我们就带孩子们一起去。"

"你可别瞎说了，"她笑道，"你知道生个孩子要花多少钱吗？薇奥莱特·汤姆林森去年生了个孩子，已经想尽办法省钱了，但花了她一千两百五十美金。你知不知道一个保姆就要多少钱？"一个个念头朝她袭来，她越说越激动。"你太不切实际了。你根本不明白你在给我提怎样的要求。我还年轻，我想要开开心心的。大家做的那些事情，我也想啊。我想参加派对、参加舞会，我想打高尔夫，想骑马。我想要穿好衣服。要是一个女孩只能比身边人穿得糟糕，你知道对她意味着什么吗？你只能等朋友把裙子穿厌了，去把它买过来，或者等别人可怜你，送你一条新裙子，你还要心怀感激，拉里，你知道这都意味着什么吗？我甚至没钱去找像样一点的理发师，把我的头发好好弄一弄。我不想去哪里都要坐有轨电车、坐公共汽车，我想有一辆自己的车。还有，你去泡图书馆了，你想过没有，我一整天都要干吗呢？在街上瞎转，看橱窗，坐在卢森堡公园里盯着孩子，不让他们淘气吗？我们连朋友都不会有的。"

"唉，伊莎贝尔。"他打断道。

"至少不是我习惯的那种朋友。没错，艾略特舅舅的朋友会看在他的面子上，时不时请我们的，但我们没法去，因为我没有合适的衣服，我们也没有余钱去还这个人情。我不想去底层结交那些邋遢的人，我不知道跟他们说什么，他们也没有话跟我说。我想要生活，拉里。"她突然感知到了拉里的眼神，这双眼睛看着她的时候，总是这么温柔，但此刻却也在温柔地忍住不笑。"你觉得我很傻，是不是？你觉得我这样很浅薄，也很不宽厚。"

"不是的，我没这么想；我觉得你的想法都很正常。"

他正背靠壁炉站着，她起身走过去，对着他的脸孔说道：

"拉里，要是你身无分文，然后找了个三千美金一年的工作，我会毫不犹豫地嫁给你。我给你做饭，给你铺床，我不会在意自己穿什么，缺任何东西都没关系，我会觉得都是绝妙的体验，因为我知道你会成功的，只是时间问题。但你说的这个，意味着我们一辈子要过破破烂烂的可怕的日子，一点盼头都没有。意味着我会劳碌一辈子，直到我死的那天。而且，这都是为了什么呢？就为了你可以用很多年去找答案吗？你自己都说了，那些问题是无法解答的。这完全是不对的。男人应该工作。男人到这世上来就是要工作的，只有这样，他才能帮助自己同胞更好地生活。"

"简而言之，他有责任在芝加哥找个房子住下来，然后加入亨利·马图林的生意。你觉得，说动朋友去买亨利·马图林感兴趣的债券，我就为同胞的福祉做了巨大贡献吗？"

"一个社会总要有经纪人的，做这一行养活自己，很体面，一点都不丢人。"

"对于收入一般的人如何在巴黎生活，你把它想象得暗无天日。其实吧，真不是那样的。你不一定要去香奈儿才能穿得好看。不是每个有意思的人都要住到凯旋门和福煦大街那边去。实际上，有意思的人基本都不住那里，因为有意思的人一般都不是很有钱。我在这边认识了不少人，画家、作家、学生，有法国人、英国人、美国人，哪儿的都有，比起艾略特那些恶心的侯爵和眼睛长在头顶的公爵夫人，我觉得你会发现这些人要有趣得多。你脑子转得很快，又有幽默感，听他们在餐桌上把各种想法抛过来、接过去，你会很开心的，虽然红酒是廉价的红酒，也没有管家和好几个侍者候在旁边。"

"拉里，别这么讨厌，你知道我很愿意的，你很清楚我不是个势利的人。我很乐意去认识有意思的人。"

"是，但要穿着香奈儿的裙子去认识。其实你把这看成了文化意义上的探访贫民窟，你觉得他们不会察觉吗？他们会觉得不自在，你也一样放松不下来，当然事后你若是碰到艾米丽·德·蒙塔杜尔和格拉西·德·夏朵-嘉亚尔，可以告诉她们你在拉丁区见了很多奇怪的边缘文艺人，觉得好玩极了，但除此之外，你很难从中获得什么。"

伊莎贝尔微微耸了耸肩。

"可能真像你说的这样，我成长的环境里，没有这样的人，我跟这样的人也没有任何共同点。"

"这样的话，你把我们俩置于何地呢？"

"就回到我们最初的那个地方。从我有记忆起，我都生活在芝加哥。我的朋友都在那儿。我在芝加哥才觉得自在。我属于那里，你也一样。妈妈病了，这个病好不起来的。就算我愿意，也不可能放她一个人不管。"

"这是不是说，除非我打算尽快回芝加哥，否则你就不想嫁给我了。"

伊莎贝尔犹豫了。她爱拉里。她想要嫁给他。她所有的感受都是对拉里的渴望。她也知道拉里渴望着她。她不相信到了摊牌的时刻，他不会心软。她很害怕，但还是决定冒这个险。

"是，拉里，就是这个意思。"

他在壁炉上划了一根火柴，点着了烟斗；那种老式的法国硫黄火柴，点着了全是刺鼻的气味。他从她身边走过，站在窗边朝外望。他不作声，那个沉默似乎没有尽头。她就站在原地，没有动，壁炉上有面镜子，但里面看不到她自己。

她的心怦怦狂跳，担心得快要晕倒了。拉里终于转身回来。

"我想让你拥有的人生，比你想象过的任何事都更充实，要是我能让你看到这一点就好了。精神的生活是多么激动人心，那里有多么富足的体验，要是我能让你也体会到这一点就好了。它是无可限量的。你会活得非常快乐。只有一种经验跟它有点像，当你一个人驾着飞机，在很高很高的地方，只有无穷围绕着你。无垠的空间让你沉醉。你会感到一种狂喜，用全世界的权力和荣耀来换都不行。就几天前，我在读笛卡尔：那种自在，那种优雅，那种清晰。我的天啊！"

"可是，拉里，"她真的不能再听下去了，"你不明白吗，你要我过的那种生活，根本就不适合我，我不感兴趣，也不想感兴趣。我要再跟你重复多少遍，我就是个平凡的姑娘，跟大家一样。我今年二十岁，再过十年，我就老了，趁现在我想过得开心一些。啊，拉里，我真的非常爱你。你的这些事，都没有意义，它们不会有结果的。为了你自己，放弃吧。当个男子汉，拉里，做男人该做的事。你的这个年纪很宝贵，别人用这大好的年华做了那么多事，而你却只是虚度光阴。拉里，你要是爱我，不会为了一个梦幻就把我放弃了。你已经玩了这么一场，跟我们回美国吧。"

"我做不到，亲爱的，我会就此完蛋的，那会是对我灵魂的背弃。"

"啊，拉里，你为什么要说这种话，只有那些学问太大、情绪失控的女人才这么说话呀。你这话是想表达什么呢？毫无意义，一点意义都没有。"

"可它恰好表达了我的确切感受。"拉里答道，眼睛里闪着光。

"你怎么笑得出来？你不明白吗，这是无比严肃的事情？我们现在到了一个十字路口，现在如何抉择，关系到我们往后的所有人生？"

"我知道；相信我，我一点也没开玩笑。"

她叹了口气。

"要是这些常理你都听不进去，那也没什么好说的了。"

"但我不觉得那是常理，在我听来，你一直在说些荒谬无比的话。"

"我？"如果她此刻没有那么痛苦，几乎要笑起来。"我可怜的拉里，你真是疯得没救了。"

她缓缓把订婚戒指褪下来，放在掌心端详。那是个方形的红宝石，装在细小的白金环上，她向来都很喜欢这个戒指。

"如果你爱我，就不会让我这么难过。"

"我真的爱你。可惜，人有时候想做他自己认为对的事，却免不了要让别人难过。"

她伸出手，掌心里是那枚红宝石戒指，颤抖的嘴唇勉强微笑道：

"拿去吧，拉里。"

"我拿去也没有用处。你愿不愿意留着它呢，纪念我们的友谊？你可以戴在小指上。我们的友谊没有必要就此终结吧，是不是？"

"我永远都会牵挂你的，拉里。"

"那就留着吧，我希望你能留着。"

她犹豫了片刻，然后戴在右手上。

"太大了。"

"你可以让人改的，我们去丽兹的酒吧喝一杯吧。"

"行。"

事情进展如此顺畅，让伊莎贝尔讶异。她没有哭。她不会再嫁给拉里了，但除此之外，未来没有其他变动。她几乎无法相信，一切就这样被料理停当。他们没有昏天黑地大闹一场，这让她略有些不快，他们聊得太冷静了，就好比在讨论要不要买下一栋房子。她觉得失望，但又觉察出心里的一丝得意，因为他们的表现都很文明。若是能知道拉里此刻的确切感受，她愿意付出不少去交换，但拉里那张光滑的脸，那双乌黑的眼睛，是张面具，虽然相识这么多年，她还是看不透这张面具。之前脱下的帽子，放在床上，此刻，她在镜子前又把帽子戴了起来。

"纯粹好奇，"她整理着头发说道，"你之前想要终止婚约吗？"

"没有想过。"

"我还以为，你会觉得这样是种解脱。"拉里没有答话。她转过身来，露出一个明快的笑容。"我准备好了。"

拉里锁了门。到楼下，把钥匙递给前台那个男人，对方目光投来，把两人罩在某种轻佻的纵容之中。他头脑里两人刚刚干了什么勾当，伊莎贝尔不可能猜不出。

"要刚刚那个老家伙下注的话，他恐怕不会赌我是个清白的女子。"她说。

他们打车到丽兹，点了酒。聊天时说的都是无关痛痒的事，似乎也不觉得有什么拘谨，就像隔天就要见面的老朋友。虽然拉里性格就少言寡语，但伊莎贝尔是个健谈的姑娘，闲扯起来是不会缺话说的，她打定主意，今天他俩之间不能静下来，否则那种沉默可能不好打破。她不会让拉里觉得她对他有任何怨恨，而且事关尊严，她不会流露出伤心和痛苦。没聊多久，她让拉里叫车送她回家。车到门口，她下车时兴致高昂地说道：

"别忘了你明天要跟我们一起吃午饭的。"

"你放一百个心，我不会忘的。"

她凑过去，拉里吻了一下她的脸颊，她走进 porte cochère[1]，看不到了。

1　法语，意为：供车马通行的入口。一般有屋顶，能让乘客下车时遮蔽风雨。

5

伊莎贝尔走进会客厅，发现有客人在喝茶。其中两个是住在巴黎的美国女子，衣着华美，挂着珍珠项链和钻石手镯，手指上的戒指一看就价值不菲。虽然两人头发不一样，其中一个是暗暗的棕红色，另一个金得很不自然，但她们却诡异地相似；都是一样的浓重的眼影，一样的鲜艳的嘴唇，一样的腮红，一样纤细的身材（都靠极致的克己与苦行维系着），一样明晰的五官，一样总在四处索求的双眼；你不禁感受到她们的生活是场殊死的挣扎，只为了维系她们那日渐消逝的魅力。她们高声说着空洞、浅薄的话，嗓音嘈杂，一刻不停，就好像她们在担心，一旦沉默片刻，整个机器就会垮掉，这营造的景象就会粉碎。而这景象便是她们的全部人生。客厅里还有一个美国大使馆的秘书，温文尔雅，很显然是个有阅历的人，因为插不上话一直很安静。还有一个皮肤黝黑的小个子，是罗马尼亚的王室，全身都是礼数和谦恭，他有一双灵动的黑眼睛，黝黑的脸刮得干净，不停地起身点烟、递茶杯、递蛋糕盘子，不知羞耻地送出肉麻无比的奉承之语。他其实是在付自己的饭钱，阿谀对象曾给他奉上的好酒好菜，以及日后的邀请函，都是他这样挣来的。

布拉德利夫人坐在茶桌边，那身贵重的服饰只是为了不让艾略特气恼，其实就今天的场合来说，她觉得不免过于隆重了。她是女主人，一贯得体、尽责，但也一如往常地不动声色。弟弟的这些客人，她如何评价，我也只能想象。我和布拉德利夫人没有什么来往，她也不爱与人沟通，但她不笨，那么多年，在众多外国首都，她见过不计其数、各式各样的人，我想，依据着那个弗吉尼亚小镇塑造的标准，她把那些人都评断了一番，其实眼光是很锐利的。他们那些莫名的举止，她看在眼里，想必暗自觉得好笑，对于那些人的派头和文雅，她并不当真，就像那些小说里的苦痛，她也不会当真一样，因为她从一开始就知道，故事最后必定是皆大欢喜的结局，否则她就不会打开这本书。巴黎、罗马、北京，对她的美国气质没有丝毫影响，就像艾略特对天主教再如何虔诚，也丝毫动摇不得她那茁壮却又不失变通的长老派信仰。

伊莎贝尔年轻、有活力，她的好看是那种精神奕奕的好看，快步进屋，仿佛大地女神降临，给这俗艳的场景送来一丝新鲜空气。那个罗马尼亚贵族一跃而起，给她挪来一把椅子，手势、身段十足，把他见到一位女士该尽的职责都完成了。两位美国女士满嘴的平易近人，音调高得刺耳，两双眼睛把她从头到脚打量一番，裙子每个细节都看在眼里，或许她们心底会猝然一阵伤愁，觉得要她们正面遭遇这样旺盛的青春不啻是种冒犯。那个美国外交官暗自微笑，看出伊莎贝尔让她们显得何等虚假和苍老。但伊莎贝尔觉得她们气派极了，她喜欢她们华贵的衣服、值钱的珍珠，甚至那种泰然的姿态，让她觉得里面全是洞明和练达，不禁羡慕得胸中刺痛。她觉得自己恐怕一辈子也养不出这样极致的优雅。那个小个子罗马尼亚人当然颇为滑稽，但他还是很讨人喜欢的，那些动听的话虽然不出自真心，但听了还是舒服。之前她进屋时打断的对话又被捡了回来，他们聊得那么辞采飞扬，而且那么相信自己说的话值得被听到，简直要让你以为他们不只是在胡扯。他们聊了去过的派对，聊了将去的派对。他们交流着最近的丑闻。他们把自己的朋友数落得体无完肤。那些如雷贯耳的名字在他们的言语中流通。没有谁是他们不认识的。所有的秘密他们都是知情人。几乎连换气都不用，他们聊完了最新的服装设计师、最新的肖像画家、最新国家首脑的最新情妇。你会觉得他们无所不知。伊莎贝尔听得心驰神漾，这一切都让她感觉如此文雅，妙不可言。这才是生活啊。她心潮起伏，觉得自己没有被旁落。这才是真实的。这场景很完美。宽敞的客厅，萨福内里地毯，墙壁的镶板本就奢华，又挂着好看的画，他们坐的椅子都是 petit-point[1] 的面

1　法语，直译为：细小的绣点。起源于法国洛可可时代的一种刺绣，以罗纱为底，依照罗纱细密的经纬格局用彩丝戳纳而成，被认为是艺术性最高的刺绣工艺。中文称之为"纳纱绣"或"戳纱绣"。

子，那些千金难求的镶嵌木饰面、橱柜和茶几，每一件都可以放进博物馆。这间屋子一定花了好大一笔钱，但这笔钱花得很值得。它的美，它的恰到好处，前所未有地让她倾心，就因为那个破败的旅店房间还那么鲜明地在她头脑中，那张铁床，那张毫无舒适可言的硬椅子，可就是这样一个光秃秃的、凄凉而可怕的小房间，拉里不觉得有任何问题，而她一想起，就忍不住要打冷战。

聚会散了，她面前只剩母亲和艾略特。

"这两位女士还是很优雅的，"艾略特刚把那两位风尘中全是脂粉的可怜人送到门口，回进客厅时这样说，"她们刚住到巴黎时我就认识了，做梦也想不到，她们能有今天这样的光彩。不可思议，我们美国女子真是太能适应了。你几乎看不出她们是美国人，再往细说，就是'中西部美国人'，那更是万万想不到。"

布拉德利夫人挑了挑眉毛，没有说话，但艾略特心思何其敏锐，姐姐那个表情什么意思，他自然明白。

"别人是绝不可能这样说你的，我可怜的路易莎，"他继续说道，略带讽刺，也不无爱惜，"而天知道，你的条件本来是多么得天独厚。"

布拉德利夫人抿紧了嘴唇。

"我大概是让你失望了，艾略特，但说实话，我是个什么样的人，自己是很满意的。"

"Tous les goûts sont dans la nature.[1]" 艾略特喃喃道。

"我觉得应该跟你们说一声，我跟拉里的婚约解除了。"伊莎贝尔说。

"啧，"艾略特大声道，"那我明天午餐排好的位置全都不对了。这个时候让我上哪儿再找个男人？"

"哦，午餐他不会缺席的。"

"你们断了婚约，他还会来？听上去可不太合乎常理。"

伊莎贝尔咯咯笑了两声。她的目光就定在艾略特身上，因为她知道母亲此刻必然正注视着她，而她不愿两人目光相接。

"我们没有吵，就是下午聊了聊，得出一个结论，是我们之前弄错了。他不想回美国，想继续在巴黎待下去。他还聊起想去希腊。"

"去那儿能干什么？雅典可没有能交往的人。说实话，就我个人而言，就连希腊艺术也不过如此。有些古希腊的艺术有种堕落之美，还是挺迷人的，但像菲狄亚斯[2]那样的东西，完全不行。"

"看着我，伊莎贝尔。"布拉德利夫人道。

伊莎贝尔转过来，唇间含着隐约一丝微笑，面对母亲。

1　法国俗语，指什么样的东西都有人爱。直译：所有的口味都在自然之中。
2　Phidias，公元前五世纪的雅典雕塑家，曾监管帕特农神殿的修建工程。

布拉德利夫人瞪了她好一会儿，仔细地审视了一番，但她只"嗯"了一声。这小姑娘倒是没怎么哭过，这一点她看得出来；女儿看上去镇定而平静。

"我觉得你能从中走出来是大好事，伊莎贝尔，"艾略特说道，"我本来是准备尽力而为，帮帮你们的，但我从来不觉得这是段好姻缘。他配不上你，而且，他在巴黎的这段表现，明显看出此人不会有什么出息。你的相貌，再加你的人脉，完全可以找到一个更好的。我觉得你这么做很明智。"

布拉德利夫人朝女儿瞄了一眼，眼神里还是透出几丝忧心。

"伊莎贝尔，你这不是为了我吧？"

伊莎贝尔坚定地摇了摇头。

"不是的，亲爱的母亲，我完全是为了我自己。"

6

那时候，我从东方回来，小住伦敦。上文所述情状大约半月之后，一天上午，我接到了艾略特的电话。社交季结尾，如同烟蒂般无味，艾略特的习惯是这个时候要到伦敦来，所以听到他的声音我并不意外。他说布拉德利夫人和伊莎贝尔也一同来了，我若是晚上六点能去喝一杯，他们很乐意见我一见。他们住的自然是凯莱奇酒店。我那时住的地方离酒店不远，从公园巷逛过去，又穿过梅费尔那些静谧、高贵的街道，到了酒店。艾略特用的还是他以往那个套间，棕色的墙板像是雪茄盒子的那种木头，房中装潢处处是低调的奢华。我被领进去的时候，只有他一个人，布拉德利夫人和伊莎贝尔去买东西了，他说一会儿就要回来。他告诉我，伊莎贝尔解除了跟拉里的婚约。

一个人在某些情况下该有怎样的举止，艾略特是个浪漫派，秉持着不少极为传统的观念，所以年轻人的某些行径让他大为骇然。分手第二天，拉里不只来了午餐会，还好像自己的身份完全没变。他跟平日里一样从容地热闹着，客气体贴，让人觉得惬意。对待伊莎贝尔，也还是那种同伴间的关爱，一如既往。他既不烦躁、气恼，也不哀愁，伊莎贝尔也一样没有丝毫低沉。她神色之喜悦，笑声之轻盈，打趣时那种投入，完全看不出她人生中刚刚跨出了决定性的一步，而这一步踩下去，无疑又是如灼如烧的。艾略特完全想不明白。而且他时不时听到他们间的只言片语，似乎之前定的约会，他们一个都不想撤销。他逮住一个机会，立马跟姐姐聊了一聊。

"这不像话啊，"他说，"他们不能到处跑来跑去，就像婚约还在一样。拉里真的太不懂规矩了。另外，这也会伤害伊莎贝尔的前程。你知道福瑟林汉姆，就是英国大使馆的那个小伙子，显然对她很是钟情，他既有钱，又有人脉，要是他知道妨碍已经撤除，立马求婚我也毫不意外。我觉得你应该跟她聊聊这件事。"

"亲爱的，伊莎贝尔二十岁了，她在说'关你什么事'的时候，总是很有技巧，让你不觉得被冒犯，我一直不知道该如何应对。"

"那只能说明你对她的教养是极其失败的，路易莎。另外，这本就是你的事。"

"这一点上，你和她的看法肯定不太一样。"

"我脾气再好，路易莎，也有个限度。"

"我亲爱的艾略特，要是你也有个长大成人的女儿，你就会知道了，你见过牛仔要降服的那些野牛，真要和这个年纪的姑娘比起来，还是野牛听话些。而说到她心里究竟在想些什么——这么说吧，你还不如就当自己是个天真无知的老糊涂，反正她肯定是这么看你的。"

"但你肯定跟她讨论过这件事吧？"

"我试着跟她聊了聊，但她只是笑话我，说真的没什么好跟我说的。"

"她伤心吗？"

"若是伤心，我也不知道，总之，我只看到她胃口很好，睡得也特别香。"

"好吧，你记住我的话，要是你再放任他们这样下去，总有一天，他们会跑去把婚结了，然后谁也不告诉。"

布拉德利夫人不禁微微一笑，说道：

"那我们正好身处在这个国家，想必能让你略感心安；这里对所有不合规矩的男女之事都大开绿灯，但要结婚却难上加难。"

"本该如此，婚姻不是儿戏，它是家庭安乐、国族太平的基石。但婚姻若要维系住它的权威，我们不仅要容忍婚外关系，还要保障它。我亲爱的路易莎，就拿卖淫这件事……"

"不必往下说了，艾略特，"布拉德利夫人打断他道，"你那些诲淫诲盗的社会论、道德观，我是没有兴趣的。"

伊莎贝尔与拉里的亲密在艾略特看来是如此不成体统，他提出了一个新方案，可以阻断他们往来。巴黎的社交季眼看要落幕，最有头有脸的人物正打点行装，要去矿泉疗养地或者多维尔¹待一会儿，夏日剩余时光退居于他们在都兰、安茹²、布列塔尼的城堡。艾略特一般六月底都是要去伦敦的，但他看重家庭情谊，对姐姐以及伊莎贝尔的关爱都出自真心，所以，若是她们需要，艾略特准备牺牲小我，

1　Deauville，海滨度假胜地，距巴黎仅两小时火车车程。
2　Anjou，位于法国西部，中世纪重要的王室领地。

留在巴黎；但此时，他发现了一个喜人的局面：那件最顺应他心意的事情，同时又对他人最有助益。他向布拉德利夫人提出，他们三人应该立马去伦敦，那里的社交季依旧如火如荼，等伊莎贝尔有了新朋友，产生了别的兴趣，就不会把心思缠绕在这过去的不幸中。报纸上说，有一个专家到了英国首都，专治布拉德利夫人的病，寻医问诊是要紧事，因此要匆匆离开巴黎也有了理由，伊莎贝尔再怎么不情愿，恐怕也只能先压下了。布拉德利夫人认可了这个计划。对于女儿，她此刻颇为困惑，吃不准她到底是不是真的那么无忧无虑，还是她委屈、愤懑、满心酸楚，不过是故作坚强，遮起了自己的伤痛。艾略特说的，见一见新的人，新的地方，对她有好处，布拉德利夫人也不得不同意。

伊莎贝尔那天和拉里去了凡尔赛，艾略特忙着打了几通电话，等伊莎贝尔回来时，他已经打点妥当，宣布跟那位名医订好了时间，三天之后就可以带她母亲去看病了。他还在凯莱奇酒店订了一个套间，后天就动身。布拉德利夫人仔细观察着女儿，艾略特发布这一讯息时，多少有些扬扬自得，但女儿连半点抵触的神色都没有。

"啊，妈妈，你能见一见这个医生太好了，"她一如平日里那般兴冲冲的，仿佛气都没喘匀就喊起来，"这样的机会当然不能错过了，而且能去伦敦也很开心啊，我们要住多久？"

"再回巴黎一点意义都没有，"艾略特说，"再过一个礼拜，这城里连个鬼都找不着。我想让你们就跟我在凯莱奇住到社交季结束。七月份一直都有些好的舞会，当然了，还有温布尔登网球赛。然后就是古德伍德和考斯[1]。去考斯，艾灵汉姆他们家的游艇肯定会邀请我们的，古德伍德的话，班托克斯他们家的派对也向来排场很大。"

伊莎贝尔看上去很是兴奋，布拉德利夫人也就放下心来，似乎女儿完全就没有想到拉里。

艾略特刚和我说完这些，她们母女俩就进来了。上次见她们还是十八个月之前，布拉德利夫人瘦了一点，脸色更苍白了，她看着很疲惫，显然身体不太好，而伊莎贝尔则像花朵一般绽放着，她向来面色红润，肤色光洁，头发是浓郁的棕色，淡褐色的眼珠炯炯有光，她是如此青春洋溢，仿佛只要活着就该如此快乐，你在她身边总有冲动想开怀大笑。我对她有个想象，说来也荒唐，就觉得她是个金色的梨子，一看便已完全成熟、甘美多汁，只待人一口咬下去。她洋溢着温暖，你只觉得若是伸手凑近她，应该就能感到舒服的暖意。比起上次见面，她似乎又高挑了一些，或许是因为穿了高跟鞋，或许是制衣匠手段高明，

---

1 Goodwood，苏塞克斯郡古德伍德公园附近举行的赛马会，每年七月底开始，为期一周。Cowes，"世界游艇之都"，有各种各样跟航海有关的庆祝活动，八月初有著名的划船赛。

122

把她青春的丰腴藏了起来，这我判断不了，但她体态放松，显然就是一个从小在户外做各种运动的女孩。简而言之，在男人眼中，这是个极能挑动情欲的年轻女子。若我是她的母亲，大概我也会着急，想让她赶快嫁人。

之前在芝加哥备受款待，我很高兴能有所回报，请他们三人改天晚上去剧院看戏，还安排了一场午餐会。

"你若是明智的话，我的好朋友，最好尽早安排，"艾略特说道，"我们到了伦敦，这件事我已经知会了几个朋友，恐怕一两天之内，社交季余下的日子都会被填满的。"

艾略特这句话，我听出意思，笑了起来，他这是在暗示，到那个时候，他们就没时间匀给像我这样的人了。艾略特扫了我一眼，从他的眼神里，我读出了一丝自负。

"不过，每天六点钟，我们大致就在这里，你若是过来，我们当然很乐意见到你。"他说得很优雅，但言下之意也很明白，就是像我这样区区一个作家，应该很清楚自己的分量。

但咸鱼被拍打久了，有时候也是要翻身的。

"你务必要跟圣奥尔坡德他们联系一下，我听说他们想出手一幅康斯特布尔的索尔兹伯里大教堂[1]。"

"我最近并不想买画。"

---

[1] 英国风景画家约翰·康斯特布尔（John Constable，1776—1837）绘于1823年的著名油画。

"我知道,我的意思是你或许可以帮他们出手。"

艾略特的眼睛闪过一丝刚硬的光芒。

"我的好朋友,英国人这个民族确实了不起,但是他们不会画画,也永远画不出什么好东西。我对英国的画派不感兴趣。"

7

往后的四个礼拜,我很少见到艾略特和他的亲戚。艾略特确实给足了她们面子。有一个周末,他带她们母女俩去了苏塞克斯郡一幢气派的大房子里,另一个周末,是威尔特郡的一幢大房子,只是还要气派。他带她们去皇家包厢听歌剧,因为他收到了温莎王室一位小公主的邀请。跟他们一起用午餐和晚餐的人里面,总有了不得的大人物。伊莎贝尔去了一些舞会。艾略特在凯莱奇接待过一个又一个宾客,他们的名字出现在第二天的报纸上都煞是亮眼。他还在奇罗餐厅[1]和大使馆开过晚宴。他所做的事情,说实话每件都是对的,他把这样的流光溢彩和文采风流摆在伊

---

1 Ciro's,欧洲高档连锁餐厅,由一位名叫奇罗的埃及人于 1897 年在蒙特卡洛创立,在伦敦、巴黎等地有分店。

莎贝尔面前，供她品尝，即使是一个阅历再丰厚许多的姑娘，只怕也会有些晕眩。艾略特还多了一重自豪，他可以说自己如此费心竭力，全然是无私的，纯粹是为了让伊莎贝尔散心，让她不去想起那桩倒霉的恋情；但我也感觉到，除此之外，能让自己的姐姐亲眼得见他跟那些位高权重、红极一时的人物如此熟稔，艾略特获得了极大的满足。作为主人，他的技艺自是千锤百炼，不由得人不叹服，能有机会展示出来，他自己也很开心。

他的那些派对，我也去过一两回，也时不时会在六点钟去凯莱奇拜访，经常看到伊莎贝尔被青年男子围绕，要么是英姿飒爽的皇家禁卫军，一身漂亮的制服，要么就是衣着稍微朴素一点的优雅的外交官。就在类似的场合中，她把我拉到一边，说道：

"我有事想问你。你记不记得那天晚上，我们去了一个杂货店，吃了冰激凌苏打？"

"记得非常清楚。"

"你那时就很好心，帮了我大忙，你愿意再好心帮我一次吗？"

"我一定尽力。"

"我有事想跟你聊，哪天能吃个中饭吗？"

"基本上哪天都可以。"

"找个安静点的地方。"

"要么我们开车去汉普顿宫那边，你觉得怎么样？这时节，那里的花园正是好时候，你还能看到伊丽莎白女王的床。"

她觉得这个提议不错，我们就定了个时间。近来天气一直明朗和煦，那天忽然变了脸，天空是灰的，细雨渐渐落了下来。我打通了电话，问她就在城里吃会不会更好些。

"否则去了也没法坐在花园里，而且天太黑了，那些画作什么都看不清。"

"花园我也坐过不少了，还有那些大师，我也快看吐了，我们还是去那儿吧。"

"也好。"

我接上了她，往城郊开去。我知道一家小酒店，饭菜尚可，就直接往那儿开，伊莎贝尔一路聊着她去过的派对，见到的人，兴高采烈，一如往常。她最近很开心，但评论起新结识的那些人，我发现她其实心思很敏锐，对于荒谬可笑之处，也目光犀利。恶劣的天气劝走了游人，餐厅里只有我们两个。这家酒店的特色是英国家常菜，一块上好的羊腿肉，加嫩豌豆，小马铃薯，一个深盘烤制的苹果派，最后上德文郡奶油，搭配一大杯淡艾尔酒，这顿午饭吃得让人心满意足。吃完了之后，我提议换个地方，咖啡厅的扶手椅坐着比较舒服，此时也是空无一人。进了咖啡厅，有点凉飕飕的，但壁炉里柴火已经堆好，我点了根火柴进去，火苗一起，暗黝黝的房间就亲切多了。

"行了，"我说，"现在跟我说说吧，你找我来是要聊什么？"

"跟上次一样，"她呵呵笑道，"拉里。"

"我也猜到了。"

"你知道我们的婚约没有了。"

"艾略特跟我说了。"

"妈妈松了口气，舅舅可高兴极了。"

她迟疑了片刻，接着就开始讲述她跟拉里之间的对话，我之前已经尽我所能照原样转呈给读者了。她跟我并不熟悉，应该也就见过十来回，只有杂货店那一回是两人独处，居然把这么多事都告诉了我，可能会让读者惊讶。但我并不意外。首先，作家都知道，有很多事情，大家不愿跟任何人说，唯独愿意告诉作家。我也不清楚到底为什么，唯一能想到的，是他们或许读了作家的一两本书，觉得跟写书的人格外亲密；又或者，他们把自己戏剧化了，把自己看成了小说里的人物，想象自己跟那些角色一样，完全向创作者敞开。再者，我觉得伊莎贝尔感觉到了，我喜欢拉里，也喜欢她，他们的青春洋溢打动了我，我也同情他们的难处。她没法指望艾略特会是一个友善的聆听者。年轻人有无与伦比的机会进入上层社会，却毫不珍惜，艾略特对这样的人是不舍得多费一点心神的。她母亲也帮不了她。布拉德利夫人讲究原则和常识。她的常识中有这么一条信念：你若想要在这世上有所作为，那就必须接受这个世界的规矩，别人都做的事情，你不去做，难免多生动荡。她还相信，男人的职责就是去工作，而他选择的那个行当，必须在投入精力和魄力之后，有机会让他的妻子、家人过上与他身份地位相称的生活；他必须要让自己的儿子受良好的教育，等成年了可以正正当当地养家糊口；他还必须在自己离世的时候，让他的遗孀衣食无忧，这些在布拉德利夫人看来都属于大是大非的原则问题。

伊莎贝尔的记性不错，跟拉里聊了那么久，百折千回，全都刻在她的记忆里。直到她说完，我都只默默听着。中间只有一个停顿，是她突然问了我一个问题。

"鲁斯达尔是谁？"

"鲁斯达尔？是个荷兰的风景画家？怎么问起他了？"

她跟我说，拉里提起过这个人，说他问的那些问题，至少鲁斯达尔找到过答案，伊莎贝尔问这人是谁。当时拉里那个轻佻的回答，伊莎贝尔也重复了一遍。

"你说他这是什么意思？"

我突然灵光一闪。

"你确定他说的不是鲁斯布鲁克？"

"有可能就是这个名字，这人又是谁？"

"一个佛莱芒神秘主义者，十四世纪的人。"

"哦。"她遗憾地哼了一声。

这个讯息对她毫无意义，对我则不然。拉里的思考正往何处去，这是我发现的第一条线索。伊莎贝尔继续讲着她的故事，我虽然听得依旧认真，但拉里的这个指涉暗示着种种可能，让我头脑某处为之忙碌运转起来。我也不想把它说得过于重大，或许拉里提到了这位"狂喜教师"[1]，只是为了在论辩中给个例子而已；但它或许别有一番意义，只是伊莎贝尔没有捕捉到。拉里当时应答，说鲁斯布鲁克只是大学里一个他不太认识的人，明显是为了引开她的注意力。

伊莎贝尔把事情原原本本讲完，问道："你觉得这都是怎么一回事？"

我斟酌了一会儿，才说：

"你记不记得，他说他只想游手好闲？如果他说的这些都是实情，那么，他的游手好闲可得下不少苦功啊。"

"我很确定他说的都是实话，但你不觉得吗，要是他把这些苦功放在可以见到成效的事情上，他的收入已经很可观了。"

"有些人的构造和材质是不太一样的。有些罪犯，像海狸筑坝似的，孜孜不倦地谋划，结果只是把自己送进了监狱，但刚一踏出监狱大门，他们又从头来过，结果还是成

1　Ecstatic Teacher，鲁斯布鲁克的学生和信徒对他的称谓。

了囚犯。要是他们把这份勤勉、这份聪明、这份足智多谋、这份百折不挠都用在正道上，他们不仅会生活优渥，还能坐到很有权势的位置上去。但他们就是那样的人。他们喜欢犯罪。"

"可怜的拉里，"她咯咯笑道，"你不会要说他学希腊语是为了琢磨怎么抢银行吧？"

我也笑着说道：

"不是这个意思，我想表达的，是有些人被某个冲动牢牢攥住，不由自主地要去做某件特定的事，而且非做不可，他们愿意牺牲一切去满足这种渴望。"

"甚至牺牲爱他们的人？"

"那是肯定的。"

"这不就是纯粹的自私吗？"

"那我就不清楚了。"我微笑道。

"拉里学这些已经没人用的语言，到底能派上什么用场啊？"

"有些人只是渴求知识本身；这种欲望并不丢人。"

"如果有了知识，但你完全用不上它，那要它干吗呢？"

"或许他会用的，或许，只是拥有它，就足够让人满足了，就像对于艺术家来说，他的满足只是把作品创作出来。又或许，那只是一小步，会通往更远的地方。"

"如果他要的是知识，为什么从战场回来的时候，他不肯去大学呢？妈妈和尼尔森医生都让他去上大学。"

"这件事，我在芝加哥跟他聊过。学位对他来说是毫无用处的。我多少能感觉出来，他对自己想要什么有个确切的认知，他觉得在大学得不到这些东西。你知道，学习也分独狼和群狼，拉里是前一种，除了独自探索，别无他法。"

"我记得有次问过他，问他是不是想写作。他只是笑了笑，说他没东西可写。"

"不写作有很多理由，但'没东西可写'大概是我听过最没有说服力的一种了。"我微笑道。

伊莎贝尔做了个不耐烦的手势，她此刻的心境，再轻微的调笑也听不进了。

"我想不明白的是，为什么他会变成这样。战争之前，他跟所有人都一样。你可能想不到，他网球打得很好，也是个不错的高尔夫球手。之前他干的事情跟我们其他人都一样，就是个完全正常的男孩子，你一定觉得，他以后也会长成一个完全正常的成年人。不管怎样，你是个小说家呀，你应该能给我解释明白才对。"

"人心的复杂是无穷尽的，我何德何能，怎么能解释明白呢？"

"我今天找你聊天，就是这么想的。"她补充道，仿佛没有听见我刚刚那句话。

"你很难过吗？"

"不是，不能算是难过。拉里不在身边的时候，我还好，但跟他在一起，我就觉得自己好无力。它是一种酸涩感，就如同你好几个月没骑马，骑了一段远路，会觉得肌肉都是僵的；那不是疼痛，也完全不是忍受不了，但那种感觉一直都在。没事，我会走出来的。只不过，拉里把他的人生弄得这样一团糟，我想到就不太好受。"

"但或许他的人生不会一团糟的。他踏上的是一条艰难的长路，走到尽头，或许他能找到自己追寻的东西。"

"那是什么？"

"你没猜到吗？他跟你说的那些话，在我听来，暗示得已经很明显了。上帝。"

"上帝啊！"她喊道，但她喊的只是难以置信时大家都用的感叹词。用的字完全一样，意义却天差地远，突然产生了这样的喜剧效果，我们都忍不住笑起来。但伊莎贝尔马上收起笑意，我在她的整个神态中感受到某种恐惧。

"你怎么会这么想的？"

"只是揣测。但你确实问了我，作为一个小说家会怎么看。遗憾的是我们不知道战场上发生了什么，如此深刻地触动了他。我猜是某种打击，让他猝不及防。我有个想法供你参考，不管发生了什么，它一定让拉里感觉到了生命的短暂、易逝，有个绝望的信念必须要确认才行，那就是这世间的罪恶和哀愁，必定是有补偿的。"

我看得出来，我把对话引到了伊莎贝尔不喜欢的地方去了，这让她感到羞涩和局促。

　　"你不觉得这样很病态吗？世界是怎样的，我们就该怎样面对它。既然来了，总要尽力地享受人生啊。"

　　"很可能是这样。"

　　"我就是个完全正常、普普通通的女孩子，我不会装出任何别的样子。我就是想活得开心一些。"

　　"看起来，你们的性情完全不可调和，能结婚之前发现是再好不过了。"

　　"我想要结婚，想要生孩子，想要生活——"

　　"生活在仁慈的上苍赐予你的生活状态里。"我微笑着替她说道。

　　"这也没什么错吧？这种状态很舒服，我没什么好抱怨的。"

　　"你们就像两个打算一起旅行的朋友，一个想要爬格陵兰的冰山，一个想要去印度的珊瑚海钓鱼，显然是玩不到一起去的。"

　　"不管怎样，我或许能在格陵兰的冰山上弄到一件海豹皮大衣，至于印度的珊瑚海里有没有鱼，我很存疑。"

　　"那就只能到时看了。"

　　"你干吗这么说？"她微微皱着眉头问道。"你的想法好像始终都有所保留。当然，我也知道，这个戏里的明星不是我，大家要看的是拉里。他是那个理想主义者，做着美丽的梦，即使那个梦没有成真，能这样梦一场也叫人心潮澎湃。导演找我来，演的是那个铁石心肠、贪财务实的角色。常识从来不太讨喜，难道不是吗？但你却忘了，到时要付出代价的人是我。拉里可以足不点地，追逐着天边的彩云，而我只能跟在后面，量入为出，勉强维持生计。我想要生活。"

"我完全没有忘。很多年前，我还年轻的时候，认识一个医生，他医术不差的，但却不行医，只年复一年钻在大英博物馆的图书室里，每隔好久出一本厚书，那种科学不像科学、哲学不像哲学的书，也没有人读，只能自费出版。他去世之前写了四五本这样的书，完全一点价值也没有。他有个儿子，想当兵，但没有钱送他去桑赫斯特[1]，这孩子只好自己报名入伍。他在战争中阵亡了。那人还有个女儿，长得很美，其实很让我动心。她去演舞台剧了，但没有这方面的才华，就跟着二流剧团在伦敦之外到处游走，演些报酬可怜的小角色。他的妻子做苦工做了很多年，那真是苦不堪言的日子，终于身子垮了，女儿只能回家，照顾母亲，再接过母亲干不动的那些苦工。一眼望去，全是浪费的、困顿的人生，什么结果都没有。当你决定离经叛道时，

1　Sandhurst，英格兰雷丁东南的一个村庄，英国陆军军官学校所在地。

就是赌运气了。受感召的人很多，最后被选中的人则少之又少。[1]"

"妈妈和艾略特舅舅觉得我做得对。你觉得呢？"

"亲爱的，我的判断你根本不用在意，我几乎是个陌生人啊。"

"我把你当成一个公正的旁观者，"她说，带着一个让人舒服的笑容，"我希望能获得你的认可，你觉得我做了正确的选择，对吧？"

"我觉得对你自己来说，你做的是对的。"我说道，还是颇有把握那个微小的区分不会引起她的注意。

"那为什么我良心这么不安？"

"真的吗？"

她的嘴角依旧微笑，但此刻似乎微微透露着懊悔，点了点头。

"我知道他那是胡闹。我知道所有讲道理的人都会同意，我没有别的选择。我知道从所有实际的角度去看，以世俗的经验智慧去看，从立身处世的普遍标准去看，从对错是非的角度去看，我都做了我应该做的事。但在我心底，我总有一点不自在，总觉得要是我再更好一点，更无私、更高贵一点，我就会嫁给拉里，过他的人生，总觉得，要是

1　出自《圣经·马太福音》："For many are called, but few are chosen."

135

我足够爱他，放弃世界不也挺好。"

"但你也可以反过来说，要是他足够爱你，他会毫不犹豫地照你的想法去做。"

"我也这么跟自己说过，但没什么用。我想女人的天性，跟男人比，是更愿意牺牲自我的，"她笑了几声，"路得和异邦谷田那一堆东西[1]。"

"你为什么不愿意冒一下险呢？"

我们之前聊得都很轻快，几乎像是随便聊起了一个我们都认识的人，但他的那些事与我们并没有什么切肤的关系，即使转述与拉里的那场对话，她也带着如清风般的明快，开着玩笑，不让气氛太过沉重，就好像她不想让我把那些话太当真。但这时她脸色都苍白了。

"我害怕。"

我们俩都沉默了好一会儿。我的背脊有一丝凉意。每次至真至纯的人性迎面而来的时候，很奇怪，我总有这样的反应。我会觉得可怕，也感到敬畏。

"你很爱他吗？"我终于问道。

"我不知道。对他，我有些不耐烦，也有些气他。只是，我总还是盼着跟他在一起。"

---

1 典出《圣经·旧约·路得记》，路得丧夫后随婆婆回到以色列，捡拾麦穗赡养婆婆。"异邦谷田"出自济慈《夜莺颂》，诗中用到这段《圣经》故事，写路得"在异邦的谷田中落泪"。

我们又静了下来。我不知道该说什么。咖啡厅不大，蕾丝窗帘厚重，挡住了光。黄色墙纸带着大理石的纹理，墙上挂着各种复制品，大多是运动、打猎的画作。看着那些红木家具，破旧的皮椅，还有发霉的味道，这场景莫名让人想到狄更斯小说里的咖啡厅。我捅了捅火，加了几块煤。伊莎贝尔突然说话了。

"其实吧，我还以为到了最后摊牌的时候，他会屈服。我知道他是个意志薄弱的人。"

"意志薄弱？"我大声问道，"你怎么会这么想呢？这个男人决心走自己的路，整整一年时间，他可是顶住了所有亲朋好友的反对。"

"一直以来，都是我想让他怎样他就怎样的，我只要小拇指拨弄一下，就能让他掉头。我们做的那些事，他从来不是领头的，大家去哪儿，他就只是跟着。"

我刚才点了一支烟，正看着吐出的烟圈。它越扩越大，慢慢在空中隐去。

"那天之后，我跟他还是到处玩，好像什么事都没发生过，妈妈和艾略特觉得很成问题，我没有太在意。我还是想，到了最后他会让步的。他那颗浑脑袋，当他终于意识到我没有开玩笑的时候，我不相信他还能坚持。"她犹豫了一下，调皮地朝我笑了笑，就像是准备捉弄我。"我要跟你说件事，不知道会不会吓到你。"

"我觉得可能性不大。"

"我们决定来伦敦之后，我给拉里打电话，问他能不能陪我度过在巴黎的最后一晚。告诉他们的时候，艾略特舅舅说这很不成体统，妈妈也说她觉得没有必要。妈妈的'没有必要'，意思就是她觉得'万万不可'。艾略特舅舅问我那晚怎么安排，我说我们会找个地方吃饭，然后去几家夜总会走一圈。他跟妈妈说，应该禁止我出门。妈妈问：'要是我下禁令，你会听吗？''不会的，亲爱的妈妈，'我说，'完全不会。'然后她说道：'我想也是，既然如此，我禁不禁止似乎也意义不大。'"

"你母亲似乎是位头脑非常清楚的女士。"

"我觉得她什么事情都看得很明白。拉里喊我的时候，我去她房里跟她告别，说晚安。我化了一点妆，你也知道，在巴黎，不化妆整个人就看上去光秃秃的。母亲看到我那晚选的裙子，从头到脚打量我，我心里打鼓，觉得她目光里全是洞察力，看穿了我在盘算什么。但她什么也没说，只是亲了我一下，说希望我玩得开心。"

"你在盘算什么？"

伊莎贝尔看着我，脸上颇有疑虑，就好像她还没想好要坦诚到什么地步。

"我觉得那晚我的模样不算难看，而这是最后的机会了。

拉里在马克西姆[1]订了一张桌子。那天的菜太美味了，都是我特别喜欢的，我们还喝了香槟。我们聊得忘乎所以，至少我聊开了，而且把拉里逗得很开心。拉里有一点我一直很喜欢，就是我总能把他逗乐。我们跳了舞。跳够了，又去了马德里城堡[2]，那里碰到一些认识的人，就一起玩了一会儿，又喝了不少香槟，然后都一起去了艾卡西亚[3]。拉里很会跳舞，我们也很默契。那天并不凉快，再加上音乐和红酒——我开始有些飘飘然了，觉得没有任何事情是我不敢做的。跳舞的时候，我们脸颊贴着脸颊，我知道他渴望着我；而天知道我也渴望着他。我有个计划。而这个主意恐怕在我潜意识里是一直都在的。我想我可以让他陪我回家，等到了家，怎么说呢，要发生的事情几乎是必然要发生的。”

“说真的，你的表述不可能更文雅了。”

“我的房间离艾略特舅舅和母亲都挺远的，所以我知道不会有什么意外。等我们回了美国，我大概就会写一封信给他，说我有了孩子，他就只能回来跟我结婚。到了那时候，他都已经回来了，我不相信拴住他会有多难，尤其

---

1 Maxim's，位于巴黎第八区皇家路，二十世纪中叶是全球最著名的餐厅之一。
2 Château de Madrid，巴黎著名餐厅，靠近城西布洛涅森林，原为贵族宅邸，特色是有大片户外林间场地，可以用餐、跳舞。
3 原文为 Acacia，即 Les Acacias，位于巴黎布洛涅森林附近，“爵士年代”巴黎有名的夜总会。

是妈妈还病着。我还怪自己，说：'我太蠢了，之前怎么没想到呢？这样不就什么问题都解决了？'音乐一停，我就那样靠在他的怀里。我说，已经晚了，明天中午我们还要赶火车，得走了。我们坐进一辆出租车，我依偎在他身旁，他伸手揽住我，吻我。他就那样吻着我，吻着我——啊，那真是天堂。几乎是眨眼之间，出租车停在了酒店门口。拉里付了钱。

"'我走回去。'他说。

"出租车突突几声开走了，我伸手揽住他的脖子。

"'你不想上来跟我最后喝一杯吗？'我说。

"'你想喝的话，可以啊。'他说。

"他一按铃，门就开了。我们进门，他开了灯。我看着他的眼睛。那双眼睛充满了信任，又如此诚实，如此——如此的毫无心机；他显然一点也不会想到，这是我设下的一个陷阱。我觉得我没法对他使出这么卑鄙的伎俩。这就像从小孩手里抢走糖果。你知道我接下来干了什么？我说：'哦对了，你还是别进来了。妈妈今天不是很舒服，要是她睡着了，我可不想吵醒她。晚安吧。'我抬起脸孔让他亲了一下，然后把他推出门去了。这就是结局。"

"你遗憾吗？"我问。

"我既不开心，也不遗憾。我那是不由自主的，做出那个选择的其实不是我。那只是一个冲动，把我控制住了，替我做了选择，"她微笑道，"大概可以称之为我'性善'的那部分。"

"自然是可以的。"

"自然也是这份好心要承担后果了，自此以后，它应该会更小心行事的。"

我们的谈话实际上到这里就结束了。能毫无保留地跟人聊一聊这件事，或许对伊莎贝尔是种慰藉，但我能提供的帮助也仅此而已。我觉得自己辜负了信任，试着讲了一个小小的道理，希望能让她稍稍好受一些。

"你知道，当我们爱着一个人的时候，"我说，"然后又全都事与愿违，我们特别难受，觉得永远也走不出来了。但一片汪洋能发挥多大作用，会让你始料未及的。"

"没有听懂。"她微笑着说。

"啊，爱情不善于坐船，它到了海面上会变得无力。当你和拉里隔着一片大西洋的时候，你会惊讶地发现，登船时那种无法承受的痛，现在已经如此轻微了。"

"你这是经验之谈？"

"是我在暴风骤雨中得来的经验。只要一感受到单恋的心痛袭来，我马上就会买一张远途船票。"

雨一直在下，没有缓下来的意思，我们商量着，伊莎贝尔就算错过了汉普顿宫那一堆名贵的艺术，甚至女王的床，也一样活得下去，于是就开车回了伦敦。之后我还见过她两三回，不过都有别人在场，再往后，我在伦敦也待够了，出发前往蒂罗尔。

第三章

1

　　那之后十年，我既没有见过伊莎贝尔，也没见过拉里。艾略特还是常碰到的，甚至比之前还更频繁了些，原因我稍后再说。有时候，他会告诉我伊莎贝尔的近况，但问到拉里，他也什么都说不出。

　　"反正我也没听说他离开了巴黎，只是我平时也遇不上他，圈子不一样，"他补充道，多少还带着点自负，"他这样完全把自己荒废掉了，还是很让人唏嘘的。他的家庭出身很好，要是交给我，我敢打包票，能把他打造成个人物。不管怎样，伊莎贝尔算躲过了一劫。"

　　对于跟什么人来往，我的要求没有艾略特那么严苛，在巴黎，我就认识那么几位，若是说给艾略特听，他肯定要嗤之以鼻的。我去巴黎，往往停留时间不长，但次数却不少，有时会去问那几个朋友，是否遇到过拉里，或者有没有他的消息。有几个确实与他相识，或许是点头之交，但都谈不上熟悉，我也找不到谁能告诉我他的近况。他常去的几家餐馆，我也问过，都说很久没见他了，推测他必定是搬走了。蒙帕纳斯大街有几家咖啡馆，住在附近的人基本都会去，我也从来没见过他。

伊莎贝尔离了巴黎之后，他本想去希腊，但后来放弃了这个想法。实际他干了些什么，那是多年后我亲口听他告诉我的，但我想尽量照着时间先后讲这些事，更方便一些。那年夏天，他留在巴黎，一直在用功，没有放假，眼看就是深秋了。

"我想着，也该把书本放一放了，"他说，"我每天学习八到十个小时，已经两年，所以我就去找了一个煤矿干活。"

"你去干吗了？"我喊道。

我的惊愕引得他哈哈大笑。

"我是觉得，去干几个月的体力活，对我有好处。我那时有个想法，觉得这样我就有余裕去梳理我的想法，不会总受到它们困扰。"

我没有接话，心里在想，这出乎意料的一步，是不是真的只为了他说的这个道理，还是跟伊莎贝尔不肯嫁给他也有关系。实际上，我完全不知道他对伊莎贝尔的爱有多深。很多陷在情爱中的人，不管想做什么事，都能发明各种理由，说只有这样才是合理的。我想这也是为什么有那么多灾难般的婚姻。他们跟某些骗子的朋友很像，明知是骗子，却不肯相信他首先是个骗子，其次才是朋友，非要把自己的事情一次次托付给他，因为他们认定，这些骗子不管对别人如何奸诈，不会这样对待他们。拉里性子足够强硬，不肯为伊莎贝尔牺牲自己选定了的人生，但或许失去她比预想的更难熬。或许跟我们大多数人一样，他也想吃了蛋糕又留着蛋糕[1]。

"行吧，那后来呢。"我说道。

"我把我的书和衣服装了两三个箱子，寄存在美国运通。往身上加了件外套，在旅行包里塞了几件内衣裤，就出发了。我的那个希腊语老师，他有个姐姐嫁给了朗斯附近一个矿场的经理，他给我写了封介绍信。朗斯你熟吗？"

"不熟。"

"在法国北部，靠近比利时的国境线。我在那里就住了一晚，在车站的旅店里，第二天，我找了个当地人带我去矿场。你去过那种矿场上的村子吗？"

"英国的去过。"

"行，大概也差不多吧。一个煤矿，一栋经理的房子，一排排整齐的二层小屋，屋子都很像，简直一模一样，单

---

1 英文俗语，指在不太可能的情况下两者兼得。

调到看了心都要往下沉。有一个半新不旧的教堂，也难看得很，还有好几家酒吧。我到那儿的时候，有细雨洒下来，场面极是凄冷。我去了经理的办公室，把介绍信给了他。他个子不高，是个红脸蛋的胖子，看上去就是那种胃口很好的人。打仗的时候死了好多矿工，他们缺人手，有好多波兰人在那儿干活，要我说，估计得有两三百人。他问了我一两个问题，知道我是美国人，不太满意，觉得有点可疑，但手里是他小舅子写的信，信里面对我评价不错，但不管怎样，多我这么一个人手，他还是高兴的。他说想先把我安排在地面上，但我说我想去井下。他说，新手会觉得很难，我说，我有心理准备，于是他让我去当一个矿工助手。这其实就是一个仆人的工作，反正他们那儿也缺这样的助手。他人还不错，问我住的地方找了没有，我说没有，他就找了张纸，写了个地址在上面，说到了那个地方，女主人就会让我有一张床睡。女主人的丈夫是个去世的矿工，她的两个儿子也在矿场干活。

"我拎起我的旅行包就去了。我找到了那幢房子，开门的是个瘦削的高个儿女子，头发都快白了，一双黑色的大眼睛。她的五官依旧端正，想必曾经是个美人。此时已经瘦得有些枯槁了，但要不是少了两颗门牙，应该也不算难看。她说已经没有多余的房间，但有间房她租给了一个波兰人，里面有两张床，我可以用另外那一张。楼上有两个房间，她的两个儿子住一个房间，她住另外一间。她领我去的那间房在底楼，我猜本来应该是客厅；我原先打算，最好能有一间自己的屋子，但我明白不能太挑剔；之前的细雨有些下大了，成了一阵躲不开的小雨，我身上已经湿了，我不想再继续往别处走，把自己淋成个落汤鸡。于是我告诉那位妇人，这样挺好，就住进去了。他们把厨房用作客厅，放了几张吱吱呀呀的扶手椅在里面。院子里一个放煤的棚子，也是浴室。两个儿子加波兰人，都是带着午餐出去的，她说中饭我可以跟她一起吃。吃完饭，我坐在厨房抽烟，她忙着手上的活，一边把她自己和她家里人都给我讲了一遍。其他人也下班回来了，先是波兰人，再是她两个儿子。波兰人进厨房，妇人告诉他，我要跟他共用一间屋子，他只朝我点了点头，没吭声，径直走到厨房另一头，从炉子架上取下一个巨大的水壶，去外面棚子洗澡了。她两个儿子脸上虽然盖满煤灰，但身材高大，看得出都是面相俊朗的小伙子，看上去很好相处。他们都把我当成怪人，就因为我从美国来。他们其中一个十九岁，几个月之后就要去服兵役，另一个比他哥哥小一岁。

"波兰人进来，他们兄弟就去洗漱了。那个波兰人跟他很多同胞一样，名字特别复杂，但他们都叫他'科斯蒂'。这家伙也很高，比我高了两三英寸，身材也结实。他面孔肉鼓鼓的，没有什么血色，鼻子又短又宽，一张大嘴。他的眼珠是蓝色的，因为眉毛和睫毛上的煤尘洗不掉，看上去就像化了妆一样；蓝眼睛被乌黑的睫毛一衬，更蓝得几乎有些吓人。这是个丑陋的粗鲁汉子。两兄弟换了衣服之后就出门了，波兰人继续坐在厨房里，抽着烟斗读报纸。我口袋里有本书，也掏出读了起来。我注意到他朝我瞄了两眼，没过一会儿就把报纸放下，问道：

"'你在读什么？'

"我把书递过去，让他自己看。那是一本我在巴黎车站买的《克莱芙王妃》[1]，主要因为它够小，可以放进口袋。他看了一眼书，又瞧瞧我，眼神诡异，然后把书递了回来。我注意到他嘴角的笑容略带嘲讽。

"'你觉得这书有趣吗？'

"'我觉得很有趣——甚至读得有些放不下了。'

"'我在华沙上学时候读的，可把我给无聊坏了。'他法语说得很好，几乎听不出波兰口音。'现在我只读报纸和侦探小说，别的什么都不读了。'

"我们那位中年妇人叫勒克莱尔夫人，一只眼睛盯着晚饭煮的汤，一边在桌子上补袜子。她告诉科斯蒂，我是矿场经理介绍来的，还把我之前觉得可以告诉她的事，都复

1　*Princesse de Clèves*，出版于 1687 年，宫廷爱情故事，法语小说史上的重要作品。

述了一遍。波兰人听着，一个劲儿抽着烟斗，用那双明亮的蓝眼睛看着我，目光锐利。他问了几件我的事情，我说我从来没有干过矿工，他又那么带着讥讽微笑起来。

"'那你可是把自己害了。但凡有别的活儿，没人愿意当矿工的。但这是你自己的事情，你肯定有自己的理由。在巴黎的时候，你住哪里？'

"我跟他说了。

"'有段时间，我每年都去巴黎，但除了中心街道[1]，哪儿也不去。你去过拉辉[2]吗？这是我最喜欢的餐厅。'

"这有些出乎我意料，因为，你知道，这家店不便宜。"

"那可是贵极了。"

"我的惊讶或许被他瞧见了，因为他又嘲弄似的笑了笑，但显然又觉得没有解释的必要。我们东拉西扯地聊了一会儿，这时两兄弟回来了，一起吃了晚饭。晚饭结束，科斯蒂问我愿不愿意跟他一起去小酒馆喝点啤酒。酒馆只是一间大屋子，里面放了些大理石台面的桌子，几张木头椅子，只是屋子一头有卖酒的地方而已。那里有一架自动钢琴，有人塞了个铜板进去，它正嚎出一首舞曲。除了我们之外，

---

1 Grands Boulevards，一般指歌剧院广场到共和国广场间、由几条繁华街道构成的街区，被认为是巴黎最都市化的区域。
2 Larue's，1886 开业的著名餐厅，1933 年获得米其林三星，1953 年歇业。

只有三张桌子有客人。他问我会不会勃洛特[1]，之前我跟几个还在念书的朋友学过，就说我会，他就提议我们用它来赌啤酒。我同意了，他让店家拿一副牌过来。我输了一杯啤酒，又输了第二杯。这时候他提议我们赌钱。他手气好，我那天运气不行，虽然赌得很小，我还是输了好几法郎。赢了钱，再加上啤酒，他心情不错，就聊了起来。听他的谈吐，看他的举止，我很快就猜得出来，他一定受过极好的教育。他又提起巴黎，这回是问我认不认识某某和某某，都是美国女子，路易莎阿姨和伊莎贝尔住在艾略特那儿的时候，我的确见过，但他似乎比我更熟，我不明白他是如何落到现在这步田地的。虽然还不算太晚，但我们毕竟天一亮就要起床。

"'我们最后喝个啤酒就走。'科斯蒂说。他一边小口啜着啤酒，一边用他那双犀利的小眼睛打量着我。我那时明白了他让我想起了什么：一只坏脾气的猪。'你怎么会跑到这么个破矿场来的？'他问道。

"'为了体验一下。'

"'Tu es fou, mon petit.[2]'他说。

"'那你为什么在这儿干活呢？'

---

1 Belote，发明于二十世纪二十年代的牌戏，盛行于法国，规则类似某种简易版的桥牌。
2 法语，意为：你疯了吧，小伙子。

150

"他耸了耸肩，因为身材太魁梧，耸起肩来不太协调。

"'我打小就进了贵族的军官学校，我父亲是沙皇下面的一个将军，上次战争，我是骑兵队的军官。我受不了毕苏斯基[1]，我们计划好要杀了他，但有人告密。被抓到的悉数被毕苏斯基枪决。我差一点点就来不及出境，但还是逃了出来。要么就去殖民地参加外籍部队，要么就是下矿井。两害之中，我选了一个轻的。'

"我把经理给我的工作跟科斯蒂说了，他先是一言不发，突然把手肘支起在大理石台面上，说道：

"'你用力掰我的手。'

"这是个用来考较力气的老套路了，我张开手握住他的手掌。他哈哈笑道：'再过几个礼拜，你手上就不会这么软绵绵的了。'我使出全力掰他的手，但他力气太大，一点也推不动，慢慢地他把我的手掰过去，压在桌面上。

"'你力气还不小，'他倒是挺客气，'能坚持这么久的人不多的。我跟你说，我那个助手一点用也没有。是个法国人，皮包骨，个子又小，找只老鼠都比他有力气。明天你就跟我一起过去，我找工头，换你当帮手。'

"'这样最好了，'我说，'你觉得他会同意吗？'

1　Józef Pilsudski（1867—1935），波兰政治人物，第一次世界大战时率"波兰军团"对俄国作战，1918年宣布波兰独立，成为国家元首。1926年5月发动军事政变，建立独裁统治。

"'有偿的。你能拿五十法郎出来吗？'

"他把手伸了过来，我从钱包里取出一张钞票。我们回家就睡了。我那天也很疲乏，睡得很沉。"

"你后来不觉得那份工作实在太辛苦了吗？"我问拉里。

"一开始人都要散架了，"他微笑着说道，"科斯蒂去跟工头交涉了一番，于是我就成了他的助手。那时候，科斯蒂干活的地方，最多跟个旅店的洗手间那般大小，而且爬地道才能到那儿，那个地道矮到你必须四肢着地。干活的地方跟个火炉似的，我们就只穿一条裤衩，科斯蒂那个白胖身子，看着像条大鼻涕虫，让人有种说不出的恶心。在那个狭小的空间里，气动切削刀开动起来，真是把耳朵都震聋了。我的工作是把他劈下来的煤块放到一个篮子里，拖到地道口，那边每隔一段时间会有火车开过来，就可以把煤装上去，运到起卸机的地方。别的煤矿我也没见过，不知道是不是都这样，但在我看来，这些做法都很原始，而且真是累死人。中间有一个歇工的时间，我能休息一会儿，吃午饭，抽烟。一天干下来，可算等到了下工的时候，而且，谁能想到洗个澡会这么舒服。我还以为我的脚永远也洗不干净了，黑得跟墨汁一样。当然我手上也起了水泡，疼得要命，但慢慢就长好了。我也适应了矿场的工作。"

"你在那儿坚持了多久？"

"其实在那岗位上我就待了几个星期。他们把煤运到起卸机，车皮都是用拖拉机拉的，但那个驾驶员不太懂机械，引擎经常失灵。一旦出了问题，他就不知道该怎么办了。老实说，我是个不错的机械工，于是就去看了看，半个小时就修好了。工头把这事告诉了经理，他把我找去，问我懂不懂汽车之类的东西。结果就是，他把机械工的职位给了我；当然工作很单调，但也很轻松，后来引擎也不出问题了，他们对我都很满意。

"我抛下科斯蒂，可把他气坏了。我跟他配合不错，他也习惯了我来帮忙。我们两个已经熟了，白天干活都是在一起的，晚饭之后一起去酒馆，晚上还睡一间房。这人很有意思，是那种你会感兴趣的人。他不跟那些波兰人混在一起，他们去的几家咖啡馆，他从来不去。他始终不忘自己是个贵族，曾经统领过骑兵队，于是其他波兰人在他眼里都是蝼蚁。这种做派，他们自然是受不了，但也没有办法，科斯蒂壮得跟头牛一样，要是真打起来，不管动不动刀子，他可以一个人料理对面五六个。但我还是跟几个波兰人有来往的，他们说，科斯蒂的确是个骑兵军官，他那个军团还是很出风头的一个，但他自称离开波兰是政治原因，就是撒谎了。他那时被踢出了华沙的军官俱乐部，也被撤了职，只因为他打牌出老千。他们提醒我，不要跟他玩牌，说这也是为什么科斯蒂对他们避之不及，因为他们很了解这个人，都不肯跟他一起玩。

"我之前确实一直在输给他，但说实话，数目不大，一晚上也就几个法郎，而且他赢了之后都坚决不让我付酒钱，所以算下来的确没有多少。我还以为只是霉运都串着来，或者就是我牌技没有他好。但他们警告之后，我都瞪大了眼睛观察，确信无疑他肯定作弊了，但我往死里瞧，也看不出他是什么手法。天呐，他真是太厉害了。我一直盯着他看，像只猞猁[1]一样，而他狡猾得像只狐狸，大概看出来了，有人说了他的事。一天晚上，我们打了一会儿牌，他看着我，笑了笑。他也不会别的笑法，就只会那种几乎有点残忍的、讥讽的笑。他说道：

"'要不要我给你演示几个小伎俩？'

"他拿起一沓牌，让我报一个牌面。他洗了洗牌，让我选一张；我抽出一张牌，果然就是我报的那一张。他又演示了另外两三个手段，接着问我打不打扑克。我说我会，于是他就发了我一手牌，我拿起来一看，发现是四张 A 和一张老 K。

"'拿到这一手牌，肯定要押很大了吧？'他问。

"'全部都押上去。'我说道。

"'那你就傻了。'他把他发给自己的牌拍在桌上，那是一手同花顺。我完全看不出他是如何做到的。看着我不可

1　Lynx，源于希腊语，本意为"光芒"，后指猞猁，因其目光锐利。

思议的样子，他哈哈笑起来：'我要不是个好人，你早把底裤都输给我了。'

"'你也没少赢啊。'我微笑道。

"'鸡毛蒜皮，还不够在拉辉吃顿饭的。'

"后来，我们每天晚上还是打牌打得很热闹，我得出个结论：他出老千不是为了赢钱，只是为了好玩。能耍我一通，让他有种奇异的满足感，他知道我一直想逮到他使诈，但我始终看不出他的手法，让他很是乐在其中。

"但这只是他的一面，我觉得他这么有意思，是因为他还有另一面。我始终觉得这两面是如此的矛盾。虽然他吹嘘自己除了报纸和侦探小说，什么都不读，但他是个很有文化的人。他很会聊天，刻薄、严厉，全是玩世不恭的话，让人听得兴奋莫名。他是个虔诚的天主教徒，床头挂着一个十字架，也基本每周日都会去弥撒。不过周六晚上他一般都要把自己喝高。我们去的那个小酒馆，到了周六晚上，人塞得都要挤出店门，空气里厚厚的全是烟味。有中年的矿工，带着家人，静静地坐着，也有一群群吵翻天的年轻人，还有满头大汗的人围着圆桌子在打勃洛特，不时爆发出吼声，而他们的妻子就坐在身后，看着牌局。人群和噪声对科斯蒂产生奇异的效果，他会严肃起来，开始聊一个你无论如何都猜不到的主题——神秘主义。我在巴黎读过一篇梅特林克[1]写鲁斯布鲁克的文章，但除此之外一无所知。而科斯蒂聊起过柏罗丁[2]、大法官狄奥尼修斯[3]、鞋匠雅各·波墨[4]、埃克哈特大师[5]。这么一个魁梧又邋遢的醉鬼，被踢出了自己的世界，成了个尖刻、愤懑的穷光蛋，但却聊着万事万物的终极现实，聊着与上帝结合的无上福祉，这是多么奇妙的事情。这对我来说全是新的，我又困惑，又激动，就像一个躺在黑屋子里的人，醒着，突然一道光从窗帘间射进来，他知道只要拉开窗帘，就有无垠的原野在他眼前展开，闪耀在壮美的黎明中。但要是他没喝酒，我提起这类话题，他会生气，目光里带着愤恨吼我：

"'我连自己说了什么都不知道，怎么知道我什么意思？'

"但我知道他在撒谎，他很清楚自己跟我说过些什么，是什么意思。他懂得很多。当然他的确是喝醉了，但那种

1　Maurice Maeterlinck（1862—1949），比利时意象派诗人、剧作家、散文家，用法语写作，1911 年获诺贝尔奖，他的散文作品关心神秘主义，探讨人世哲学与自然的关系。

2　Plotinus（205—270），埃及裔古罗马哲学家，创建了新柏拉图主义。

3　Denis the Areopagite，公元五世纪希腊作家，创作了一系列神学著作，试图融合新柏拉图主义、基督教神学和神秘主义。

4　Jacob Boehme（1575—1624），德国哲学家，认为万物皆矛盾，恶是善不可或缺的对立面，被视作现代神秘主义通神论的奠基人。

5　Meister Eckhart（1260—1327），德意志神学家，被认为是德国神秘主义的创始人，认为"存在即神性"，有些观点被教皇定为异端。

眼神，那张丑陋的脸孔上全神贯注的神情，不只因为酒精。还有更深层的东西。他第一次那么说话的时候，有些话我再也没有忘记过，因为我听了感到极其恐惧。他说这世界不是被创造的，因为无中只能生无；这世界是永恒之道的一种显现；好吧，这听上去也还好，但他又接着说，善是神性之象，恶也是神性之象，两者对神性的显现都同样直接。在那个污秽、喧嚣的酒馆里，伴着自动钢琴的舞曲声，听到这样的话，可真是怪异啊。"

2

为了让读者歇口气，我这里又重新开了一节，但对话是一路延续下来的，中断一下只是为了服务读者。正好也在这里提一句，拉里说话不疾不徐，很少胡乱用词；我自然不会声称已只字不差地记录下来，但我下了不少功夫，不只是要把他说的内容传达精确，也想表现他说话的方式。他的语调很丰富，有音乐的感觉，听在耳朵里是种享受。他说话没有任何手势，只不住地抽着他的烟斗，偶尔停下来重新点烟，那双黑眼睛径直对着你，目光中似乎藏着不少飘忽的心思，却也让人觉得舒服。

"然后就是春天来了，法国的那块地方，地势平坦，满目疮痍，春天到得晚了些，还常常顶着寒风冷雨；可难得有几日，是晴朗和煦的好天气，你就很难与地上的世界道别，跟穿着灰蒙蒙制服的矿工们挤在那个摇摇晃晃的升降梯里，往下走几百英尺，下到地心去。来的确实是春天不假，但是在那个阴暗昏浊的风光中，春意显得那么羞涩，好像生怕我们不欢迎它。它就像一朵花，一朵水仙或者百合，种在花盆里，摆在贫民窟的窗台上，你会疑惑，它到这里来干什么。星期天我们一般都起得很晚，那天早上，我们还在床上躺着，我在看书，科斯蒂毫无征兆地突然说道：

"'我要离开这里了。你要跟我一起走吗？'

"我知道有很多波兰人夏天要回去，那边秋收需要人手，但现在时候还早，更何况科斯蒂也回不了波兰。

"'你要去哪儿？'我问。

"'流浪。穿过比利时，去德国，沿着莱茵河走。我们可以去农场找活儿干，起码能撑过夏天。'

"我其实一下就拿定了主意。

"'听上去不错。'我说。

"第二天，我们就跟工头说我们不干了。我找到一个工友，他愿意用背包换我那个旅行包。有些我不想要或是装不下的衣服，就留给了勒克莱尔夫人的小儿子，他身材跟我差不多。科斯蒂也留下一袋东西，把自己要带走的塞进背包，等夫人给我们喝了咖啡，我俩就出发了。

"我们知道还没到割干草的时候,不会有农场雇用我们,所以并不着急,缓缓地穿过法国,到了比利时,经过那慕尔和列日,从亚琛那边进了德国。[1] 我们一天基本也就走个十英里,十二英里的,见到顺眼的村子就停下来,总能发现类似小旅店的地方睡觉,也总有艾尔酒馆能吃点东西,喝上一口啤酒。而且天气也大致不差。好几个月闷在矿井里,到了空旷之地真是太好了。我应该从来没有意识到,绿色的草场是那么好看,而树上的绿叶还没舒展开,但枝条间仿佛笼着绿色的薄雾,看着也太动人了。科斯蒂开始教我德语。我相信他的德语大概跟法语一样出色。我们长途跋涉的时候,见到各种各样的东西,他就告诉我德语里叫什么,奶牛、马、男人,之类的,也反复教我一些简单的德语句子。这算是消磨时间的办法,但我们到了德国境内,至少我需要什么已经可以自己开口问了。

"要去科隆得兜个远路,但科斯蒂非要去,说是因为一万一千个处子[2],到了那儿,他开始纵酒狂欢。我们住的地方类似于工人的客栈,我有三天没有见他,直到他又恶狠狠地出现在房间里。他跟人打了一架,一只眼睛肿了,嘴

---

1 Namur,比利时中南部城市。Liège,比利时东部城市。Aachen,德国西部城市。(从那慕尔到列日,从列日到亚琛,都大致有六七十公里。)

2 传说公元四世纪匈奴在德国科隆杀害女童,最初的数目是十一人,后来几经转述,这个数字变成了一万一千人。

唇也豁了一道口子。实话跟你说，他那模样可真是不太美观。他倒头睡了二十四个小时，然后我们就沿莱茵河谷往前走，一直到了达姆施塔特，他说这地方不错，最有可能找到活儿干。

"我从来没有那么开心过。天气一直晴好，我们漫无目的地穿过城镇和村庄。有好看的景致，我们就停下脚步看一会儿。哪里有地方睡，我们就睡哪里，有几晚我们就是在干草仓库的阁楼上过夜的。吃饭就在路边的旅店里，后来走到了做葡萄酒的地界，我们就从啤酒换成了葡萄酒。在那些酒馆里我们交了不少朋友。科斯蒂有那种粗野鄙俗的热闹劲儿，他们也就很不见外，跟他打斯卡特，那是德国人爱玩的一种牌，但都被他打得落花流水，但科斯蒂那种咋咋呼呼、土里土气的玩笑话，他们听得开心，也就不怎么介意自己的芬尼[1]都到了科斯蒂的口袋里。我用他们来练德语。之前在科隆，买到一本英文写的德语对话书，所以长进很快。到了晚上，几公升的白葡萄酒到了肚子里，他就会阴森森地谈起'从孤寂跃至孤寂'[2]'灵魂的暗夜'[3]，聊

---

1 德国当时的辅币名，一百芬尼等于一马克。
2 出自柏罗丁，大致可理解为俗世的人生是为了追求与上帝同在，唯一的办法是退归自我，所以活着只是从一处孤寂去往另一处孤寂。
3 这个说法大致可以追溯到十六世纪西班牙神秘学家圣十字若望的一首诗，在天主教传统中，一般用来指代信仰危机。

起生灵与所挚爱合而为一时的最终狂喜[1]。等到了大清早，我们出门，眼前是和颜悦色的乡野，露珠还停在草叶上，我要是再让他多聊那类问题，他会生气到简直要动手打我。

"'闭嘴，你个蠢货，'他会说，'那些胡说八道的东西，你要知道那么多干吗？行了，我们继续教德语。'

"这样的人，拳头跟个蒸汽锤一样，你最好不要跟他辩驳，而且他说动手就动手，可不管那么多。我见过他暴怒时的样子。要是哪次一拳把我打昏在路边地沟里，然后自顾自走了，这种事我知道他是干得出来的，甚至走之前清空我的口袋也说不定，反正，我是完全看不懂这个人。只要葡萄酒喝到舌根松弛，他就会聊起那些虚无缥缈之事，平时那些粗鄙秽亵的字词全都被他褪去了，就像那是件沾满煤灰的矿工服，他可以随时脱掉，这时他谈吐文雅，甚至辞采飞扬。那靠装是装不出来的。有个念头，我自己也不知道是怎么想到的，但他去矿场干那么艰辛、野蛮的体力活，我莫名觉得他是在惩罚自己的肉身。我在想，是不是他厌恶自己庞大、笨拙的身躯，想要折磨它。他赌钱时作弊，他的怨愤，他的残忍，或许都是他的意念在抵抗——在抵抗什么呢，我也说不上来——在抵抗他内心深处的某

1　首字母大写的 Beloved（所挚爱的）指神秘主义体验中的某种神性，感受到的某种上帝之爱。

种直觉，本能地渴望着上帝和神圣，这种本能既让他害怕，他又摆脱不了。

"我们走得很悠闲，春天算是彻底过去了，树上的叶子都长开了，到处郁郁葱葱。葡萄园里的果实都饱满起来。我们尽量都沿着那些土路走，尘土也越来越大。那时依然是在达姆施塔特附近，我们身上的钱用得差不多了，科斯蒂说我们最好开始找点活儿干。我口袋里还有五六张旅行支票，但之前想好了，只要能想别的办法，就尽量不去用它们。每次经过一个农庄，觉得有机会，我们就去问是否需要两个帮手。我俩那时的模样，我得说，的确很不讨人喜欢，满身尘土，脏兮兮的都是汗臭，科斯蒂看着就像个亡命之徒，估计我也好不到哪里去。于是就一次次被拒绝。有一个地方，那个农夫说，科斯蒂可以留下，但我不行；科斯蒂说我俩是伙伴，不能分开。我让他去干活好了，不用管我，但他不愿意。这让我很吃惊。我知道科斯蒂不讨厌我，虽然我也猜不出是为什么，因为我这样的人对他毫无用处，但我从来没想过他会喜欢我到这个地步，居然会为我放弃一份工作。再次上路之后，我颇有些过意不去，因为我其实并不喜欢这个人，说实话，甚至有些厌恶，但我想让他知道他刚刚做的事让我很开心，还没怎么开口，就被他狠狠地吼了一通。

"后来终于来了点运气。我们经过山谷里一个村庄，刚走出那村子，就见到一个农舍，占的地方不小，看着挺像回事。一敲门，开门的是个女子。我们还是跟之前一样说是来干活的，又说我们不需要酬劳，只要提供食宿就行。出乎意料的，她没有照着我们的脸把门甩上，而是让我们等一下。她朝屋里喊了一声，很快就有一个男人出来了。他朝我们好好瞪了几眼，问我们从哪里来，要看我们的证件。发现我是美国人之后，又朝我瞪了一眼，显然不是很满意，但还是请我们进屋喝杯葡萄酒。他领我们进了厨房，请我们坐下。那个女子拿了一个大酒壶出来，还带着几只玻璃杯。他说他之前雇的人被牛角顶伤了，躺在医院里，秋收结束之前什么都干不了。那时候，很多男人都死了，莱茵河两岸的工厂又如雨后春笋般立起来，进工厂的人也不少，要找帮工真是件让人挠破头的事情。这情况我们了解，本来也就指望着这些机会。总之呢，长话短说，他把我们留下了。那个房子很大，但我想，我们住在家里会让他不舒服，他告诉我们，谷仓阁楼上有两张床，我们就睡在那里。

"要干的活儿并不麻烦，他们有些奶牛要照看，还养了些肉猪。他们的机器比较破旧，需要我们下点功夫，先修饬一番。但我还有些空闲。我很喜欢草场的气味，闻起来是香甜的，到了晚上，我经常到处游荡，胡思乱想。那样的生活很美好。

"那一家人，除了我们这位老兄贝克尔，他妻子，还有他寡居的儿媳妇，儿媳妇生的孩子。贝克尔快五十了，头发花白，身型笨重，经历了战争，瘸的一条腿就是那时受的伤。这个伤依旧很困扰他，贝克尔就靠喝酒止痛，每天上床的时候一般都是醉的。科斯蒂跟他处得不错，吃完晚饭就一起去小酒店打斯卡特，大口喝酒。贝克尔夫人之前是农庄上的女佣，是这家人从孤儿院带出来的，贝克尔原配一死，没过多久就娶了她。她比丈夫要小很多岁，长得算是标致的，风韵十足，红润的脸颊，金色的头发，有种充满情欲的神色。没过几日，科斯蒂就得出结论，他跟贝克尔夫人之间有戏。我让他不要犯傻，这份活儿很不错，不能随便丢了。他只是笑话我，说贝克尔满足不了妻子，是这女人一直在撩拨他。我知道跟他讲礼义廉耻是没有用的，但让他小心，就算贝克尔对他的企图浑然不觉，屋子里还有他的儿媳，她可是什么都看在眼里。

"她名字叫艾丽，最多二十五六岁，不过是个大个子，身材也很壮实，黑头发，黑眼睛，方脸，面色灰黄，常常是一副不开心的样子。她的丈夫战死在凡尔登[1]，她至今还戴着孝。这女子很虔诚，每个星期天都是一大清早起来，长途跋

1　即默兹河畔的凡尔登（Verdun-sur-Meuse），法国东北部城市，第一次世界大战时法德两军曾在此激战。

涉去村子里参加弥撒，下午还要去晚课。她有三个孩子，其中一个是遗腹子，在饭桌上除了骂孩子从来都不说话。农场上的活她基本不怎么干，时间都花在照看孩子上，晚上就一个人坐在客厅里读小说，卧房门半开着，好让她听到是不是孩子哭了。这两个女人都觉得对方很可恶。艾丽完全看不上贝克尔夫人，因为她是个弃婴，之前还是仆役，居然成了屋里的女主人，可以发号施令，这让她很难接受。

"艾丽的父亲是个很有钱的农民，当时嫁妆是很丰厚的。她没有在村子里上学，而是去了最近的一个城镇，叫茨温根贝格，那里有个女子 gymnasium[1]，受了很好的教育。可怜的贝克尔夫人十四岁来农场，会基本的读和写，仅此而已。两位女士之间的嫌隙，这也是缘由之一。艾丽利用一切机会炫耀她有知识，而贝克尔夫人会涨红了脸，问一个农夫的老婆懂这些有什么用。军人都有一个小金属牌识别自己的身份，艾丽把她丈夫的小牌用一根铁链戴在手腕上，这时她会抬手看一眼，一脸怨恨地说：

"'我已经不是农夫的妻子，我只是个农夫的未亡人，我丈夫也不过就是个为他祖国献身的英雄而已。'

"老贝克尔也不容易，要在这两人之间当和事佬，确实太费劲了。"

---

1 德语，意为：高级中学。

"那他们是怎么看你的？"我打断拉里问道。

"哦，他们觉得我是美国军队的逃兵，不敢回美国，怕坐牢。我不想去酒馆跟贝克尔和科斯蒂喝酒，他们也是这么解释的，以为我不想引起别人注意，担心村里的警官会来问话。艾丽发现我在学德语，马上把她之前学校用的教科书拿了出来，说她可以教我。于是，吃完晚饭，贝克尔夫人留在厨房，我和艾丽一起去客厅，我把课文朗读出来，她纠正我的发音，有些词我不懂什么意思，她也想办法给我解释。我想，她这么做，与其说是为了帮我，倒不如说是为了捉弄贝克尔夫人。

"那段时间，科斯蒂一直在努力勾搭贝克尔夫人，但一点进展也没有。她是个活泼开朗的女子，科斯蒂要跟她开玩笑，她并不抵触，而且科斯蒂跟女子相处本来就很有办法。我想，科斯蒂存着什么心思，她是看得出来的，可能也觉得是种恭维吧，但当他开始动手动脚，她就让他放尊重些，还扇了他一巴掌。我打赌那一掌扇得不轻。"

拉里迟疑了一下，羞涩地笑了笑。

"我向来都不觉得女子对我有意，但那时我突然意识到——好吧，就是贝克尔夫人喜欢上我了。这让我很不舒服。首先一点，她岁数比我大很多，再者，老贝克尔一直待我们很好。吃饭的时候，都是贝克尔夫人分菜，很明显到我的时候比对其他人更大方，而且她似乎也总在找机会跟我独处。她朝我微笑的时候，恐怕也只能形容为很有挑逗的意味。她会问我有没有女朋友，还说像我这样的年轻人，到了这种地方，肯定寂寞坏了。你知道的，就是那一类的话。我一共就三件衬衫，都穿得很旧了。有一天她说，我穿得这么破破烂烂的，不成样子，要是我拿给她，她愿意帮我补一补。艾丽听到了，只剩我们俩的时候，她说要是我有什么东西需要缝补，跟她说一声就行。我说没有关系。我们的东西平时就放在阁楼的一条长凳上，一两天后，我发现长凳上我的袜子补好了，衬衫也打了补丁，只是不知道是她们俩谁做的。我自然也没有把贝克尔夫人的话当真，她就是个好心的大姐，总觉得那更多只是母性。可是有一天科斯蒂跟我说：

"'听着，她看上的不是我，是你。我一点机会也没有。'

"'别说这种胡话，'我说，'她岁数都足够当我妈了。'

"'那又怎么样？你上吧，我的小兄弟，我肯定不挡道。她要是能年轻几岁当然更好了，但她身姿依然窈窕啊。'

"'闭嘴吧你。'

"'你这有什么好犹豫的？不是在顾及我吧？我是个哲学家，明白"有海何患无鱼"的道理。我也理解她。你还年轻。我也年轻过。Jeunesse ne dure qu'un moment.[1]'

---

[1] 法语，意为：青春不过一个瞬间。

"一件我不愿相信的事，科斯蒂却这么笃定，让我颇有些烦躁。我也不知道该如何应对，但想起了好些当初没有留意的事情。有些是艾丽的话，以前没有多想，现在才听懂，我很确定艾丽也知道当时是什么状况。有时正好只有我和贝克尔夫人两个人在厨房里，她会突然进来，我就感觉她一直在监视我们。我讨厌这样。我觉得她是想抓我们现行的。她嫌弃贝克尔夫人，这我早就知道，要是给她一星半点的机会，肯定会闹起来。当然我知道她逮不到我们什么，但她存心不良，不知道能编出什么话来，都倒进老贝克尔的耳朵里。我不知道自己能怎么办，只装作奇蠢无比，看不出我们这位夫人动着什么样的心思。我在农场上过得很好，干的活也很喜欢，秋收完成之前，我还不想走。"

　　我忍不住要笑。我能想象拉里当时是什么样子，打补丁的衬衫和短裤，莱茵河谷的烈日晒黑了脸和脖子，纤瘦的身材优雅而灵巧，黑色的双眼深陷在眼窝中。贝克尔夫人虽是家庭主妇的样子，但我完全能想见，一个满头金发的丰腴妇人，见了拉里那时的模样，是如何的欲火难耐。

　　"那么，后来怎么样了？"我问道。

　　"总之，夏日还是一天天地涌来，我们忙得都跟个鬼一样。要把干草都割下来，再堆好。后来樱桃熟了，科斯蒂和我爬梯子、摘樱桃，两位女士接了放到大篮子里，老贝克尔再运到茨温根贝格去卖。然后是割黑麦。当然，那些牲畜也一直要照料着。都是天没亮就起来，一口气干到太阳落山。我估摸着贝克尔夫人意识到白费了一番功夫，应该是放弃我了；一方面要跟她保持距离，另一方面又想替她保留一点颜面，我已经竭尽所能。每天夜里，我太困了，也读不了什么德语，晚饭之后很快就会告辞回阁楼躺下。科斯蒂基本上每晚都会跟贝克尔去村子里的酒馆，他回来的时候，我已经睡得很香了。阁楼上很热，我都是脱光衣服睡的。

"有天晚上我被吵醒了。一开始，半梦半醒，还弄不清楚是怎么回事。这时，我感觉到一只热乎乎的手压在我嘴唇上，才意识到我的床上多了一个人。我把那只手掰开，这时嘴巴被吻住，身子被一双手臂抱住，贝克尔夫人硕大的胸脯顶在我胸口。

"Sei still，"她轻声道，"别出声。"

"她紧紧地贴到我身上来，热嘴唇深深地吻我的脸，双手在我全身上下游走，两条腿也跟我的缠到了一起。"

拉里停下不说了，我咯咯笑起来。

"你怎么办呢？"

他朝我微笑了一下，好似在抗议，甚至还有些脸红。

"我能怎么办？科斯蒂就睡在旁边，我能听到他重重的呼吸声。我向来都隐约觉得约瑟[1]那回事不合常理。我只有二十三岁。我不可能闹将起来，把她赶出去，那岂不是太让她难堪了。总之，我把任务给完成了。

"然后，她就溜下床去，踮脚出了阁楼。我跟你说，我真是因为担惊受怕而松了口气。'天呐，'我自言自语道，'这也太冒险了！'我想，贝克尔很可能喝了个大醉回家，躺倒时已经不省人事，但毕竟他们睡在一张床上，他有可能醒过来却发现妻子不见。更何况那屋子里还有艾丽。她经常说她晚上睡不好，要是她还醒着，说不定已经听到贝克尔夫人下楼，出了屋子。这时候，忽然之间，我想到了一件事。刚刚贝克尔夫人跟我躺在一起的时候，我一直感觉到有一块金属的东西碰在我皮肤上。我没有多留意，你知道那种时候没有那么多心眼，不会去细想那到底是什么玩意儿。突然我脑海里闪过一个念头。当时我正坐在床沿，担心着后果，这一念头太惊人，我一下子蹦了起来。那块金属正是艾丽手腕上她丈夫的名牌，刚才跟我在一起的不是贝克尔夫人，那是艾丽。"

我哈哈大笑，一时笑得停不下来。

"你可能觉得好笑，"拉里说，"我当时可一点笑不出来。"

---

1 《圣经》中的人物，被卖给埃及军长波提乏当管家，波提乏之妻勾引他，扯住了他的衣服，他便留下衣服跑出屋子，波提乏之妻反用这些衣服作为证据，污蔑约瑟要非礼她。

"那你现在回头看，不觉得那终究还是有那么一丝幽默的成分在里面？"

他也没有忍住，露出个似笑非笑的表情。

"或许吧，但那确实太尴尬了。我想象不出这将引发什么后果。我不喜欢艾丽这个人，觉得这样的女子太叫人难受了。"

"她们两个你怎么会分不出来呢？"

"那完全是一片漆黑，除了让我闭嘴，她什么话也没说过。她们两个都是魁梧壮实的女人。我以为贝克尔夫人对我有意，但从来没想过艾丽脑子里居然还有我这个人——她成天都念着自己的丈夫。我点了一支烟，反复琢磨着那个局面，越想越不对。似乎最好的解决办法就是走人。

"我之前经常骂科斯蒂，因为这人太难叫醒了。还在矿场的时候，为了让他及时起来，我往往得把他摇得死去活来的。但现在我很感激他睡眠这么沉。我点了灯笼，穿好衣服，把东西都塞进背包里——我东西不多，三两下就好了——背上了背包。我只穿袜子出了阁楼，直到梯子底下才穿上鞋。我吹灭蜡烛，那晚没有月亮，夜色深沉，但我知道怎么去大路，就朝村子的方向走去。我脚步很快，只想着要在村子里所有人都还没起来之前走掉。那边离茨温根贝格只有十二英里，到的时候，镇子上刚开始有动静。那一段路我永远不会忘记。除了我自己的脚步声，万籁俱寂，只有农场里偶然一两声公鸡打鸣。太阳还没起来，先是一点灰，周围不再是漆黑一片了，接着是黎明从地平线探出来，再接下来是日出，所有鸟儿开始鸣唱，那片青翠的原野、草场、树林和麦田，在清凉的熹微晨光下，是金色的，却又流淌着银光。我在茨温根贝格喝了杯咖啡，吃了个小面包卷，然后去邮局，给美国运通发了份电报，让他们把我的衣服和书寄到波恩去。"

"为什么寄去波恩？"我插嘴问道。

"我们之前沿着莱茵河流浪，在那里停过，我就喜欢上波恩了。我喜欢那里的屋顶和河面上的日光，喜欢那里窄窄的老街，喜欢那里的别墅、花园、种满栗树的林荫大道，还有大学里的洛可可建筑。就觉着，能在这里待一段时间也不坏。但我也想到，到那儿的时候，最好不要太邋遢了，否则像个乞丐似的，去寄宿公寓租房子，怕是不招人待见。于是我搭火车去了趟法兰克福，买了一个旅行包、几件衣服，后来就断断续续基本都住在波恩，前后有一年时间吧。"

"这段经历有什么收获吗？我是说在矿场，还有农场。"

"有啊。"拉里说道，微笑着点了点头。

但他没有告诉我收获是什么，那时候我对他多少也有所了解，有什么话如果是他想说的，就会告诉你，但如果他不想说，你再怎么问也没有用，他会不动声色说几句客套话，把问题都挡开。我必须提醒读者，他的这些叙述，都是在事情发生的十年之后。我这回遇到他之前，对他身在何处、忙于何事全都一无所知。就算那十年里他已经离开世间，我也不会知道。但因为跟艾略特是朋友，他时常会向我更新伊莎贝尔的近况，会让我想起拉里，否则我肯定早把这个人忘记了。

3

跟拉里解除婚约之后，伊莎贝尔那一年六月初嫁给了格雷·马图林。巴黎彼时正是社交季如火如荼的时候，要错过好些个盛大的派对，艾略特自是着恼，但他把家事看得很重，觉得这是他的社会责任，也绝不可能疏忽。伊莎贝尔的两位兄长，供职的地方太过遥远，无法抽身，只能让他鞍马劳神地赶回芝加哥，把外甥女给嫁出去。法国贵族上断头台都是要盛装出席的，这一点他长记于心，就特地去了趟伦敦，给自己置办了一件新的晨燕尾服、一件双排扣的鸽灰色马甲、一顶缎面礼帽。回到巴黎，他请我过去看他试穿新衣服。那天他心绪不宁：婚宴是喜庆场面，他觉得适合淡灰色的领带，但他平时领结上佩戴的那颗灰色珍珠，在选好的领带上完全显不出来。我建议换一个翡翠珍珠的领带夹。

"如果我是客人，那可以，"他说，"但我当天身份特殊，我'明确感觉到'需要一颗珍珠。"

这桩婚事让他很满意，符合他对公序良俗的所有认知，但凡提起，他用词之甘美甜媚，让人仿佛听到某个公爵遗孀在称颂拉罗什富科家的子弟要跟蒙莫朗西家的女儿缔结良缘。[1] 为了彰显自己的称心如意，他不计成本地购入了一幅纳蒂埃的画作为贺礼，画的是卡佩家族[2] 的一位王妃。

听说亨利·马图林在阿斯特街给这对新人买了一幢房子，既靠近布拉德利夫人，离他自己在湖畔公路的宫殿也不太远。运气也好，买房的时候布拉巴宗正好在芝加哥，自然就把装修的重责托付给了他；我怀疑这份好运也要感谢艾略特的谋划。艾略特回到欧洲，只当自己是错过了巴黎的社交季，直接来了伦敦，还带着新房的照片。这显然是布拉巴宗为所欲为的成果。客厅他毫无保留地选择了乔治二世的风格，非常气派。书房以后自是格雷的小巢穴，设计灵感来自慕尼黑阿玛利安堡[3] 的一个房间，除了里面没有地方放书，其他都很完美。布拉巴宗给这对年轻美国夫

---

1 La Rochefoucauld，法国贵族世家，可以追溯到公元十一世纪。前文中艾略特推崇的作家拉罗什富科即是这个家族的成员。Montmorency，法国最具声望的贵族世家之一，最早可以追溯到公元十世纪。

2 House of France，指卡佩王室家族的一个分支，雨果·卡佩 987 年被推选为国王，创立卡佩王朝。

3 Amalienburg，位于慕尼黑城西的宁芬堡皇宫花园内，是一座洛可可风格的狩猎宫。

妇奉上的卧房，也可作如是观；要是你暂且忽略那一对单人床，那就算是路易十五要在这里约会蓬帕杜夫人，他也会觉得宾至如归。但这位法国国王若是踏进了伊莎贝尔的洗手间，一定会觉得耳目一新；这是个玻璃房，墙壁、屋顶、浴缸，全是玻璃，墙壁上银色的小鱼目不暇给，游弋在镀金的热带植物间。

"当然了，房子的确不大，"艾略特说，"但亨利告诉我，装修砸了他十万美金。对某些人家来说可是不小的一笔开销了。"

婚礼的排场也很大，那种奢华已经到了一个圣公会教堂所能承受的极限。

"跟巴黎圣母院的婚礼自是不能比，"他得意地跟我说道，"但毕竟是新教的仪式，已经很有派头了。"

新闻界的表现也可圈可点，艾略特随手丢了几张剪报给我。他还给我看了伊莎贝尔的照片，略显健壮，但穿着婚纱还是很漂亮，格雷着实魁梧，很有男子气概，但因为身上的礼服，略显得有些拘束。照片上有两组人，一组是年轻的新婚夫妇和几位伴娘，另一组里面有布拉德利夫人，一身奢华的服饰，还有艾略特，端着他的新礼帽，那种优雅是别人模仿不来的。我问布拉德利夫人最近可还好。

"她体重降了不少，面色我也觉得不大对，但她还是挺好的。当然了，前前后后让她很操劳，现在事情办妥，她也终于可以休息了。"

一年之后，伊莎贝尔产下一个女儿，根据当时的风尚，取名叫"琼"；两年之后，她又生了一个女儿，又是一轮新的风尚，她给这个女儿取名叫"普丽希拉"。

亨利·马图林的几位合伙人，其中一个故世了，另两位迫于压力，不久之后选择退休；虽然这份生意，亨利从来都如暴君般说一不二，但现在全归他所有，他也终于实现了多年的夙愿，让格雷成了他的合伙人。父子经营之下，生意兴隆，前所未有。

"他们现在可是日进斗金，我的好朋友，"艾略特告诉我，"你想啊，格雷二十五岁，已经五万一年了，这才刚开始。美国的资源是用之不竭的。这不是什么爆发，就是一个伟大的国家在自然地发展。"

他满是爱国热忱，不由得鼓起胸膛，很不像他。

"亨利·马图林也不可能长生不老，他有高血压，等格雷四十岁的时候，身价就有两千万美金了。富坷王侯，我的好朋友，这绝对就是富坷王侯啊。"

艾略特和他姐姐之间，常有书信往来，一年年过去，信里的事情我也知道了不少。格雷和伊莎贝尔过得很幸福，小宝宝也都很可爱。艾略特欢欢喜喜地认可着这对夫妻的生活方式，觉得极为可取。他们会豪奢地招待客人，也会被人豪奢地招待，艾略特满意地向我汇报，伊莎贝尔和格雷已经三个月没有独自在家吃饭了。但马图林夫人突然离世，把连绵不绝的欢乐时光打断了。就是那位一点也让人记不住的豪门贵女。亨利·马图林的父亲来到这个城市，还是个乡巴佬，儿子要博得立身之地，娶了那位姑娘，获得了人脉。出于对母亲的尊敬与怀念，这对年轻的夫妇整整一年时间没有请超过六个人来赴宴。

"我向来都说，'八'是完美的人数，"艾略特说道，无论如何要往好的那一面去看，"既足够亲密，可以一起聊天，但也不会太冷清，至少还有点派对的感觉。"

格雷对妻子无比大方，第一个孩子出生时，他送了她一枚方形钻戒，第二个孩子出生时，送了件貂皮大衣。他太忙了，不太能离开芝加哥，但只要找得出假期，他们就回到马尔文，住在亨利·马图林那幢气势恢宏的宅子里。亨利很爱自己这个儿子，有求必应，一年圣诞，他送了格雷一座南加利福尼亚的种植园，这样，到了季节，他能去那里打两个礼拜的野鸭。

"当然，我们的这些商业贵族，跟意大利文艺复兴时期那些了不起的赞助人是一样的，当年，他们也是通过贸易获得了那些财富。比如，美第奇[1]就是这样。他们娶到过两位法国国王的女儿，连一国之君都不觉得他们是高攀了，

---

1 Medici，指美第奇家族，出过三个教皇的意大利贵族世家。

而我能够想见，有一天，欧洲的王室也会求娶我们的美元公主。雪莱是怎么说的来着：'世间的伟大时代重新开启，黄金岁月回归。'"

布拉德利夫人和艾略特的投资，多年来一直是亨利·马图林照看的，姐弟俩信任他敏锐的商业头脑，的确有道理。马图林对投机行为从来不屑一顾，把他们的资金都放在了可靠的证券中，但升值幅度之大，他们有限的资产增长之快，让两位受益人都喜出望外。艾略特告诉我，从1918年到1926年，他不曾动一根手指，财富却翻了将近一倍。他六十五岁了，头发灰白，脸上都是皱纹，眼袋也很明显，但他豪迈地应接着年岁的累积，依然消瘦，身姿之挺拔依然不减分毫。他的享乐向来是有节制的，也细心照看好了自己的容貌。只要有伦敦最好的裁缝替他做衣服，能让他中意的理发师替他做头发和刮脸，还有每天上午的按摩师让他优雅的身躯保持最佳状态，他就完全无意向凶残的时光低头。他早已忘却，当年居然也曾自轻自贱到要去做买卖，这些过往他从不明说，但时常透露自己或曾效力于外交事业中。艾略特那么聪明，知道把话说得太确凿总有被拆穿的可能。我必须承认，万一有机会要画一幅大使的肖像，我一定会毫不犹豫地选择他做我的模特。

但世事正在变迁。当年为艾略特社交生涯添砖加瓦的贵妇，即使还在世，也已风烛残年。英国的贵族少了男主人，只能把宅邸交给儿媳，自己退到切尔滕纳姆[1]的小别墅，或是住在摄政公园[2]普普通通的房子里。斯塔福德家族的宅子改成了博物馆，柯曾家族的宅子成了一个机构的办公地，德文希尔家的宅子正在等待买家。艾略特去考斯习惯的那条游艇，现在也易了主。此刻舞台上出风头的人已经换了一拨，艾略特这个老家伙对他们没有什么用处。他们觉得艾略特烦人、可笑。他在凯莱奇精心设计的午餐宴他们依旧愿意来，但这位主人敏锐得很，明白他们来只是为了互相见面而已，并不是为了见他。曾经他的写字桌上堆满了邀请函，现在已容不得他挑三拣四了，而在自己的套房里关起门来独自用餐，这种屈辱越来越频繁，也是他很不愿让人觉察的。英国的贵族女子，若是因为丑闻被社交圈拒之门外，会培养对艺术的兴趣，找一堆画家、作家、音乐家围在自己左右。艾略特还放不下这样的身段。

"遗产税和发战争财的那帮人把英格兰给毁了，"他跟我说道，"大家似乎已经不介意他们是在跟谁往来。伦敦还是有它的那些裁缝、鞋匠、帽商，我相信他们能挺到我死的那天，但除此之外，这地方完蛋了。你听说了吗，我的朋友，圣厄特家已经让女人侍餐了？"

1　Cheltenham，英格兰中西部城市，十八世纪发现矿泉后成为度假胜地。
2　Regernt's Park，位于伦敦市中心，最早为皇家猎苑，十九世纪起建起大量古典别墅和住宅区。

他说这话的时候，我们刚结束一场午宴，从卡尔顿府联排街走出来。方才那场宴会上发生了一件不幸的事。请我们的是位贵族，喜欢收藏绘画，远近闻名，宾客中有位美国青年，名叫保罗·巴顿，说自己听闻了很久，想一饱眼福。

"你有一幅提香吧，是不是？"

"之前是我们的，此刻已经在美国了。有个犹太老头拿出一大笔钱，我们那时实在有些拮据，老爷子就把画给卖了。"

我注意到艾略特突然凶相毕露，朝那乐呵呵的侯爵长子瞪了一眼，目光中全是杀气，料想买画的大概就是他。艾略特是地道的弗吉尼亚人，独立宣言署名人的后裔，居然听到别人这样提起他，自是怒不可遏。他这辈子还没有被这样冒犯过。更糟的是，他本来就对保罗·巴顿恨之入骨。这是个战争结束后不久就在伦敦现身的年轻人，二十三岁，一头金发，极为英俊，有魅力，舞姿曼妙之外，家产也颇为丰厚。他带着介绍信去见过艾略特，这位长者宅心仁厚，将年轻人介绍给了自己的几位朋友；觉得这还不够，艾略特又给了些很有价值的建议，提点他该如何处事。深入温习自己的过往，艾略特向后辈演示，若是能对老太太略施关怀，或是乐意去倾听那些位高权重的男子，不管他们如何无趣，那么一个外来者也能在社交圈踏出自己的晋升之路。

但保罗·巴顿所投身的社交圈，已是截然不同的世界，只在上一代，艾略特靠的是不屈不挠的努力，才突出重围，而今天的世界已经下定决心要玩乐了。保罗·巴顿长得就赏心悦目，又总是兴致高昂，让人很愿意亲近，他几周之内所达到的高度，曾经耗费了艾略特很多年矢志不渝的刻苦登攀。很快，他就不需要艾略特的帮助了，也没有费心去掩饰这一点。两人见面时，保罗·巴顿还是很客气的，但那种客气里带着漫不经心，让这位前辈深感不快。艾略特请人来派对，不是因为他喜欢这个人，而是考虑如何让派对成功，因为大家都喜欢保罗·巴顿，艾略特时不时还是会让他来参加每周的午餐会。但这位当红的年轻人从来不缺邀请，已经有两回在最后一刻放了艾略特的鸽子。这种事情艾略特自己也没少干过，心里明白得很，对方这样做，只不过是恰好接到了一个更诱人的邀请。

　　"我这也不是非要你相信不可，"艾略特怒火中烧，这样跟我说道，"但我对天发誓，现在他见到我，对我的和气就像在施舍。施舍'我'！提香。提香。"他嘴角都溅出了唾沫星子。"把提香放到他面前，他都认不出。"

　　我还从没见过艾略特如此生气，我猜他是认定了保罗·巴顿问那幅画的时候就别有用心，才火冒三丈的。他相信，保罗·巴顿不知从哪里听来是他买了那幅画，以后要把那位贵族的回答当成一个故事到处讲，存心让大家笑话他。

"他就是个恶心的势利小人，别的啥都不是，这个世上，要说有什么是我讨厌、瞧不起的，那就是势利眼。没有我，他什么都成不了。你能信吗？他父亲是做办公室家具的。办公室家具。"他把摧枯拉朽的鄙夷都放进了这两个词里面。"我跟他们说，你到美国去问问，哪有这一号人，他的出身再低微不过了，但他们好像完全不在乎。我这句话就放在这儿了，我的朋友，英国上层社会就跟渡渡鸟一样，已经死绝了。"

在艾略特看来，法国也好不到哪里去。他年轻时那些了不起的名门贵妇，此时若还在世，心思都放到了桥牌（一项他厌恶的游戏）、信仰或者孙子孙女上面。制造商、阿根廷人、智利人，跟自己丈夫分居或是离了婚的美国女人，他们住进了贵族富丽堂皇的大宅子里，奢华地招待着宾客，但是在那些派对上，艾略特会碰到法语口音俗陋不堪的政客，饭桌仪态十分恶劣的记者，甚至还有演员，这让艾略特只觉得不可思议。王公贵族的后裔把商铺老板的女儿娶进家门，也不以为耻。巴黎依旧是喜乐之城不假，但他们寻欢作乐的成色已经何其低廉！那些忘我追逐愉悦的年轻人，去那些空气污浊的小夜总会，一家接着一家，喝一百法郎一瓶的香槟酒，跟城里那些不三不四的人贴着跳舞，一直跳到早上五点，他们觉得这就是世上最有意思的事情。那里的烟雾、闷热和噪声，都让艾略特头疼。这已经不是三十年前被他认作精神故乡的巴黎了。这不是好美国人去世之后会去的巴黎了。[1]

4

但艾略特有种才华，类似一种内在的探测仪，提示他，里维埃拉正要再次成为象征地位和时髦的度假胜地。之前，梵蒂冈的职责宣召他去罗马，回来的路上经常会在蒙特卡洛的巴黎大酒店住上几天，或是去朋友在戛纳的别墅暂居，所以他对蓝色海岸还是很熟悉的。但那都是冬天，最近他听到风声，似乎大家提起里维埃拉都说它很适合夏天去度假。那些大酒店依然开着，《巴黎先驱报》的社交专栏里列着客人的名单，艾略特读到那些熟悉的名字，暗自认可。

"这世界我有些承受不起了，"他说，"到了我这岁数，已经准备好要去享受一下自然之美。"

这句话听着略显晦涩，但其实挺好懂的。艾略特一向感觉自然是对社交生活的妨碍，有些人明明眼前有摄政时期风格的柜子，或是华托的画作，却要大费周折去看湖光

1　引自王尔德："好美国人死了之后上巴黎。""那坏美国人呢？""他们留在美国。"

山色，艾略特对这种人很不耐烦。他那时手上又殊为阔绰，亨利·马图林目睹友人在股票交易场一夜间盆满钵盈，心生恼怒，再加上儿子也时常恳劝，终于向新潮流屈服，一点点把自己旧有的保守方针抛弃，觉得自己没有道理不坐上这班顺风车。他写信给艾略特，说他跟以往任何时刻都一样，坚决抵制赌博，但他这不是在赌博，只是验证他的一个信念，那就是美国的资源是用之不竭的。他的乐观建立在常识之上。他看不出有什么能拦阻美国前进的脚步。信的最后，他说他融资给亲爱的路易莎·布拉德利买了几个优质的债券，很高兴能向艾略特汇报，已经替她赚了两万美金。归根结底，若是艾略特想赚点小钱，又允许他依自己的判断行事，他有信心不让艾略特失望。艾略特惯会用那些俗套的引文，说他能抗拒一切，除了诱惑[1]；他多年来早餐时读《巴黎先驱报》，总是先翻开社交新闻，自从"抗拒不了诱惑"，他最先关心的都是股票行的报告。亨利·马图林的运作极其成功，艾略特发现自己又无功受禄，账户上平白多出漂漂亮亮的五万美金。

他决定取出收益，在里维埃拉购置一栋房产。既然是为避世而居，他选了昂蒂布，正处于戛纳和蒙特卡洛中间，战略位置优越，从两地过去都很便捷；但那地方很快就成

1　出自王尔德剧作《温夫人的扇子》。

了时髦人趋之若鹜的中心，到底是天命眷顾，或是他自己直觉过于敏锐，就谁也不好说了。住一个带花园的别墅，那是郊区大俗之人才会干的事，肯定配不上他如此精雅的趣味。他在老城区买了两幢面海的房子，敲成一幢，装上了中央供暖、卫生间，还有些美国人领先做出来的卫生设施，老欧洲纵然倔强，也只得慢慢接受。那时风靡把木材漂白，于是屋子里配的那些老式普罗旺斯家具，都认真及时地漂白了，而用作装点的现代织品，也是另一处偷摸地向新风气妥协的痕迹。他依然不愿接受像毕加索和布拉克[1]这样的画家——"可怕，我的好朋友，可怕至极"——不管当时那些昏了头的鼓吹者造出了多少声浪。多年来为艺术慷慨解囊，他终于说服自己，把印象派纳入资助的对象也是无妨的，于是他的墙壁上就装点起了不少好看的画作。我记得有一幅莫奈，画的是泛舟河上；一幅毕沙罗[2]，画的是塞纳河的桥与码头；还有一幅高更的塔希提风光；一幅迷人的雷诺阿，画的是一个年轻女子的侧颜，黄色的长发垂在背上。他的新宅完工时，清新、明快，别具一格，有一种你知道得花很多钱才能营造出来的简单。

　　接下来艾略特开启了自己最辉煌曼妙的一段人生。他

1　Georges Braque（1882—1963），法国画家，早期受印象派和野兽派影响，后与毕加索创立立体主义。

2　Camille Pissarro（1830—1903），出生于西印度群岛的法国印象派画家。

把自己那位手艺不凡的厨师从巴黎带去，很快名声传开，说他家里的菜肴是里维埃拉最美味的。他让自己的管家和男仆都穿白色的制服，肩头都装配着细金链子。他招待客人排场极为豪奢，但又从不越出好品位所划出的界限。地中海沿岸布满了欧洲各地的皇亲国戚：有些是被气候诱惑至此，有些是在流亡，有些是因为一段不堪提的往事，或是一段难以和谐的婚姻，居住在异国让生活变得容易许多。俄国的罗曼诺夫家族，奥地利的哈布斯堡家族，西班牙的波旁家族，两西西里王室和帕尔马的王室，还有温莎王室和布拉甘扎王室[1]，瑞典和希腊的王室成员——艾略特都招待过。还有些没有皇家骨血的亲王、公主，男公爵、女公爵，男侯爵、女侯爵，从奥地利、意大利、西班牙、俄罗斯、比利时到里维埃拉来，艾略特也招待过。冬天，瑞典的国王、丹麦的国王来海岸小住，阿方索十三世时不时匆匆游幸，他都招待过。他的做派我每次看了都要赞叹，一方面他对那些大人物屈身行礼，仿佛在宫廷，另一方面，他来自一个据说人人生而平等的国度，作为那一国的公民，他居然又能维系着那种独立的姿态。

我之前好多年都漂泊不定，那时候在菲拉海角买了一

1　Bragança，1640 至 1910 年间统治葡萄牙、1822 至 1889 年间统治巴西帝国的王室。

栋房子，于是就经常见到艾略特。我的地位也在他心目中提升不少，竟然请我去了他排场最大的几个派对。

"就当是看在我的面子上，帮忙来一下，我的好朋友，"他会这样说，"你我都很明白，王室成员毁派对。但其他人想见他们，我觉得，关照一下这些可怜人，也算是积德了。虽然，天晓得他们真是不值得关照。这群人是天底下最忘恩负义的一群人，他们会利用你，等你没用了，就把你抛在一边，好比一件穿旧了的衬衫；你为他们付出无数的好意，他们都欣然接受，可若是反过来，你要他们帮一个最小的忙，他们连穿过一条马路都会嫌麻烦。"

艾略特费了不少心力，跟当地政要搞好关系，那个地区的行政长官，还有那个教区的主教，以及陪在他左右的主教助理，经常是艾略特的座上宾。主教成为神职人员之前，是个骑兵军官，战争中指挥过一个骑兵团。他是个面色红润、身材粗壮的人，总爱刻意搬出些军营里的粗犷言语，而他那个神色峻厉、面无血气的助理，时常如坐针毡，就怕他说出什么大逆不道的话。上级又在讲他最爱讲的几则故事，他就露出一种无力劝阻的微笑。但主教管理自己的教区能耐非凡，在布道坛上，也是文采卓然，就像他在午餐桌上的俏皮话总能把人逗乐一样，他的布道也时常有催人泪下的魅力。艾略特因为虔诚，对教堂慷慨解囊，主教是颇为认可的，主教也赏识他的友善亲切和他的珍馐美馔。两人成了很好的朋友。所以，艾略特的得意不无道理，他这是把两个世界最美妙的地方都占去了，或者我再措辞出格一些，他是在上帝与财神之间，实现了一种相当融洽的合作关系。

艾略特是个很有家宅自豪感的人，很想让自己的姐姐来看看他的新房子；他总觉得姐姐心里有所保留，不肯完完全全地认可这个弟弟，他想让她瞧瞧，自己现在住的是什么派头，平时混在一起的都是些怎样的人物。若是她之前不肯下定论，这次绝对会有斩钉截铁的答案；她当然只能承认，这个弟弟成功了。他写信请姐姐带着格雷和伊莎贝尔一起过来，家里没有多余房间，要请他们作为他的客人住在附近的海角大酒店里。布拉德利夫人说旅行对她已成往事，自己健康状况很是一般，最好还是待在家里；更何况形势大好，正是格雷生意兴隆的时候，他必须坚守岗位，也断然走不开。艾略特关心姐姐，这封信让他有所警觉，马上写信给伊莎贝尔。伊莎贝尔回了电报，说母亲纵然远谈不上康健，每周总有一天要卧床，但并无危急的病情，如能照料妥帖，还有好多年的寿命，不过，格雷确实需要休息，毕竟有他父亲坐镇，没有道理不能放个假。所以，这个夏天不行，但到了明年夏天，她和格雷会过来的。

1929 年十月二十三日，纽约股市崩盘。

5

我那时候在伦敦。一开始，我们在英国还没意识到局势之严峻，也没有料想后果会有多悲怆。只拿我自己来说，虽然损失了一大笔钱，也很懊丧，但大多是纸面收益，等尘埃落定时，我发现自己现金并没有少。我知道艾略特一直在股市投机，出手很重，担心他会受不小的打击，但我一直没见到他，要到圣诞节我们才都回了里维埃拉。他告诉我，亨利·马图林已经不在人世，格雷破产了。

我对金融知之甚少，艾略特陈述的这些经过，在我笔下或许会有些混乱。公司遭遇灭顶之灾，在我的理解中，一半是因为亨利·马图林的固执，一半是因为格雷的冒进。亨利·马图林一开始不相信那个下挫会有多严重，说服了自己，说那是纽约经纪人的肮脏把戏，来糊弄他们这些小地方同行，于是他咬牙输入大笔资金，力挺市场。他痛斥某些芝加哥的经纪人，骂他们自甘堕落，被那些纽约的混蛋肆意践踏。他的那些小客户，比如收入固定的寡妇、退役的军官，听从他的建议从来没有亏过一分钱，他常以此为傲，现在他也不能让这些人蒙受损失，反而用自己的钱充进他们的账户。他说他已经准备好破产了，财富他可以重新挣回来，但这些信任他的小百姓要是把身家性命都赔光了，他一辈子抬不起头来。他觉得自己这是慷慨，其实只是虚荣。他的金山银山化作乌有，一天晚上，心脏病发作了。他六十多岁，一直拼命工作，拼命玩，吃得太多又嗜酒，几个小时的痛苦之后，他死于血栓造成的心脏衰竭。

于是，只剩格雷一人收拾残局。之前，他自己手上也做了大量的投机买卖，本就没有父亲的经验，个人的危机更为深重。他想了些办法脱身，也皆告失败。银行不肯再借给他钱，交易所里有些老人告诉他，没有别的办法，只能扔海绵[1]了。余下的事，我也不太清楚。他还不上钱，应该是被宣布破产了。他之前就抵押了自己的房子，服服帖帖把它交出；父亲在湖畔大道的房子，他们在马尔文的房子，能卖出多少都出手了；伊莎贝尔卖了自己的珠宝首饰；他们只剩下南卡罗来纳的那个种植园，之前登记在伊莎贝尔名下，此外，也找不到买家。格雷被彻底毁掉了。

"你怎么样，艾略特？"我问道。

"我可没在抱怨。"他轻巧地说道。"被剃了毛的绵羊，上帝也会帮它挡一挡风。"

我没有继续问下去，他的经济状况并不关我的事。但不管损失多少，我想他大概跟我们所有人一样，也必定身受其苦。

大萧条一开始，里维埃拉受的冲击并不显著。我听说

---

1 英文俗语，指拳击赛扔出擦身海绵，表示放弃、认输。

有几个人亏了好多钱，不少别墅冬天一直关着，有几幢成了待售的房产。酒店里空出不少房间，蒙特卡洛的赌场抱怨这一季生意惨淡。但长风吹来，要两三年之后才感觉到寒意。一个房产中介告诉我，从土伦到意大利国境那一段海岸上，有五万八千套大大小小的房产等着出手。赌场的股价一落千丈。那些豪气的酒店也大幅降价，还是吸引不来客人。唯一能见到的外国人是那些早已经穷到底的，他们来这里也不花钱，因为他们根本就无钱可花。店铺老板们都绝望了。当时很多人都削减了仆从，压低了工资，但艾略特没有这样做；他继续为王室和贵族提供精美的食物和上好的葡萄酒。他给自己新买了一部大轿车，因为是从美国进口的，还要付很大一笔关税。主教组织了一个慈善会，给失业家庭提供免费食物，艾略特慷慨相助。事实上，你看他的生活方式，仿佛并没有经济危机发生，也没有半个世界为此跟跄难支。

我也是偶然间发现了个中缘由。艾略特这时候已经几乎不去英国了，每年只花两周在那边买衣服，但每年秋天有三个月，加五、六月，他还是会把住处搬回巴黎的那间公寓，这些都是他朋友撤离里维埃拉的月份。但他夏天喜欢待在里维埃拉，一方面是为了游泳，但我想，更主要的原因是天气一热，他就可以肆无忌惮地穿一些活泼的衣服了。要在平时，他那么在意着装是否得体，有些东西是穿不出来的。那些裤子，时有惊世骇俗的颜色，红、蓝、绿、黄，再配上色调与之相撞的汗衫，深紫、淡紫、暗红，或斑斓之杂色，这样的衣服，仿佛正高声喊叫，求人夸赞，而他就像一个女演员，听人称颂她将新角色演绎得精湛绝伦，还要优雅地抗议一番。

那年春天，我回菲拉海角，正好要在巴黎待一天，就约艾略特吃顿午餐，在丽兹酒吧碰头。这里曾挤满来巴黎放浪形骸的美国大学生，此时却寂寥得仿佛一个首演失败、长夜漫漫的剧作家。我们点餐前喝了一杯鸡尾酒，这个从大西洋那头传来的恶习，艾略特已经妥协。午餐结束，他提议去古玩店转一圈，虽然我也跟他说了，我手头没有这样的余钱，但还是很乐意陪他去看看。穿过旺多姆广场，他突然问我是否介意在夏维等候片刻，他之前订了一些东西，想问一下好了没有。似乎他订的是几件背心、几条衬裤，还让他们绣了自己的名字缩写在上面。店员说，背心还没到，但衬裤好了，问艾略特是否要看一下。

"看一下吧。"他说。等那位店员转身去取，他对我补充了一句："我是让他们照着我自己的一个样式定制的。"

等裤子拿来，除了材质是丝绸的，至少在我眼里，跟我经常在梅西百货买的也没有什么两样。但交缠的花体缩写 E. T. 之上，有个伯爵的小冠冕。我什么都没说。

"很好，很好，"艾略特说，"行了，等背心也到了，就一起寄过来吧。"出了店，我们一同走出几步，艾略特转过来朝我微笑道：

"你注意到那个冠冕了吗？实话跟你说，请你进夏维的时候，我把这事给忘了。主教大人慈心善念，愿意恢复我的家族头衔。"

"你的什么东西？"我惊得都顾不上措辞周到了。

艾略特不以为然地挑了挑眉毛。

"你不知道吗？我母亲祖上是劳里亚伯爵的后裔，他跟随腓力二世[1]到了英格兰之后，娶了玛丽王后的一位侍女。"

"就是我们那位老朋友血腥玛丽吗？"

"异教徒是这么称呼她，"艾略特生硬地答道，"我应该没有跟你说过，二九年的九月，我在罗马。本来呢，非要去那么一趟，我是很厌烦的，因为那时罗马是个空城，无聊至极。但我的职责心压过我对俗世欢愉的渴望，这是我的运气。梵蒂冈的朋友告诉我，经济就要崩溃，强烈建议我把美国债券全部出手。天主教有两千年的智慧作后盾，我没有片刻犹豫，马上发电报给亨利·马图林，让他把所有东西都卖掉，买入黄金，然后又发电报给路易莎，让她也一样清仓。亨利回了一封电报，问我是不是疯了，说他

1　Philip Ⅱ（1527—1598），西班牙国王，英国女王玛丽一世的丈夫，兼并葡萄牙；支持天主教，创建"无敌舰队"，征英国，遭惨败。

要先等我确认那些要求，否则什么都不会动。我立刻又发了封电报，用了最不容置辩的语气，让他照我说的做，把事情办好了再来汇报。可怜的路易莎对我的建议不理不睬，最后果然吃了苦头。"

"所以，股灾来的时候，你坐得美美的[1]。"

"这种美式词汇，我的好朋友，不该是你用出来的，但拿它来描绘我的处境，确也恰如其分。我什么都没损失，实际上，你们大概还可以说我算是捞了一大笔。后来，我又把我的那些证券都买了回来，花费跟最开始的价格比，简直微不足道。照我自己的话说，既然都仰赖所谓'天意直接干预'，理所当然我也要回馈'天意'。"

"哦，那你是如何回馈的呢？"

"你知道，领袖[2]一直在将蓬蒂内沼泽改造成大片大片的农地，有人向我转达，因为新的定居者没有敬拜奉神的场所，主教甚为忧虑。所以呢，长话短说，我在那里造了一个罗马式的小教堂，是照着普罗旺斯一个我熟悉的教堂复制的，每个细节都力臻完美，当然是自吹自擂了，但我认为这新教堂真的是美轮美奂。它是献给圣马丁的，因为我运气不错，正好找到一面彩色玻璃窗，表现的是圣马丁

---

1 Sitting pretty，美国俗语，指处在一种财源广进的有利位置。
2 The Duce，意大利法西斯统治时期对墨索里尼的称呼。

将长袍割开，分了一半给那个浑身赤裸的乞丐，这个象征意义太贴切了，所以我就移过来放在主祭台的上方。"

我确实想知道，千钧一发之际清仓，赚了一大笔钱，然后，就好比要给经纪人佣金一样，付给头顶神明一笔回扣，这跟圣人那个众所周知的善举，到底有什么联系，但我没有问艾略特。像我这种思想里诗意匮乏的人，各种象征意义向来是参不透的。他继续说道：

"我很荣幸，给主教大人展示那些照片。他真是仁厚，说一眼就看出来，我这个人，品位无可挑剔，还说在这个堕落破败的年代，能发现我这样一个人，既虔心敬奉信仰，又有罕见的艺术天赋，他很高兴。那个场面真是难忘，我的好朋友，真是难忘。但没过多久，他私下里透露，他很高兴能赐予我一个头衔，最意外的人就是我自己了。作为一个美国公民，我还是觉得该有所检束，就没用它，当然，到梵蒂冈的时候肯定另说了，所以，我也不允许我的约瑟夫称呼我为 Monsieur le Comte[1]，相信你也会尊重我的隐私，我不希望这件事到处传开去。但我也不希望主教大人误会，觉得我不够看重他给我的这份荣誉，单纯出于对主教大人的敬意，我让他们把冠冕绣在我的贴身衣物上。能把头衔藏在美国绅士这一套庄重的细条纹下面，实话跟你

---

1 法语，意为：伯爵先生。

说，我还是略有些自豪的。"

我们就此告别。艾略特说六月底会到里维埃拉来。但他并没有来。他先是安排好手下人从巴黎转移过去，准备自己悠闲地驾车南下，等到了里维埃拉，一切都该安排妥当了。这时他收到伊莎贝尔的电报，说母亲的状况急转直下。艾略特对姐姐感情很深，再者，我之前也提过，这是个很看重家庭的人，他就买了最早的船票，从瑟堡出发，转纽约赶到芝加哥。他写信给我，说布拉德利夫人病重，瘦得他看了心惊。她可能还剩几个星期，或许能拖几个月也说不定，但他职责所在，一定要陪到最后。他说，暑热虽凶，却比他预估得好受些，但少了体面的人可以往来，也只因为在这种时刻他没有心情多想，才勉强忍得下去。他说，看到同胞如何应对大萧条，他是失望的，他原本期冀这些人面对不幸不至于如此张皇失措。坚韧地承受他人的苦难，我知道，是世上最容易的事，而艾略特到了人生中最富有的时候，有没有立场如此苛刻，我是存疑的。信到最后，他让我给他几个朋友递了几条消息，还恳请我千万不要忘记，无论碰到谁都要解释清楚，他的房子关了一个夏天是出于什么缘由。

三十多天后，我又收到他一封信，告诉我布拉德利夫人去世了。他的文字里全是真情。我没有想到他会如此高贵、如此纯粹地抒发自己的情绪，但我认识他很久了，知道他太过看重高低贵贱，有时做作到荒唐，但也一向懂得他是个善良、深情、诚实的人，所以也并不真的讶异。信一路读下来，我了解布拉德利夫人似乎留下了一个烂摊子。那位长子外交官在东京，大使不在，由他担任"临时代办"，自然是无法离开岗位的。我刚认识他们的时候，次子坦普尔顿在菲律宾，后来被召回华盛顿，在国务院担任要职。母亲的状况被医生定为无望之后，他与妻子来了芝加哥，但葬礼之后不得已又急忙赶回了首都。局面如此，把事情一一料理清楚之前，艾略特觉得自己只能留在美国。布拉德利夫人把财产平均地分给了三个孩子，但她在二九年崩盘中似乎损失惨重。还好，马尔文的那个农庄终于找到了买家。艾略特的信里提起，用的说法是，亲爱的路易莎的乡间地产。

"一个家庭要告别世代相传的家业，总是悲伤的，"他写道，"但最近几年，我的一些英国朋友也承受了这样的命运，我觉得，既然避无可避，'他们'的勇敢和坦然，我的两个外甥和伊莎贝尔也应该展现出来。Noblesse oblige.[1]"

他们处理掉了布拉德利夫人在芝加哥的房子，也算运气不错。布拉德利夫人住的地方，一直有人想拆掉一排房子，建大规模的公寓楼，这个动议由来已久，但夫人很坚定，就是想死在自己家里，于是就被搁置了。但她刚一咽

1　法语，意为：贵人行事理应高尚。字面意为：贵族身份使之成为责任。

气，项目的推动者已经把提议摆到了桌上，也很快就被接受了。但即使如此，伊莎贝尔的日子依然难以为继。

股灾之后，格雷努力找过工作，甚至给那些挺过风暴的经纪人当过职员，但哪里有什么生意？他恳请过很多老朋友给他一些活儿干，多卑微的工作，多低廉的酬金，都不要紧，却也还是徒劳无获。之前忘我拼斗，只想抵住灾祸，终究还是被吞没了，再加焦虑和羞辱的重负，他神经崩溃，头疼越来越严重，有次一连疼了二十四个小时，无法动弹，且头疼之后都是全身疲软，整个人如同一块湿抹布一般。伊莎贝尔琢磨着，此时最好的办法也就是带着孩子们去南卡罗来纳的种植园，直到格雷能重新硬朗起来。那个园子，好的时候凭稻谷收成一年能赚进十万美金，但荒芜良久，现在只有到处的沼地和橡胶树，除了让喜欢户外运动的人来打一打鸭子，已经毫无用处，也找不着下家接手。经济崩盘之后，他们断断续续住过几回，现在打算去那儿住下，等情况好转，格雷能找到工作，再回芝加哥。

"这我可看不下去，"艾略特写道，"你想啊，我的好朋友，他们活得就跟牲口一样。伊莎贝尔没有女仆，孩子们没有家庭教师，只有两个黑人女子照看他们。所以，我已经提议把我巴黎的公寓让出来，他们先安心住下，直到我们这个了不起的国家有了转机，再做打算。我会给他们提供一班仆从，不得不说，我的帮厨女佣很会做饭，就留给他们了，我自己这边再找人顶上，也不费事。我会安排好，这些开销由我来负担，伊莎贝尔那一点点微薄的收入，可以用来买衣服，用在家人的 menus plaisirs[1] 上面。这样一来，当然了，我待在里维埃拉的时间会多上不少，我也期待能更常见到你这位老朋友。伦敦、巴黎现在都成了这个样子，我在里维埃拉也确实更自在一些。也就剩下这么一个地方，还能碰到跟我说同一种语言的人。巴黎的话，恐怕偶尔还是得去的，但我根本不介意就在丽兹像牲口一样糊弄个几天。我费了一番口舌，很高兴格雷和伊莎贝尔终于肯听话了，只等某些事情办妥，我马上就带他们过来。下下周，家具和画会被卖掉（那些画作，我的好朋友，水准极为低劣，真假也着实堪忧），我想着，还剩下这段时间，在家里住到它最后一刻，未免伤感，就带他们住到德雷克[2]来了。到了巴黎，我会帮他们安顿下来，然后就去里维埃拉。代我向你的贵人邻居问好。"

艾略特这个地道的势利鬼，但谁又能否认，他同时又是个最善良、最体贴、最慷慨的人？

---

1 法语，旧指皇室分拨给节庆仪典的开销，后用来形容日常之外的娱乐开销。字面意为：小乐趣。
2 Drake Hotel，位于芝加哥密歇根湖畔，1920 年开张，很快成为芝加哥地标式的酒店之一。

第四章

1

艾略特在左岸的那套公寓颇为宽敞，马图林一家安置妥当，他年底回到了里维埃拉。设计、装修的时候，都是为了他一个人住得舒服，不可能有额外的空间留给一家四口，就算艾略特愿意，也不可能与他们同住。我想艾略特并不后悔。他很明白，一个单身男子，若是总有外甥女和外甥女婿跟随左右，在市面上要掉价不少，而他那些高朋满座的小派对（他可是在这件事上花了巨大的心思），若是每次都要把两位房客也安插进去，那再多的心思也是无用。

"让他们在巴黎安心住下，慢慢习惯文明世界的生活，这不挺好？另外，两个小姑娘到了上学的岁数，我找到一所学校，离公寓不远，他们跟我保证，不是随便什么人都能进的。"

所以，我直到第二年春天才见到伊莎贝尔。那时我在巴黎有些工作，需要住上几周，就在旺多姆广场旁边的一家酒店里要了两个房间。那家酒店我常去，不仅是因为地段好，也因为它的氛围。这是幢古老的大房子，中间是个院落，开作旅店已经快两百年了。洗手间远谈不上奢侈，水暖设备也不尽如人意；卧室里的铁床刷成白色，铺着老式的白色床罩，带一面镜子的老式衣橱尺寸宏伟，却有种穷困潦倒的感觉。客厅里倒是配了些精致的老家具。沙发和扶手椅可以追溯到拿破仑三世那个俗艳的年代，虽然我没法夸它们坐着有多舒服，却也浮华得动人。在这样的房间里，我活在法国小说家的过往中。我看着玻璃罩下的帝国钟[1]，想到的是一个美丽的女子，长鬈发，荷叶边的裙摆，数着移动的分针等待拉斯蒂涅。拉斯蒂涅出身名门，却颇为贫寒，巴尔扎克用一部又一部的小说追踪他的历险，直到做成他心心念念的人上人。比安雄医生对巴尔扎克来说是如此真实，小说家临终时说道："只有比安雄能救我了。"在那个旅馆房间里，坐着一个外省的贵族老太太，来巴黎询问一桩官司，偶感微恙，就找了医生来看看，而比安雄医生似乎随时就要进来替她把脉。还有个相思成疾的女子，头发分在两边，穿着撑起来的蓬松裙子，正坐在写字台前

1　指法兰西第一帝国时期制造的壁炉钟，以华丽的古铜工艺为特色。

写一封痴情的信，给那个背信弃义的男子。有时是个暴躁的老绅士，穿着双排扣的绿色大衣，一个宽大的硬领圈，正给自己的浪荡子写一封怒不可遏的书信。

到巴黎的第二天，我打电话给伊莎贝尔，问她，我要是五点过去，能否请我喝杯茶。上回相见，已是十年之前。一个庄重的男管家领我进了会客厅，伊莎贝尔正在读一本法国小说，站起身来，将我双手都握住了，温暖而又迷人地朝我微笑着。之前我见她也不过十来次，私下相处更只有那么两回，但她可以立马让我觉得，我们绝不止几面之缘，而是多年的老朋友。当年她是个少女，和我这个中年男人之间隔着一道鸿沟，但十年过去，这道鸿沟仿佛没有那么不可逾越了，年龄上的差异也不会让我那么在意了。世情练达的女子，她们的恭维是很精细的，会让我觉得跟她是同龄人，不出五分钟，我们已经无话不说，像是两个要好的玩伴，本就三天两头聚在一起，没有中断过。跟那时相比，她已经变得放松、自在和笃定了。

但我注意到的最大变化，在她的外表上。记忆里，她是个活力充沛的漂亮姑娘，隐隐有胖起来的风险。也不知道是她采取了一些可歌可泣的措施，减了体重，还是生孩子有意外却喜人的效果，总之，任何希望自己纤瘦的女子，恐怕心中理想最多也就是如此。当时的风尚更彰显了这一点。她穿一条黑色的绸裙，不太普通，也不太花哨，我一眼就看出是谁的手艺，那是巴黎最好的几个裁缝之一，而且她穿起来有种漫不经心的自信，仿佛穿名贵的衣服是她与生俱来的样子。十年之前，纵然有艾略特出谋划策，她的裙子终究还是略嫌夸饰，穿起来也总好像不是她自己的衣服。玛丽·路易·德·弗洛里蒙德若是现在看到她，已经不能说她没有 chic 了；直到那玫瑰色的指甲尖，她从头到脚每一寸都是 chic。她的脸消瘦下来，五官更显精致，我突然感觉，我在别的女士脸上，还没见过这么挺直、这么好看的鼻子。额头和淡褐色的眼睛下方，没有一丝皱纹，青春到难收难管时，那种清新焕发之感今天是不见了，却比以往任何时候都更细腻；这其中显然有化妆液、乳霜、按摩的功劳，但那种轻柔、通透的精美之感，也确实楚楚动人。清瘦的脸颊抹着极淡雅的胭脂，口红也是点到为止。棕色头发色泽亮丽，照当时的风尚剪短、烫卷。手上没有戒指，我记得艾略特说过她把自己的首饰都卖掉了；那双手虽谈不上出众的精致小巧，但比例、模样还是好看。那时候女子白天都穿短裙，我看到她香槟色的丝袜，纤细的长腿线条很美。有不少可爱的女子，腿成了她们的败笔；伊莎贝尔年少时，最遗憾的就是这一点，此刻却足以傲人。曾经那个可爱的女孩，魅力来自她的健康、她的容光焕发，来自她的兴高采烈，现在已经长成了一个美丽的女子。这种美在某种程度上要借助手艺、律己和对身体的残忍，但这似乎无关紧要，因为成果实在是让人满足。她举止变得如此优雅，仪态如此妥帖，或许是花了很多心思，但让人看着却是完全出乎自然的。我头脑中有了这样一个想法：经过多年的精雕细琢，在巴黎这四个月成了这件作品最后的点睛之笔。艾略特再怎么吹毛求疵，也只能对她表达称许，而我要容易取悦得多，觉得伊莎贝尔美得动人心魄。

格雷去莫特方丹打高尔夫了。但伊莎贝尔说他马上就要到家。

"你一定得见见我那两个小姑娘，她们去杜乐丽花园了，但应该就要回来。她们很讨人喜欢。"

我们东拉西扯地闲聊着，她喜欢巴黎的生活，艾略特这个公寓也住得很舒服。离开之前，艾略特选了一些自己的朋友，在他看来是伊莎贝尔和格雷会喜欢的，介绍他们认识，所以这对夫妻已经有了一个相处融洽的小圈子。艾略特敦促他们，一定要照他过去的习惯，尽可能铺张地招待朋友。

"你知道吗，我们这两个完全破产的人，过得却像是很有钱的样子，想想就觉得太好笑了。"

"也不至于完全破产吧。"

她咯咯笑起来，让我想起十年前那种轻盈、欢乐的笑，当时我就很是喜欢。

"格雷一分钱都没有，我的收入，跟那时候拉里的收入几乎一模一样，我当时就是觉得，这么点钱两个人根本活不下去，才不愿意嫁给他的，现在我还多了两个孩子。挺好笑的，不是吗？"

"你能发现其中的有趣之处，我很高兴。"

"你有什么拉里的消息？"

"我吗？完全没有。上次你们离开巴黎之后，我就再没有见过他。有些我不怎么熟的人，他们认识拉里，我确实问过，但那也是很多年前了。好像没有人知道他任何事情。他就这么消失了。"

"拉里在芝加哥的一家银行里有个账户，我们认识经理，他说那个账户会时不时出现一笔提款，都是从奇奇怪怪的地址来的。中国、缅甸、印度。他好像跑了很多地方。"

有个问题到了嘴边，我没有犹豫就问了出来。说到底，你要是想知道一件事，最好的办法就是提问。

"你现在会不会觉得，当初应该嫁给他的？"

她迷人地笑了笑。

"我跟格雷在一起很开心。他是个特别好的丈夫。你知道，崩盘之前，我们过得可开心了。我们喜欢一样的人，喜欢做一样的事情。他很贴心。而且，被人爱着的感觉很好；他现在跟刚娶我的时候一样爱我。他觉得我是这世上最好的姑娘。你想象不到他有多和气、多细心，而且他大方得都有些荒唐了，因为他觉得这世上没有什么是我配不上的。你知道吗，我们结婚这么多年，他从来没有对我说过一句难听的话，连刺耳的话都没有过。啊，我运气真是很好。"

我在想，她自己觉得这番话算不算回答了我的问题。我不再追问。

"跟我说说你那两个小姑娘吧。"

话一出口，门铃响了。

"她们到了，你可以自己看。"

没过一会儿，两个女孩进来，后面跟着保姆，我先认识了琼，她是姐姐，然后是普丽希拉，两人先后跟我握手，都行了一个微微的屈膝礼致意。她们分别是八岁和六岁，比同龄人要高。伊莎贝尔当然算是高挑的女子，而我记得格雷是个巨人。但若要说这两个女孩漂亮，也只因为这个年纪的女孩没有难看的。她们看上去有些虚弱。她们长着父亲的黑头发，眼睛是母亲的褐色眼睛。屋里有个陌生人，她们并不因此害羞，急切地跟母亲汇报着在花园里干了些什么。伊莎贝尔的厨师给下午茶准备了一些精美的点心，我们都没有动过，两个姑娘瞄了好多眼，目光急切；准许她们挑其中一样，又让她们为难得很，不知该如何选择。她们表露着对母亲的爱，三人凑在一起，画面温馨可人。吃完那个选定的蛋糕，她们听母亲的话出去了，一点异议也没有。我得到这么一个印象，伊莎贝尔对她们的教养就是让她们成为听话的人。

她们离开之后，我说了些照常要对母亲说的话，伊莎贝尔听着那些夸赞，显然很高兴，但似乎也并不完全放在心上。我问格雷喜不喜欢巴黎。

"不讨厌。艾略特舅舅给我们留了一辆车，他几乎每天都可以出去打高尔夫。他还加入了旅行人俱乐部[1]，在那儿打桥牌。艾略特舅舅把这个公寓让给我们住，替我们负担开销，当然是雪中送炭。格雷之前精神垮了，那种可怕的头疼病，至今还会发作；就算现在找到了工作，他也干不了什么事，这自然让他很焦虑。他想要工作，觉得这是理所应当的，没有人需要他，他觉得是种耻辱。你懂的，他觉得男人就得工作，要是不能工作的话，还不如死了算了。感觉自己是个残次品，这让他很受不了。他不想来的，我说休养一下，换个场景，能让他回到正常的状态，这才说服了他。我知道，要是不能重新工作，他是不会开心的。"

"这两年半，你恐怕过得很辛苦。"

"啊，这样说吧，股灾刚来的时候，我只是不相信。我们怎么可能就这么破产了？我是无法想象的。别人破产了，我能理解，但我们——唉，总之就觉得不可能。我一直就想着，总有什么东西会在最后一刻救我们的。然后，最后

---

1 Travellers Club，巴黎高档俱乐部，位于香榭丽舍大街的帕伊瓦酒店。

一击来了，我觉得人生不值得再活下去了，我觉得我没法面对未来；那太黑暗了。有两周时间，我简直痛不欲生。天呐，那真是可怕，要告别一切，知道那些有意思的事再也没有了——然后，两周过去了，我对自己说：'见鬼去吧，我再也不去想这件事了。'我跟你保证，之后我再也没有想过。那时候很开心，现在没了，那就没了吧。"

"破产这样的事确实不容易，但如果能住在时髦地段的奢华公寓里，配上一个能干的管家，一个顶级的厨师，都不用花钱，再形销骨立地套上一条香奈儿的裙子，那破产也稍微好受了一些，不是吗？"

"是浪凡，"她咯咯笑起来，"我发现了，你这十年倒是没有什么大的变化。你这么个愤世嫉俗的坏蛋，大概也不会信的，但我要说，如果不是为了格雷和孩子们，我未必就会接受艾略特舅舅的提议。我每年有两千八的收入，在种植园完全可以过得下去，我们还会种稻谷，种黑麦，种玉米，再养几头猪。说到底，我可是在伊利诺伊的一个农场上出生和长大的。"

"在某种意义上。"我微笑道。我知道她实际是在纽约出生的，那家医院还不便宜。

这时候格雷进来了。确实，我十二年前也只见过他两三回，但我看过他的结婚照（艾略特装了一个富丽堂皇的镜框，摆在他的钢琴上，旁边还有瑞典国王、西班牙女王、吉斯公爵的签名照），对他的模样还是有印象的。见到格雷，我大吃一惊。他的发际线在额角处退后很多，头顶也秃了一块，涨红的脸就像是肿起来了，还有个双下巴。多年来生活优渥，饮酒放肆，增加了不少体重，只因为实在身高过人，才没有胖到让人看了难受。最引起我注意的，是他的眼神。我记得很清楚，那时候，世界踩在脚下，心里没有一丝妨碍，他那双爱尔兰人的蓝眼睛里全是信任和坦率；而此时，我似乎在那双眼睛里看到某种彷徨和破灭，即便对往事一无所知，恐怕我也猜得出，一定有什么事摧毁了他的自信，也让他不再相信世事运转的规则。我感受到他的某种忐忑，仿佛他做错了事，虽然是无心的，但还是觉得羞惭不已。显然他的心神不曾安定下来。他热情地跟我打招呼，就好像很高兴见到多年的老朋友，但这样的诚挚又过于热闹了，恐怕只是他的待客之道，并不映照他真正的内在感受。

酒水端进来，他给我们调了鸡尾酒。他刚才打了两轮高尔夫球，对自己的表现很满意。其中一洞遭遇种种困境，他详细讲述自己如何将考验一一克服，几乎有些冗长了，但伊莎贝尔看似听得津津有味。我跟他们定了个时间，改天邀请他们去吃饭、看戏，几分钟之后就走了。

2

后来，一天工作结束，下午去见一见伊莎贝尔，不知怎么成了惯例，一周要去三四回。那个钟点，她一般都独自在家，很乐意有人来陪她说些闲话。艾略特介绍给她的那些朋友，岁数比她大出不少，我发现她几乎没有同辈的朋友。而我的朋友一般要到饭点才有空，我倒是可以先去俱乐部打桥牌，但那些法国人本来就怨气太重，并不怎么欢迎外人擅入，所以，我还是更喜欢去跟伊莎贝尔聊聊天。她可以让你浑然不觉地误以为自己是她的同龄人，这也让对话分外轻松，我们时常把对方逗乐，也经常拿对方打趣，有时候聊聊自己，有时候聊聊彼此都认识的人，聊聊书和电影，时间很愉快地就被打发走了。我的品格中有不少缺陷，其中之一，就是若一个人长得难看，我永远也没法不把这当回事。不管一个好朋友性情如何可钦可敬，我可以和他推心置腹多年，却依然不能对他的坏牙齿或者歪鼻子视而不见；相反的，若是他长得好看，即使日常往来二十年，他俊美的双眉或者精致的双颊依然能给我愉悦之感。所以，每次见到伊莎贝尔，看到她完美的鹅蛋脸，乳脂般细腻的皮肤，还有那双明亮的褐色眼睛里透出的温暖，我都能再一次心旷神怡。

这时发生了一件意想不到的事。

3

所有的大城市里都有这样的小圈子，独立自足，互不相通，是大世界中的一个个小世界；圈子里的人彼此依傍，过着自己的生活，就好像他们住在一个岛屿上，岛屿之间隔着无法通航的海峡。在我认识的城市中，没有比巴黎更符合这一点的。巴黎的上流社会几乎从来不接受外来者，政客们活在他们自己腐败的圈子里，大布尔乔亚、小布尔乔亚只跟自己人往来，作家只跟作家扎堆（读安德烈·纪德的《日记》，你会发现与他有亲密往来的朋友，几乎都是他的同道中人，圈外好友之少，叫人叹服），画家跟画家凑在一起，音乐家只认识音乐家。伦敦也是如此，只是没有巴黎这么严重，没有这么物以类聚；在伦敦，有那么十几户人家，你会在餐桌上同时遇到一个公爵夫人、一个女演员、一个画家、一个议员、一个律师、一个裁缝，和一个作家。

我生平经历的那些事，让我在不同时段，在巴黎几乎所有的世界里都短暂逗留过，甚至（通过艾略特）见识过圣日耳曼大街那个封闭的世界；有个尊贵而低调的圈子，中心是现在叫作福煦大街的地方，有个圈子是五湖四海集结起来的一群人，经常光顾拉辉餐厅和巴黎咖啡馆[1]，有个

---

1 Café de Paris，位于歌剧院大街的高级餐厅，从1878年营业至1953年。

闹腾的圈子是在蒙马特,有各种粗鄙的欢乐,但我最喜欢的圈子,活动范围以蒙帕纳斯大道作为它的主动脉。年轻的时候,我在贝尔福的狮子[1]附近住过一年,那间公寓极小,在五层楼,望出去很空旷,看得见那片墓地。蒙帕纳斯当年的特色就是如小镇般幽静,对我而言,今天依然保留了几分这样的气质。当我穿过狭窄阒暗的敖德萨街,心里总有一阵怅然,想起曾经那个破旧的餐馆,我们总聚在那里吃饭。画家、插画家、雕塑家,除了偶尔会出现的阿诺德·贝内特[2],我是唯一的作家。我们会坐到很晚,讨论绘画和文学,聊得激动、荒唐、愤怒。我至今还有一大乐趣,是沿着大道一路走,看着跟我当年一样年轻的路人,在心里编写他们的故事。实在无所事事了,我就打一辆车,去多摩咖啡馆那个老地方坐一坐。想当年只有心念文艺的边缘人在此聚集,今日已大不同;住在附近的小商贩多来光顾,塞纳河另一边的陌生人也会慕名而来,期待发现一个早已湮灭的世界。学生自然还是来的,也有画家和作家,但基本都是外国人;坐在店里,耳边听到的俄语、西班牙

1　Lion de Belfort,位于蒙帕纳斯的丹费尔-罗什洛广场,是原作的铜制缩小版。原作位于阿尔萨斯和瑞士边界的贝尔福山,为纪念普法战争胜利而作,作者巴托尔迪也是自由女神像的创作者。后文所称的"墓地"是指蒙帕纳斯公墓(巴托尔迪即葬于此)。

2　Arnold Bennett(1867—1931),英国小说家、批评家,受法国现实主义作家影响,多描写中下层人的生活。

语、德语、英语，并不比法语少。但我大概能感知，他们说的东西和我们四十年前是很像的，只不过马奈换成了毕加索，纪尧姆·阿波里奈尔换成了安德烈·布勒东。我对他们有不自禁的亲近感。

到巴黎两周之后，一天傍晚，我到了多摩，街边座位都是人，我只找到最外沿的一张桌子。天气和煦，悬铃木的嫩芽一夜间都开成了绿叶，空中一股闲散、轻盈的欣然之意，是巴黎独有的。我心头的那片祥和，不是慵懒，反倒是某种喜乐与振奋引发的自洽。突然有个男子从我身边走过，停下来，一笑露出两排洁白的牙齿，说道："你好啊！"我看着他，一点想法也没有。他又高又瘦，没戴帽子，一团蓬松的深棕色头发，早就该进理发店了。厚厚的棕色胡须，遮住了上嘴唇和下巴。额头和脖子都晒得很黑。破旧的衬衫，没有领带，棕色的外套磨得都露线了，一条宽松、邋遢的灰色长裤。看上去，这就是个流浪汉，我努力回想了片刻，确信从没有见过这个人。想必是那些百无一用的家伙，跑来巴黎，最后自暴自弃。我只等着他给我编一段命运多舛的故事，从我这里诓出几法郎去换一顿饭、一张床。他双手插在口袋里，站在我面前，露着牙齿，黑色的眼睛里带着笑意。

"你不记得我了？"他说。

"我这辈子从没见过你。"

我已经准备好要拿出二十法郎了，但要用这种唬人的办法装作旧相识，我也不会让他得逞。

　　"拉里。"他说。

　　"我的老天！快坐下。"他呵呵笑了两声，在桌边找了张空椅子坐下。"喝点东西。"我招呼服务员。"你这一脸的胡子，叫我怎么认得出来？"

　　服务员过来，他点了橘子水。现在看着他，我想起了他的双眼如何与众不同：眼珠和瞳仁一样黑，既显得特别浓稠，又格外有神。

　　"你到巴黎多久了？"我问。

　　"一个月了。"

　　"准备留在这儿了吗？"

　　"待一段时间吧。"

　　问这几句话的时候，我脑中转过不少念头。他的裤脚都破烂了，外套的手肘处也是窟窿，我在东方的港口见过不少拾荒者，穷苦程度也不过如此。那个时候，大家脑子里全是大萧条，我自然就在揣测，是不是大股灾让他一贫如洗。想到这一点，我油然一阵烦忧，也不喜欢兜圈子，便直截了当地问道：

　　"你现在是穷困潦倒了吗？"

　　"没有，我还好啊，你怎么会这么问？"

　　"啊，只是看你的样子，似乎很需要吃顿饱饭，还有你身上这些东西，唯一该去的地方就是垃圾桶。"

"糟糕到这个地步了？我没留意。说实话，我最近是想着要给自己添置些东西，就是一直没腾出时间来。"

我以为他是害羞或是下不来面子，但又觉得没有道理要由着他这样随口糊弄我。

"别说傻话，拉里。我不是什么百万富翁，但也不是穷光蛋。你要是手头紧，让我借你几千法郎好了，我能承受。"

他直接哈哈大笑起来。

"非常感谢，但我手头不紧。存的那些钱，反正我是花不完的。"

"不是'大崩溃'了吗？"

"哦，没影响到我。我持有的都是政府债券。至于有没有贬值，我不清楚，一直没去问过，但山姆大叔一向忠厚老实，没有拖欠我的收益。说实在的，过去几年，我花得太少了，肯定有了不少积蓄。"

"那你这两年都去哪儿了？"

"印度。"

"啊，我听说了。伊莎贝尔告诉我的。她好像认识你在芝加哥银行的经理。"

"伊莎贝尔？你上次见她是什么时候？"

"昨天。"

"她不会在巴黎吧？"

"确实就在巴黎。她住在艾略特·坦普尔顿的公寓里。"

"那太棒了，我很想见见她。"

这些对话发生时，我一直盯着他的双眼，但只看到了自然的惊讶和喜悦，完全没有发现更复杂的情绪。

"格雷也在。你知道他们结婚了吧？"

"知道，鲍勃叔叔——就是我的监护人尼尔森医生——写信跟我说过，不过叔叔几年前过世了。"

我突然想到，他与芝加哥和旧友之间，恐怕这是唯一的纽带，所以大概并不知道后来发生了什么。我跟他讲了伊莎贝尔生了两个女儿，亨利·马图林和路易莎·布拉德利都已不在人世，跟他说了格雷的破产和艾略特的慷慨。

"艾略特也在巴黎吗？"

"他不在。"

春天的时候，艾略特不在巴黎，这是四十年来头一遭。虽然看起来没那么老，他毕竟七十了；跟很多这个岁数的人一样，有些天他会觉得疲乏，会偶有微恙。慢慢地，除了散步，别的锻炼他全放弃了。健康状况始终叫他担忧，医生每周来两次，往他屁股左右半边轮流打针，注射时下最新的药剂。不管在家还是在国外，吃饭时，他必从口袋里掏出一个小金盒子，取一枚药片服下，庄重得如同宗教仪式。意大利北部有个温泉小镇，疗养胜地，叫蒙特卡蒂尼，他的医生建议他去那里养身体，在那之后，他又提出要去威尼斯，找风格合适的圣水盂，放进他的罗马教堂里。过去，艾略特是绝不肯绕过巴黎的，但现在这个意愿没有那么强烈了。巴黎的社交季，一年比一年更叫人失望。他不喜欢老人，接受了邀请，却发现只见到跟自己年纪相仿的宾客，会让他很厌恶；而年轻一辈又索然无趣。如何装潢他早先建的那个教堂，成了他生命里的头等大事，他热爱买艺术品，这种激情是根深蒂固的，现在他可以安心地花钱了，明白这都是为了上帝的荣光。他在罗马找到一个早期的神坛，石头是金黄色的，又在佛罗伦萨讨价还价六个月，买下一组锡耶纳画派[1]的三联画，准备放到圣坛上。

这时拉里问格雷在巴黎过得开不开心。

"他在这里恐怕还是迷茫的。"

我试着描绘那天见到格雷留下了什么印象。他听的时候，目不转睛地看着我，若有所思，我也不知道为什么总有一个感觉，好像他不是在用耳朵听我说话，用的是某种内在的更敏锐的器官。这很诡异，让人略感不适。

"反正你自己也会见到他的。"我最后这样说道。

"没错，我很想见一见他们。电话簿里应该能找到他们的地址。"

---

1 Sienese School，十三至十五世纪盛行于意大利中部城市锡耶纳。相较于当时的主流佛罗伦萨画派，锡耶纳画派更富于装饰性，色彩更明丽。

"但你要是不想把他们吓个半死，不想孩子见到你就哭坏了嗓子，最好还是去把头发剪了，把胡子刮一刮。"

他笑起来。

"我最近一直这么打算来着，确实没必要让自己这么显眼。"

"既然如此，不如再去买身新衣服。"

"恐怕我是过于邋遢了。离开印度的时候，我发现自己除了身上的衣服，别的什么行李都没有。"

他看了看我身上的西服，问我找的是哪家裁缝，我给了一个名字，但也说了店在伦敦，所以应该帮不上忙。我们换了话题，又聊起格雷和伊莎贝尔。

"我最近经常见到他们，"我说，"他们在一起过得挺开心的。我倒是没有跟格雷单独聊过，不过，他大概也不会跟我说他与伊莎贝尔之间的事，但我知道他很爱他的妻子。他一个人想事情的时候，脸上有些阴郁，眼神是烦乱的，但只要见到伊莎贝尔，双眼之中立刻就满是柔情，让人看了甚至有些感动。我大致能明白，在他们困顿的这段日子里，伊莎贝尔一直坚如磐石地支持着他，格雷知道他多么依赖这个妻子。你会发现伊莎贝尔不一样了。"我没有告诉他，伊莎贝尔比以往任何时候都更美丽。从那么一个好看的、丰满的姑娘，成了现在优雅无比、纤弱精致的女子，需要鉴赏力才能懂得这种转变的过程，我觉得他未必有这样的眼光。女子的天然之美偶尔要借助人工的巧妙助力，有些男人接受不了。"她对格雷很好，煞费苦心要让他恢复自信。"

天色已晚，我问拉里愿不愿意走一走，在大道上跟我一起吃个饭。

"我还是不吃了吧，多谢，"他答道，"我得走了。"

他站起身，友善地点了点头，沿着人行道走了。

4

我第二天见到格雷和伊莎贝尔，告诉他们，我见到了拉里。他们就和我在咖啡桌边一样惊讶。

"能见到他就太好了，"伊莎贝尔说，"我们现在就打电话给他。"

这时我才发现，当时就没有想到过要问他住在哪里。伊莎贝尔把我大骂了一通。

"就算我问了，他也未必会告诉我，"我笑着抗议道，"可能我潜意识里就是这么想的，你们忘了吗，他从来都不喜欢告诉别人自己住在什么地方。这是他的怪癖之一。可能等会儿他就自己出现了。"

"那也确实像他，"格雷道，"哪怕最早的那会儿，你以为他应该出现在什么地方，但永远也吃不准他是不是一定会出现。今天还在这儿，明天就不见了。你看到他在一个房间里，想着马上要去跟他打声招呼，结果转头一看，他影子都没了。"

"他这家伙从来都是最可气的，"伊莎贝尔说，"再想替他说好话也没用。没办法，只能等他自己想出现的时候，大概就能见到他了。"

那一天他没有出现，第二天也没有，第三天也没有，伊莎贝尔说我凭空捏造了这么一回事，就为了寻她开心。我发誓我绝对没有，拼命找些道理，解释拉里为什么没有来。但那些道理都站不住脚。我自己心里盘算，是不是他回去琢磨了一番，最后得出结论，还是不想见格雷和伊莎贝尔，然后又游荡到别的地方去了，已经不在巴黎。我已经感觉到他从来不在任何地方扎根，随时准备继续前行，或许是为了一个在他看来足够充分的理由，也可以只是一时的念头。

他终于还是来了。那是一个雨天，格雷没有去莫特方丹。我们三个人正在一起，我和伊莎贝尔在喝茶，格雷在抿着威士忌和巴黎水。管家打开门，拉里款步走进来。伊莎贝尔惊呼一声，一下从椅子中站起，过去和拉里拥抱，亲吻他两侧脸颊。格雷胖乎乎的红脸比平时更红了，热情地握住了拉里的手。

"天，见到你真高兴，拉里。"他激动得都有些哽咽。

伊莎贝尔咬着嘴唇，我看得出来，她正努力不让自己哭出来。

"先喝一点。"格雷的声音有些颤抖。

见到这位四海为家的浪子，他们居然欢喜成这样，让我感动。看到自己对他们如此重要，想必拉里也很高兴。他开心地微笑着。但我又明显看得出来，他何其镇静，完全没有铺张的情绪。他注意到我们在用下午茶。

"我喝杯茶吧。"他说。

"嗨，喝什么茶啊，"格雷喊道，"我们来一瓶香槟吧。"

"我更愿意喝点茶。"拉里微笑道。

或许是他本就想要这样的效果，他的泰然自若让另外两个人也平静下来了，但依然用宠爱的目光看着他。有一点要澄清，两位朋友自然流露出如此丰沛的感情，我不想让读者以为拉里的回应是生硬而冷淡的，恰恰相反，谁都没法苛责他不够热情或优雅，但在他的举止中，我发现了某种只能形容为疏远的东西，我不知道那意味着什么。

"你都知道了，怎么不马上来看我们？太讨厌了。"伊莎贝尔高声说道，假装很气愤。"这五天我都是探在窗子外面看着，每次门铃一响，我的心都跳到嗓子眼了，每次都好不容易又把它给吞下去。"

拉里呵呵笑着。

"M 先生跟我说，我看上去太糙了，你手下人不会让我进门的，我就飞去伦敦买了几件衣服。"

"没有必要，"我微笑道，"去春天百货或者美丽园丁[1]买件现成的就好。"

"我想着，既然要换衣服，最好还是像样一点。我已经有十年没有买欧式衣服了。我找到你那位裁缝，说我要做一件西服，三天就要。他说需要两个星期，我们都让了一步，说好四天。我一个小时之前刚从伦敦回来。"

他很苗条，显得这件蓝色哔叽西服格外合身，软领子的白衬衫，蓝色的丝绸领带，棕色的鞋子。头发剪短了，胡子也刮了，他看上去不只干净，简直算是精致。他像是换了一个人。这回他更瘦了，颧骨更突出，太阳穴的地方更凹陷，深深的眼窝里，那双眼睛比我记忆中更大。但尽管如此，他看上去状态很好，真细看他那张晒得黝黑的脸，毫无皱纹，年轻得不可思议。他比格雷小一岁，都是三十出头，一边是格雷，仿佛已经四十多了，而拉里则似乎比真实年龄年轻十岁。格雷身躯太庞大，做什么动作都显得小心和笨重，而拉里则轻盈、松弛。他的举止仿佛是个欢快而又潇洒的少年，但其中又蕴含着某种沉静，在我看来尤为显著，我记忆里，他十多年前并没有这样的特质。老

---

[1] La belle jardinière，巴黎百货商店，开业于十九世纪二十年代，销售平价成衣的先驱。

朋友聊天，纷纷然都是共同的回忆，格雷和伊莎贝尔还不时抛出芝加哥的新消息，都是些鸡毛蒜皮的闲话，话头一个接引着一个，对话毫无滞涩，大家笑得也很是畅快，但我的那个印象依旧还在：虽然拉里的笑是真诚的，虽然他听着伊莎贝尔那些轻巧的闲扯，明显很愉快，但他又奇妙地超脱在外。我不觉得他在扮演一个角色，他绝不可能那样做作，谁都看得出他是真诚的，但我依然能感觉到他内在有一个什么东西，不知该叫它一个意识、一种感受力，或是一股能量，但总之，它始终是诡异地淡漠着。

两个小女孩被领进来，介绍给了拉里认识，她们也向他行了小小的屈膝礼。他伸出手，用那双柔和的眼睛看着她们，目光让人极愿意亲近，她们握了握拉里的手，郑重地看着他。伊莎贝尔高高兴兴地说，最近她们上课表现都不错，一人给了一块曲奇，让她们走了。

"等你们到了床上，我会来给你们读十分钟的故事。"

此时此刻，她不想打断重逢拉里的快乐。两个姑娘走过去跟父亲说晚安。一个那么臃肿的大男人抱住女儿，亲吻她们的脸颊，他的红脸因为爱意亮了起来，让我见了也不由得动容。没有人看不出来，他对女儿满是自豪和疼爱，她们走了之后，他转向拉里，嘴角缓缓地绽开一个幸福的笑容，说道：

"这俩孩子不错吧？"

伊莎贝尔温情脉脉地望了他一眼。

"要是我不管，格雷是肯定要把她们宠坏的。为了让孩子们吃上鱼子酱和 pâté de foie gras[1]，就算让我饿死，这个狠心的大块头也做得出来。"

他微笑看着妻子，说道："你也知道自己又在瞎说了；你脚底踏过的地板，在我心里都是不可亵渎的。"

妻子双眼中透出笑意，作为回报。她心里明白格雷的意思，也为之欢喜。这是一对幸福的夫妻。

伊莎贝尔非要留我们吃晚饭。我倒是以为，有我这个外人在场，他们三个终究不自在，说了个理由要走，但伊莎贝尔不答应。

"我去跟玛丽说，汤里再加个胡萝卜就好了，绝对够四个人吃的。还有鸡肉，你跟格雷吃腿，我跟拉里吃鸡翅，舒芙蕾她也可以做很大，怎么都够分的。"

格雷似乎也希望我能留下，于是，我就让他们说服我做了一件我想做的事。

一些事，我之前跟拉里简单交代过，等待晚餐的时候，伊莎贝尔又给他详细讲述了一遍。那段不堪回首的往事，虽然伊莎贝尔已经尽可能讲得很欢快了，格雷的脸还是阴愁密布。妻子不想看他这么伤感：

---

1 法语，意为：鹅肝酱。

"不管怎么样，都过去了。我们也站稳了脚跟，未来很有盼头。只要局势有所改观，格雷会找到一份很棒的工作，很快就能把钱挣回来。"

鸡尾酒端了进来，两杯下肚之后，这个苦命男人也没有刚才那般消沉了。拉里虽然也拿了一杯，我发现基本没有怎么碰它，格雷粗枝大叶，又递了一杯过去，拉里拒绝了。我们洗了手，坐下吃饭。格雷喊了一瓶香槟，管家倒酒，到拉里的杯子，拉里说他不需要。

"啊，随便怎样都要喝一点吧，"伊莎贝尔大声说道，"这是艾略特舅舅最好的酒，只有特别的客人他才拿出来。"

"说实话，我更想喝水。东方待得够久，能喝到安全的水简直是享受。"

"今天场合特殊啊。"

"行吧，那我就喝一杯。"

饭菜十分可口，但伊莎贝尔跟我一样，也注意到拉里吃得非常少。我想她也突然意识到，之前都是她在聊，拉里除了听着，没有什么机会开口，于是她开始提问，自从上次相见已经十年过去，他都干了些什么。拉里应答跟他平时一样，和气又真诚，但又粗略得让人听了也了解不到什么。

"就到处晃悠。一年在德国，在西班牙和意大利待了一段时间。然后去东方转了转。"

"你刚从哪里回来？"

"印度。"

"在那里待了多久？"

"五年。"

"在那儿玩得开心吗？"格雷问。"有没有打到老虎？"

"没有。"拉里微笑道。

"你在印度待五年到底能干些什么事啊？"伊莎贝尔问。

"就到处瞎玩。"他答道，他的微笑仿佛在温柔地笑话着我们。

"他们那种用绳子变的戏法呢？"格雷问。"那个你看了吗？"

"没看。"

"你看了什么？"

"看了很多。"

这时我问了一个问题。

"瑜伽士真的有那些在我们看来是超自然的能力吗？"

"我不知道。只能说，在印度，大家基本都相信是有的。但最有智慧的人会觉得那些能力一点也不要紧；他们会觉得，那反而妨碍了心灵追求。我记得这样一位智者跟我说过，有个瑜伽士到了河边，没有钱摆渡，船夫不肯免费送他过去，于是他踏在水面上，走到了对岸。跟我讲这故事的瑜伽士耸了耸肩，很鄙夷地说：'这样的奇迹，还不如摆渡需要的那一丁点船费值钱。'"

"可你真的相信那个瑜伽士从水面上走了过去吗？"格雷问。

"告诉我这个故事的瑜伽士，看上去是相信的。"

听拉里说话很舒服，他有音乐般的嗓音，很轻盈，醇厚但不深沉，语调变化尤其丰富。晚餐结束，我们回到客厅喝咖啡。我从来没有去过印度，很想听他多聊一些。

"你有没有接触过那里的作家或者思想家？"我问。

"看来你也知道作家没有思想。"伊莎贝尔故意逗我。

"接触这样的人，是我给自己的任务。"拉里答道。

"你跟他们怎么交流呢，用英文？"

"最有意思的那几个，要么根本不会英文，要么就是说得不太好，听就更不行了。我学了印度斯坦语。去南方的时候，我东拼西凑学的泰米尔语也完全够用了。"

"你现在会几种语言了，拉里？"

"哦，不清楚，五六种吧。"

"我对那些瑜伽士很感兴趣，"伊莎贝尔说，"你有没有跟一些瑜伽士熟起来？"

"跟这些大半天都活在无穷之中的人，我已经算是极其亲密了，"他微笑道，"我在一个瑜伽士的'阿什拉马'住了两年。"

"两年？'阿什拉马'是什么？"

"啊，你可以说它就是个隐居之所，修行的地方。有些圣徒会独自住在寺庙中，住在森林里，或者住在喜马拉雅山的山坡上。也有些圣徒身边会有一些追随者。比方说，有善人为了积德，也是被圣徒的虔诚所打动，就建一个或大或小的屋子供他居住；他的信徒也会住过来，可能睡在游廊上，如果有伙房的话，也有睡在伙房的，或者就干脆住在树下。那个院落里有间小木屋，我的行军床，一副桌椅，再加个书架，放进去就全塞满了。"

"那是在哪里？"我问道。

"特拉凡哥尔[1]，一个很漂亮的地方，青山翠谷，河水流得轻柔。山上有老虎、豹子、大象、野牛，但那个'阿什拉马'在潟湖的一个小洲上，屋边都是椰树和槟榔树。虽然离最近的市镇有三四英里，但不只是镇子上，还有更远地方的百姓都会过来，要么走路，要么坐牛车，若是瑜伽士愿意讲道，他们就听着，若是不讲，他们就坐在他脚边，分享那份平静，仿佛有他在，就有一种神圣之感弥漫开来，就像一株晚香玉吹拂在空中的香气。"

格雷尴尬地在椅子里动了动，对话突然转到这里，让他不太舒服。

"喝点什么吗？"他问我。

1　Travancore，位于今日印度西南部，前土邦，1795 年后成为英国的保护地。

"不用了，谢谢。"

"那我自己喝一杯。伊莎贝尔你呢？"

威士忌、巴黎水和酒杯放在另一张桌子上，他拖着沉重的身躯从椅子里站起，走了过去。

"那里还有别的白人吗？"

"没有，就我一个。"

"这样的日子你怎么熬得过两年啊？"伊莎贝尔喊道。

"一眨眼就过了，相比之下，我过的另一些日子，简直长得不堪忍受。"

"你每天都能干些什么呢？"

"看书。散很远的步。划船出去，到潟湖深处。我还会冥想。冥想是很累的功课，两三个小时之后，你就累坏了，好像刚开了五百英里的车，只剩下一个念头，就是休息。"

伊莎贝尔微微皱了皱眉头，她是困惑的，我甚至不能确定，她是不是还有些害怕。几个小时之前走进来的那个拉里，虽然容貌一如往昔，也如同他当年最好相处的时候，大方、友善，但伊莎贝尔渐渐也感觉到了，这个拉里不是她当年认识的那个拉里，不是那个如此真诚、随性、欢快的拉里，也不是那个听命于她，却又那么有趣的拉里了。她失去过他一次，这回又见到他，就以为他还是过去的拉里，总觉得不管如何时过境迁，他依旧是属于她的。而此时此刻，就好像她要捕获一束阳光，手是握起来了，阳光却从指间溜走。她有一丝懊丧。看伊莎贝尔向来是件愉快的事情，那一晚，我一直在观察她。拉里的头型本来就好看，小小的耳朵贴近头皮，当伊莎贝尔看过去时，我发现了她眼中的柔情；当她的目光停留在他凹陷的太阳穴、消瘦的脸颊，其中的意蕴又变了。她会扫一眼他的双手，虽然瘦骨嶙峋，但依然很强壮、很阳刚。然后她的目光会流连于他灵活的双唇，形状好看，饱满却不性感，还有平心静气的双眉，线条分明的鼻子。他穿着那身新衣服，没有艾略特那种圆筒帽盒[1]式的优雅，却有种漫不经心，仿佛这身衣服他每天都穿，已经穿了一年。我感觉，伊莎贝尔被他激起了母性，反而对她的孩子，我却从来没感觉她有这样的心绪。她是个有阅历的女子，而他依然像个少年。她的神色中，我仿佛读出了一种骄傲，好像儿子刚刚成人，正在说些聪明话，而其他人认真听着，觉得很有道理。至于拉里的话中究竟含着些什么，恐怕还没透进她的意识。

但我的问话还没结束。

"你那位瑜伽士是怎么样一个人？"

"你是说他本人的样子吗？他不高，不胖不瘦，浅浅的棕色皮肤，胡子刮得很干净，白头发剃得很短。他从来就

1　英语表达，形容某人格外衣冠楚楚。字面意为：如同刚从一个圆筒帽盒里出来。

只裹一条腰布，但就是能让人觉得非常干净、体面，就像布鲁克斯兄弟[1] 广告里的小伙子那样衣冠楚楚。"

"他有什么是格外吸引你的？"

拉里看我看了足足一分钟，才开始回答。深深的眼窝里，那双眼睛就好像正努力看透我，要看到我灵魂深处。

"圣人之感。"

他的这个回复让我微微有些慌乱，不知该如何应对。在那个满是精美家具的房间里，墙上都是美好的画作，那个词说出口，就像楼上浴缸没关水，从房顶噗噗往下滴的声音。

"我们读过不少关于圣人的记述，圣方济各、圣十字若望，但那都是几百年前了。我从来没想过能见到一个活着的圣人。从见他的第一面起，我就毫不怀疑他是个圣人。那种体验很美妙。"

"你从中获得了什么？"

"平静。"他随口答道，脸上是淡淡的笑容。这时，他突然站起身，说道："我必须得走了。"

"再坐一会儿，拉里，"伊莎贝尔大声说道，"现在还很早。"

---

1 Brooks Brothers，美国最古老的男装品牌之一，创立于 1818 年，第一家店面 1845 年在曼哈顿开业。

"晚安。"他说道，依然带着微笑，但没有理会她的挽留。他亲了伊莎贝尔的脸颊，说："我过一两天会再来看你们的。"

"你住在哪儿？我给你打电话。"

"哦，不必麻烦，你知道巴黎要接通个电话得多费劲，而且我的电话本来也就经常是坏的。"

我暗自笑了笑，拉里为了不给住址，手段确实利落。不想让人知道他的住处，这一直是他的一个怪癖。我提议，他们后天一起跟我去布洛涅森林用晚餐。春意怡人，能在室外、在树下吃顿饭，是很舒服的，格雷还能开他那部小车送我们过去。我同拉里一起出门，倒是很愿意再跟他走一段，但一到街上，他就跟我握手，快步走开了。我搭上了一辆出租车。

5

计划是在公寓碰头，出发前一起喝杯鸡尾酒。我比拉里早到。之前跟他们说了要去的餐馆，是个时髦地方，料想着伊莎贝尔必然会盛装出席；女士们去那里都费尽心机地打扮，想必她也不愿落了下风。但见到她，发现她身上只是一件平常的毛线裙。

"格雷的头疼又犯了，"她说，"他很难受，我不可能抛下他不管。之前跟厨师说了，小孩吃过饭，她就可以下班。现在只能我来给格雷做些吃的，还要想法哄他吃下去。你和拉里去吧。"

"格雷躺着吗？"

"没有，他头疼起来，从来不肯去床上躺着。谁都明白，这种状况只能卧床，他就是不愿意。现在还在书房。"

书房不大，贴满棕色和金色的墙板，都是艾略特在一个老城堡里找来的。防人读书，书架都用镀金的栅格挡着，锁好了，但这样也好，里面应该大多是十八世纪带插画的情色书。但因为都套上了摩洛哥革的封皮，望去倒是很悦目。伊莎贝尔领我进去。格雷蜷在一张大皮椅中，周围画报散了一地。他闭着眼睛，平时那张红脸，现在灰扑扑的没有血色。显然他此时极其痛苦。他想起身，被我拦住了。

"有没有给他吃阿司匹林？"我问伊莎贝尔。

"吃阿司匹林从来一点用都没有。我有美国开的处方药，但那个也效果平常。"

"不用麻烦，亲爱的，"格雷说，"明天就好了。"他挤出一丝笑容。"很不好意思，我实在扫兴。你们都去森林吃饭吧。"

"不可能的事，"伊莎贝尔说，"你这边生不如死，你觉得我在外面会开心吗？"

"这倒霉姑娘，她应该是挺爱我的吧。"格雷闭着眼睛说道。

这时他的脸突然扭曲起来，那股划开他头颅的痛感，你几乎都能看得见。门轻轻地开了，拉里走了进来。伊莎贝尔跟他说了怎么回事。

"真可怜啊，"他同情地看着格雷，说道，"我们能做什么缓解一下他的痛苦吗？"

"没有办法的，"他的眼睛依旧闭着，"你们唯一能做的，就是不要管我，出去玩得开心些。"

我心里在想，若是实际一些，也只能如此了，但伊莎贝尔恐怕良心上过不去。

"你愿不愿意让我试试看，或许能帮上忙？"拉里问。

"没人能帮上忙，"格雷不耐烦地说道，"它就是疼，疼得要命。有时候我真的希望疼死我算了。"

"我说我或许能帮上忙，说得不太对。我的意思是，或许我可以帮你，让你能帮助自己。"

格雷慢慢睁开眼睛，看着拉里。

"这你要怎么做？"

拉里从口袋里取出一个东西，似乎是枚银币，放进格雷的手中。

"手指合拢，紧紧攥住它，手心向下。不要抵抗我。不要你做什么事，只要拳头里握紧硬币就好。在我数到二十之前，你的手会打开，硬币会掉下来。"

格雷照做了。拉里在写字桌边坐下，开始数数。伊莎贝尔和我依旧站着。一，二，三，四。他一直数到十五，格雷的手还是毫无动静，这时它颤抖了一下，我不敢说我真看到了，但我有这么一个感觉，攥紧的手指松动了。大拇指正离开拳头。

我确实看到了手指在颤动。拉里数到十九，硬币从格雷的手中掉落，滚到了我的脚边。我捡起来看了看，这是枚变了形的厚重的银币，一面高高凸起的浮纹，我认出是亚历山大大帝年轻的头像。格雷盯着自己的手，一脸不解。

"我没有让那硬币掉出去，"他说，"是它自己掉的。"

他坐在皮椅中，右臂搭在扶手上。

"这张椅子坐得还算舒服吗？"拉里问。

"头疼得要死的时候，这已经算最舒服的位子了。"

"好，让你整个人松弛下来，放松，什么都不要做，不要抵抗。在我数到二十之前，你的右臂会从扶手上抬起来，直到你的手高过你的头顶。一，二，三，四。"

他数得很慢，嗓音依旧如音乐般清亮，数到九，我们看见格雷的手从皮质扶手上抬起来了，几乎难以察觉，直到抬起或许一寸，停住了。

"十，十一，十二。"

停住片刻后，整个手臂微微抽动，又开始缓慢抬起，离开扶手。伊莎贝尔有些害怕，握住了我的手。场面很奇异，完全不像自发的动作。我之前没见过梦游，但可以想象，应该就是像格雷的手臂这般，人的意志显然不是它背后的推动力。照理说，刻意要把手臂抬得如此缓慢、如此平稳，是很不容易的。它给人一种感觉，有种意识之外的能量，不受思维控制，正在抬起那只手臂。活塞若是在气缸中极缓慢地前后移动，应该跟这个很像。

"十五，十六，十七。"

一个个数字数得很慢，像水龙头拧不紧，一滴滴水落在脸盆里。格雷的手臂一直在上升，直到手高过头顶，到了拉里之前定下的那个数字，手臂又有了分量，自己落回到皮椅的扶手上。

"我没有抬手臂，"格雷说，"它就那么抬起来，我一点办法都没有，是它自己要这么抬起来的。"

拉里微微一笑。

"这没什么，只为了让你对我多点信任，那个希腊硬币呢？"

我递给他。

"握在手里。"格雷接了过去。拉里瞄了一眼手表。"现在是八点十三。再过六十秒，你的眼皮会重到只能合起来，你会睡六分钟，到八点二十，你会醒过来，然后头就不痛了。"

伊莎贝尔和我都没有说话，只看着拉里。他也不再说话，盯着格雷，但似乎又不在看格雷，好像目光穿透了他，看到他背后的什么东西。屋里静下来，静得瘆人，有点像入夜时分花圃的寂静。突然我感到伊莎贝尔捏紧了我的手。我朝格雷看，他眼睛闭起来了，呼吸舒缓、平稳；他睡着了。我们就那样站着，等待漫无尽头。我实在想抽烟，又觉得点烟很不合适。拉里一动不动，目光落在前方不知何处。不过，那双眼睛一直睁着，仿佛入定了。突然，他好像松弛下来，眼睛里又回到平日的神色，看了眼手表。这时格雷睁开了眼睛。

"天呐，"他说，"我应该是睡着了。"这时他一惊，我注意到他脸上那层惨白不见了。"我的头疼好了。"

"那就好，"拉里说，"抽根烟，然后我们就一起出去吃饭。"

"这是个奇迹啊，我觉得好极了，你怎么做到的？"

"我没有做什么，是你自己做到的。"

伊莎贝尔去换衣服，格雷和我喝了一杯鸡尾酒。虽然拉里明显不愿讨论适才发生的事，格雷还是要说。他完全不明白刚刚发生了什么。

"我起先是不相信你能帮上忙的，"他说，"我一开始听从你，只是人太难受，也争不动了。"

他继续描绘起头刚疼起来是什么感觉，接下来的煎熬，还有痛苦消退之后，他也依旧是个废人。他不能理解，这时他为何跟平日里一样精神烁烁。伊莎贝尔回来了。她换了条拖地的白色紧身连衣裙，布料应该是她们所说的马罗坎平纹绉，裙摆围着黑色的薄纱，我只能想到，她与我们一同出现在餐厅，我们都会面上有光。

马德里城堡气氛很好，我们的兴致也高了起来。拉里想出很多莫名其妙的话来，只为逗我们笑，我之前还没听过他这样说话，但我们都听得很开心。我有种感觉，他讲笑话有目的，就是想让我们忘掉他之前展现的神奇本领。但伊莎贝尔不是个随便放弃的女子。本就是她如鱼得水的场面，她也不介意跟拉里斗斗心眼，演些对手戏，但她从来没有忘却那份好奇。用完晚餐，喝咖啡和甜酒，她理所应当地以为，美食、欢声笑语，还有拉里喝下的那杯红酒，已经卸下了他的防备，伊莎贝尔用她那双明亮的眼睛盯住拉里，说道：

"好了，现在告诉我们吧，你是怎么治好格雷的头疼的。"

"你都自己看到了。"他微笑着答道。

"这种事情，你是在印度学会的？"

"是的。"

"他一直很痛苦，你觉得你能彻底治好他吗？"

"不知道，或许是可以的。"

"这能完全改变他的人生。他自己也知道，随时要无法

动弹四十八小时，任何体面的工作都干不下去的。而若是
不工作，他也永远开心不起来。"

"你要明白，我也没法创造奇迹。"

"可那就是奇迹，我亲眼所见。"

"不是的，我只是放了个念头在我们格雷老兄的脑袋里，
剩下的都是他自己干的。"他转向格雷。"你明天干吗？"

"打高尔夫。"

"我六点钟来转一下，到时我们聊聊。"这时，他魅力
难挡地朝伊莎贝尔微笑道："我有十年没有跟你跳舞了，伊
莎贝尔。你觉得我还会不会跳舞？"

6

自此之后，我们见了拉里很多次。接下来那一周，他
每天都到公寓来，跟格雷关在书房，一待就是半个小时。
似乎他是在劝说格雷，让他不要再头疼欲裂了——而"劝
说"这个词，是拉里自己微笑着这么用的，格雷则变得像
个孩子似的信任他。格雷虽透露得不多，但我大致揣测出
来，除了治头疼，拉里还在帮他恢复自信。大概十天之后，
格雷又头疼了，正好拉里要到晚上才来。这次头疼并不严
重，但格雷是如此相信拉里的特异能力，他觉得只要能找

到拉里，头疼几分钟之内就能消除。伊莎贝尔打电话给我，但我和他们一样都不知道拉里住在哪儿。等到拉里终于来了，替格雷祛除了痛苦，格雷问他要地址，必要时可以随时召唤他。拉里微笑道：

"打电话给美国运通，留言就好，我每天早上都会打过去收消息的。"

伊莎贝尔后来问过我，拉里怎么总不肯让人知道他的住址，之前也是这样，后来一看，根本没有什么见不得人的，只是拉丁区一个三流旅店而已。

"我想不出来，最多提一点很异想天开的假设，可能完全说得不对。或许那是一种奇怪的冲动，让他觉得灵魂的私密性就该延伸到他的居所。"

"你这到底在胡说八道些什么呀？"她生气地大声问道。

"你没感觉到吗？跟我们在一起的时候，纵然他那么随和、好相处，还是能感到一种疏离，就好像他没有给出全部，在灵魂的某处保留了一些——我也说不上那是什么，可能是一种张力、一个秘密、一种渴望、一些认知，于是他就跟周围人不一样了。"

"我这辈子都是跟拉里一起长大的。"她不耐烦地说道。

"有时候，我觉得他就像一个伟大的演员，在一部烂戏里把某个角色演得精湛无比，就像《女店主》里的埃莉奥诺拉·杜斯[1]。"

伊莎贝尔思忖了片刻。

"你的意思我大概能懂。我们正高兴的时候，觉得他是我们中的一个，跟其他人都是一样的，突然，你就感觉他已经逃脱了，像一个你要抓在手心里的烟圈。在你看来，是什么让他这么古怪？"

"可能是很普通的东西，普通到你都注意不到。"

"比方说？"

"比方说吧——他就是个好人。"

伊莎贝尔皱了皱眉头。

"能不能不要说这样的话，听了我的胃里会难受。"

"还是心底会刺痛？"

伊莎贝尔看了我很久，像是要读出我的心思。她从旁边桌子取了一支烟，点着，靠在椅背上。她看着烟绕向空中。

"是不是希望一个人待一会儿？"我问。

"不是。"

我沉默了片刻，看着她，看她鼻子优美的线条、脸颊精致的轮廓，对我来说，这本就是享受。

"你还深爱着拉里吗？"

---

1 Eleanora Duse（1858—1924），意大利女演员，以演出邓南遮和易卜生的作品最为知名。《女店主》(*La locandiera*)由卡洛·哥尔多尼创作于1753年，主角是一位极有女性魅力的旅店老板。

"你真混蛋。我一生没有爱过别人。"

"你为什么嫁给了格雷？"

"总是要嫁人的，他爱我爱得发狂，妈妈也想让我嫁给他。所有人都恭喜我甩掉了拉里。我很喜欢格雷，现在也是。你不知道他多温柔；这世上没有谁能比他更和善、更体贴了。他看上去脾气不太好，是不是？但对我，他一直像个天使。有钱的时候，他希望我看上各种各样的东西，这样他就能买来送给我，会让他非常开心。有一次，我说要是有条游艇，坐着它环游世界多有意思，要是没有股灾，他应该已经买了。"

"他听上去美好得不真实。"我低声说道。

"我们那时候开心极了，我永远都会感激他。他让我非常幸福。"

我看着她，但没有说话。

"我大概并不真的爱他，但没有爱，你还是可以跟一个人相处得很好。在心底里，我渴望着拉里，但只要见不到他，对我也不是什么困扰。你记得吗，你曾经对我说过，隔着三千英里的大海，爱情的痛楚还是很好忍受的。当时我觉这太犬儒了，可实际情况当然也的确就是这样。"

"要是见拉里这么痛苦，你不觉得更聪明的做法，就是不见他吗？"

"但这种痛苦又是极乐。再说了，你也知道他是怎么样一个人。他就像个影子，太阳出来，随时可能消失，我们可能又有好多年看不到他了。"

"你有没有想过跟格雷离婚？"

"我没有理由跟他离婚。"

"贵国女子若是有心休夫，哪里需要理由。"

她哈哈笑起来。

"你觉得她们是为了什么要离婚？"

"你不知道吗？美国女人期待丈夫是完美的，这种期待，英国女人只留给自己的管家。"

伊莎贝尔特别不服气地一甩脑袋，我怕她扭伤了脖子。

"格雷不善言辞，你就以为他什么好处都没有。"

"那你说得不对，"我立马打断她，"我觉得他身上有一个很感人的特质，那是一种让人惊叹的爱的能力。他看你的时候，只需要随便扫一眼他的脸，就知道他对你是如何的痴情，如何的死心塌地。爱孩子，他也远胜过你。"

"你接着大概就要说我不是个好母亲了。"

"恰恰相反，我觉得你是个极其优秀的母亲。你小心地确保她们健康、快乐。你在意她们的饮食，关心她们消化得好不好。你教她们礼数，给她们读书，让她们祷告。她们生病，你立刻会喊医生过来，细心照料她们。但你不像格雷，不会把心思全都放在她们身上。"

"那是没有必要的。我是个人，也把女儿当成人来对待。

一个母亲，若是生命里只有孩子，对孩子只能造成伤害。"

"我觉得你说得很对。"

"但她们崇拜我，这依旧是事实。"

"我也注意到了。在她们眼里，你是把所有优雅、美丽、迷人集于一身的典范，但她们跟你在一起，不像跟格雷在一起那么舒服和自在。她们崇拜你，这没有错，但她们爱爸爸。"

"他是很值得爱的。"

她会说这样的话，我很喜欢，她最可爱的特质，就是从来不会觉得事实本身要故意冒犯她。

"股灾之后，格雷崩溃了。一连好几个星期，他都在办公室工作到半夜，而我坐在家里，被恐惧折磨着，我怕他真会朝自己脑袋上开一枪，因为他觉得太羞耻了。你知道的，他们那么以公司为傲，他和父亲都是这样，为自己的品格和眼光而自豪。我们的钱都亏光了，但这不是关键，他们过不去的是有那么多相信他们的人，也赔了个精光。他觉得自己本该更有先见之明的。我一直劝他，错不在他，但说了并没有用。"

伊莎贝尔从包里取出口红，涂了涂嘴唇。

"但我想跟你说的，还不是这些。我们当时什么都没了，只剩那个种植园，我感觉要救格雷，只能让他离开芝加哥，于是我们就把孩子留在妈妈那儿，去了乡下。他一直都喜欢那个园子，但以前都是带一大群人过去，开开心心地玩一段时间，从来不会只有我们两个人。格雷枪法很厉害，但他没有心情打猎了。他会划船出去，一个人在沼泽里看鸟，待好几个小时。他会沿着那些人工河来回散步，两边是灰白的灯芯草，头顶只有蓝天。有些时候，河水蓝得就像地中海。他回来的时候，一般都不怎么说话，问他，只说很好，很好。但我知道他心里在想什么。我知道在他心里，他被那种美、空阔、宁静打动了。日落之前，有那么一时半刻，沼泽上的光线特别动人。他那时候就站着，看着，满心的祥和。他会去树林里骑马，很久才回来，那些林子寂寥、神秘，像梅特林克戏剧里的树林，那么灰，那么静谧，几乎有些阴森；但春日里有那么一会儿——我想最多不过两周——山茱萸突然盛开，桉树枝头全是绿叶，这些清新的绿意，在灰色的铁兰映照之下，美好得像一首歌；地上铺满了硕大的百合和野杜鹃。格雷说不出这对他意味着什么，但这对他意义无比重大。那种美让他沉醉。唉，我知道我语言匮乏，没法跟你说明白，看着这么一个魁梧的大男人，被这么纯粹和优美的情绪振奋起来，动人得让我几乎要落泪。如果天上真有一个上帝，那时候的格雷就跟他非常接近。"

伊莎贝尔这么说着，有些动情，拿出一块小小的手绢，仔细地抹去眼角的一点泪光。

"你是不是有些浪漫化了？"我微笑着说道。"我有种感觉，格雷的这些想法和情绪，是你自己觉得他应该有的，就硬塞给了他。"

"这样的情状若不是出现在我眼前，我哪里编得出来？我知道我是什么样的一个人。要让我发自内心高兴起来，只有一种场景，就是我脚底踏踏实实踩在人行道的水泥地上，街边一排大玻璃窗，里面都是帽子、毛皮大衣、钻石手镯、镶金的化妆盒。"

我哈哈笑起来，接着，我们两人都沉默了片刻。她继续谈起之前的那个话题。

"我永远也不会跟格雷离婚。我们一起经历了太多。而且他没有我不行的。这给人一种虚荣心，也给人一种责任感。另外……"

"另外……什么？"

她朝我瞥了一眼，眼神中调皮地闪烁了一下。她有些话正要出口，但我大致能感觉，她是吃不准我听了之后会作何反应。

"他床上功夫太厉害了。我们结婚十年，但若说到情爱，他跟新婚时一样热烈。你写的一部剧里不是说了嘛，没有一个男人会想要同一个女人超过五年？你看，你又在胡说。格雷对我的渴望，跟开始时一模一样。在这件事上，他让我很幸福。虽然你看我的样子不会那么想，但我是个很贪图肉欲的女人。"

"那你就错了，我本来就那么想。"

"啊，这种品性并不讨厌，对吧？"

"岂止不讨厌，"我认真地研究她的神情，问道，"十年前没嫁给拉里，你后悔吗？"

"不后悔，嫁给他就太乱来了。当然了，若是我当年有此时的想法，我会跟他跑掉，同居三个月，然后我就能把他完全从心头抹去。"

"在我看来，你没有做这实验，运气很好，否则的话，或许你会发现自己被一些断不掉的纽带给捆住了。"

"我不这么觉得，我对他的喜欢是很肤浅的。你知道，克服欲望，往往最好的办法就是满足它。"

"你有没有想到过，你是个占有欲很强的女人？你跟我说了，格雷有很深的诗人心性，又是情爱炽烈的人，我完全相信，这两点对你很重要，但即使把这两点合在一起，恐怕对你而言也没有第三点更重要。你的手长得很好看，但尺寸不小，你需要有一种把男人握在手心的感觉，这就是你没有说的第三点。你是抓不住拉里的。你记不记得济慈那首颂诗？'放肆的恋人，你将永不能亲吻，纵然如此接近成功。'[1]"

---

[1] 出自济慈《希腊古瓮颂》，此句是指：诗人看到瓮上的情人，觉得风笛声因为听不见才更美妙，而男子被定格在亲吻前的一瞬，也不要悲哀，暗示这样的爱情才永恒。

"你经常觉得自己懂得很多，但其实没有你想象的那么多。"她说道，语气略微尖刻了起来。"女人俘获男人只有一个办法，你是知道的。我这么跟你说吧，第一次上床不算什么，要紧的是第二回。要是第二回她抓住了那个男人，那个男人就永远也逃不掉了。"

"你确实掌握了一些非比寻常的知识。"

"我去过不少地方，而且我的眼神和耳力都不差。"

"我能不能咨询一下，刚刚这条讯息，你是从哪里得来的？"

她给了一个她最调皮的微笑。

"我在一个时装秀上跟一个女子交了朋友，她告诉我的。Vendeuse[1] 跟我说，这是巴黎最风光的情妇，于是我下定决心，一定要认识她。阿德里亚娜·德·特洛耶，听说过她吗？"

"从来没听过。"

"你自己的教育问题，怎么这么不上心呢！她四十五岁，甚至谈不上漂亮，但比起艾略特舅舅的那些公爵夫人，她看上去要高贵得多。我有套演法，假装自己是个无所顾忌的美国小姑娘，在她身边坐下，告诉她，我必须要过来跟她说几句话，因为我这辈子还没见过美得这么销魂的人。

---

1 法语，意为：女店员，女营业员。

我跟她说，她完美得就像希腊的宝石浮雕。"

"你太豁得出去了。"

"一开始，她还比较生硬，保持着距离，但我就一个劲说着那些天真单纯的话，终于把她化开了。然后我们就聊得很开心。时装秀结束，我问她愿不愿意改天跟我去丽兹吃顿午饭。我说我一向来都仰慕她不可思议的 chic。"

"你之前就见过她？"

"从来没有。她不肯跟我一起午餐，说巴黎人嘴巴太毒了，对我名声不好，但我的邀请让她很开心，看到我失望得嘴唇都在抖，她就问我，愿不愿意去她家里用午餐。她看我被她的平易近人所震撼，还拍了拍我的手。"

"你去了吗？"

"当然去了，她有一栋很可爱的小房子，就在福煦大街旁边，服务我们的男管家跟乔治·华盛顿长得一模一样。我一直待到四点才走。我们把头发放了下来，解了束身衣，就像女孩之间完全放开了说闲话。那一下午，我学到的东西足够写一本书。"

"你怎么不写呢？这类东西最适合《妇女家庭杂志》[1] 了。"

"又说傻话。"她笑道。

我沉默了一会儿，又拾起我之前的想法。

"我在想，拉里是不是真的爱过你。"

她坐直了，表情不再悠然自得，目光凶了起来。

"你在说什么啊？他当然爱过我。一个男人是不是爱她，你觉得那个女孩感觉不出来吗？"

"哦，确实，他在某种意义上肯定是爱过你的。你是他最熟悉的女孩，从孩童时期就玩在一起。他觉得自己就应该爱上你。他有天然的性冲动，你俩会结婚似乎也是水到渠成。你们的关系不会有什么显著的变化，也就是住在同一个屋檐下，夜里要爬上同一张床而已。"

伊莎贝尔多少减了些恼怒，等我说下去，我明白只要你聊起爱情，女人永远都是爱听的，于是就说了下去。

"道德家想让我们相信，性冲动跟爱情关系不大。他们聊起那件事，仿佛只是附带现象。"

"附带现象是什么乱七八糟的东西？"

"是这样，心理学家说，意识伴随大脑运转而发生，也由大脑运转决定，但它不对那些运转施加任何影响。有点像树木在水里的倒影；没有树，就没有影，影子绝没有任何办法去影响树。说没有激情，也可以有爱，我觉得是瞎扯；他们说激情熄灭之后，爱依然延续，他们讲的不是爱了，是喜欢，是友善，是共同的口味和兴趣，还有习惯。很多时候，就是习惯。两个人还有性生活，可以只是习惯，就像到了某个习惯的饭点，就会觉得饿一样。当然了，没有爱，可以有欲望。但欲望不是激情。欲望是性冲动的自然结果，它不比人类的其他动物本能更要紧。这也是为什么有些女人不聪明，丈夫因为天时地利，偶尔玩闹一下，她就非要闹个鸡犬不宁，其实没有必要。"

"这个理论只对男人成立？"

我微笑道：

"如果你非要穷根究底，我只好承认，能蘸雄鹅的酱汁，雌鹅也能蘸[1]。若要挑漏洞，只能说一点，对于男人，这种一时的关系在情感上没有意义，对于女人就不一样了。"

"这也要看是什么样的女人。"

我不准备让她就这样打断我。

"爱只能是激情，否则就不是爱，而是别的东西；激情要热烈起来，靠的不是满足它，而是受到了阻碍。济慈写希腊古瓮上那个恋爱中的男子，让他不要悲哀，你觉得他是什么意思？'你将永远爱着，她将永远美丽！'为什么？就因为得不到。不管这男子如何疯狂追求，她终是可望而不可及。那件艺术品本身，恐怕无甚可观，但因为恋人成了那块石料中的囚徒，爱却永恒了。你对拉里的爱，他对

1　英文谚语，指对于一部分人可以接受的局面、行为，对另一部分人也可以接受。常用于男女之间的对比。

你的爱，简单、自然，好比保罗和弗朗切斯卡[1]，好比罗密欧与朱丽叶。幸好，在你们这里，结局没有那么糟糕。你嫁到了有钱人家，拉里天涯海角瞎转，要听清女海妖究竟唱的什么歌。你们这里没有激情。"

"你又怎么知道？"

"激情是不计得失的。帕斯卡尔的话：心中自有道理，这些道理不是道理能讲通的。若我没有胡乱解读，他的意思应该是：激情攥住心灵，自会发明理由，这些理由不仅看着毫不牵强，简直无可辩驳，你一听，立马同意为了爱把世界丢掉才好。你也会因此相信，名声不足为虑，羞辱也称不上什么代价。激情是毁灭性的。它毁了安东尼和克娄巴特拉，毁了特里斯坦与伊索尔德，巴涅尔和姬蒂·奥谢[2]。若是它不毁掉点什么，激情自己就死了。或许这时，他才眼前一片苍凉，看出自己虚掷了好几年人生，身败名裂，熬了妒忌的锥心之苦，吞下了万千种屈辱，发现已经耗尽心里的所有温存，把灵魂所有美好都倾倒了出来，这些东西都给了谁，给了一个可怜的荡妇，一个蠢材，那人不过一个钩子，挂了自己所

1　但丁《神曲》中的两个人物。弗朗切斯卡误以为乔瓦尼的弟弟保罗是自己的未婚夫，两人相爱，在婚后私会，被乔瓦尼在嫉恨中杀害。

2　巴涅尔（Charles Parnell，1846—1891），爱尔兰民族主义者、爱尔兰自治运动领导人；姬蒂·奥谢，即凯瑟琳·奥谢（Katharine O'Shea，1845—1921），英国贵族女子，与巴涅尔的婚外恋情严重影响了后者的政治生涯。

有的梦幻，其实连块口香糖都不值。"

慷慨激昂讲这么一大段，还没讲完的时候，我就知道伊莎贝尔不在听了，她脑子里全是自己的念头。不过，她接下来一句话我着实没有想到。

"你觉得拉里还是处男吗？"

"天呐，他可三十二了。"

"我可以确定他是。"

"你怎么能确定？"

"女人就是有这样的直觉。"

"我认识一个年轻人，有好多年辉煌的履历，一个又一个美人都信了他的话，认定他之前从来没体验过男女之事。他说，像法术一样，百试不爽。"

"我才不管你怎么想，我相信自己的直觉。"

天色不早，格雷和伊莎贝尔有朋友饭局，她要去换衣服。我无事可做，沿着哈斯拜耶大道朝前走，巴黎春暮，很是惬意。女人的直觉，我是从来不怎么相信的，主要是这种直觉跟她们本要相信的事太过匹配，让我觉得没有多大价值；想到我和伊莎贝尔这通长谈，最后居然落到这一点，忍不住笑出声来。这又让我脑子里带出苏珊·鲁维耶这个人来，想起我有好几日没有见她了，不知道此刻是忙是空。若是没有事，或许会高兴陪我吃饭，再看个电影。有辆待客的出租车开来，我给了司机她公寓的地址。

7

　　前面就提过苏珊·鲁维耶,我认识她也有十来年了,到了故事这个点,她恐怕年近四十,不是个美人,其实说难看也不过分。在法国女人里,她算是高个子,腿长,手长,上半身短,姿态不协调,好像不知道这么长的四肢该如何放。头发颜色全凭她一时兴起,但大多数时候是红殷殷的棕色。小方脸,颧骨很高,腮红抹得夺目,一张大嘴,口红也下手很重。这些听上去都毫无魅力,但事实并非如此。她皮肤很好,一口强健的白牙齿,又大又生动的蓝眼睛。眼睛是她最好看的地方,她也尽量发挥长处,画了睫毛和眼睑。她有种精明、飘忽、友善的神色,也确实是心地善良的一个人,不过,又恰到好处地加了几分强悍,她的人生,没有这几分强悍怕是到不了今日。她父亲是政府里一个小职员,丧夫之后,母亲回到安茹的家乡,靠养老金过日子。苏珊十五岁的时候,母亲送她去邻村跟一个裁缝当学徒,地方不远,周日可以回家。裁缝店半月放一次假,十七岁那年有一回放假回家,认识了一个夏天来村子里画风景的艺术家,被他迷住。苏珊心里也明白,自己身无分文,想要结婚,机会渺茫,可夏天一结束,画家提议带她去巴黎,她欣然应允。画家带她住在画室公寓里,蒙马特这样的画室很多,兔窝似的堆在一起,两人相处甚洽,她这一年过得顺心如意。

一年到头，他说，自己一幅画都没有卖出去，养一个女子太奢侈，他没法承担了。这个消息早在她预料之中，心里一点不慌。他问她要不要回去，她说不回，他又说，同一个街区，有个画家提过，很愿意接纳她。他说了名字，那个男人有过几回暧昧举动，虽然全被挡了回去，但她拒绝得很有玩笑意味，对方也不觉得灰头土脸。这个男人，她并不讨厌，于是泰然应允。搬一个箱子过去甚至不用花打车的钱，倒是方便的。这第二个情人比第一个年纪大了不少，但模样还算不差，以她为模特，穿衣服、不穿衣服，能想得到的姿态，全都画了一遍；那两年她也过得很开心。他第一次真正成功，就是画她，让她颇感骄傲，给我看一张画报的复印件，印的就是那张让画家扬名的作品。画是给美国一个画廊买去的，真人大小的裸体画，她躺着，姿态大致就像马奈笔下的奥林匹亚[1]。艺术家很敏锐，一下看出她的比例有种别样的风趣，一种现代的意味，她本就苗条，艺术加工之后更显瘠瘦，四肢也更修长了，还突出了颧骨，蓝眼睛大到铺张。复印件上，我自然看不出用色，但能感觉出布局的优雅。此画一出，争议声四起，画家有了这样

---

1 指马奈的油画《奥林匹亚》(*Olympia*)，画中女子慵懒地躺在床上，面朝观画者。作品当时颇受争议，因为有几处细节暗示她是一位妓女。小说作者此处将画作和人物的名字写成 Olympe。

的不羁声名，终于娶到一位崇拜他的有钱寡妇，而苏珊也很明白，男人总要为自己的前程考虑，两人的融洽关系就此了断，她也并无怨怼。

因为她至此也知道了自己的价值所在。她喜欢文艺的生活，给画家当模特有意思，一天工作结束，跟画家去咖啡馆，还有画家的妻子、情人，一起坐着，听他们讨论艺术，痛骂艺术贩子，讲下流故事，她乐在其中。到了这一步，眼看着突破就在眼前，她定下了计划。她选中了一个独身的年轻人，觉得这人有才华。物色好了时机，看他独自坐在咖啡馆，上前说明了种种状况，不再多作铺垫，提出他们应该住到一起。

"我二十岁，很会持家。平时能帮你省钱，你用模特的开销也省了。看看你这件衬衫，好丢人，你那画室也跟狗窝一样。你需要一个女人来照顾你。"

他认识苏珊，知道这人不错，对这份提议，他也觉得有点意思。她看出他有意要答应了。

"不管怎么样，试一试没坏处，"她说，"要是不行，我们两个也不会比现在这样更糟。"

他不是个写实派的画家，画她肖像，全是方块和椭圆。有时候眼睛只剩一只，有时候没有嘴巴。有时候把她画成一组几何图案，黑的、灰的、棕色的。有时候，是一堆交叉线，朦朦胧胧能看见一张人脸。她跟他住了一年半，自己决定要走了。

"怎么了？"我问过她，"你不是挺喜欢他的吗？"

"挺喜欢的，这小男生挺好。我觉得他画不出什么好东西，一直在重复自己。"

她又轻松找到了一个继任者，还是艺术家，这一点她很忠诚。

"我一直在画画圈子里，"她说，"跟过一个雕塑家，六个月，但我不知道为什么，就是完全不动心。"

和情人分手，从来没有闹过不开心，这一点让她颇为得意。她不只是个好模特，也是个好主妇，不管正好住到了哪家的画室公寓里，她都很热衷做家务，家里什么时候都井井有条，她觉得很自豪。她做饭拿手，拿你想象不到的一丁点开销，就能摆出一顿可口的饭菜。她会帮情人补袜子，给衬衫缝纽扣。

"我一直觉得，就算是艺术家，为什么就不能干干净净的呢？"

她只失败过一次。那是个年轻的英国人，比她之前结交过的任何一个都更有钱，他还有辆车。

"我们很快就分手了，"她说，"他会喝醉，很烦人。要是他画得好，我也能忍，但，我的天，那画得真叫可怕。我跟他说，我要离开他了，他就哭起来，说他爱我。

"'你这人啊，'我跟他说，'这跟你爱不爱我真的一点关系都没有。关键是你没有才华。回你自己的国家去，做点杂货生意。你也就配干这个了。'"

"他听了什么反应？"我问。

"他大发雷霆，让我滚出去。但我给的是金玉良言，是吧。希望他听得进去，他不是个坏人，只是个坏艺术家。"

像这样的轻浮女子，若是拥有常识和好心，人生的坎坷长路也不会走得过于艰难，但苏珊选的这项职业，跟其他任何行当一样，有高低起伏。比如，她爱上那个斯堪的纳维亚人就很不小心了。

"他就是个天神，亲爱的，"她跟我说，"他太高了，就跟埃菲尔铁塔那么高，肩膀特别宽厚，胸膛阳刚气十足，腰身却几乎两只手就能握住，小腹就跟我的掌心一样平坦，肌肉像个专业的运动员。他有金色的鬈发，皮肤金黄色，跟蜂蜜一样。他画画也不差，我喜欢他的运笔，大胆又潇洒，用的颜色也很丰富、生动。"

她打定主意要跟他生个孩子，他反对，她说，所有麻烦都由她来负担。

"孩子生出来的时候，他还是挺喜欢的。啊，那孩子太可爱了，粉嫩的皮肤，跟她爸爸一样，金头发，蓝眼睛，是个女孩。"

苏珊跟他一起生活了三年。

"他有点笨，有时候会让我觉得无聊，但他又很贴心，而且，俊美成这样，我也就不太计较了。"

这时候他收到一份瑞典来的电报，说父亲生命垂危，他必须马上回去。他答应一定会回来，但她有预感，再也见不到他了。他把所有钱都留给了她。先是一个月没消息，接着收到他的信，说父亲已经走了，身后事一团乱麻，他觉得自己有责任留在母亲身边，接手木材生意。信里封了一张汇票，一万法郎。苏珊不是那种会绝望放弃的女人，很快得出结论，小孩会妨碍她的事业，于是她带着宝宝去找她母亲，把孩子留给老人照顾，也留下了那一万法郎。

"那真是让人心碎，我很爱那个孩子，但生活嘛，总要实际一些。"

"后来呢？"我问。

"哦，就过日子呗。我又找到一个朋友。"

可接下去她得了一回伤寒。每次提起，她总说，"我的那个伤寒"，好比百万富翁提起"棕榈滩的那套房子"，或者"我的那个松鸡猎场"。她差点病死，在医院里住了三个月。出院的时候，只剩皮包骨，弱得跟只小老鼠一样，后怕得除了哭什么都不知道了。那时候，不管对谁来说，她都是个无用之人，没有做模特的体力，钱也不剩几个。

"Oh la la，[1]"她说，"我是熬过一些苦日子。幸好，我有

---

1 常见的法语感叹词，意为：天呐！真是的！

几个不错的朋友。但你也知道艺术家是怎样的人，自己能收支相抵就很好了。我从来就不漂亮，当然我也有我自己的长处，但毕竟不是二十岁的人了。这时候，我碰巧遇到那个立体派画家，就是之前一起住过的那个，他后来结了婚，又离了婚，放弃了立体主义，成了超现实主义者。他觉得用得着我，说他觉得寂寞，说可以给我提供吃住，不瞒你，我答应得可快了。"

　　遇到她的工厂主之前，她就一直跟这个画家住在一起。工厂主是一个朋友带来的，觉得他说不定会买这位前立体主义者的画，苏珊为了做成这笔生意，尽心竭力地逗那个客人开心。客人说自己一下子拿不定主意，但还会再来看画的。半个月之后，他果然又来了，但她有个感觉，与其说是来看画，他好像是来看她的。画还是没买，临走握手时，显然手上加了点不必要的温柔。第二天，她去市场买当天的吃用，被一个朋友半路截住。这个朋友就是那天引荐工厂主的人。他说，工厂主看上她了，想问，下次来巴黎，能否一起吃个饭，他有个提议，要她听听看。

　　"他看上我什么了，你觉得？"她问。

　　"他是个当代艺术的爱好者，见过你的画像，觉得神秘，想要探究。他是外省人，做生意的，你就代表巴黎，代表艺术、浪漫，所有里尔没有的东西。"

　　"他有钱吗？"她问得很理智。

“不少。”

“好吧，我跟他吃饭，听听他要说什么总没有坏处。”

他带她去了马克西姆，这已经让她觉得不一般了。那天她穿得朴素，看着周围的女士，她觉得，若是宣称自己是个体面人家的妻子，也没有人会猜疑。他点了一瓶香槟，这让她确信，这的确是位绅士。喝咖啡的时候，他把自己的想法提了出来。她觉得这个想法很诱人。他说，按惯例，他每两周要来一次巴黎，开股东会，晚上总是一个人吃饭，只觉得厌烦，若是想要女性的陪伴，他会去妓馆。一个已婚男人，有两个孩子，再加上身份地位，总是这样，显然是不够称心的。他们那个共同的朋友，把她的情况都介绍给了工厂主，知道她是个处事得体的女子。他岁数也不小了，不想跟一个没有头脑的姑娘夹缠不清。他也算是个当代艺术的收藏者，她跟这一领域有渊源，也让他颇生好感。接下来就是实质问题。他答应，可以给她一间公寓，帮她装修好，每月再给她两千法郎。作为回报，只需她每半个月共度一个良宵即可。苏珊一辈子从没支配过这么多钱，很快意识到，社会地位有了这样的晋升，显然生活和着装也会有不同需求，若是一个月有两千法郎，不仅足够自己开销，女儿也有了保障，还能存些钱，以备不时之需。但她还是迟疑了。就像她说的，之前都是“在画画的圈子里”，成为一个生意人的情妇，至少在她心里，肯定算是自甘堕落。

"C'est à prendre ou à baisser. 一句话，要么接受，要么就算了。"他说。

她对这个男人并不厌恶，钮孔里的那枚荣誉军团勋章，证明了这是个卓越不凡的男子。她微笑了一下。

"Je prends. 我接受。"

8

虽然苏珊只住过蒙马特，还是觉得有必要告别过往，所以就在蒙帕纳斯大道边上要了一间公寓。两个房间，一个小厨房，一个卫生间；虽然在六楼，但有电梯。电梯只能载两个人，动起来快不过蜗牛，而且下楼还得走楼梯，但卫生间和电梯是必需的，这不仅是为了享受，主要还是要有这样的格调。

确立关系的最初几个月，两周一次的巴黎之行，阿希尔·戈万先生（之前还没介绍他的名字）听命于自己爱的需求，将合适的时间分配给苏珊之后，会去酒店孤枕而眠，直到第二天起床，赶火车回去照看生意，也回到家庭生活更正统的愉悦中去；这时候，苏珊指出，他可以待在公寓里过夜，既省钱，也舒服。这个意见过于有力，让人很难违抗。苏珊如此上心，不愿看他辛苦，让他略感得意——

但这也是事实，寒冬季节，半夜去街上打车，的确谈不上惬意；苏珊不愿他做无谓的开销，这一点他也赞赏。好女人不仅把自己的钱数得一清二楚，也会帮情人精打细算。

阿希尔先生深感自得，这绝对是有理由的。一般他们会去蒙帕纳斯比较高档的餐厅吃饭，但时不时苏珊也会在家里下厨。那些佳肴很合他的口味。温热的夜晚，他只穿衬衫上桌，觉得自己格外放浪不羁，心头甚是曼妙。他一直都喜欢买画，但苏珊自己看不上的作品，坚决不许他买，很快他就有了佐证，该相信她的判断。她不肯跟经纪人打任何交道，而是带他去画家的工作室，价钱往往能省掉一半。他知道她在存钱，而且听到苏珊说，她每年都会在家乡买一点土地，他心中一阵快慰，全是骄傲。他明白，一个人只要流淌着法兰西血液，就自带着占有土地的欲望，因为她也有这样的本能，阿希尔先生对她更是另眼相待。

在苏珊这一边，也是心满意足。对阿希尔先生，她算不上忠诚，也不能说不忠诚，意思是，她很注意不跟别的男人缔结长久的关系，但若是正好碰到中意的，与他共赴云雨也不是不可以。但那个人不能过夜，这是原则问题。毕竟，全靠那个财力雄厚、身份尊贵的人，她才有了如此安稳、体面的人生，替他恪守这一点，是起码的。

我认识苏珊的时候，她还跟一个画家住在一起，我跟那个画家也有来往，经常坐在画室里看她当模特。后来，我还能遇到她，有时很久不见，有时又频繁一些，但从来没有熟络起来，直到她搬到了蒙帕纳斯。似乎是阿希尔先生（她提起他，或者当面称呼，都用这个名字）看过我几本书的法语译本，一天晚上请我去餐厅跟他们吃饭。他个子不高，比苏珊矮半个头，铁灰色的头发，灰色的一字须修剪精致。他偏胖，有肚子，但没有过于肥硕，只觉得是个有分量的人。走起路来，有矮人那种昂首阔步的模样，显然对自己颇为满意。他请的那顿饭很美味，对我也很客气。他说，知道我是苏珊的朋友，他很高兴，一眼便看得出我是个 comme il faut[1] 的人，我能发现苏珊有可取之处，他想到就很开心。可惜啊，他的生意把他困在里尔，这姑娘不容易，经常是一个人，想到她跟一位学识不凡的人有往来，他就略感舒心一些。他是个生意人，但向来景仰艺术家。

"Ah, mon cher monsieur[2]，艺术和文学，从来都是法国的双璧，当然，还有它的英勇善战。我只是个做羊毛生意的俗人，但在我眼里，画家、作家是跟将军和政治家平起平坐的，这一点我毫不怀疑。"

这句话不能说得再漂亮了。

他让苏珊找一个女仆做家务，苏珊听都不要听，一方面

1　法语，意为：体面。字面意为：就像应该的那样。
2　法语，意为：啊，我亲爱的先生。

是为了节俭，另一方面（具体原因只有她自己最清楚），那是她自己的生活，最烦有旁人来探看。她这间小公寓，装潢是最时新的现代风格，被她打点得极其整洁，她的内衣裤，也都是自己做的。可即便如此，她生来勤勉，模特生涯已成昨日，手头沉甸甸的时光很难消磨，突然她有了一个主意，既然为这么多画手摆过造型，凭什么她就不能画画呢？她买了画布、画笔、颜料，立马着手创作。我带她出去吃饭，有时候去得早了，会发现她披着画家的罩衣，画得劲头十足。就像子宫里的胚胎会提纲挈领地重演一遍物种的演化过程，苏珊也重现了各位前任的艺术风格。她画风景，像那个风景画家，画抽象画，就像那个立体主义者，还有，借鉴了一下明信片，她画停泊的帆船，就像那个斯堪的纳维亚人。她不会素描，线条不行，但对色彩的感触让人欣喜，就算她的作品不很出色，至少她画得很尽兴。

阿希尔先生都是鼓励之词。情妇是个艺术家，这让他高兴。在他的坚持之下，她送了一幅画去秋季沙龙[1]，还被挂了出来，两个人都极为骄傲。他给了她一份很好的建议。

"亲爱的，不要学男人那样画，你就要画得像女人。目标不是要画得有力，能迷人就很好。然后，要画得真诚。

1　指 1903 年开始在巴黎举办的年度艺术展，旨在抵抗学院派的"沙龙展"，鼓励前卫艺术。

做生意，有时候头脑精明是会成功的，但在艺术之中，真诚不仅是最佳策略，也是唯一的策略。"

故事进展到此处，他们的关系已经维持了五年，双方都很满意。

"很明显，我不会为了他心潮起伏，"苏珊说，"但他很聪明，也是个有身份的人。到了我这个岁数，也必须为自己的处境多上点心了。"

她有同情心，会替人着想，阿希尔先生很看重她的意见。跟她讨论生意上，甚至家里的事情，她都很愿意倾听。女儿考试失败，她安慰他，儿子跟有钱人家的千金订婚，她跟他一起庆祝。他自己当初娶妻，丈人跟他做同一路生意，家中就这么一个孩子，敌对的公司就此联手，两家都获利颇丰。儿子也有这样的见识，能看清幸福婚姻最坚实的根基，就是共同的经济利益，这自然让他觉得分外圆满。他让苏珊不要往外说，但他有个野心，就是把女儿嫁到贵族人家去。

"有何不可，她那么有钱？"苏珊说。

靠阿希尔先生帮忙，苏珊把自己的女儿送到修道院，让她能接受好的教育，阿希尔先生还答应，到了合适的年纪，他还会出钱，让她接受培训做打字员、速记员，可以挣钱养活自己。

"她长大了必定是个美人，"苏珊跟我说，"但接受教育，去学学怎么敲打字机，看起来是没什么坏处的。她现在还小，看不出，但可能这姑娘没有什么个性。"

苏珊说话很讲究，就看我是不是足够聪明，解读出言外之意。我听懂了她的意思。

9

邂逅拉里大概一周之后，我和苏珊有天晚上一起吃饭，还去看了场电影，正坐在蒙帕纳斯大道的菁英咖啡馆[1]喝啤酒。这时拉里踱了进来。苏珊惊呼一声，喊了他的名字，这也大大出乎我的意料。拉里走到桌边，跟她行了贴面礼，跟我握了手。苏珊一脸的不可置信。

"我能坐下吗？"他问。"我完全没吃晚饭，得弄点东西吃。"

"哦，见到你太好了，mon petit[2]，"她说着，双眼放光，"你从哪里冒出来的？还有，为什么这么多年，你连一点声响都没有？我的天呐，你也太瘦了吧！我还以为你死了呢。"

"还好，还没死。"他答道，眼神调皮地闪了闪。"奥黛

特怎么样？"

那是苏珊女儿的名字。

"哦，她已经是个大姑娘了，很漂亮。她还记得你。"

"你从来没跟我说过你认识拉里。"我说。

"我干吗要说？我也不知道你认识他呀。我们是老朋友。"

拉里给自己点了鸡蛋和培根。苏珊说了很多她自己和她女儿的事情，拉里还是老样子，带着迷人的微笑，听她东拉西扯。她告诉拉里，自己安定了下来，在画画了。她转过来对我说：

"我在进步，你不觉得吗？我也不冒充什么天才，可就拿我认识的很多画家来说，也不比我更有才华。"

"你卖画吗？"拉里问。

"我不需要卖画，"她云淡风轻地答道，"我有自己的经济来源。"

"好命的姑娘。"

"不是命好，是脑子好。你一定要来看看我的画。"

她找了一张纸，把地址写在上面，逼拉里保证一定会来。苏珊特别兴奋，还在喋喋不休地聊着。这时拉里要服务员结账。

"你不会要走了吧？"她大声问道。

"我是要走了。"他微笑道。

他付了钱，朝我们摆了摆手，人就不见了。我哈哈一笑。我一向觉得很有意思，他总是这样，前一刻还跟你在一起，下一秒就消失了，也没有任何解释，突然到好似化入了风中。

"他干吗走得这么急啊？真是的。"苏珊着恼问道。

"或许有个姑娘在等他。"我开玩笑道。

"等于白说。"她从包里取出粉盒，往脸上补了点粉。"谁要是爱上了他，我真同情那姑娘。Oh la la."

"为什么这么说？"

她朝我看了一会儿，严肃起来，这种神色在她脸上我很少见到。

"我曾经也几乎要爱上他了。这就跟爱上水里的倒影，爱上一道阳光，爱上空中的一片云，一个意思。我就差一点点，算是死里逃生，现在想起来，还是觉得太险了，吓得发抖。"

这时候还管什么失不失礼？要是不继续打听，天理难容。我运气也不错，在苏珊眼里，没有什么是不方便说的。

"你到底是怎么认识他的？"我问。

"哦，好多年前了。六年、七年前，忘了。奥黛特才五岁。我跟马塞尔住一起的时候，他就认识马塞尔，会来画室，我做模特摆着造型，他就坐在旁边。有时候，他会请我们去吃饭。你从来不知道他什么时候出现，有时候几周不见人，有时候连着两三天，天天来。马塞尔那时候说，有拉里在，他画得更好，很希望他来。然后我就得了伤寒。出院之后，也过得很艰难。"她耸了耸肩。"反正那些事都跟你说过了。总之呢，有一天，我又去那些画室到处转，找活儿干，但没人要我，那天从早到晚，我就喝了一杯牛奶，吃了一个可颂，也不知道要怎么付房费，结果在克里希大道上碰巧撞见他，他停下来问我最近好不好，我就说，得了伤寒，他说：'你看上去需要吃顿好的。'他的嗓音和神情里就有一种什么东西，冲垮了我；我就哭了起来。

"几步之外就是'玛利埃特大娘'，他挽着我的胳膊进去，让我在餐桌边坐好。我饿死了，来一只旧靴子我都能吃得下去，但炒蛋上来的时候，我却发现我什么都吃不下。他逼着我吃了一点，给了我一杯勃艮第。我觉得好了一点，吃了几口芦笋。我把烦心的事情都跟他讲了。身子太虚，姿势摆不定，又瘦得全是骨头，不成样子，肯定没有男人看得上了。我问他，能否借我点钱，我回老家那个村子。至少，我还有我的小女儿。他问我是不是心里也想回去，我说当然不想，我妈不想看到我，现在物价这样，她的养老金自己都不够，之前给奥黛特寄的钱也都花光了，可我要是出现在家门口，她一下看得出我病得不轻，应该也不会赶我走。他看我看了半天，我还以为他接着要说，没钱借给我。这时他开口道：

"'我在乡下知道一个地方，不知道你愿不愿意让我带

你过去，你，还有你的孩子？我想给自己放个短假。'

"我几乎不敢相信自己的耳朵。我认识他不知道多久了，他从来没有对我表达过一点意思。

"'就我现在这个状况？'我说，忍不住笑起来。'我可怜的朋友，'我说，'此时的我对任何男人都没什么用。'

"他朝我微笑。你有没有注意过，他的微笑有多美妙啊？甜得像蜜一样。

"'别傻了，'他说，'我想的不是那些。'

"我已经哭得不成样子了，话也讲不出，他给了我一点钱，让我先把孩子接来，我们就一起去了乡下。唉，他带我们去的那个地方，真是迷人啊。"

苏珊把那地方形容给我听，它离某个镇子三英里，但那小镇的名字我想不起了，他们打了辆车，开到一个小旅馆，是河边一幢老房子，摇摇欲坠的样子，旁边是草坪，从旅店延伸到水边。草坪上有几株悬铃木，他们就在树荫里用餐。夏天会有艺术家去那儿写生，但当时还早，旅店没有别的客人。那里的饭菜很有名，到了礼拜天，周边不少地方有人开车过来，放开肚子吃一顿午饭，但平日里他们过得很宁静，几乎从无打扰。休息好了，加上美食美酒，苏珊身体日渐康复，有孩子在身边，她也很开心。

"他很会跟孩子相处，奥黛特也特别喜欢他。我一直得管着她，怕她烦着拉里，但他好像从来不介意这小姑娘整天要缠着他。我那时候经常会笑，他们两个在一起都跟小孩一样。"

"你们平时都在干吗呢？"我问。

"哦，一直都有事情干的。我们经常划船去钓鱼，有时候，还会把 patron[1] 的雪铁龙借来，开去镇子上。拉里喜欢去。那些老房子，还有那个 place[2]。太安静了，走在鹅卵石上，除了脚步声什么都听不到。那里有路易十四时期的 Hôtel de ville[3]，一个老教堂，镇子上还有一个城堡，是勒诺特尔[4]设计的园林。当你坐在 place 的咖啡馆里，只觉得踏回到了三百年前，路边的雪铁龙好像根本不属于这个世界。"

前面复述过一个年轻飞行员的故事，就是拉里某天从镇子回来之后跟她说的。

"我在想，他为什么要告诉你这些事。"我说。

"我也想不出道理。战争期间，镇上有家医院，医院边的墓地里，一排一排的小十字架。我们去看了，但没有待很久，我觉得不舒服，浑身鸡皮疙瘩——那些躺在地下的男孩子，多可怜啊。回去的路上，拉里很沉默。他一向吃

---

1 法语，意为：老板。
2 法语，意为：广场。
3 法语，意为：市政厅
4 Le Nôtre（1613—1700），路易十四的首席园林建筑师，曾设计枫丹白露、凡尔赛宫等园林，注重透视与中心感，代表了法式园林设计的巅峰。

得不多，但那天晚饭基本什么都没碰。我记得很清楚，那一晚满天的星星，夜色很美，我们坐在河畔，黑暗中映出白杨树的轮廓，真漂亮，他抽着烟斗，突然，à propos de bottes[1]，他跟我说了他朋友的事，他如何牺牲自己，救了他。"苏珊喝了一大口啤酒。"他是个怪人。我从来不懂他。他以前喜欢读书给我听，有时候是白天，我正在给小家伙织东西，有时候是晚上我把她哄睡之后。"

"都读了哪些书？"

"哦，各种各样的。塞维尼夫人的书信，几段圣西门。Imagine-toi[2]，我这样的人，之前只读过报纸，偶尔也看看小说，但那是在画室里听到他们讨论，我怕大家都把我当傻子才拿起来读一下的！我之前根本不知道阅读能这么有意思。那些古董作家，原来不是我们想象的那么蠢。"

"是谁那么想象的？"我呵呵笑道。

"然后他还让我跟他一起读书。我们读了《费德尔》《贝蕾妮丝》[3]，他读男性角色，我读女性角色，你不知道那有多好玩，"她天真地说道，"读到伤心的地方，我会哭，他就

1　法语，意为：没来由的，没铺垫的。

2　法语，意为：你想象一下；你能想象吗？

3　*Phèdre*，法国悲剧作家拉辛最后一部作品，1677 年首演。费德尔是雅典王忒赛的妻子，爱上了丈夫前妻的儿子，内心饱受煎熬。*Bérénice*，拉辛 1670 年的作品，写古罗马皇帝提图斯想娶巴勒斯坦女王贝蕾妮丝，但于律法不合。

会奇奇怪怪地看着我；但我哭，只是因为我当时身体还没恢复。你知道吗，那些书我还留着，就是现在，我只要读到塞维尼夫人的某些段落，一定能听到他当年的迷人嗓音，还是能看到河水静静地流过，还有对岸的白杨树，有时候我读不下去，觉得太心痛了。我现在知道，那几个星期，是我人生中最快乐的几个星期。那个男人，就是美好本身化作的天使。"

苏珊觉得自己太多愁善感了，怕我会笑话她（这完全担心错了）。她耸了耸肩，微微一笑。

"你知道，我早就定了主意，到了教规里定下的年纪，没有男人想要跟我上床了，我就去让教堂清算一下，好好忏悔我的罪孽。但我跟拉里犯下的罪孽，这世上没有任何东西能让我忏悔，绝对没有，绝对没有！"

"听你刚刚描述的，我完全看不出来你有什么好忏悔的。"

"还有一大半没说呢。你知道，我天生就是好体格，整天呼吸新鲜空气，吃得好，睡得好，无忧无虑，三四个礼拜过去，我的身体也恢复到了最佳状况，人气色也好，面色红润，头发的光泽也回来了，我感觉自己只有二十岁。拉里每天早上在河里游泳，我会看着他。他的身体好美，不像我那个斯堪的纳维亚男人，拉里不是运动员的体魄，但很强壮，有说不尽的优雅。

"我之前身子那么虚，他很耐心，现在我完全好了，觉得没有道理让他继续等下去。我给了他几个暗示，意思是我准备好了，怎样都可以，但他似乎没懂。当然了，你们盎格鲁—撒克逊人是很怪的，残忍，同时又多愁善感，反正你们不是好情人，这一点怎么讲也没用，就是事实。我琢磨着：'大概是他不好意思，他为我做了这么多，让我在这里陪伴孩子，我本该报答他的，但他却说不出口。'于是，一天晚上，要睡觉了，我跟他说：'今晚你想我去你房里吗？'"

我笑了起来。

"这种问法可真有些直接啊，不是吗？"

她的应对倒聪明，说："啊，因为我没法请他来我房间，奥黛特睡在那里。他用那双友善的眼睛看了我一会儿，微笑着说：'你想来吗？'

"'你觉得呢？——你的身材我可是见过的。'

"'行，那就过来吧。'

"我上楼，脱了衣服，偷偷从走廊进了他房间。他正躺在床上，抽着烟斗看书。他把烟斗和书放下，挪了挪，空出了地方给我。"

苏珊沉默了一会儿，我总觉得此处要是提问，怎么问都不对。过了一会儿她自己又说了下去。

"他做爱也和一般人不一样，但还是讨人喜欢，觉得他是喜欢你的，甚至觉得温柔。阳刚，但又不是激情澎湃那种，不知道你能不能懂，就觉着他没有一点坏心思。他做爱就像个血气方刚的男学生。甚至有些好玩，有些感人。我下床的时候，觉得应该心存感激的人不是他，而是我。我出去带上门的时候，发现他又拿起了书，从刚刚暂停的地方读了下去。"

我笑了起来。

"能把你逗乐了，我真高兴啊。"她沉着脸说道。但她不是没有幽默感的人，呵呵一笑说道："我很快就明白了，若是等他请我，我可要等到天荒地老的，所以，只要我想了，就进他房间，上他的床。他从来都对我很好，简而言之，他总有正常的人类反应，但那像什么呢，就像一个男人太忙了，忘记吃饭，你要是在他面前摆一桌好饭菜，他会吃得很香。男人爱我，我是知道的，要是我骗自己拉里也爱我，我一定是个傻子，但我以为能让他习惯我。过日子，总是要现实一点，我跟自己说，等回到巴黎，他要是让我跟他一起住，那自是再好不过。他肯定会答应让我把孩子留在身边，这也合我心意。直觉告诉我，爱上他是蠢事，你知道，女人是很倒霉的，当她们爱上别人的时候，自己就不可爱了，所以我下定决心一定要管住自己。"

苏珊把烟吸进去，再从鼻子里喷出。时候不早，很多张桌子空了，只有一小堆人还围在吧台边上。

"一天早上，吃完早饭，我坐在河边织补，奥黛特在玩几块拉里带给她的积木，这时候，他走了过来。

"'我来跟你道别。'他说。

"'你要出门？'我说，有点意外。

"'是。'

"'不是不回来了吧？'我说。

"'你现在身体也挺好了，这是我留给你的一点点钱，到夏天结束够用了，等你回巴黎，要想干个什么事情，这也能打个底。'

"我又惊又怒，一时半刻间不知该说什么。他就站在我跟前，脸上还是他那个真诚的微笑。

"'是我做了什么让你不开心的事情？'我问。

"'没有，千万不要这么想，一点也没有。我有活儿要干。这段时光很美妙。奥黛特，过来跟叔叔道别吧。'

"她还太小，不懂。他把她抱起来，亲了亲她，然后他亲了我，走回旅店，没过一会儿，我听到车开走了。我看了看我手里的钞票，一万两千法郎。一切都发生得太快了，我反应都来不及。'Zut alors.[1]'我就这么骂了一句。至少庆幸一点，我没有让自己爱上他。但我总之是一头雾水。"

我实在忍不住笑起来。

"你知道吗，有段时间，我出了点小名，他们说我是幽默作家，而我只是把实际情况写到纸上，如此而已。对大

1　法语粗话，类似"妈的"，偏重于表达失望、不解。

多数人来说，这太出乎意料了，就觉得我在搞笑。"

"我没听出来，这跟我说的有什么关系？"

"这么说吧，我认识的所有人当中，我觉得，拉里是唯一一个不在私心里谋求什么的人。这让他的行径显得诡异。这样的人，我们是不习惯的，他们不信上帝，但做事完全是出于对上帝的爱。"

苏珊只是瞪着我。

"朋友啊，你喝多了。"

第五章

1

巴黎的事，我一直在拖沓怠工。春天一到，香榭丽舍大道的栗树枝繁叶茂，每条街上，光线都如此明快，这时节的巴黎确实太惬意了。空气里有一种淡淡的稍纵即逝的愉悦，既是感官享受，又不粗鄙，让你脚步更轻快，你的思绪更敏捷。跟好多不一样的朋友相处，我很高兴，心里都是过往的亲切记忆，至少在精神上，我又重新找回了一些青春的光彩。这种快乐只在瞬间，或许再也不会体验得如此充分，我想，若是让什么工作去妨碍它，也太不明智了。

伊莎贝尔、格雷、拉里和我，去了不少有名的地方，但都在附近，不用太过劳顿。我们去了尚蒂伊、凡尔赛、圣日耳曼、枫丹白露。去哪里，都带上丰盛的午餐。格雷吃东西，大半是为了供养自己巨大的体型，也容易喝多。

不知是因为拉里的治疗，还是日子一长，自然如此，他的身体确实是好了些，要死要活的头疼也没有了，我刚来巴黎时，他眼睛里的那种茫然，让人看了很是难过，现在也不见了。除了偶尔会讲十分冗长的故事，他的话并不多，但听我跟伊莎贝尔说些怪言语，倒是经常放声大笑。他是开心的。虽然逗不笑别人，但他脾气太好，太容易取悦了，你不可能不喜欢他。他这样的人，你若是夜来寂寞，怕是不大会去找他的，可如果要共同生活半年，你不但不介意，或许还满心期待。

他对伊莎贝尔的爱也让人见之心喜，他痴迷于她的美，也觉得她是世上最聪明、最迷人的女子；他对拉里的爱，仿佛小狗对主人般的全情投入，也很感人。而拉里，他似乎也很开心；我有感觉，他脑子里必定有些正经的大事要做，这段时间是他的假期。他也不怎么多话，但没关系，只要有他在场，仿佛对话中就多了个重要成员；他太随性了，那种好兴致有感染力，所以，不管他拿出多少自我，都已足够，没有人会奢求更多，我也很清楚，我们在一起的时光之所以如此开心，是因为有他在。虽然他从没有说过什么才情洋溢、机智诙谐的话，但没有他，我们会无聊。

就是这样一次远足，回程时我目睹了一个画面，多少让我震惊。那天是去了沙特尔，格雷开车，拉里坐他旁边，伊莎贝尔和我在后座。那天行程丰富，我们都颇感疲急。拉里伸手，搭在前座椅背上，衬衫袖管自然被扯起来一些，露出精瘦、有力的手腕，还有棕色的小臂，以及小臂上的些许汗毛。阳光金灿灿地洒在上面。我注意到伊莎贝尔突然不动了，就瞥了她一眼。她是如此呆滞，你还以为她是被催眠了，可她的呼吸是急促的，目光怔怔盯着前面肌肉分明的小臂、金色的汗毛，还有那只修长、精致却强壮的手。我还从未在人类的容颜上见过如此饥渴的情欲，一张淫荡的面具盖住了她的脸。之前我不会相信，她那张清艳脱俗的脸孔，居然还能作出这样的表情，那是肆无忌惮的肉身冲动，简直让人变回了动物。美丽的容颜被剥去了，那个神情让她变得丑陋、可怖，我虽然不忍，但的确想到了发情的母狗，感到一阵恶心。她没有注意到我，除了那只随意搁在椅背的手，和它引发的躁狂的欲望，她什么也意识不到。突然，她整张脸抽搐了一下，人也抖了一抖，她闭上眼睛，瘫进后座的一角。

"给我支烟。"她说话的声音沙哑如此，我几乎没听出来是谁。

我从烟盒取了一支烟，给她点着。她拼命地吸着。接下来的路，她都只看窗外，一个字都没有说。

到了公寓，格雷叫拉里开车送我回酒店，再把车开到车行去。拉里坐进驾驶座，我坐旁边。过人行道的时候，伊莎贝尔挽起格雷的手臂，黏了上去，她给格雷的表情我没有看见，但其中意味，我有我的推断。今晚，这个男人怕是会在床上发现一个热烈的伴侣，至于这份激情要归功于良心怎样的刺痛，他是永远不会知道的。

六月将尽，我要回里维埃拉了。艾略特的朋友要回美国，把第纳尔[1]的别墅借给了马图林一家，等学期一结束，他们就会带着孩子一起过去。拉里留在巴黎，他有自己的事情要忙，但正在购置一部二手的雪铁龙，答应八月份会去看他们，在那边住几天。我在巴黎的最后一晚，请他们三个人一起吃饭。

就是那一天，我们遇到了索菲·麦克唐纳。

2

伊莎贝尔酝酿了一个想法，非要去那些藏污纳垢的地方逛一圈，因为我对那些场所多少有所知晓，她让我做导游。巴黎的这种地方，他们尤其厌恶另一个世界来的观光客，而且对这种厌恶不加掩饰，会让人很不舒服，所以我并不热衷。但伊莎贝尔很坚持。我先警告她，可能会很无聊，而且千叮咛万嘱咐，要她穿得朴素一些。那天晚饭吃

1　Dinard，位于布列塔尼的海滨度假地，距巴黎四百多公里。

得比较晚，去女神游乐厅[1]待了一个小时，然后就出发了。巴黎圣母院边上有个地下酒馆，作奸犯科之人经常带着情妇光顾，我认识老板，第一站就领他们到了这里。一张长台边上坐了一些很不体面的人，老板给我们匀出几个位置，不过我给他们都送了红酒，于是大家举杯相庆。酒馆里烟雾缭绕，闷热，四处是污秽。接着带他们去了斯芬克斯[2]，女人穿俗丽长裙，表面光鲜，底下什么都不穿，胸脯两点随时露出，长椅两排，面对面坐好，乐队声音一起，都起来跳舞，有气无力，眼神却很警惕，看着舞池周围的一圈男人，都坐在大理石台面的小桌子边上。我们点了一瓶温热的香槟。有些女人从我们边上走过，扫了伊莎贝尔好几眼，不知道她懂不懂那个眼神是什么意思。

接着我们去了拉佩路，暗仄小巷，走进去，就有污浊的淫欲迎面而来。我们进了一家咖啡馆。照常有个面色苍白的年轻人，被掏空了的浪荡子，在弹钢琴，另一个人，岁数大一点，容色倦怠，嘎嘎拉着小提琴，第三个抱着萨克斯，吹出极不和谐的音调。场子里全是人，好像找不着空桌，但 patron 看出我们是要花钱的，简慢地赶走了一对

---

1 Folies Bergère，位于巴黎第九区的音乐表演场所，1869 年 5 月开张，在十九世纪末的"美好年代"达到鼎盛，至今仍是巴黎的文化地标之一。

2 Le Sphinx，二十世纪三十年代的巴黎高级妓院，周围有几家著名的文艺咖啡馆，所以常有作家、艺术家光顾。

男女，让他们跟别人挤一桌，安排我们坐下。被轰走的两人并不甘心，对我们的评点也远不是恭维。场子里有不少人在跳舞，帽子上有颗红色毛球的水手，戴着帽子、脖子上系着手帕的男人，岁数不小的女人，还有妆容一直画到眼珠的少女，不戴帽子，穿短裙和艳丽的衬衫。有几个男人在跟几个矮胖的小男生跳舞，小男生还画着眼妆，有几个瘦挑的女人跟几个胖女人跳舞，瘦的面目严厉，胖的染了头发，当然，也有男人跟女人在跳舞。烟雾、酒水、出汗的身子，汇成室内一团闷浊，音乐无休无止，那一伙可厌之人满脸闪耀着汗液，在屋里到处转，舞姿中的那种郑重其事，令人发指。也有几个男人身材魁梧，一脸的凶恶，但大多数瘦弱萎靡，像是吃不饱的样子。我看着乐队那三个人，演奏如此机械，让我以为他们或许真的是机器人。我问自己，当年他们出道时，是不是也以为自己会成为音乐家，会有人从很远的地方来听他们演奏、给他们鼓掌？小提琴手，再如何低劣，也要上课和练习的，台上那位，曾经受了那么多辛苦，就为了今天在这刺鼻的污秽中，演奏狐步舞曲直到深夜？音乐停了，钢琴手用一块脏手帕抹了抹脸。舞者弓着腰、侧着身，扭回自己座位。突然，我们听到一个美国声音：

"我的老天。"

屋子那头，一个女人从桌边站起，跟她一起的那个男人想拦住她，被她推开，摇摇摆摆地穿过屋子走来。她已经很醉了。走到我们桌边，她站在那里微微晃动，一脸蠢蠢的笑容。似乎我们在她眼前出现，是无比好玩的场面。我朝我的同伴看，伊莎贝尔茫然地看着她，格雷皱着眉，脸色阴沉，拉里难以置信地瞪大着眼睛。

"你们好呀。"她说。

"索菲。"伊莎贝尔说。

"不然你觉得还能是谁？"她咯咯笑着。旁边过去一个服务员，她一把抓住："文森特，给我拿把椅子。"

"自己拿。"他说，挣脱走了。

"Salaud![1]"她一边骂，一边朝他的方向啐了一口。

"T'en fais pas, Sophie.[2]"旁边桌一个大胖子，穿汗背心，一头浓密的油腻头发，说道："这里有把椅子。"

"谁能想得到会这样见到你们，"她说，人还在晃，"你好啊，拉里，你好啊，格雷。"刚刚说话的男人刚把椅子摆过来，她扑通坐下去。"我们一起喝一杯。Patron!"她扯着嗓子喊道。

我之前就注意到店主一直在观察我们，这时走上前来。

"这几个人你认识，索菲？"他称呼索菲用的是熟人间

1　法语，意为：混蛋。
2　法语，意为：不用费心，索菲。

的第二人称单数。

"Ta gueule.[1]"她醉醺醺地笑起来。"这都是我打小的朋友。我要给他们买瓶香槟。你给我当心，别把你那种 urine de cheval[2] 拿给我们，搞点儿喝了不会吐的那种。"

"我可怜的索菲，你真是醉了。"

"你去死。"

他走开了，很高兴能卖出一瓶香槟——为了安全起见，我们之前喝的都是白兰地和苏打——索菲呆呆地看了我一会儿。

"你这位朋友是谁，伊莎贝尔？"

伊莎贝尔说了我的名字。

"哦？我记得，你来过一次芝加哥，很一本正经的，是你吧？"

"有可能。"我微笑道。

我没有她的印象了，但这也不稀奇，那次去芝加哥已是十年之前，当时见了很多人，后来也见过不少。

她个子挺高，因为瘦得厉害，站着的时候看起来更高。身上是一件亮绿色绸布衬衫，除了皱，还都是污渍，下半身是条黑色短裙。头发剪短了，染成棕红色，卷得不明显，

1　法语，意为：闭上你的臭嘴。

2　法语，意为：马尿。

但乱蓬蓬的。化妆也化得特别没道理，腮红一直涂到眼珠下面，眼眶上下是浓郁的蓝色，眉毛和睫毛都厚厚地挂着某种油膏，嘴唇则被涂成猩红色。指甲自然也画好了，但手是脏兮兮的。这里没有其他女子比她更像个娼妇，我怀疑她不仅喝醉了，恐怕还吃了什么致幻的东西。但你又没法否认，她身上有种道德败坏的魅力，头总是傲慢地仰着，再配合妆容，那双绿眼睛更绿得惊心动魄。

"看到我，我倒真没觉得你喜出望外呀。"她说。

"我听说了，你在巴黎。"伊莎贝尔答得很没底气，脸上是冰凉的微笑。

"你可以打我电话呀。电话簿里有我。"

"我们到巴黎也没多久。"

格雷出手相救了。

"你在这边过得开心吗，索菲？"

"还不错，你破产了吧，格雷，是不是？"

他的脸一下憋得通红。

"是的。"

"不容易。我猜，现在芝加哥应该挺凄凉的。我及时跑了，算我运气好。见鬼了，那狗娘养的怎么还不给我们上喝的？"

"他正过来。"我看到一个服务员端着托盘，在桌子和客人间找路，托盘上是杯子和酒。

我这句话把注意力引到自己身上。

"我那慈爱的婆家人把我踢出芝加哥，说我他妈的搞臭了他们家的名声。"她狂野地笑了几声。"我就是那种靠汇款侨居海外的人。"

香槟来了，倒入杯中。她手哆哆嗦嗦地举杯到唇边。

"去他娘的一本正经。"她把酒干了，扫了拉里一眼。"你好像话不多嘛，拉里。"

他之前一直面无表情，但从索菲出现起，目光就没有离开过她。他和气地微笑着，答道：

"我不是个爱说话的人。"

音乐又起来了，一个男人朝我们走过来。他个子不算矮，体格也很好，大鹰钩鼻，一团闪亮的黑头发，丰满的嘴唇。他看上去像个邪恶的萨沃纳罗拉[1]。跟这里的大多数男人一样，不用假领子，外套本来就紧身，扣子一扣更收紧了，显得好像有腰。

"来吧，索菲，我们跳舞。"

"走开，没空，没看见我跟朋友在一起？"

"J'm'en fous de tes amis.[2] 让你朋友都见鬼去。你非跳不可。"

---

1 Savonarola（1452—1498），意大利宗教、政治改革家，多明我会修道士，抨击罗马教廷和暴政，领导佛罗伦萨人民起义，被逐出教会，火刑处死。
2 法语，意为：你朋友关我屁事。

他抓住索菲手臂，但索菲挣脱了。

"Fous-moi la paix, espèce de con.[1]"她突然粗暴地吼了起来。

"Merde.[2]"

"Mange.[3]"

他们说了什么，格雷没有听懂，但很奇怪，品行最为高洁的女子往往对污言秽语了解颇多，我看得出，伊莎贝尔完全听懂了，脸色变得峻厉，恶心地皱着眉头。那男人举起手臂，张开手掌，作势要扇索菲巴掌。那手掌满是老茧，是工人的手。这时格雷半站起身，用他那可怕的口音吼道：

"Allaiz vous ong.[4]"

那人停住，朝格雷狠狠瞪了一眼。

"你小心了，兄弟，"索菲恶狠狠地笑了一声，"他一拳下去，你肯定人事不知。"

那人看清了格雷的身高、体重，强壮程度，愠怒地耸了耸肩，朝我们撂下一句难听的话，走了。索菲还是带着醉意咯咯笑着。我们其他人都没作声。我给她杯子里又倒了酒。

---

1 法语粗话，意为：别他妈烦我，你这笨蛋。

2 法语粗话，意为：屎；他妈的。

3 法语俚语，大致含义为：你能拿我怎么样？字面意为：你吃（吞下去）。

4 法语，即 Allez-vous-en，意为：滚开。

"拉里，你现在住巴黎了？"她又喝空了酒杯，问道。

"目前是。"

跟喝醉的人聊天一向很难，你也不得不承认，这种对话里，清醒的人总是吃亏的。我们又聊了几分钟，聊得很是尴尬、难受。这时索菲往后一推椅子。

"我要是还不回去找我男朋友，他又要发狂了。这畜生脾气坏得很，但要命了，他活儿真是不错。"她颤巍巍站起身来。"再会了，朋友们。下次再来，我每晚都在这儿。"

她一路推搡，从跳舞的人中间挤过去，我们就看不到她了。伊莎贝尔那么古典的脸庞，上面的鄙夷能刮下霜来，我几乎忍不住觉得好笑。我们没有人开口说话。

"乌七八糟的地方，"伊莎贝尔突然道，"我们走吧。"

我付了我们的酒钱，也付了索菲那瓶香槟，大家一道往外走。客人基本都在舞池了，没有人再评点我们。当时已经过了两点，照我的意思，该睡觉了，但格雷说他肚子饿，我就提议去蒙马特的格拉夫 1 吃点东西。车里大家也不说话。我坐在格雷旁边，给他指路。到了那个装潢艳丽的馆子，街边座还有客人。我们进去点了培根、鸡蛋、啤酒。伊莎贝尔至少表面上又从容起来。或许是反讽，她恭喜我对巴黎这些不入流的地方那么熟悉。

---

1 原文作 Graf's，即 Chez Graff，位于布兰奇广场的小餐馆。

"是你提的要求。"我说道。

"这一晚有趣极了,我玩得特别开心。"

"得了吧,"格雷说,"糟透了。还有,索菲。"

伊莎贝尔耸了耸肩,无所谓的样子。

"你对她完全没印象了?"她问我。"你第一次来跟我们吃饭,那天晚上,她就坐你旁边。那时候,她还没有这可怕的红头发,本来是浅棕色的。"

我把思绪抛回去,想起来一个很年轻的姑娘,蓝眼睛几乎有点绿,歪着头的样子挺好看。她本人不漂亮,但清新、率真,又交织着害羞和大胆,我当时就觉得很有意思。

"我当然记得,因为她的名字我喜欢,我有个姑妈就叫索菲。"

"她嫁给那个男生叫鲍勃·麦克唐纳。"

"很好的一个小伙子。"格雷说。

"他是我见过最俊俏的男生之一了,从来没明白他看上她什么了。我结婚之后,她马上也结婚了。她父母离异,母亲改嫁给了标准石油[1]在中国的办事员。她跟她父亲的亲戚都住在马尔文,所以我们很熟,但她结婚之后,就不知怎么掉出我们那个圈子了。鲍勃·麦克唐纳是个律师,但没有挣很多钱,他们住在城北一幢没有电梯的公寓楼里。但

---

1 Standard Oil,洛克菲勒于 1863 创立的石油公司。

疏远不是因为这个。他们就是谁都不想见。我还从来没见过两个人能爱得这么痴的，结婚两三年，生了孩子，他们去看电影，他还是要搂着她的腰，她把头靠在他肩上，就像情侣一样。当时在芝加哥，大家都喜欢笑话他俩。"

拉里听着伊莎贝尔的话，什么都没说，脸上完全看不透是什么表情。

"后来怎么了呢？"我问。

"一天晚上，他们回芝加哥，开的是他们那辆小敞篷车，小宝宝也在车里。他们没有请人帮忙，所以总是把孩子带在身边。索菲什么事情都自己干，也没什么，反正孩子对他俩永远是第一位的。一辆大轿车，里面一堆醉鬼，八十英里的车速迎头撞上他们。鲍勃和小孩当场死了，索菲脑震荡，断了几根肋骨。他们尽量拖着，不告诉她鲍勃和孩子没了，但最后总要说的。他们说场面可吓人了。她几乎疯了，房顶都要被她叫塌下来。他们必须日日夜夜盯着她，还是有一次，她差点跳窗成功。当然，我们都尽力想帮她，但她似乎很恨我们。出院之后，他们把她送进了疗养院，她在那里待了好几个月。"

"可怜人。"

"等他们说，你可以走了，她就开始喝酒，喝醉了，谁要跟她上床都可以。对她婆家人来说，这太可怕了。他们是很低调、体面的人家，受不了那时的风言风语。一开始，我们都想帮她，但根本没有办法；你请她吃饭，她到的时候已经喝高了，很可能饭局没结束，她已经昏了过去。然后，她掺和进了一群不好的人，我们只能不管她了。有一次，她被逮捕，因为醉酒驾车。当时车里还有个拉丁佬，是她刚在非法卖酒的沙龙里认识的，结果，这人还在被警方通缉。"

"那她有钱吗？"我问。

"鲍勃有保险金，撞上他们的那辆车，车主也投保了，她也从他们那里拿到一些钱。可这也坚持不了多久，她花钱像个喝醉了的水手，两年不到就破产了。她祖母不让她回马尔文。然后她婆家说，要是她愿意住到国外，他们可以定期给她寄钱。这应该就是她现在的经济来源吧。"

"风水轮流转，"我说道，"想当年，你在英国坏了家里的名声，会被送到美国去，看起来，现在都是从你们国家往欧洲送了。"

"我总还是忍不住替她难过。"格雷说。

"你忍不住吗？"伊莎贝尔不动声色地说，"我忍得住。当然，那事很难承受，我比谁都更同情她。我们从小就是朋友。但正常人，总要从那样的事情中恢复过来的。完全崩溃的话，那肯定心性中本来就有不太健康的因子，她天生就有点偏激，甚至她对鲍勃的爱就是夸张的。要是她有些韧性，应该不至于过得这么乱七八糟。"

"要是锅碗瓢盆……[1] 伊莎贝尔，你是不是太严厉了？"我小声问道。

"我不觉得，这都是寻常道理，我觉得没有必要在索菲这个问题上感情用事。天晓得，格雷和两个宝贝女儿，我对他们的爱，谁能比呢，要是他们交通事故死了，我肯定神智混乱，但迟早我总要振作起来的。这也是你希望的吧，格雷？还是你更喜欢我每晚喝到眼瞎，睡遍巴黎每个混球？"

格雷这时说了句话，是我听过他离幽默最近的一次。

"当然，我更希望葬礼上烧我的时候，你能穿着莫利诺克斯[2] 最新的裙子，一下也跳到火堆里去；不过，现在这种做法也不流行了，那你最好还是投身桥牌事业吧。但我要你记得，没有三张半到四张稳赢墩的牌，一开始不要叫无将。"

之前提过，不管伊莎贝尔对她丈夫的爱如何真挚，无论如何称不上出于激情，但我要在此刻重提，气氛和场合就很不对了。或许她看出了我头脑中闪过的心思，似乎带着挑衅意味问我道：

"你有什么想说的？"

1　英语表达："要是'如果'和'那么'是锅碗瓢盆，那补锅匠就没有生意了。"（If ifs and ands were pots and pans, there'd be no work for tinkers' hands.）指现实中不能过于乐观，一厢情愿。

2　Edward Molyneux（1891—1974），英国服装设计师，二十世纪初期在巴黎经营服装店，女装以简洁优雅为特色，大受欢迎。

"我跟格雷一样，同情这个姑娘。"

"她不是个姑娘，她三十了。"

"我想，丈夫和孩子死的时候，对她来说，就是世界末日。自己接下来会怎样，我想她应该毫不在乎了，于是自甘沉沦，泡在酒精里，找各种男人滥交，就是因为生活太残酷，她要报复回来。之前她活在天堂，天堂轰然消失，她忍受不了凡夫俗子的碌碌红尘，无可奈何，索性一头栽进地狱。我是能想象的，她想着，既然再也喝不到众神的琼浆，倒不如来两口浴缸里做出的假酒。"

"这种话，小说里讲讲是挺好，但其实是瞎扯，你也知道是瞎扯。索菲在阴沟里畅游，那是因为她自己喜欢。丧夫丧子的女人不只她一个。不是这件事让她变得邪恶的，邪恶不从美好中来，邪恶本来就一直在那里。那个交通事故冲破了她的防御，让她可以自由地做自己。不要浪费你的可怜了，她现在成了这样，是她心底从来就是如此。"

我们聊了这么多话，拉里始终沉默。他似乎想什么事情出了神，没有听见我们在说什么。伊莎贝尔讲完，大家沉默了片刻。他开始说话了，但声音怪异，没有声调变化，好像他不是在跟我们说话，而是在自言自语；那双眼睛似乎在幽冥中看到了遥远的过去。

"我还记得她十四岁，长头发都往后梳，用一个黑色的蝴蝶结扎起。一张带雀斑的严肃的脸。她是个内敛的孩子，但有很多很高深、很理想主义的想法。凡是能弄到手的书，她都读过，我们那时候经常聊那些书。"

"什么时候？"伊莎贝尔问，微微皱了皱眉头。

"哦，就是你跟你妈妈出去社交的时候。我会去她爷爷那里，他们有棵大榆树，我们就坐在树下，念书给对方听。她喜欢诗歌，自己也写了不少。"

"那个年纪的姑娘，好些都会写诗，写出来的都是很糟糕的东西。"

"当然，那么多年过去了，我当时也肯定识不出什么好坏。"

"那时候，你自己也不会超过十六岁。"

"有模仿痕迹，这是肯定的。有很多罗伯特·弗罗斯特在里面。但我留下一个印象，就觉得对于那个年纪的小姑娘，那是不得了的诗作。她听觉敏锐，有节奏感，对乡村的声音和气味都很有感觉，春风中最初的那一丝柔软，干裂的土地在雨后的气味。"

"我从来不知道她写过诗。"伊莎贝尔说。

"她一直保密，怕你们都会笑话她，她很害羞的。"

"现在可一点不害羞了。"

"我打仗回来，她几乎是个大人了。关于工人阶级的生存状态，她读了不少东西，在芝加哥，她也看到不少现实。着迷的诗人也换了，换成了卡尔·桑德伯格，疾风骤雨地写起了自由诗，写穷人的痛苦，工人阶级遭受的剥削。恐怕也不是什么高明的作品，但很真诚，里面有同情，也有追求。那时候她想当个社会福利工作者，那种对于牺牲的渴望，挺感人的。我想她可以做成很多事情。她不是太天真，不是无病呻吟，只让人感觉是一种美妙的纯粹，一种捉摸不透的灵魂的高贵。我们那一年经常见面。"

伊莎贝尔这样听着，我看得出她越来越气恼。拉里完全不知道，他的一把匕首就刺在她心上，他说得平淡，但每加一字，都又拧了一下那把匕首。不过，她开口时，嘴角还是带着微笑：

"她怎么会选中你当作倾诉对象的？"

拉里还是用那双不带一丝疑忌的眼睛看着她，说：

"我也不知道。你们都是有钱人，她在你们中间是个穷姑娘，我其实也格格不入，之所以混在里面，只因为鲍勃叔叔在马尔文看病。我想，她肯定是觉得我们有这样的共同点。"

拉里没有亲戚。我们大多数人总是有几个表亲的，确实也不来往，但至少让我们觉得自己在一个家庭之中。拉里的父亲是独子，母亲是独女，外公，也就是那个贵格派教徒，年轻时就在海上遇难，祖父这边，也没有兄弟姐妹。这世界上，没有人能比拉里更孤独。

"你有没有想到过，索菲爱上你了？"伊莎贝尔问。

"从来没想过。"他微笑着说。

"他从战场回来，是个负了伤的英雄，芝加哥有一半姑娘都对他动心了。"格雷一贯粗率，说道。

"那可不止动心，她把你当神一样崇拜，拉里，你敢说没感觉到？"

"我当然没有，而且我也不相信是这样。"

"因为你觉得她脑子里都是高深想法，所以不会是吗？"

"我依旧能看见那个瘦弱的小姑娘，那个蝴蝶结，那张一本正经的脸，她读济慈的那首颂诗，声音颤抖，眼睛里有泪光，就因为诗写得太美了。不知道那个女孩现在在哪里。"

伊莎贝尔微微一颤，朝他瞥了一眼，疑虑、不解。

"太晚了，我累到不知道要干什么。我们走吧。"

3

第二晚，我坐蓝火车[1]到了里维埃拉，两三天之后，去昂蒂布见艾略特，给他带去巴黎的消息。他看上去很不好。

---

1 Blue Train，即 Train bleu，正式名称为"加来地中海快车"，1886 年启用。加来位于法国北岸，铁道线横穿法国，沿蓝色海岸行进至法意边境。

蒙特卡蒂尼的疗效不如预期，之后东兜西转，身体不支。他在威尼斯找到一个洗礼池，然后去佛罗伦萨，之前一直在讨价还价的三联画，买了下来。他着急想看这些东西安置妥当，就自己去了蓬蒂内沼泽，只找到一家鄙陋不堪的小旅店，凑合住下，但暑气确实有些不堪忍受。新添置的宝贝在路上走了很久，但他想好了必须等到任务完成，就住了下去。所有东西都摆好，效果喜人，他拍了照片，很骄傲地展示给我看。那个教堂虽小，但气度高贵，内部装饰意蕴万千，却不张扬，足见艾略特的高超品位。

"在罗马，看到一口早期基督教石棺，一下就觉得好，想买，犹豫了好久，最后还是算了。"

"莫名其妙，艾略特，早期基督教石棺，要来干什么？"

"把我自己放进去，老朋友。它式样很精美，正好跟入口另一侧的那个洗礼池相平衡，只不过，早期基督徒都是小个子，我尺寸不对。我躺在里面，等最后审判日的号角，只能蜷起双腿，顶到下巴，像个胚胎一样，岂不是难受得要命。"

我哈哈笑，但艾略特是认真的。

"我还有个更好的想法，虽然麻烦，但麻烦是应该的，我都安排好了，圣坛台阶走下来，前面那块地板，就把我埋在下面，从今往后，蓬蒂内沼泽的穷苦农民上前接受圣餐，他们那些笨重的鞋子都会夯镗夯镗踏在我骨头上，挺

chic，你不觉得吗？就干干净净一块石板，上面写我名字，几个日期，Si monumentum quaeris, circumspice.[1] 他在何处不朽，请看四周。类似的东西。"

"我总算还知道点拉丁文，这句烂俗的话还是能听懂的，艾略特。"我语气不太客气。

"抱歉，好朋友，上层人士无知透顶，我习惯了，一下子忘记我正和一个作家说话。"

又被他赢了一轮。

"其实，我想跟你说的是，"他继续道，"后事我都在遗嘱里交代得很清楚了，但我想请你确认，是不是他们都照着做了。里维埃拉埋着这么多退休上校、法国中产，我可不想葬在他们中间。"

"你有什么愿望，艾略特，我当然照做，可那是好多年之后的事情，现在安排太早了。"

"我确实老了，你知道的，说实话，我也没什么留恋的。兰德[2] 那两句怎么说的，'我已经温暖了双手……'"

虽然我一向对文句没有什么记性，但那首诗很短，我

---

1 英国著名设计师、建筑师克里斯托弗·雷恩爵士（Sir Christopher Wren，1632—1723）的墓志铭。句意见后文。

2 Walter Savage Landor（1775—1864），英国诗人、散文家，精通古典文学，所作抒情诗形式精悍。讲究格律，多写个人情感与传统思想的关系。后文所引的是他的短诗《老哲人的临死之言》。

倒是背得出来：

"我不与任何人争斗，因为没有人配得上。

我爱的是自然，自然之下，是艺术；

我用生命之火温暖了双手；

火萎了，我已准备起航。"

"就是这个。"他说。

我不禁在想，这要如何灵活乃至蛮横的解读，才能让这首短诗与艾略特相匹配。

不过，他说："这完全表达了我的感触。唯一能加上的，就是我一生都与欧洲最上层的人士为伍。"

"要把这一点塞进四行诗里，不容易。"

"上层社会已经死了。我一度希望美国能取代欧洲，创造一个庶民会尊敬的新贵族，大萧条一来，完全不可能了。我那个倒霉祖国，正变得不可救药地中产。你肯定不相信，我的好朋友，上次我去美国，一个出租车司机喊我'兄弟'。"

大股灾余波，里维埃拉尚未恢复元气，但艾略特依旧办着派对，也参加派对。除了给罗斯柴尔德一家破例，艾略特从来跟犹太人交往不多，但现在最气派的聚会都是上帝选民办的，而一旦有聚会，艾略特又忍不住要到场。他在人群中款步穿行，跟这个人握手，亲那个人的脸颊，处处都透着风度，但又带着疏离和寂寥，仿佛是个流放的王室，觉得身边居然都围着这样的人，略感惭愧。而真正流亡至此的皇亲国戚，却玩得乐不思蜀，似乎他们的人生志愿，就是见到某个电影明星。在上流社会里到处碰见戏子，现在都习以为常了，但艾略特从来没有认可过这种风气，只是，有个息影的女演员在他隔壁造了栋奢华的大房子，只要客人登门，无不款待。内阁成员、公爵、名媛，来这里一住就好几个星期，艾略特也三天两头地登门造访。

"当然了，那么多客人，鱼龙混杂，"他跟我说，"但你不用跟所有人都说话的。她是祖国同胞，我觉得我有责任帮一帮她。在她家暂住的那些贵客，发现有个能跟他们说共同语言的人，想必也放松了不少。"

有时候，他身体明显吃不消了，我就问他，为什么要这么拼命。

"我的好朋友啊，到了我这个年纪可不能掉队啊。我在最上层的圈子里走了将近五十年，难道你觉得我还不明白，只要你不是随处可见，马上就会被忘记。"

不知他有没有意识到，自己吐露了多么让人叹惋的实情。但我心疼之下，不愿再笑话艾略特，他在我眼里好像成了个极度可悲的人物。他活着，就是为了能活在上流社会，派对是他的氧气，没有收到邀请是种羞辱，独处是种折磨；现在，是个老头了，他心里惊惧万状。

夏天就这样过去，艾略特从里维埃拉的一头跑到另一头，午餐在戛纳，晚餐在蒙特卡洛，动用他所有巧思，这里塞一个下午茶，那里赶一场鸡尾酒派对，不管多疲惫，他都刻苦地让自己亲切、健谈、妙趣横生。他一肚子的八卦，你尽管放心，最新的丑闻，当事人之外，他一定是最先知道的。若你胆敢暗示，他这样活着是空忙一场，他会无比讶异地瞪着你，为你的粗俗而感到痛心。

4

秋天来了，艾略特决定去巴黎待一段时间，既是看看伊莎贝尔、格雷和孩子们过得怎么样，也是他所谓在首都做一个 acte de presence[1]。然后，他打算去伦敦，订一些新衣服，顺便探望几个老朋友。我自己的计划是直接去伦敦，但他要我跟他一起开车去巴黎，本就是惬意的事情，我就同意了，既然去了巴黎，那也没有道理不再住上几天。我们为了更轻松些，把路程分了好多段，停车都选在能一饱口福的地方；艾略特的肾脏不太舒服，只喝维希水，但每次都非要帮我挑那半瓶红酒。他心地太过淳良，尽管这种快乐只能我一人独享，他也毫不介意，当我赞赏那瓶陈年佳酿时，他会真心觉得满足。他还如此慷慨，我没办法说服他让我负担一部分开

---

1 法语，意为：报到。字面意为：到场的行为。

销。虽然跟大人物交往的故事让我有些厌倦，我还是很喜欢这段旅途。车行乡野，大多被初秋点染，极是入眼。枫丹白露吃了午饭，到巴黎是下午，艾略特把我放下，还是那个朴素的老派旅馆，他转一个弯，前面就是丽兹。之前已向伊莎贝尔示警，说我们要来，到了酒店，有她一张字条等我，倒也不意外，但其中内容出乎意料：

> 到了马上过来，出大事了。不要带艾略特舅舅。我的天呐，不要耽搁。

我的好奇心不输任何人，但我还是得先洗个澡，换一件干净衬衫，然后喊了一辆出租车，到了圣纪尧姆街的公寓。我被领进客厅，伊莎贝尔腾地站起来。

"你都跑哪里去了？我等了好几个小时。"

那是五点钟，我还没来得及答话，男管家把下午茶端进来了。伊莎贝尔攥紧拳头，看着男管家，急切之情溢于言表。我实在想象不出什么大事。

"我刚到，我们在枫丹白露吃午饭，吃得慢了一点。"

"天呐，这人慢死了，存心气人！"伊莎贝尔说。

管家放下托盘，上面是茶壶、糖罐、杯子，然后在它周围摆盘，面包、黄油、蛋糕、曲奇，百般斟酌，也确实惹人气恼。他终于走出客厅，关上了门。

"拉里要娶索菲·麦克唐纳了。"

"她是谁啊？"

"不要这么蠢，"伊莎贝尔喊道，眼里喷出火来，"就是你带我们去那家恶心的咖啡馆，碰到的那个喝醉酒的荡妇。天知道你干吗要带我们去那么一个地方。格雷很受不了。"

"啊，你说那个你们芝加哥的朋友？"她的指摘很不公正，我没有理会。"你是怎么听说的？"

"还能怎么听说？昨天下午，他自己过来告诉我的。我到现在精神都是错乱的。"

"不妨坐下来，请我喝杯茶，然后前前后后都跟我说一下。"

"要喝茶自己动手。"

倒茶的时候，她隔着茶桌坐在对面，一脸恼怒地瞪着我。我在壁炉边找了个小沙发，舒舒服服坐了下来。

"最近基本都没有见过他，我指的是从第纳尔回来之后，他来过第纳尔，但不肯过夜，只在酒店住了几天。他会来海滩跟孩子玩。她俩也爱他爱得要命。我们去圣布雷亚克[1]打过高尔夫。格雷有次问他，后来有没有再见过索菲。

"'见过几次。'他说。

---

1 St Briac，当地有一个著名的高尔夫俱乐部"第纳尔高尔夫"，1887 年由英国移民创立。

"'为了什么？'我问。

"'她是老朋友。'他说。

"'我要是你，就不会浪费时间在她身上。'我说。

"他笑了，你也知道，他的那种笑，就好像在说，你说话很滑稽，但其实你根本没在说笑。

"'可你不是我。'他说。

"我耸了耸肩，换了话题。这件事我后来都没想起过。所以，他昨天过来说他们要结婚，你能想象我有多惊恐吗？

"'不可能的，拉里，'我说，'你不能娶她的。'

"'我会娶她的，'他语气平静得就像在说他还要再来一份土豆，'而且，我想让你像朋友一样待她，伊莎贝尔。'

"'这要求提得太高了，'我说，'你疯了。她是个坏人，很坏，很坏。'"

"你为什么会这么觉得？"我打断她，问道。

伊莎贝尔瞪着我，双眼格外明亮。

"她从早醉到晚，随便一个流氓要跟她睡她都来者不拒。"

"那也不意味着她是坏人，不少备受尊敬的人也经常喝醉，也喜欢私底下玩些粗糙的东西。是坏习惯，就跟咬指甲一样，但我不觉得那些东西就比咬指甲更糟糕。如果一个人撒谎、坑蒙拐骗，对人有恶意，那我会说这是个坏人。"

"要是你站在她那一边，我会杀了你。"

"拉里是怎么又碰到她的？"

308

308

"他在电话簿里找到了她的地址，去看她了。她正病着，你看她平时过的什么日子，不生病才怪。他找来了医生，又请了个人照顾她。就是这么开始的。他说她戒酒了，这个蠢货还以为这样就把她治好了。"

"你忘记拉里为格雷做的事了？他就被治好了，不是吗？"

"那不一样，格雷想被治好，她不想。"

"你怎么知道？"

"因为我了解女人。一个女人像这样完全垮掉，没救了，她回不来了。索菲成了这个样子，那是因为她从来就是如此。你以为她会忠于拉里吗？当然不会。迟早她又会挣脱、逃走的，这在她的血液里。她要的是个粗野的人，这才让她兴奋，以后她还是会去找那样的人。她会让拉里活得生不如死。"

"你说的确实也有可能，但我想不出来你能怎么办。他也看得清清楚楚，做了自己的选择。"

"'我'是不能怎么办，但你可以。"

"我？"

"拉里喜欢你，你的话，他听得进去。你是唯一一个还算对他有点影响力的人。你了解这个世界。你去找他，跟他说，不能这么捉弄自己，说这样会毁了他的人生。"

"他只会说，这不关我的事，而且他这句话也没说错。"

"但你是喜欢他的，至少你关心他，你不能眼睁睁看着他的人生万劫不复吧？"

"格雷是他最久、最亲密的朋友。虽然我还是觉得没什么用，但若是要找人跟他聊一聊，格雷会是最佳人选。"

"唉，格雷。"她不耐烦地说道。

"其实，也未必就如你想象的那么糟。我认识三个人，一个在西班牙，两个在东方，都娶了妓女，她们都成了好妻子。因为生活有了保障，她们对丈夫心存感激，呃，当然，她们也知道怎么让男人开心。"

"跟你说话太累了。你觉得我牺牲自己，就是为了看拉里落到这样一个病入膏肓的性瘾患者手里？"

"'你'怎么牺牲自己的？"

"我放弃拉里，只为了一个理由，就是我不想成为他的阻碍。"

"别扯了，伊莎贝尔，你放弃他，是为了一颗方形钻石和一件貂皮大衣。"

我话没完全出口，一盘黄油面包朝我脑袋飞来。纯粹是运气好，我抓住了盘子，但黄油面包全拍在地板上。我站起来，把盘子放回桌上。

"你把艾略特舅舅的王冠德比[1]打碎，他可不会谢你的。

---

1 Crown Derby，德比为英国中部小镇，以制作瓷器闻名。"德比"瓷器厂成立于十八世纪中期，1775 年受国王乔治三世青睐，更名为"王冠德比"。

这几个是特别为多赛特公爵定制的，无价之宝。"

"把黄油面包捡起来。"她喝道。

"你自己捡。"我说着坐回到沙发上。

她站起来，怒气冲冲地捡起散落的食物。

"你这种人还说自己是英国绅士。"她恶狠狠地喊道。

"这种话我一辈子没有说过。"

"滚出去，我再也不想看到你，看见你就讨厌。"

"那太遗憾了，因为看见你，对我从来都是享受。有没有跟你说过，你的鼻子跟那不勒斯博物馆里的普绪克[1]一模一样，说到不曾被玷污的美，那算是登峰造极了。你的腿又长又精致，我到现在还觉得奇怪，因为你还是个姑娘的时候，腿是又粗又短的。无法想象你是怎么做到的。"

"靠钢铁的意志和上天的眷顾。"她带着怒气回道。

"当然了，你的手才是你最迷人的部分，那么纤细，那么雅致。"

"我一直以为，你觉得我的手太大了。"

"以你的身高和身材来说，那就不大。你动起手来，那种无与伦比的雅致，永远让我惊叹。不管你做什么动作，不管是天生的还是靠后天，总能添几分美感在其中。有时

---

1 Psyche，希腊和罗马神话中人类灵魂的化身，以长着翅膀的少女形象出现，与爱神丘比特相恋。

候像花，有时候像展翅飞起的鸟。这里面表达出的情绪，你用语言是怎么也讲不出的。它们就像艾尔·格列柯[1]肖像画里的手，艾略特说过一件很不可能的事情，他说你们的祖先是个西班牙大公，我每次看你的手，忍不住就要信了。"

她烦躁地抬头，问道：

"你在说什么东西？这是我第一回听说。"

我就跟她说了劳里亚伯爵，玛丽王后的侍女，从母亲的血统一直传到了艾略特。说的时候，伊莎贝尔端详着自己修长的手指，修剪、涂抹精致的指甲，露出几分得意。

"人总归是有祖先的。"她说。然后，她轻声一笑，看了我一眼，眼神中只见调皮，怨恨已经一点没有了，只补了一句："你这无赖真是烦人。"

跟女人讲道理一点不难，你只说事实，她们就懂了。

"有那么些片刻，我倒是没有那么真真切切地讨厌你。"

她过来坐到沙发上，揽住我的手臂，靠过来要亲我。我移开脸颊。

"我不要脸上沾口红印，"我说，"要亲就亲嘴唇，仁慈的天主设计它就是这么用的。"

她呵呵笑了几声，把我的脸拨过来，在我嘴唇上印了

1　El Greco（1541—1614），西班牙画家，作品多为宗教画、肖像画，色彩偏冷，人物造型奇异修长。

薄薄一层口红。这种感觉我一点也不反感。

"亲也亲了，或许可以告诉我，你想要什么。"

"建议。"

"建议，我是很愿意给的，但我绝对不信你能听得进去。现在你只有一个选择，就是接受坏消息，尽量开心一点。"

火气腾地又上来，她一下抽回手臂，站起来，两步一个转身，已经坐进壁炉另一边的椅子里。

"拉里要毁了自己，我不会坐视不管。为了不让他娶那个贱人，我什么都做得出来。"

"你不会成功的，你要知道，缠绕人心的情感，有一种最为强烈，他现在就沉醉其中。"

"难道你要告诉我，他深爱着那个人？"

"不是，爱意跟它相比，那真是何足道哉。"

"往下说呀。"

"你有没有读过《新约》？"

"谁都读过吧。"

"你记不记得那一段，耶稣被领进荒野，禁食四十天，饿了，魔鬼近前，说，若你是神的儿子，发令，让这些石头变成面包。耶稣抵住了诱惑。然后魔鬼把他送到神殿顶上，说，若你是神的儿子，跳下去。天使会看顾他，把他托起。耶稣又抵住了。这时魔鬼携他到了山巅，世上的王国尽在眼前，说，若你仆倒，拜我，世上所有王国都可以给你。可耶稣说，你去吧，撒旦。马太这人单纯，故事讲到这里就结束了，但这还不是结尾。魔鬼狡猾，再一次凑近耶稣，说：若你接受耻辱、唾弃、咒骂，荆棘冠冕，殒身于十字架上，人类可得你救赎。为友人放弃生命，没有比这更伟大的爱。耶稣被攻克。魔鬼笑到肚子疼，因为他明白，以救赎者的名义，人类往后将犯下何等滔天之恶。"

伊莎贝尔愤怒地瞪着我。

"这东西你从哪儿看来的？"

"没有出处，只是话说到这里，我现编的。"

"我觉得这很蠢，而且渎神。"

"我只是给你这样一种想法：自我牺牲这种激情，摧枯拉朽，跟它一比，饥饿，淫欲，也显得微不足道。它裹挟着受害者，直往毁灭冲去，这是对人格的最高肯定。究竟要做的是什么不重要，或许值得，或许不值得。没有酒能如此醉人，没有爱情如此难以抵挡，没有罪孽如此不可抗拒。牺牲自我之时，人在片刻间大过了神，但因为神是无限的，无所不能的，他要如何牺牲自我呢？他最多只能牺牲自己的独生儿子。"

"唉，天呐，听你说话真是无聊死了。"伊莎贝尔说。

我没有睬她。

"当他被这样的激情攫住，你觉得常识、审慎之类的提醒，对他能起一丁点的作用吗？这么些年，你不知道他在寻找什么。我也不知道，只是猜。那些年所有的辛劳，收获的经验，都无足轻重了，因为天平那一头是他的欲望——啊，不止欲望，而是一种急迫的、呼号的需求，要他去拯救一个浪荡女子的灵魂，他认识这个人，知道她曾是个天真的孩子。我认为你是对的，他要做的事情，没有希望；他的心思又如此细腻，到时必然如同身在炼狱；他一生致力的工作，不管那是什么，将永远完不成了。帕里斯不够光明正大，一箭射中阿喀琉斯脚跟，把他杀死。拉里缺的就是那一点无情，就算圣人缺了这个，也赢不来头顶的光轮。"

"我爱他，"伊莎贝尔说，"苍天为证，我对他没有任何要求，不期待他给我任何东西。没有人可以爱他爱得比我更无私。他会非常不幸福的。"

她哭了起来，我心想，哭一哭也好，便没有劝她。脑子里意料之外窜出一个想法，我闲来无事，把玩起来。那个魔鬼，审视后来基督教引发的战争，基督徒之间互相迫害，互相折磨，那么些敌意、虚伪、褊狭，在我臆想之中，他看着最后的收益表，除了得意扬扬，还能如何。他又想起，原罪意识就此压得人类苦不堪言，星夜之美黯淡了不少，世上快乐本就短暂，又覆了一层忧惨的阴影，这时他必然呵呵笑道：这就叫鬼斧神工啊。[1]

没过一会儿，伊莎贝尔从包里掏出手帕、镜子，对着镜子仔细擦了擦眼角。

"你可真是个同情心泛滥的人啊！"她忽然厉声说道。

我脑子里在想自己的事，看着她，没有作声。她补粉，画口红。

"你刚刚说，他这些年追寻的东西，你猜得到，这么说？"

"就是一猜，或许是错的。我想，他一直找的，是一种哲学，或者一门宗教，一套生活的准则，既能满足他的头脑，又能满足他的心。"

伊莎贝尔想了一会儿，叹了一口气。

"你觉不觉得，一个伊利诺伊马尔文的乡下男孩，会有那样的想法，挺奇怪的？"

"卢瑟·伯班克[2]出生在马萨诸塞州的农场，养出了无籽橘，亨利·福特生在密歇根的农场上，发明了锡丽齐[3]，拉里就比这些人更怪吗？"

---

1 原文为 give the devil his due，字面意为：承认魔鬼的厉害。当代常用来表示：对坏人也该公平对待，平心而论。

2 Luther Burbank（1849—1926），美国植物育种专家，培育出八百多个新的植物品种和品种。

3 Tin Lizzie，福特 T 型车，从 1908 年销售至 1927 年。因为推广时参加竞速赛，取名"老丽兹"，又被人笑话像个"锡罐"，就留下了这样的绰号。

"但那些都是实用的东西，本来就是美国的传统。"

我哈哈笑起来。

"学习怎样才是最好的生活，世上还有比这更实用的东西吗？"

伊莎贝尔做了个手势，意思是她吵不动了。

"你不想完全失去拉里吧？"

她摇摇头。

"你知道他有多忠诚：要是你完全不理他的妻子，他就完全不会理你。要是你还有理智尚存，就应该跟索菲好好相处。忘掉过去，在你有那个心情的时候，尽量对她好一点。她要结婚了，想必有些衣服要买。你何不提出跟她去逛街呢？她肯定会很高兴。"

伊莎贝尔听着，眯起了眼睛，像是极其专注地在思考我的话。她想了一会儿，只是我猜不出她头脑中正浮现怎样的想法。这时候她来了句让我想不到的话。

"你愿意请她吃顿午饭吗？我昨天跟拉里说了那样的话，要我直接开口，有点尴尬。"

"要是我请了，你会客客气气的吗？"

"像光明天使一样。"她笑着答道，这是她最有魅力的笑容了。

"我马上去约。"

房间里就有个电话。我很快在电话簿里找到了索菲的号码，在法国打电话，都有一个等候的时间，你慢慢就培养出了耐心，终于她接起来了。我提了自己的名字。

"我刚到巴黎，"我说，"听说你和拉里要结婚了。我想给你们道个喜，你们会很幸福的。"我忍住了一声尖叫。伊莎贝尔一直站在我旁边，这时候在我手臂柔软的地方狠狠扭了一下。"我在巴黎待的时间很短，不知道你和拉里愿不愿意来跟我吃一顿中饭，后天，在丽兹。我还会请格雷、伊莎贝尔和艾略特·坦普尔顿。"

"我问问拉里，他就在这儿。"我等了一会儿。"好的，我们很愿意过来。"

我定了时间，说了些客气话，把话筒放好。伊莎贝尔的眼睛里，我捕捉到了什么，感到一丝忧虑。

"你在想什么？"我问她。"你这模样，我不是很放心。"

"不对啊，我还以为你也就喜欢我的模样。"

"你不会在酝酿什么恶毒的阴谋吧，伊莎贝尔？"

她睁圆了眼睛，说：

"我保证，没有。说真心话，我还真是特别好奇，拉里把她改造成什么样了。唯一的希望，就是她不要像画了张面具一样出现在丽兹。"

5

　　我的那个小派对还算成功。格雷和伊莎贝尔到得最早，拉里和索菲·麦克唐纳五分钟之后到了。伊莎贝尔和索菲行贴面礼，很是融洽，格雷夫妇祝贺她订婚。我注意到伊莎贝尔眼神一扫，是在评断索菲的容貌。我自己被那容貌震惊了。在拉佩街那个蹩脚酒馆里，虽然她的妆化得浮夸至极，头发是棕红色的，穿着亮绿色的外套，看上去十分荒唐，又已经大醉，但她似乎能挑逗你，那种风尘味是有魅力在的；但此刻的她死气沉沉，虽然肯定比伊莎贝尔小一两岁，但看上去老了不少。她的头依然会很豪迈地扬起，但现在也不知道为什么，只觉得可怜。她准备让头发回到自然的颜色，但染过之后，又随便让它长回来，就会有这种邋遢妇人的感觉。除了一抹口红，她脸上没有其他化妆品；皮肤粗糙，苍白得不太健康。我还记得她双眼绿得如何鲜明，现在却成了暗淡的灰色。她穿了一条红裙子，显然是全新的，帽子、鞋子、包，都搭配好了；女人穿衣服是大学问，我肯定不懂，但有种感觉，这一身太过繁琐、刻意了，这个场合应该再简单一点。她胸口挂着一件人造珠宝首饰，很惹眼，像是你在利沃里街能买到的那种。伊莎贝尔一身黑丝绸，雅致的珍珠项链，帽子尤其时髦，在她旁边，索菲显得廉价而过时。

我点了鸡尾酒，拉里和索菲不要。这时艾略特到了，只是他穿越宽阔大厅的进程却不断受到阻挠，认识的人多，一只只手伸出来，都是他不得不握，不得不亲的。他的做派，好比丽兹是他的私人住宅，他是要这些宾客都务必相信，大家都接受邀请赶来了，主人确实很开心。终于抵达，他恭喜两位新人，礼数如此周到，堪称华美，这方面他向来是行家。关于索菲，他们没有多说，艾略特只知道出过一次交通事故，没了丈夫和孩子，现在要跟拉里结婚。我们进餐厅，落座；因为是四男二女，我让索菲和伊莎贝尔坐在圆桌两侧，面对面，索菲旁边是我和格雷。桌子不大，对话应该大家都能参与。我之前已经把午餐点好，侍酒师拿了酒单上来。

"我的好朋友，酒你是一点都不懂的，"艾略特说，"把酒单给我吧，阿尔伯特。"他翻了翻酒单。"我自己只喝维希水，但只要别人喝的酒不够完美，我看着就难受。"

他和侍酒师阿尔伯特是老朋友，一阵激烈讨论，终于定了我该给客人喝什么酒，这时他转过来问索菲道：

"那么，你们蜜月去哪儿呢，亲爱的？"

他扫了一眼索菲的裙子，耸了耸眉毛，几乎不可察觉，但我知道他已经下了评断，认为这个选择很不可取。

"我们要去希腊。"

"我想去那儿已经十年了，"拉里说，"但不知怎么，就一直没有成行。"

"这个时节，希腊应该正是迷人的时候。"伊莎贝尔表现出很有兴致的样子。

她跟我一样，都记得，拉里当初要娶她，提的也是带她去希腊。好像这是拉里的一个 idée fixe[1]，度蜜月就是希腊。

对话流转并不算顺畅，若没有伊莎贝尔，我肯定难以应付。她的表现无可挑剔。每一回对话眼看要陷入沉默，我绞尽脑汁要再想个新鲜的话题，她立马插话进来，浑不费力地闲扯一通。我很感激她。索菲基本不主动说话，有人问她什么，她就答两句，好像也很勉强。她的心气都散了。你甚至想说，她身体里有些东西已经死了，我问自己，会不会拉里给她的压力太大，已经承受不住了？要是我揣测得没错，除了喝酒，她还嗑药，突然这样戒断，精神状态必然在崩溃边缘。有时候，我能截获他俩之间的一个眼神，拉里这边是温柔和鼓励，但在索菲这里，是可怜的求助。格雷秉性温厚，这些我以为我观察到的东西，或许他凭直觉就能感受到，因为他开始讲他的头疼病，讲他怎么无法动弹，而拉里又怎么治好了他，他多么离不开拉里，有多么感激。

"现在我的身体好得就跟只跳蚤似的，"他说道，"只

1　法语，意为：执念。

要工作一定，我立马回去干活。我现在的炉子上有几块铁烤得火热，应该很快就能敲定了。[1] 天，到时候就能回家了，一定感觉特别棒。"

格雷是好心，但说的话还是欠考虑，在我头脑中，拉里治好他用的是暗示，若他还是用类似的方法去治未婚妻积重难返的喝酒毛病，格雷大概帮了倒忙。

"格雷，你现在头完全不会疼了？"艾略特问。

"已经三个月没有疼过了，只要我感觉到要发作，就把护身符握在手里，就没事了。"他从口袋里掏出拉里给的那枚古币。"给我一百万美金我都不会卖的。"

午餐用完，上了咖啡。侍酒师问我们需不需要利口酒。我们都说不用，只有格雷，说他想要点白兰地。酒来了，艾略特坚持要先看一眼。

"可以，这酒我是推荐的，喝了害不了你。"

"先生也来一小杯？"侍者问道。

"可惜，我已经被禁了酒了。"

艾略特开始长篇大论，说他肾有点问题，医生不让他碰酒精。

---

1 格雷喜欢用俗套的美式英语表达，此段中的"身体好如跳蚤"和"火中有铁"就是此类说法。

"来几滴滋布洛卡[1]不要紧的，先生，众所周知，这酒养肾。刚从波兰到了一批。"

"真的吗？这酒最近不好拿的。拿一瓶来看看吧。"

侍酒师是个体态肥胖，但气度庄严的人，脖子上挂着一条长长的银链。他走开去拿酒，艾略特给我们介绍，这是一种波兰人发明的伏特加，但别的伏特加哪方面都及不上它。

"我那时候住在拉齐维乌[2]家，我们一起打猎，喝的就是这个酒。你应该看看波兰那些王子是怎么喝酒的，我没有夸张，那种平底玻璃杯，一口见底，眉毛都不动一下。血统优良，这是肯定的，从头到脚全淌着贵族血液。索菲，你一定要尝一口，还有你，伊莎贝尔，错过了这种体验，终身遗憾。"

侍酒师把酒拿来了，拉里、索菲和我都断然拒绝了诱惑，但我没有想到伊莎贝尔说她想试试。她平时很少喝酒，今天已经喝了两杯鸡尾酒，两三杯红酒。侍者倒了一杯淡绿色的酒，伊莎贝尔闻了闻。

"啊，味道真好闻。"

"可不是吗？"艾略特大声应和，"那是他们在里面放

1　Zubrovka，东欧最受欢迎的伏特加酒，可以追溯到十四世纪，用黑麦粒酿制而成，加入波兰特有的野牛草来调味，所以中文里也常称为"野牛草"。

2　Radziwill，出身立陶宛贵族家庭，该家族自十六世纪起，在立陶宛、白俄罗斯、波兰和德国，乃至整个欧洲历史与文化中，都有一定影响。

的香草，就是靠这个，所以口味精妙。就为了陪陪你，我也抿一口，难得一次，不会出事的。"

"口味真是绝妙，"伊莎贝尔说，"跟母亲的乳汁一样。我还从来没喝过这么好的酒。"

艾略特也举杯到唇边。

"啊，往日回忆又如在目前了！你们没去拉齐维乌家住过，就不知道什么叫生活。那真是气派。封建时代的光华，明白吗，你觉得自己回到了中世纪。车站下车，是六匹马的马车和左马驭者[1]来接你，吃饭的时候，每个人背后都有一个穿着号衣的男仆。"

他继续描绘着豪门的堂皇和奢靡，那些派对是如何精彩，我突然有了一丝猜疑，当然，只是我小人之心了，我突然想到，是不是这整个流程都是艾略特和侍酒师商量好的，就为了给艾略特这样一个滔滔不绝的机会，讲波兰王族的排场，讲他怎么在城堡里与他们不分彼此。他讲得根本拦不住。

"再来一杯，伊莎贝尔？"

"啊，不敢喝了。但这酒真是只应天上有。能知道它，我太开心了，格雷，我们一定要买一点。"

"我让人送一些去公寓就好了。"

---

1 骑在领马旁边（一般在左侧）、引导马队牵引马车的人。

"啊，艾略特舅舅，真的吗？"伊莎贝尔欢欣鼓舞地喊道，"你对我们太好了。格雷，你一定得试试，它闻上去就像刚割过的草坪，像春天的花丛，有百里香和薰衣草，喝到嘴里很绵柔，太舒服了，像是月光下的音乐。"

这样无节制的抒情，很不像伊莎贝尔，她或许有点醉了。宴会散场。我跟索菲握手。

"你们什么时候结婚？"我问她。

"下下周。希望婚礼你能来。"

"恐怕那时候我已经不在巴黎了。我明天就要去伦敦。"

我还在跟其他客人道别，伊莎贝尔把索菲拉到一边，跟她聊了几句，这时转过来对格雷说：

"哦，格雷，我先不回去了。莫利诺克斯有个裙装秀，我现在就带索菲过去。她应该看看那些新款式。"

"我也很想去。"索菲说。

我们分道走了。那天晚上，我带苏珊·鲁维耶出去吃了顿饭，第二天出发去了英格兰。

6

两周之后，艾略特住进了凯莱奇，我也很快去看了看他。他定了几套衣服，跟我细讲他出于怎样的考虑选了什么，可能是过于冗长了一些。等终于插得进话了，我问婚礼怎么样。

"没办。"他阴沉沉地说。

"没办是什么意思？"

"婚礼三天前，索菲不见了。拉里到处找她。"

"这也太不寻常了！他们是吵架了吗？"

"没有，完全不是那么回事。一切都安排好了，要我到时把新娘交给新郎。婚礼一结束，他们就坐东方快车去度蜜月。要问我的话，我觉得拉里躲过了一劫。"

伊莎贝尔应该把所有事都跟他说了。

"到底发生了什么？"我问。

"你记得吧，那天跟你在丽兹吃了午饭，伊莎贝尔带她去莫利诺克斯。你记得那天索菲穿的裙子吗？真是糟糕。你有没有注意到肩膀，裙子做工好不好，看它合不合肩膀。当然了，那姑娘可怜，莫利诺克斯的裙子对她是太贵了，但你也知道伊莎贝尔有多慷慨，更何况她们从小就认识，所以伊莎贝尔就说要送她一条裙子，至少到了大日子，得穿得漂亮。不用说，她爽快答应了。好了，长话短说，后来有一天，伊莎贝尔约她三点来公寓，她们再去最后确定一下尺寸。索菲准时到了，但运气不好，有个孩子牙疼，伊莎贝尔就带她去看牙医，四点多才回来，那个时候索菲已经不见了。伊莎贝尔以为是索菲等得烦了，自己去了莫

326

利诺克斯，就急忙赶过去，结果索菲并没有来过。她最后只好放弃，回家了。他们本来是要一起吃饭的，拉里饭点到了，她第一句就问，索菲去哪儿了。

"他不明白是怎么回事，打电话到她公寓，没有人接，于是他说他自己过去一趟。晚餐不停延后，但怎么等，他们两个也不出现，所以他们就自己吃了。当然，你也知道，你们在拉佩街偶遇她之前，索菲过的是什么样的日子。带他们去那么一个地方，你真是很欠考虑。反正，拉里去她常去的地方，找了一整晚，还是没找到。他又去了公寓，但门房说她没有回来。他花了三天时间找她。可她就是消失了。到了第四天，他又去公寓，门房说她回来过，装了一个包裹，叫了一辆出租车走了。"

"拉里肯定心碎了吧？"

"我没见到他，但伊莎贝尔说，确实。"

"她没有写信之类的吗？"

"什么都没有。"

我想了想。

"你觉得是怎么回事？"我问。

"我的好朋友，跟你想的一模一样。她坚持不下去了。又钻回了酒瓶子里。"

这是最明显的解释，但即便如此，事情依然蹊跷，我想不出她为什么偏要选那个时候跑掉。

"伊莎贝尔什么反应？"

"她自然很遗憾，但这姑娘向来清醒，跟我说，她一直觉得拉里要是娶了这样一个女人，肯定是灾难。"

"拉里呢？"

"伊莎贝尔对他很好，一直在劝慰他，但她说，拉里不愿聊这件事，这才是问题所在。但他会好起来的；伊莎贝尔说他从来没有爱过索菲，娶她，只是骑士精神用错了地方。"

我可以想见伊莎贝尔那副样子，故作坚强、镇定，实则事态发展让她得意非常。下次再见到她，我很清楚，她一定会告诉我，她早就知道会有这样的事。

但我见到她已经是一年之后了，虽然我的确有些关于索菲的事情可以跟她讲，让她有些不一样的想法，但后来的种种情况又让我不愿再说了。我在伦敦待到圣诞将近，想回家，便没有绕道巴黎，直接回了里维埃拉。接下来几个月，我开始闭关写一部小说，只偶尔见到艾略特。他的身体明显在衰退，但依然坚持过社交的生活，看得我心疼。他永远都在办聚会，常生我的气，因为我不愿开三十英里的车去参加。他觉得我宁愿一个人在家坐着、干活，真是太傲慢了。

"这个社交季比往年更精彩，我的好朋友，"他跟我说，"你把自己关在家里，错过所有好事，这是犯罪。还有，你为什么非要在里维埃拉选那么一个完全过时的地方，我活到一百岁都想不明白。"

艾略特这位善良的老头，爱说蠢话，很明显他是活不到一百岁的。

到六月，那部小说初稿完成，我觉得应该奖赏自己一个假期。我们有一艘独桅纵帆船，夏天都用它去弗斯海湾游泳，我收拾了一个包裹，驾着那艘船沿海岸朝马赛驶去。那几天只有断断续续的微风，大部分时候，只听得辅助引擎呼哧呼哧推着我们前进。我们在戛纳的港口过了一晚，在圣马克西姆过了一晚，第三晚是在萨纳里。[1] 然后，我们到了土伦。我对这个港口一直有些好感，法国舰队的船只排开，既觉得浪漫，似乎又很亲切，土伦城里的老街，我也从来走不厌。我可以在码头徘徊几个小时，看那些放登岸假的水手，他们要么三三两两在闲逛，要么带着他们的姑娘；还有那些平民百姓，来回散步，就好像他们在这世上除了享受阳光，再没有别的事情好做了。港口宽广，这些舰艇、渡船正把熙攘的人群带到港口的不同地方去，到了土伦，你会觉得它就像一个终点站，茫茫世界的所有路线都汇拢于此。当你坐在咖啡馆里，看着耀眼的海水和天空，目眩神迷，心念也飞了起来，往天涯海角做一次次金色的旅程。你落在太平洋的一艘独木舟里，靠在珊瑚海滩

1　戛纳、圣马克西姆和萨纳里均为法国南部港市。

上，周围椰树环抱；你走下舷板，踏上仰光的码头，坐进一辆黄包车；你的船正拴上太子港的船柱，你在上层甲板，看着码头上满满挤着黑人，嘈杂地比画着各种手势。

抵达土伦，中午都快到了，下午过半才上岸，我沿码头往前走，看商铺，看身边走过的人，看坐在咖啡馆遮篷下面的人。突然，我看到了索菲，她也看到了我。她微笑，跟我打招呼，我也停下脚步，和她握手。她一个人坐在一张小桌子旁边，面前一个空玻璃杯。

"坐下来喝一杯吧。"她说。

"你也跟我一起喝一杯。"我说着拖过一张椅子。

她穿一件法国水手蓝白条纹套衫，亮红色宽松长裤，凉鞋，涂好指甲油的大脚趾戳在外面。她没有戴帽子，烫卷的头发剪得很短，金色淡到几乎闪着银光。她化了浓妆，跟我们在拉佩街遇到她那时候一样。看桌上的碟子，我判断她已经喝了几杯了，但人是清醒的。见了我，她似乎并没有不高兴。

"我们那些巴黎朋友最近怎么样？"她问。

"他们应该都还好，不过，丽兹那顿午饭之后，我一个人都没有再见过。"

她从鼻孔里喷出一大团烟云，笑了起来：

"我最后还是没嫁给拉里。"

"我知道，为什么又不嫁了呢？"

"亲爱的，到了关键时刻，我发现，他是耶稣基督，我却当不了他的抹大拉的玛利亚，不可能的。"

"是最后一刻发生了什么事，让你改变了主意？"

她取笑似的看着我，头又是那么放肆地一甩，再加上她扁平的胸部、窄细的腰身，穿着这身行头，活脱脱一个坏小子；可我又必须承认，上次见她，那条红裙散发的气质让人心酸，那全是小地方人眼里的时髦，相比之下，现在的她更有魅力得多。脸和脖子被晒黑，皮肤是棕色的，让脸颊的红、眉毛的黑，更为刺目，效果虽粗俗，但粗俗之中却也自有它的魅惑。

"想知道？"

我点点头，服务员拿来了我点的啤酒，给她点的白兰地和德国赛尔托兹矿泉水。她刚抽完一支"下士"[1]，用剩下的烟新点了一支。

"我那时三个月没喝酒了。一口烟也都没抽过。"她看到我脸上淡淡的讶异，笑了。"我说的不是香烟，是鸦片烟。我觉得糟透了。你知道吗，我一个人的时候，能把房顶都吼穿，就喊着：'我挺不过去，我挺不过去。'跟拉里在一起的时候，倒还好，可是他不在的时候，就是地狱。"

我的视线一直在她身上，她说到鸦片，我就看得很仔

---

1 Caporal，应指高卢烟的一种口味。

细了，瞳孔缩小如针尖一般，说明鸦片又回来了。她的眼珠真是绿得惊人。

"伊莎贝尔要送我一条婚礼的裙子。不知道这裙子现在怎么样了。漂亮是真漂亮。我们约好，我先去找她，一起去莫利诺克斯。伊莎贝尔这一点我是要夸她一下的，关于衣服，要有什么连她都不知道，说明本来就不用知道。我到了公寓，管家说她带琼去看牙医了，还留了一张字条，说很快就回来。进了客厅，喝咖啡的东西还在桌上，我问管家可不可以也给我一杯。我也就只靠咖啡撑着了。他说他去给我做一点，取走了空杯和咖啡壶。托盘上只剩一个瓶子，我看了看，就是在丽兹你们说的那个波兰玩意儿。"

"滋布洛卡。我记得艾略特说过，要给伊莎贝尔寄一些。"

"你们那天对它的气味都赞不绝口，我就有些好奇。我拔出瓶塞，嗅了一鼻子。你们说得挺对，这香味真是绝了。我点了一支烟，没过几分钟，管家带着咖啡进来了。那咖啡也不错。他们老说法国咖啡法国咖啡的，让他们自己喝去；我就要美国咖啡。这是我在这儿唯一想念的东西。不过伊莎贝尔的咖啡也还可以，一杯下去，我感觉好多了。那个瓶子就立在那儿，诱惑实在太大，可我跟自己说：'去他妈的，我不要再想这档子事了。'又点了一支烟。我以为伊莎贝尔过几分钟就到了，可她一直没出现。我焦虑得不行；我讨厌被人晾着，那房间里也没有可以阅读的东西，我就走来走去，看那些画，可我的眼睛一直落到那瓶酒上。然后我想，我就倒一杯，就看看。它颜色多漂亮啊。"

"淡绿色。"

"没错。说来也有意思，它的颜色跟它的气味一模一样，有时候你会看到白玫瑰的花心就是那种绿。不行，我必须验证一下，它尝起来是不是也一样，我就想，尝一口，没事的；我只打算抿一下，这时我听到了一个声音，以为伊莎贝尔进来了，我把整杯酒全倒进嘴里，因为我不想被伊莎贝尔撞见。可那原来不是伊莎贝尔。天呐，那感觉太好了，自从戒酒之后，我再也没有了那种感觉。我真的又觉得自己重新活过来了。要是伊莎贝尔那时候回来了，我想我现在还是拉里的妻子，不知道会是怎样的光景。"

"她没有回来吗？"

"没有，我很生气。她以为自己是谁，让我这么等着？然后我就看着酒杯又满了；应该是我下意识倒的，但不管你信不信吧，我确实想不起来自己倒过这酒。难道要把这酒再倒回瓶子里，那也太蠢了，我就喝了。你没法否认，这酒真好喝。我一下觉得自己换了个人，就想开怀大笑，而我已经三个月没有这样的感觉了。你还记得吗，那个老娘炮说，他在波兰看到男人用平底玻璃杯喝那个酒，眉毛都不动一下？来吧，那些波兰泼皮能喝多少，我觉得我也可以，反正也是一不做二不休，我把咖啡渣倒进壁炉，倒满波兰酒。说什么狗屁母乳。接下来，我也不清楚发生了什么，总之，回过神来，瓶子里的酒也没剩多少了。再接下来，我就想着，一定要在伊莎贝尔回来之前走掉。可差点就被她撞见了。我刚出公寓门，就听见了小琼妮的声音，我跑上几层楼梯，等她们完全进了门，我才冲下去，进了一辆出租车。我让司机拼命往前开，他问去哪儿，我就对着他突然狂笑。我只觉得神清气爽。"

"你后来回家了吗？"我问道。虽然我知道她没有。

"你以为我蠢成什么样了？我知道拉里会来找我，不敢去我常去的地方，于是就去了哈基姆那里。到了那儿，我知道拉里是找不着的。再者说，我想要抽烟了。"

"哈基姆是什么？"

"哈基姆？他是个阿尔及利亚人，只要给钱，他一定给你找到鸦片。他是我一个很好的朋友。你要别的他也都能给你找来，小男生，大男人，女人，黑人，都可以。他手头总有那么五六个阿尔及利亚人供他差遣。我在那儿待了三天。不知道搞了多少男人。"她咯咯笑起来。"样子、尺寸、颜色，都齐了，之前欠下的，不抓紧一点确实补不回来。但你也明白，我心里害怕，觉得巴黎不安全，怕拉里找到我，另外，我也没钱了，那些个混蛋，你要付钱他们才肯干你，所以我就跑了，回到公寓，给了门房一百法郎，说一旦有人问起我，就说我搬走了。打包了一点东西，当晚我就坐火车到了土伦。

到这儿之前，我都没有真正觉得安全。"

"后来就一直在这儿？"

"可不就在这儿，我也不准备走了。要多少鸦片都有，水手从东方带回来的，好东西，不是他们在巴黎卖你的腌臜货。我在旅店弄了个房间，那个酒店叫什么Commerce et la Marine[1]，晚上走进去，走廊里扑鼻的味道，"她放纵地吸了一口空气，"香甜而辛辣，你就知道他们正在房间里抽那玩意儿，给你一种家的温馨。然后，他们也不管你带谁回来。早上五点，有人会来砸你的门，招呼水手回船上去，所以都不用你操心。"她不带一点过渡又说道："就在码头前面的书店里，看到了你的一本书；早知道会碰见你，我应该买了让你签名。"

之前经过书店，我也停下来看了眼橱窗，在一大堆新书里，有我最近一部小说的译本。

"你读了应该不会觉得特别有意思。"我说。

"为什么不会，实话告诉你，我是识字的。"

"好像还会写字。"

她扫了我一眼，笑了起来。

"是啊，小姑娘的时候，我会写诗。写得大概一塌糊涂，但我那时候还觉得挺好。应该是拉里跟你说的吧，"她踌躇

---

[1] 法语，意为：商贸与海运。

了一会儿，"不管怎么样，生活都是地狱，要是能体会到哪怕一丝开心，不去开心一下就纯粹是傻子。"她倔强地一仰头，说道："我要是买下那本书，你愿意在里面写两句吗？"

"我明天就走了，要是你真的想要，我去买来放在你的酒店里。"

"那就太棒了。"

这时候，战舰的一条工作艇靠岸，一队水手扑棱扑棱地从里面跳出来。索菲一眼就把他们都瞧清楚了。

"我男朋友来了。"她朝那边一个人摆了摆手。"你可以请他喝杯酒，然后最好赶紧跑路，他是个科西嘉人，妒忌心重，跟我们那位老朋友耶和华有的一拼。"

一个年轻人朝我们走来，看到我迟疑了一下，但索菲朝他招手，他就走近桌前。高个子，皮肤黝黑，胡子刮得干净，乌黑的鬈发。他看上去不到二十岁。索菲介绍我，说是童年的美国朋友。

"脑子笨，但人好看。"她跟我说。

"好像你喜欢偏粗野的。"

"越野越好。"

"搞不好你哪天脖子都被人割了。"

"也不奇怪，"她微笑道，"没用的垃圾，丢掉最好。"

"我们差不多该说法语了吧？"水手的语气挺尖刻。

索菲转过去朝他微笑，似乎带着一丝嘲弄。她的法语很流利，处处是俚语，虽然美国口音很重，但她挂在嘴边的那些粗鄙下流的话，却因为添了美语风味，有种滑稽的回响，你听了忍不住想笑。

"我跟他说，你长得好看，怕你难为情，所以用英语讲。"她又跟我说，"他人也壮，肌肉像拳击手，摸一下。"

听了这样的吹捧，水手的愠怒顿时消散，他露出得意的微笑，弯曲手臂，鼓起了肱二头肌。

"摸吧，"他说，"没事，摸一下。"

我摸了一下，表达了合适的赞叹。我们又聊了几分钟，我付了酒水钱，站起身。

"我得走了。"

"见到你挺开心的，不要忘记书。"

"不会。"

我跟他俩握手，缓步走了。走到书店，进去买了小说，写了索菲和我自己的名字。脑海中突然出现一句诗，除此之外竟完全想不到别的话。龙萨那首短诗很可爱，所有诗选都会收的，上来是这样：

Mignonne, allons voir si la rose...[1]

---

[1] 法语，意为：亲爱的，来看一看那朵玫瑰是否……出自龙萨的《卡桑德拉颂》，一首献给查理九世宫廷的情诗，流传广泛。因为短小精美，很多法国学生熟记，至暮年不忘。此诗节写的是邀请恋人去看早晨盛开的玫瑰，是否在傍晚就失了颜色。

我把书留在了旅馆。那家旅馆就在码头上，也经常是我的落脚点，因为每天凌晨，你会被号角声叫醒，那是在集结晚上放假的海员，这时港口水平如镜，太阳披着雾气升起，船只都如鬼似魅，裹着一层动人的光影。第二天，我们起航赶往卡西[1]，我要在那儿买些红酒，然后我们到马赛取了之前订好的船帆。一周之后我回到了家。

7

　　我收到一条消息，是艾略特的男仆约瑟夫发来的，说艾略特卧病在床，想见我，所以我第二天就开车去了昂蒂布。约瑟夫带我上楼之前，先告诉我，主人尿毒症发作，医生很不乐观。虽然挺了过来，身体也慢慢好转，但肾脏病变，要恢复到往日是不可能了。约瑟夫跟了艾略特四十年，忠心不二，此时自是满脸愁伤，但你还是能注意到他从内里透出一种满足，他们这个行业，很多人都是这样，供职的家宅里出了事，让他觉得格外充实。

　　"Ce pauvre monsieur[2]，"他叹气道，"他自然也有偏执

1　Cassis，法国小城，以峭壁和小岛闻名。
2　法语，意为：这位可怜的先生。

的时候，但内心深处真是一个好人。或早或晚，人都是要走的。"

听他这种论调，似乎艾略特没剩几口气了。

"我想，约瑟夫，他不会让你今后日子没着落的。"我生硬地说道。

"但愿如此吧。"他说得很哀伤。

他领我进房间，我很惊讶，因为艾略特是一副矍铄的样子。肤色苍白，容貌苍老，这不假，但精神状态很好。胡子刮了，头发梳得考究，穿淡蓝丝绸睡衣，口袋上绣名字缩写，缩写顶着他的伯爵冠冕。盖被稍稍掀开，同样的字母和冠冕，绣工更繁复，尺寸也要大得多。

我问他觉得怎么样。

"好得不得了，"他兴高采烈地说，"就是眼下有些不爽利而已。几天之后我又能到处跑了。星期六约了迪米特里大公来吃午饭，我已经跟我的医生说了，不惜一切代价，必须让我恢复常态。"

我跟他待了半小时，出去的时候跟约瑟夫说，若是病情复发，还是得让我知道。一周之后，去邻居家吃饭，万万想不到艾略特也在。穿的是派对衣服，人却是要跨进坟墓的样子。

"你不应该出来的，艾略特。"我跟他说。

"哈，胡说八道，我的好朋友。弗里达今天要接待马法尔达公主[1]。可怜的路易莎，从她在罗马 en poste[2] 开始，我跟意大利的王室就有来往，多少年了，我也不能让可怜的弗里达失望不是吗？"

在他这个年纪，病痛危及生命，却对社交依然保有如许热情，我不知该佩服他的不屈不挠，还是应该叹息。你根本猜不出这是个病人。就像一个行将就木的演员，脸上抹好油彩，踏上舞台，一时间他就能忘了身上的疾患、苦痛，艾略特也一样，一如既往演着那个八面玲珑的庭臣，驾轻就熟。你只觉得他无比亲切，而且永远知道该关心谁，会让对方觉得受宠若惊，他向来拿手的那种毒辣的讥讽，也还是有趣。在我看来，他的社交才华，从不曾发挥得如此淋漓尽致。公主殿下离场之后（艾略特朝她鞠躬致意，既有对她崇高地位的尊敬，也有一个老人对美貌女子的迷恋，两者融合得恰如其分，叫人叹止），女主人跟他说，这场派对的热闹全靠他，听到这句话我毫不意外。

几天之后，他又下不了床了，医生不许他再离开房间。艾略特很生气：

"偏偏这时候，太要命了，今年的社交季尤其不容错过。"

他如数家珍，点出一长串今年会在里维埃拉避暑的大

1　Princess Mafalda（1902—1944），伊曼纽三世的女儿，翁贝托二世的姐姐。
2　法语，意为：（外交官等）在任的，在职的。

人物。

每三四天，我都会去看他一次，有时候他躺在床上，有时候，套着一件华美的晨衣，斜倚在长沙发上。华美的晨衣，他好像取之不尽，因为我每次见到的都不一样。有一回这么见他，已经是八月初，他的沉默与平日迥异。约瑟夫领我进屋时，跟我说他像是稍微好一点了，没想到这么有气无力。我想逗他开心，讲了些最近听来的沿海八卦，可他显然没有兴趣。两眼间微微皱着眉头，像在生闷气，这种表情以往很少见到。

"艾德娜·诺文玛丽的派对你去不去？"他突然问我。

"肯定不会去的。"

"她请你了吗？"

"里维埃拉每个人她都请了。"

诺文玛丽王妃是个美国人，家财万贯，嫁了一个罗马王子，而且不是在意大利扔个钢镚就能砸到的便宜货王子，而是豪门的一家之主，祖上是一个 condottiere[1]，靠兵伐之功在十六世纪挣得一个封邑。这是一个六十岁的女人，没了丈夫，法西斯政权看中她的美国收入，狮子大张口，她只得离开意大利，在戛纳旁边买了一块好地，给自己建了一栋佛罗伦萨风格的别墅。阔气的会客厅，墙壁铺的都是她

---

1 意大利语，指十四至十六世纪欧洲的雇佣军首领。

从意大利运来的大理石，还进口了画家来绘制屋顶。挂起的画作、摆出的铜像，都精美绝伦，连向来看不上意大利家具的艾略特也不得不承认，这个屋子里的装饰美不胜收。花园也曼妙可喜，游泳池一看就是重金打造。她请客排场很大，餐桌边落座，没有一次少于二十个人的。八月中，月圆之夜，她要办一场化装派对，虽然还有三个礼拜，里维埃拉已经没有别的话题了。到时会有烟火，她还要从巴黎拉一个黑人乐团过来。流放的王室又羡慕又嫉妒，彼此之间纷纷议论，这一场的花费，比他们一年的开销还大。

"皇家气派。"他们说。

"疯狂。"他们说。

"还是俗气。"他们说。

"你准备穿什么？"艾略特问我。

"艾略特，我不是跟你说了吗，我不去的。你觉得，到我这个岁数，还准备扮成个什么去派对吗？"

"她没请我。"他嗓子哑了。

他看着我，目光憔悴。

"啊，会请你的，"我平静地回道，"请帖应该还没有发完。"

"她不会请我的，"他喉咙里似乎多了一丝哽咽，"这是存心在羞辱我。"

"唉，艾略特，不可能的，我敢打包票，最多就是疏忽了。"

"我不是那种可以被疏忽的人。"

"不管怎么样，你这身体，本来也去不了的。"

"我当然可以，这可是这一季最好的派对！就算我躺在临终床上，也爬得起来。我准备好了衣服，要扮成我的先人——劳里亚伯爵。"

我想不出能说什么，就没有接话。

"就在你来之前，保罗·巴顿来过了。"艾略特突然道。

我不可能要求读者记得这人是谁，我自己都要翻前面的文稿，才知道给了他一个什么名字。保罗·巴顿是艾略特引入伦敦社交圈的美国青年，一等艾略特派不上用场了，就被他抛弃，让前辈记恨犹新。最近他声名大噪，一是他加入了英国国籍，二是他娶了一个媒介大亨的女儿，岳父早已被封为贵族。有这样的背景撑腰，再加上他自己的高明手段，谁都看得出他前程似锦。艾略特苦不堪言。

"每次半夜醒过来，听到护墙板里老鼠爪子的声音，我就说：'那是保罗·巴顿在往上爬呢。'我跟你说，我的好朋友，他肯定是要进上议院的。谢天谢地，我活不到那天了。"

"他来找你干吗？"我问，我跟艾略特一样清楚，这个小伙子从来不做无用功。

"我这就告诉你他过来干吗，"艾略特咬牙切齿地说道，"他想借我那套劳里亚伯爵的衣服。"

"脸皮够厚！"

"你看不出来这是什么意思？意思是，他知道艾德娜没有请我，也不会请我。是她让他来的。这老婆娘。没有我，她能干成什么？我为她开了多少派对，她认识的哪个人不是我介绍的？她跟她司机睡觉；这事你当然也知道。恶心！他坐在那儿跟我说，她会把整个花园都点亮了，还会有烟火。我最喜欢烟火了。他还跟我说，有些人还在纠缠艾德娜，求一封邀请函，但她都回绝了，因为她不希望派对因此减色。他说话那样子，好像我跟这派对从来就没有关系。"

"那你准备借他衣服吗？"

"他到死都别想了。我是要穿着这身衣服入土的。"艾略特在床里坐起来，前后晃着身子，像个悲痛欲狂的女人。"啊，太坏了，这些人，"他说，"我恨他们，恨他们每一个人，我还能办派对的时候，他们可关心我了，现在我老了，病了，就弃我若敝屣。我卧床之后，问候的人不超过十个，这整个星期，只有一捆可怜的花。他们什么事情都是靠我的。他们吃我的饭菜，喝我的酒，我替他们跑腿，帮他们办派对。有时候，为了帮他们一个忙，我把自己都害惨了。我得到什么回报了？什么都没有。什么都没有。我是死是活，他们没有一个人会在意。啊，真是太残忍了。"他哭了起来，枯槁的脸上，巨大的泪珠重重地滚落下来。"苍天在上，我真希望自己没有离开美国。"

一个老人，面前是张口准备吞噬它的坟坑，就因为有个派对没请他，竟哭成这样，一方面是震撼，另一方面，也确实可悲得让人不忍去看。

"无所谓的，艾略特，"我说，"说不定派对那晚下雨，让他们全部泡汤。"

一听我这句话，就像要淹死的人抓住稻草，他开始挂着眼泪咯咯笑起来。

"这我倒从来没想到。我会用我毕生最虔诚的信念求雨。你说得没错，下雨，让他们全泡汤。"

他的头脑本就只在意那些飞短流长的无聊事，我成功地引开了他的注意力，走的时候，他虽谈不上雀跃，至少恢复了镇静。但我倒不愿意就这样算了，回到家，我给艾德娜·诺文玛丽打了个电话，说我第二天要去戛纳，能不能跟她吃个午饭。她回了消息，说很愿意见我，但没有其他客人作陪了。不过，等我到的时候，发现除她之外还有十个人在场。她这人倒确实不坏，慷慨、好客，唯一的毛病就是嘴巴刻毒，即使是很亲密的朋友，她也忍不住说些没人性的话，但她之所以这样，只因为这是个蠢女人，她不知道还能怎样让自己有趣起来。她那些伤人的话，还喜欢反复说，被她恶语相向之后，很多人就不跟她来往了，但她办的派对又实在让人心向往之，他们又都觉得，那样的过错并非不可原谅。我自是想让艾略特去她那个大派对，可直接开口，艾略特难免遭受一场屈辱，所以我准备先观察一下敌情。她对那个派对也很兴奋，整个午餐会就没有记挂别的事情。

"艾略特可以穿他那身腓力二世的衣服了，肯定高兴坏了。"我尽可能随意地提到。

"我没有请他。"她说。

"怎么没请呢？"我装出讶异的样子。

"为什么非要我请？他在社交场上已经无足轻重了，又无聊，又势利，就是个八卦贩子。"

这话蠢就蠢在，同样的罪名也可以安在她自己头上。真是个傻子。

"再者说了，"她补充道，"我想让保罗穿艾略特那身衣服，肯定玉树临风。"

我没有再接话，下定决心要替艾略特拿到他朝思暮想的邀请函，也不管手段高下了。午餐会结束，艾德娜领朋友进了花园，我等的就是这个机会。我有一回在这里住过几天，对布局心里有数。我猜肯定还有几张空白请柬留在秘书的房间里。我疾步赶去，想顺一张放进口袋，写上艾略特的名字，寄给他。我很清楚，他病成这样，定然是来不了的，但收到邀请函对他意义重大。我一推门，发现艾德娜的秘书正坐在写作桌边，吓了一跳。本以为她还在用午餐。这是个苏格兰中年女子，叫基思小姐，浅棕色头发，满脸雀斑，夹鼻眼镜，一股誓与男色为敌的气势。我让自己镇定下来。

"王妃带大家逛花园去了，我就想着，进来跟你抽根烟。"

"欢迎。"

苏格兰口音要卷舌尖，基思小姐就是这样，她平时不苟言笑，可要是有看得顺眼的客人，她就会大肆发挥她的冷幽默，再加刻意卷舌，说话无比有趣，当你乐不可支的时候，她又怔怔看着你，好像她榨尽脑汁也想不出来，这有什么好笑。

"后面这场派对，大概要把你忙死了，基思小姐。"我说。

"我已经分不清楚自己是头着地还是脚着地。"

我知道可以相信她，直取主题。

"我们这位王妃干吗不请坦普尔顿先生？"

基思小姐松了一松，峻厉的面容上掠过一丝笑意。

"你也知道，她就这样，现在看不上这个人了。是她自己把名字从清单上划掉的。"

"跟你直说吧，他马上要死了。他不可能再下床了。这次被划掉，他可伤透了心。"

"他若是不想开罪王妃，却碰到谁都说王妃跟她的司机上床，这恐怕不太明智吧。司机结婚了，还有三个孩子。"

"那她到底有没有？"

她从夹鼻眼镜的上方看我。

"我已经当了二十一年的秘书，亲爱的先生，有一条铁律，就是相信自己的雇主纯洁如纷飞的白雪。我也承认，有过一位女主人，爵爷大人去非洲射了六个月的狮子，而夫人却在为人母的方向有了三个月的进程，当时我的信念遭到了沉痛打击，但她去了一趟巴黎，旅程虽短，价值不菲，一切都转危为安。我和夫人都深深松了一口气。"

"基思小姐，我来这里不是来跟你抽烟的，我是准备偷一张邀请函，自己寄给坦普尔顿先生。"

"那可有些肆意妄为了吧。"

"当然，当然。你也肆意一回吧，基思小姐，就给我一张卡。他不会来的，但这可怜的老头收到卡片会非常开心。你不讨厌他吧，对不对？"

"你说的不错，他对我一直彬彬有礼，是个绅士，至少这一点我是承认的，那就已经好过大部分上这儿来的人，他们只是为了用王妃的钱填饱自己的胖肚子。"

所有大人物身边都有这样一个下属，他们说话，大人物听得进去。这些依附者甚是敏感，一旦旁人轻慢，对他们的态度不如预期，就会引发敌意，他们就有无穷尽直取要害的攻讦，日复一日灌入老板的耳中，荼毒他的思想，让他也觉得那个外人十恶不赦。所以，最好不要得罪他们。这一点艾略特比任何人都清楚，所以，遇到了穷亲戚、老女仆、心腹秘书，他总准备好了几句客气话，一个和善的笑容。我很确信，他经常会跟基思小姐愉快地闲扯几句，到了圣诞节，也不会忘了给她寄一盒巧克力、一个梳妆盒、一个手提包。

"答应吧,基思小姐,不要这么残忍。"

基思小姐推了推眼镜,让它在高高的鼻梁上站得更稳。

"我毫不怀疑,毛姆先生,你不可能期待我做出任何背叛雇主的事情,更何况,若是知道我不遵从她的命令,那老母牛肯定会把我赶走。邀请函就在桌上的信封里。我现在要去看看窗外,一方面是坐太久,腿都麻了,必须舒展一下筋骨,另一方面也是欣赏风景。在我看不到的地方发生了什么,不管是人是神,都不可能要我承担责任。"

基思小姐坐回座位时,邀请函已经在我的口袋里。

"见到你很开心,基思小姐,"我说,向她伸出手,"化装派对,你准备穿什么?"

"我是牧师的女儿,亲爱的先生,"她答道,"这类荒唐事,我就留给上流社会吧。到时,我先确保《先锋报》和《邮报》的代表享用美食,送上一瓶我们第二好的香槟,我的任务就完成了,我会回到房间,关起门来读一本侦探小说。"

8

几天之后,我去看艾略特,发现他容光焕发。

"你看,"他说,"我收到邀请函了,今天早上到的。"

他从枕头底下抽出卡片，展示给我看。

"我不是早跟你说过嘛，"我说，"你看，你的名字是 T 开头的，很显然秘书是刚写到你。"

"我还没回信，明天回吧。"

我慌乱了片刻。

"要不要我帮你回？我等会儿出去的时候可以寄掉。"

"不用，干吗要麻烦你？回邀请函这种事情，我还不需要仰仗别人。"

我心里盘算着，还好收信的会是基思小姐，她头脑清醒，一定就按下了。艾略特摇了摇铃。

"我想要给你看一下我化装派对的衣服。"

"艾略特，你不会还想着要去吧？"

"我当然要去。上次穿它还是博蒙那场舞会。"

约瑟夫应着铃声出现，艾略特让他把衣服拿来。一个扁平的大盒子，打开，衣服用绵纸包好，紧身白丝绸长裤，大腿处两团金布，豁开，露出白缎，紧身上衣自然是搭配好的，披风，轮状皱领，丝绒扁帽，还有一条长金链子，用来悬挂金羊毛勋章[1]。这套华美的衣服我认得，普拉多[2]有

1　Golden Fleece，历史最显赫的骑士团之一，由勃艮第公爵创制于 1430 年，后由哈布斯堡王朝继承。波旁入主西班牙后，骑士团渐分为西班牙和奥地利两支。

2　Museo Nacional del Prado，普拉多博物馆，位于西班牙马德里。

提香的一幅画，画的是腓力二世，而按照艾略特的说法，西班牙国王和英格兰女王的婚礼上，劳里亚伯爵穿的就是这么一身衣服，我没有别的可说，只能认为他是放纵了自己的想象。

第二天，我在吃早饭，电话找我。约瑟夫跟我说，昨天晚上艾略特的病情又发作，紧急找来了医生，医生说，他担心艾略特熬不过今天。我放下电话说要用车，开去了昂蒂布。见到艾略特，他昏迷在床。之前他都咬定不要人看护，现在我却很高兴见到一个护士，是医生从位于尼斯和柏略中间的那家医院找来的。我出去给伊莎贝尔发了一封电报。她和格雷带着孩子在拉波尔过暑假，那是个相对便宜的海滨度假地，但离昂蒂布路程遥远，我担心他们赶不及。伊莎贝尔还有两个兄长，艾略特已经多年未见，不算他俩，伊莎贝尔就是他在这世上唯一的亲人。

或许是医生的用药见效，又或许艾略特这人，求生欲还很强，总之，过了中午，他慢慢振作起来。虽然毫无气力可言，他还是摆出豪迈的样子，打听护士的私生活，问些不成体统的问题。下午我很晚才走，第二天又来，发现他虽然虚弱，但并不算消沉。护士不让我多陪，而我记挂的是发出去的电报一直没收到回音。我不晓得他们在拉波尔的地址，就把电报发去了巴黎，怕的是门房偷懒，没有及时转递。直到两天之后，回信来了，说他们立刻就出发。

也是运气不好，格雷和伊莎贝尔之前开车出游，去了布列塔尼，刚刚看到我的电报。我查了火车时刻表，他们最快也要三十六个小时之后才到。

第二天，一大清早，约瑟夫又来电话，说昨天晚上，艾略特很不好，一直在找我。我急忙赶去。到了那里，约瑟夫将我拉到一边。

"先生，先请您原谅，我要提及一件不好启齿的事情，"他说道，"我自然是个自由思想者，相信宗教不过是神父们的阴谋，为了控制民众，但先生也知道女人都是什么样的。我的妻子，还有那个女仆，说无论如何一定要给可怜的老先生做临终圣礼，看起来，剩的时间也不多了。"他一副羞愧难当的样子，看着我："总归吧，也说不准的，既然人总有一死，或许还是应该把自己和教堂的关系理清楚。"

他的话我完全听懂了。不管法国人开玩笑如何百无禁忌，信仰总在他们骨子里，大限将至之时，大多数法国人更愿意跟宗教讲和。

"你想让我跟他提一下？"

"如果先生能大发善心。"

这样的任务，我并不热衷，但说到底，艾略特多年来一直是虔诚的天主教徒，依照信仰定下的规矩行事，也是应该的。我进了他的房间。他仰面躺着，人已枯干，血色全无，但意识很清醒。我请护士让我们私下说几句话。

"艾略特，恐怕你已经病得很厉害了，"我说，"我想着，我只是在想，你愿不愿意让神父来看看你？"

他朝我看了很久，没有答话。

"你的意思是我就要死了？"

"啊，但愿不会，只是保险起见。"

"我明白。"

他不作声了。我刚刚对艾略特说的那几句话，若是你也不得不跟别人说出，会知道接下来那片刻有多么可怕。我没法看他，咬紧牙关，怕自己哭出来。我坐在床沿，脸对着他，手臂斜撑在他身侧。

他拍了拍我的手。

"不要放在心上，我的好朋友。这都是 Noblesse oblige[1] 啊。"

我忘乎所以地笑起来。

"你这家伙真是荒唐，艾略特。"

"你这样子才对，行了，打个电话给主教，说我想要忏悔，接受终傅[2]。若是他能派夏尔神父过来，我会很感激的。他是我的一个朋友。"

夏尔神父是主教的助理，之前也提到过。我下楼打电

1　法语，意为：贵人行事理应高尚。字面意为：贵族身份使之成为责任。
2　Extreme Unction，天主教"圣事"的一种，牧师为生命垂危的人施以涂油礼和祝福。

话，接电话的是主教本人。

"急吗？"他问。

"很急。"

"我现在就去处理。"

医生到了，我把之前的情况都说了。他和护士上楼去看艾略特，我等在一楼客厅。从尼斯到昂蒂布是二十分钟的车程，大概只等了三十分钟出头，一辆黑色轿车停在门外。约瑟夫过来颇不淡定地跟我说：

"C'est Monseigneur en personne, Monsieur. 是主教自己来了。"

我出门去迎他，平时他身边都跟着助理，今天不知为何，换了一个年轻的神父，带着一个篮子，里面大概装着圣礼需要的器具。后面司机跟过来，拖着一个破旧的黑色旅行箱。主教跟我握手，介绍了他的同伴。

"我们那位可怜的朋友现在如何？"

"病情怕是很重了，主教大人。"

"能否麻烦你指点一下，哪个房间可以换衣服？"

"这里是餐厅，主教大人，客厅在二楼。"

"餐厅就很好。"

我领他进去，然后跟约瑟夫等在走廊。没多久，门一开，主教走出，后面跟着神父，双手捧圣餐杯，上面一个小盘，盘里是圣饼，上面盖着细麻纱巾，精细到几乎透明。

之前见主教，要么晚宴，要么午餐会，他胃口好，享受美食，享受好酒，讲起好笑甚至下流的故事，兴致飞扬。印象里，他就是一个中等身高、体态粗壮的人，今天穿白法衣、披圣带，他看起来不仅高大，简直伟岸。他的那张红脸蛋，平常鲜有舒展开的时候，因为总在不带恶意地坏笑，今天分外庄严。此刻他的形象里，已没有一丝当年的那个骑兵队长的痕迹，他看上去——不，他当然本就是一个教堂的头面人物。约瑟夫不自禁在胸前画了个十字，我觉得在情理之中。主教微微点了下头。

"带我去病人那里。"他说。

我侧身让他先上楼，但他示意我走前面。我们在庄严的静默中迈着台阶。我进了艾略特的房间。

"主教亲自来了，艾略特。"

艾略特挣扎着要坐起来。

"主教大人，我从不敢想能有这样的荣光。"

"不要动，我的朋友。"主教转向我和护士，"请回避。"又对神父说道，"我准备好了会叫你。"

神父四下扫了几眼，我猜他是在找个地方可以把圣餐杯放下。我把梳妆台上的几把玳瑁梳子推开。护士下了楼，我领神父进了隔壁房间，这里艾略特用作书房。窗户开着，外面就是蓝天，他走过去站在窗前。我找了张椅子坐下。有几艘赛艇正互相追逐，一片蔚蓝之中，白帆闪耀，令人目眩。有一条大型纵帆船，船体是黑色的，红色的船帆展开，正逆着轻风朝港口驶去。我认得这艘船，它是捕龙虾的，刚从撒丁尼亚满载而归，有些赌场里宴席很奢侈，水陆毕陈，若是要做海鲜，原材料马上就要送到了。隔着关起的房门，我听到嗡嗡的话语声，那是艾略特在忏悔。我实在想抽烟，又怕我真点起一根，会惊到神父。他是个瘦弱的年轻人，眼望窗外，一动不动，浓密的黑色鬈发，柔美的黑眼睛，橄榄色的皮肤，显然有意大利血统。看他容貌，有南方人那种一点就着的气质，我在想，到底是如何迫切的信念，怎样炽烈的渴望，让他放弃了生命的乐趣，放弃了这个年岁该有的愉悦、感官的享受，把自己献给了侍奉上帝的事业。

突然，隔壁的声音停了，我看着房门；门一开，看见主教。

"Venez.[1]" 他对神父说道。

房间里只剩我一个人。又传来主教的声音，我知道他正在念诵教堂为临终之人定下的悼词。然后，又是一段静谧，我知道艾略特正在领用耶稣的圣体圣血。虽然不是天主教徒，但我每次参加弥撒，等辅祭的铃声响起，宣布举扬圣体，我心里都升出一阵战栗的敬畏感，这种感觉从哪

1　法语，意为：（请）过来。

里来，我不得而知，或许是从遥远的先人那里继承来的，而此刻也类似，我只觉得一阵寒风穿透身体，无法解释其中的恐惧和奇妙，只为之颤抖。房门再次被打开。

"你可以进来了。"主教说。

我进了卧房。神父正举起细麻纱巾，把圣杯和之前摆放圣饼的镀金小盘子重新盖好。艾略特的眼睛在放光。

"请送主教上车吧。"他说。

我们走下楼梯，约瑟夫和仆人们都等在楼道里。仆人们在哭。他们一共三人，逐一上前跪倒，亲吻主教的戒指。主教伸两根手指，赐福给他们。约瑟夫的妻子伸肘戳了戳丈夫，他也上前，跪倒，亲吻戒指。主教微微笑道：

"你是自由思想者，孩子？"

我看得出约瑟夫在努力控制自己。

"是的，主教大人。"

"不要为此烦恼。你一直是个尽忠职守的好仆人，你认知上有些偏差，上帝不会计较的。"

我随他走到街上，替他打开车门，他要上车时朝我微微一鞠躬，宽厚地笑道：

"我们这位可怜的朋友很消沉。他的缺陷都在表面，他的心是很宽厚的，对他人满是善意。"

9

仪式之后，我想艾略特大概要独处一会儿，上楼去到客厅，读起书来，刚坐定不久，护士进来，说艾略特想见我。我爬了一层楼，到了他的房间。刚刚医生给他打了一针，让他能承受即将到来的苦旅，不知是药效，还是打了针精神振奋，艾略特平静中带着喜悦，双目有神。

"无上的荣耀，我的好朋友，"他说，"我进天国，手里拿的是教堂王族给我的介绍信。可以想见，所有的大门都会为我敞开。"

"到时你恐怕就发现那里也是鱼龙混杂。"我微笑道。

"你绝对不要这样以为，好朋友。读《圣经》，我们都看到了，天堂里一样三六九等，跟俗世全无二致。炽爱天使[1]、普智天使、天使长、天使，明明白白。我这辈子，全在欧洲最上层度过，毫无疑问，我到了天堂，身边一样也会是最上流的人。我们的主说过的：我父家中，有许多住处。把庶民安置在他们完全不习惯的住宿环境里，这很不合适。"

我怀疑，在艾略特的想象中，天庭的居所仿制的是罗斯柴尔德男爵的城堡，十八世纪的护墙，布尔的桌子，镶

---

1 Seraphim，有三对翅膀的天使，基督教神学中的第一等天使，高于第二级普智天使（cherubim），第八级天使长（archangels），第九级天使（angels）。

嵌饰面的玻璃柜子，一套路易十五风格的家具，包着原装的纳纱绣罩面。

"相信我，好朋友，"他停了一会儿继续说道，"天堂里不会有这些混蛋的什么人人平等。"

疲倦袭来，话刚出口，他一下就昏睡过去。我拿了一本书，坐下看起来。他时睡时醒，到一点钟，护士进来，跟我说约瑟夫准备好了我的午餐。约瑟夫情绪低沉：

"想不到啊，主教大人居然亲自来了。对我们可怜的先生来说，真是极大的荣耀。你看到我亲吻他的戒指了吗？"

"看到了。"

"我自己是肯定不会干这样的事的！那只是让我妻子开心一下。"

那天下午我都在艾略特的房间里。中间收到一封电报，是伊莎贝尔说她和格雷第二天一早坐"蓝火车"到。我已经不太指望他们能赶得及。医生来了，摇了摇头。太阳快落山的时候，艾略特醒了，备好的食物吃了几口，似乎一时间给了他一些体力。他示意我近身，我到了床边。他的声音很虚弱。

"我没有回艾德娜的邀请函。"

"啊，艾略特，不要再为这种事操心了。"

"为什么不操心？我一向精于为人处世，就要离开这个世界了，礼仪更不能疏忽。邀请函呢？"

那张卡片在壁炉上，我取来放在他手里，但我觉得他应该看不清楚。

"我书房里有一沓信纸，要是能找来，我把回复口授给你。"

我到隔壁房间取了纸笔，坐在他床边。

"你准备好了吗？"

"可以了。"

他眼睛是闭着的，但嘴角挂着顽皮的笑意，我想不出接下来他会说什么。

"感谢诺文玛丽王妃的热情邀请，艾略特·坦普尔顿先生抱歉无法赴会，他之前与天国之主已有约定。"

他呵呵一笑，气息微弱，不似人声。他的面色很诡异，白中透蓝，看着吓人，又因为病的关系，呼出的气息也让人作呕。这可是艾略特啊，他是最喜欢喷香奈儿和莫利诺克斯香水的人。他依旧握着那张偷来的邀请函，我想这样一定不舒服，要把卡片取走，结果他握得更紧了。接下来那句话，他声音大得吓了我一跳：

"这个老贱人。"

这是他最后的话。接下来就陷入了弥留状态。护士前一晚都陪着，看着非常疲惫，我让她去睡一会儿，保证有情况一定叫她，说我会守夜。坐着也确实无事可干。我开了一个台灯，灯罩之下光线昏暗，我拿了本书一直读到眼睛发酸，关了灯，坐在黑暗中。夜里不算凉快，窗大开着。

灯塔光束有规律地扫进来，亮一下，又暗了。空中是深深的蓝，月亮定在那里，等它圆满了，就要照在艾德娜·诺文玛丽的化装派对上，照亮整片空洞、喧闹的喜悦，而此时，只衬着无数星辰骇人的光辉。我大概是浅睡了一会儿，但还有意识，突然我听到一阵急促、愤怒的响声，被惊得极度清醒，那是临终的喉鸣，是人类能听到的最引发敬畏的声音。我走到床边，借着灯塔的光，摸到了艾略特的脉搏。他死了。他的下巴塌下来，眼睛睁着；替他合上眼睑之前，我盯着它们看了一会儿。我被感动了，或许有几颗泪珠从我脸颊上滚落。一个老朋友，善良的朋友。想到他这一生，多么无聊、琐碎和徒劳，我很伤感。去了那么多场派对，亲近了那么多王子、公爵、伯爵，现在都无关紧要了。他们已经把他忘了。

　　护士这两天累坏了，我觉得没必要再叫醒她，于是坐回到窗边的椅子里。她七点进来时，我睡着了。接下去要做什么，我全交给了她。我先吃了早饭，然后就到火车站去接格雷和伊莎贝尔。我跟他们说，艾略特已经走了，他的宅子里住不下，请他们住到我家去，但他们选择住酒店。我回了家，泡澡、刮胡子、换衣服。

　　上午没过多久，格雷打电话给我，说约瑟夫交给他们一封信，是艾略特托他留给我的。或许信里有些话是只给我看的，我说我立马开车过去，所以，半小时之后，我再次踏进了那幢房子。信封上写着"我死后立刻寄出",里面是他关于葬礼的要求。我知道他心意早定,要埋在他自己建的那座教堂里,这件事我也告诉过伊莎贝尔。他想要给遗体做防腐处理,还选定了应该委托的公司。"我问了一些人,"他继续写道,"他们告诉我,这家公司做得很好。我全权拜托你,确认他们做事不要潦草。我希望穿着我的先人劳里亚伯爵的服装,将他的长剑摆在我的身侧,金羊毛勋章放在我的胸口。棺木由你选择,只要朴实一些,跟我身份相符即可。为了不给任何人增添麻烦,我希望运送遗体的相关事宜,都交由托马斯·库克[1]打点,他们至少要有一人全程护送,直到棺柩落入墓穴之中。"

艾略特曾经说过,他想穿着他那身化装派对的衣服下葬,我只当是一时的念头,没有料到他是认真的。约瑟夫坚持要尊重他的遗愿,我也看不出有什么理由非要违背他的意思。遗体按约定时间做了防腐处理,然后我跟约瑟夫一起给他穿上那身荒唐的衣服。这真是苦煞人的工作。我们把他的长腿塞进紧身白丝绸长裤,两团金布套上去,很艰难地把手臂塞进紧身上衣,轮状皱领很坚硬,我们费力摆好,绸布披风盖在肩头,最后戴上丝绒扁帽,金羊毛勋章挂好。入殓师给他抹了腮红,涂了口红。艾略特瘦得只

1　Thomas Cook & Son,托马斯·库克 1865 年在伦敦创办的旅行社。

剩骨架，衣服显得太大，看上去就像早期威尔第合唱团里的男演员。他是个可悲的堂吉诃德，追求着毫无价值的目标。殡仪员把他抬入棺材后，我把一柄道具剑放下去，让他手握圆头剑柄，剑身跟身体同向，落在双腿之间，我在十字军骑士的坟墓石雕上见过这种摆法。格雷和伊莎贝尔去意大利参加了葬礼。

第六章

1

有一点我觉得应该告诉读者，这个故事大致有条线索，接下去这一章节，读者完全可以跳过，线索不会断掉。这里基本就是我跟拉里聊天而已。不过，还要补充一句，若不是跟他聊了这一场，我大概也不会想到值得写这么一本书。

2

那年秋天，艾略特离世之后两三个月，我要去英国，先在巴黎待了一个礼拜。伊莎贝尔和格雷的意大利之旅自然阴沉，回来又去了布列塔尼，但现在已经住回了圣纪尧姆街的那个公寓里。遗嘱的细节，她跟我说了。艾略特留了一笔钱给他建的那个教堂，一部分用来养护建筑，一部分用来办弥撒养护他的灵魂。他遗赠了一大笔钱给尼斯的主教，让他花在慈善事业中。他留给我的遗产就有点居心叵测了，那是他的十八世纪情色藏书，还有弗拉戈纳尔一幅美艳的画，画的是萨梯[1]和一位仙女，他们演出的活动，我们俗人一般私下开展。我若是把这样的画挂上墙，未免太不得体，而我又不是关上门来品咂下流画作的人。仆人都被安顿得相当富足。两个侄子一人拿到一万美金，剩下的产业都归了伊莎贝尔。一共价值多少，她没有说，我也没有打听；看她志得意满的样子，我推断一定有不少钱。

自从格雷恢复健康，一直急着要回美国，开始干活，虽然伊莎贝尔在巴黎过得很舒服，格雷心神不宁，时间一长，自然也感染妻子。格雷跟朋友们联络也有一段时间了，但最好的那几个机会，都有条件，就是要他投入一大笔资金。格雷哪里有这么多钱，但艾略特一死，伊莎贝尔身家大大多于所需，格雷的想法，若是方案真如摆上台面那般理想，他必须实地去勘察一番，也就意味着他们要离开巴黎；获得妻子首肯之后，他开始跟美国朋友谈判。但离开巴黎之前，还有很多事必须料理妥当。首先，要跟法国的

1　Satyr，森林之神，具人形及羊尾、羊耳、羊角等，嗜嬉戏，好色；后用这个词指代好色之徒。

财政部商定一个合理的遗产税数额。还要卖掉昂蒂布的房子、圣纪尧姆大街上的公寓。艾略特的家具、油画、素描，他们已经定好在德鲁奥拍卖行开一场拍卖会。这些藏品都价值不菲，聪明的做法似乎是等到春天，大收藏家更容易出现在巴黎。能在巴黎再过一个冬天，伊莎贝尔一点不觉得苦恼；孩子们现在用法语闲聊已经跟英语一样轻松，母亲很愿意让她们再读几个月的法语学校。三年过去，她们长大不少，成了两个活力四射的姑娘，腿很长，人太消瘦，还看不出母亲的美，但举止得体，有无尽的好奇心。

他们家的情况就是这样。

3

我偶然遇到了拉里。之前问过伊莎贝尔，她说，从拉波尔回来之后，就很少见到他。现在她和格雷交了几个自己的朋友，跟他们是同代人，经常有约，跟早先也不太一样了。那几个礼拜，我们四人能经常相聚，确实过得很开心。一天晚上，我去法兰西剧场看《贝蕾妮丝》。剧本我自然读过，但从来没看它上过舞台，这个剧极少排演，我不愿意错过这个机会。这不是拉辛最好的剧本，主题太单薄，撑不起五幕情节，但它确实感人，有些段落为人称道自有它的道理。故事取自塔西佗寥寥几句话：提图斯深爱巴勒斯坦女王贝蕾妮丝，顺理成章就承诺要娶她，但于国法不合；他称帝不久，不顾自己的心意，不顾她的心意，把贝蕾妮丝遣出了罗马。所谓原因，就在于元老院和罗马民众强烈反对皇帝与外国女王缔结姻亲。剧作写的是他心里关于爱与职责的挣扎，当他踌躇时，贝蕾妮丝确信他心里是爱她的，帮他定了轻重缓急，永久地与他别离。

拉辛的优雅和宏大，他诗句中的韵律，我想，可能只有法国人才能完全体会，换作外国人，当然，那些字句仿佛都戴着假发，他先要适应这样书面化的文风，但只要习惯了这一点，其中澎湃的温柔、高贵的情愫，即使非母语的观众也很难不被打动。人声之中蕴藏着无限的戏剧可能，拉辛对这一点的透彻领悟，几乎没有哪个剧作家能与他比肩。对我来说，那些亚历山大格式的悦耳诗行，滚滚而来，足以替代任何激烈情节，那些大段的对话，用难以估量的精湛笔触累积情绪，最终抵达预想中的高潮，相较之下，电影里的历险再如何惊险刺激，也未必更撩人心弦。

第三幕之后有个幕间休息，我去了休息厅抽烟，仰头是伏尔泰满是讥讽的瘪嘴笑容，那是乌东[1]的著名雕像。有

---

1 让-安托万·乌东（Jean-Antonie Houdon，1741—1828），法国十八世纪现实主义雕塑的代表人物之一。

人碰我肩膀，我转过身来，可能还带着些烦躁，那些悠扬的句子让我满心陶醉，不想被打扰，但转过来看到是拉里。跟过去一样，见到他，我总是高兴的。上次他出现在我眼前，已经一年过去，我提议散场之后一起去喝杯啤酒。拉里说他没吃晚饭，饿了，提出要去蒙马特。戏演完，我们找到对方，走出剧场。法兰西剧场有种发霉的污浊味道，别的地方没有，那里有一种脸很臭、不爱洗漱的女人叫 ouvreuses[1]，会把你领到座位，盛气凌人地等待小费。一代又一代，无以计数的引座员把体味留在空气中，填塞剧场，此时能呼吸到外面的新鲜空气，心旷神怡，而夜色清爽，我们决定走一段路。歌剧院大道的弧光灯亮得如此不羁，夜幕中的星光仿佛清高得不愿与之计较，把无穷的距离当作黑暗的罩子，遮起了自己的光芒。我们一路走，一路谈着刚刚看到的表演。拉里说他是失望的。他希望能演得更自然些，对白更像日常谈吐，手势也不要如此戏剧化。我认为他想错了。这部剧是修辞，是美妙绝伦的修辞，我的感觉，就是那些文句应该被当成修辞来说。我喜欢那些押韵，那是有规律的锤击，而演员的动作承继自悠久的传统，固然程式化，但因为剧作本身的古典气质，却显得恰如其分。我不禁觉得，若拉辛头脑里有个理想的演法，就

---

1 法语，意为：影院或剧场的女引座员。

是如此。刚刚那些演员，在种种限制之中，却能苦心造诣，演出人性、激情和真实，让我很是感叹。艺术，若能将成规为己所用，那它就是所向披靡的。

走到克里希大道，我们进了格拉夫小酒馆。刚过午夜，屋子里还是满的，但我们找到一张桌子，点了鸡蛋和培根。我告诉拉里，我见过伊莎贝尔了。

"能回美国，格雷一定很高兴，"他说，"他在这里水土不服，只有重新开始工作，他才能真正开心起来。要我说，他肯定又能赚很多很多钱。"

"他要真赚了钱，也是你的功劳。你不仅治好了他的身体，也治好了精神，让他重新有了自信。"

"我没干什么，只是让他看看，怎么去治好自己。"

"你是在哪学会这么点'没什么'的？"

"靠意外。那是在印度，我失眠了，恰好跟一个认识的老瑜伽士提起，他说，马上帮我解决。你看到那天我对格雷做的事情，他也就是那么来了一下，那天夜里，我好几个月了，从来没有睡得那么香。然后，应该过了一年多，我跟一个印度朋友去喜马拉雅山，他扭伤了脚踝。找医生是想也不用想的，他又很痛苦，我就想试一试之前瑜伽士的办法，结果成功了。不管你信不信，他一点也不疼了。"拉里笑起来。"跟你说实话，当时最被吓到的人，其实是我自己。真的是没有什么，就是把一个意念放进他的脑袋里。"

"说起来是容易的。"

"若是你并没有这个意愿，手臂却从桌子上抬起来了，你会吃惊吧？"

"我会很吃惊。"

"它就是会的。我跟我那个印度朋友下山，回到文明世界，他跟人说我干了什么，还带人来见我。我很讨厌做那些事，因为我自己还不理解，但他们不管。也不知道怎么回事，总之我都帮上了忙。我发现我不仅能帮人摆脱痛苦，也能让他们摆脱恐惧。很奇怪的，居然有那么多人受恐惧之苦。我指的不是害怕密闭空间，或者恐高之类的，而是恐惧死亡，或者，更糟的，是恐惧生命。很多时候，是那些看上去健康状况最好的人，事业腾达、无忧无虑，却饱受恐惧的煎熬。有时候我想，这应该是我们最根深蒂固的一种脾性，我曾经这么问过自己，这是不是跟某种深层的动物本能有关系，是人类从最原始的什么东西那里遗传得来的，当初感受到了第一下生命的躁动，就已经带上了那种本能。"

我满怀期待地听着，拉里很少说这么多话，我隐隐感觉他难得有了交流的欲望。或许是我们刚刚看的那场戏解除了某些阻碍，那些铿锵的节律、顿挫，有了音乐的效用，压过了他寡言的本性。突然我意识到我的手有了动静。之前拉里半开玩笑问的问题，我一下就忘了，但我发现我的手已经不是搁在桌面上，而是抬高了一英寸，我并没有要它抬起，大为骇然。我看着那只手，发现它在微微颤抖。我感觉手臂的神经中有种古怪的骚动，它突然抽搐了一下，我只能说，我意识里并没有顺应或者抵抗它，但手和小臂就自顾自往上抬，直到离开桌面好几英寸。然后我就感觉我的整条手臂都举过了肩。

"这可真是怪异。"我说。

拉里哈哈笑了。我只心念一动，手掌又落回到桌面。

"这没有什么的，"他说，"千万不要觉得这是什么大事情。"

"你第一次从印度回来的时候，跟我们说过一个瑜伽士，就是他教你的吗？"

"啊，不是的，他很看不上这些东西。有些瑜伽士号称拥有某些能力，那个人相不相信自己也有，我说不上来，但他肯定觉得使用这些能力是幼稚的。"

我们的鸡蛋和培根到了，俩人吃得津津有味。我们喝着啤酒，都没有说话。拉里在想什么事情，我不知道，但我是在琢磨他。吃完喝完，我点了一支香烟，他抽起烟斗。

"你一开始是怎么会去印度的？"我突兀地问道。

"事出偶然吧。至少我当时是这么认为的。现在，我更愿意相信，因为我在欧洲那好几年的时光，去印度是必然的结果。对我产生很大影响的那些人，几乎每个人都是偶然碰到的，但回头看，就好像我不可能碰不到他们。就好像，他们就等在那里，在我需要他们的时候，站了出来。我去印度是因为我需要休息一下。我之前还挺用功的，就希望能理一理自己的想法。我找了个活儿，在那种环游世界的游轮上当杂役。那条船往东方开，要穿过巴拿马运河，到纽约。我五年没回美国了，有些思乡之情。那时候我很低落。那么多年之前，我们在芝加哥认识，你知道当时我有多无知，在欧洲，我读了很多很多东西，也见识了很多，但跟出发时相比，离我想要寻觅的那个东西还是那么远。"

我想问他寻觅的东西是什么，但又觉得他只会笑一笑，耸耸肩，说那无关紧要。

"但你为什么要去当杂役呢？"我换了问题，"你又不缺钱。"

"我需要经历。每次我精神上就像水满舱了，或者说，当时已经吸收到极限了，我觉得做一些那样的事很有用。跟伊莎贝尔解除婚约的那个冬天，我在朗斯的煤矿里干了六个月。"

我前面叙述的那些事，就是拉里这时告诉我的。

"伊莎贝尔抛下你的时候，觉得痛苦吗？"

他先是不作声，看了我一会儿。他那双黑得出奇的眼睛，那一刻仿佛没有向外看，而是看向自己内心。

"是的，我那时还很年轻，认定我们是要结婚的。我为之后的共同生活规划了很多，觉得那一定很美好，"他淡淡一笑，"但婚姻跟吵架一样，是两个人的事。之前我从来没有想过，我可以给伊莎贝尔的那种生活，却只让她觉得愁苦。要是我没有那么糊涂透顶，根本就不该提的。她那时那么年轻，那么热烈，我不可能怪她。我也不可能妥协。"

或许读者还勉强记得，他在一个农场上跟农夫的守寡儿媳有过一段怪诞的故事，逃离之后就去了波恩。我盼着他能继续讲下去，但也知道我得出言谨慎，尽量不要问得太直白。

"我从来没有去过波恩，"我说，"年少的时候，我在海德堡当过几年学生。在我心里，那可能是我一辈子最快乐的时光了。"

"我挺喜欢波恩的。在那儿待了一年。我寄宿在一个大学教授的家里，但他去世了，老太太出租两个房间，还管饭。她有两个中年的女儿，做饭，做家务，都是她们三人自己来。我发现另一个寄宿者是法国人，一开始还有些失望，因为我只想说德语；但他是阿尔萨斯人，他说德语或许没法语流利，但口音更舒服一些。他的穿着像个德国牧师，但我没想到，几天之后，发现他是个本笃会的修士。他们隐修院特批他来大学的图书馆做研究。他是个很有学问的人，但表面上看不出来，照我心里的固有印象，他也不像个修士。高大、魁梧，浅棕色的头发，一双突出的蓝

374

眼睛，一张红通通的圆脸。他害羞、寡言，像是不打算跟我有任何实质交往，但他又很客气，礼数周到，餐桌上聊天，他也总是落落大方地参与其中。我也就是在餐桌上见到他，中饭一吃完，他就回图书馆继续工作，晚餐吃完，房东家两个女儿中总有一个人在洗洗刷刷，我会坐在客厅里，跟另一个练习德语，而他就回自己房间了。

"我住进去大概一个月之后，某天下午，他问我愿不愿意跟他一起散个步，这大大出乎我的意料。他说，周围有些地方，我自己不太可能发现，他可以带我去看看。我走路挺厉害的，但完全走不过他。那一天，我们肯定走了不止十五英里。他问我在波恩做什么，我说我来学德语，稍微了解一点德语文学。他说的话都很睿智，还告诉我，有任何需要，他都很愿意帮忙。从那之后，我们每个礼拜都会散步两三回。我发现，他教过好些年的哲学。我在巴黎时读了一些东西，斯宾诺莎、柏拉图、笛卡尔，但那些了不起的德国哲学家，我一个都没读过，他聊起那些人，我自然是求之不得。有一天，我们又走得远了，跨过莱茵河，坐在露天啤酒摊喝啤酒，他问我是不是新教徒。

"'应该算吧。'我说。

"他瞄了我一眼，我好像在他目光中发现了一丝笑意。他开始聊起埃斯库罗斯；你也知道，我之前一直在学希腊语，但他对那些大悲剧家太熟悉了，我不知道自己要学几辈子才能达到这种程度。我听得激动不已。不知道为什么他突然问了我那个问题。我的监护人，鲍勃·尼尔森叔叔，是个不可知论者，但他固定会去教堂，因为病人们都觉得这是应该的；他把我送去主日学校，也是一样的道理。我们那时有个用人，叫玛莎，是个死板的浸礼会教徒，常跟我描述地狱之火，说罪人永世在火中焚烤，让我的童年充满了恐惧。村子里各式各样的人，不知因为什么让她耿耿于怀，她就绘声绘色向我描绘他们将要受到的折磨。

"到了冬天，我跟恩赛姆修道士已经很熟了。我觉得他是个很了不起的人。我从来没有见过他恼怒，他心地善良、对人和气，我也没有料到他的想法居然这么开明，无比地包容。他的渊博也是我难以估量的，他肯定知道我有多无知，但跟我说话的时候，就当我是个跟他学问相当的人。他对我很有耐心，好像与我相处，只是为了帮我排忧解难。有一天，我莫名其妙腰疼，我们的女房东叫格拉博太太，给了我几个热水袋，一定要让我卧床。恩赛姆修道士听说我躺下了，晚饭之后，进房间看我。除了很疼之外，我并没有感觉身体有任何问题，他进来的时候，我在看书，就随手放下了，你也知道爱书之人是什么样的，对书都特别好奇，他自然就把书拿起来，看了看书名。那是一本关于埃克哈特大师的书，我在镇上书商那里找到的。他问我为什么要读这本书，我说我之前读过一些神秘主义的东西，跟他介绍了科斯蒂，讲了他如何引起我这方面的兴趣。他用那双突出的蓝眼睛打量我，那种眼神不好形容，像是温柔之中又觉得好玩。我有种感觉，我在他眼里是很可笑的，但他对我又如此关爱，并不会多生出哪怕一丝不耐烦。不管怎么样，别人觉得我有些蠢，我向来是不在意的。

"'你在这些书里找寻的是什么？'他这样问我。

"'要是我知道的话，'我答道，'那我至少还算有个方向。'

"'你记不记得，我问过你是不是新教徒？你说，应该算吧。这是什么意思呢？'

"'他们是把我当新教徒带大的。'我说。

"'你相信上帝吗？'他问。

"我不喜欢私人问题，第一反应就想说，这不关你的事。但他看起来满满都是善意，顶撞的话，我说不出口。但我又不知道该说什么，我不想说'是'，也不想说'不是'。或许是当时的疼痛，也或许是因为他身上的某种感觉，让我说话更容易了，不管怎样，我跟他聊了聊我自己。"

拉里迟疑了片刻，等他接着说了下去，我知道他不是在跟我说话，而是正面对着那个本笃会的修士。他已经忘记了我。我不知道时空之中有什么被触发了，他那寡言的性情把一些事情藏了这么久，但没有我的引导，他却自己聊了起来。

"鲍勃·尼尔森叔叔很尊重小孩的意见，把我送去了马尔文的中学。只是因为路易莎·布拉德利总是烦他，烦到我十四岁，他把我转到了圣保罗中学。我什么都不出挑，功课不好，运动不擅长，但跟人相处还挺融洽。我觉得我那时是个完全正常的男孩子。但我对飞机很痴迷。那时候是航空业刚起步，鲍勃叔叔跟我一样热衷，他认识几个飞行员，我说我想学开飞机，他就帮我安排好了。我长得快，十六岁的时候，跟人说我十八了，很少有人怀疑。鲍勃叔叔要我保密，因为大家要是知道他没有拦住我，会把他骂得狗血淋头。但实际上，我去加拿大，就是靠他帮忙，他还给了我一封信，转交给他一个熟人，反正到最后，我十七岁就去了法国当飞行员。

"我们那时开的飞机都很不可靠，每次上天，实际就是拿命在赌。我们的飞行高度，照现在的标准，是很可笑的，但当时我们都不懂，觉得妙不可言。我很热爱飞行。我形容不出那是什么感觉，只知道我很自豪，也很快乐。在很高很高的空中，我觉得自己成了某个很伟大、很美好的东西的一部分。我不懂那具体是什么，只知道，虽然在两千英尺的高空，身边什么都没有，但我却不孤单，有一种归属感。听起来很蠢，这我也没办法。当我飞到云上，它们在下方就像望不到头的羊群，我感觉在无穷之中是如此自在。"

拉里停下来。深邃的眼窝，无从探究的双眼，他盯着我看，但我觉得他应该没有看到我。

"我知道有几十万人正在死去，但我并没有看到他们的死状，对我没什么触动。然后我亲眼见到一个人死了。这一幕让我非常羞耻。"

"羞耻？"我不自觉地喊了出来。

"羞耻，因为那个男生就比我大了三四岁，那么有活力、有胆识，片刻之前还那么神气十足，那么善良，现在就成了一团模糊的血肉，就好像他从来没有活过。"

我什么话都没有说。还在学医的时候，我就见过死人，战争时更是见了不少。我最难受的是他们看起来那么无足轻重。死者毫无尊严，像牵线木偶被戏班子扔进了垃圾堆。

"那天晚上我没有睡觉。一直在哭。我不是在为自己害怕，我是气愤，是这里面的罪恶让我崩溃了。战争结束，我也回去了。我一直对机械很感兴趣，要是航空业没活儿可干，我本想着，可以进一家汽车厂。我之前受伤，所以慢慢休养了一段。然后他们就想让我去上班。但他们看中的工作，我都干不了。那都看上去太没有意义了。我那时有很多思考的时间，一直问自己，活着到底是为了什么。说到底，我活着纯粹是运气，我不想把生命白白荒废掉，但又不知道能拿它来干吗。我之前从来没怎么想过上帝的事。那时候开始想了。我不理解，这世上为什么会有'邪恶'。我知道自己很无知；我想找人请教，但身边没有这样的人，可我又想学东西，所以就胡乱读起书来。

"跟恩赛姆修道士说了这些，他问道：'那你读了四年书了？有什么收获？'

"'一无所获。'我说。

"他看着我，散发出的仁慈之意简直在放光，我很困惑，不知道自己究竟做了什么，让他对我有如此强烈的情感。他在桌面轻柔地敲打着手指，好像头脑中正掂量着某个念头。

"'我们这个古老的教会，'他说道，'很有智慧，他们发现了，如果你照着自己有信仰那般行事，你就会被赋予信仰；如果你祈祷时带着怀疑，但又是真诚的，你的怀疑会被驱散；礼拜仪式的美是有力量的，它能打动人心，这一点已经被多少代的经验所证明，如果你能把自己交给这种美，平和便会降临在你心间。我马上就要回修道院了。你何不跟我一起回去，在那里住上几个星期？你可以跟庶务修士去田地里干活，可以在我们的图书馆看书。那会是很有意思的体验，应该会跟你在煤矿和德国农场干的活儿一样有意思。'

"'你为什么想到要让我去呢？'我问。

"'我已经观察你三个月了，'他说，'或许比你更了解你自己。你和信仰之间的距离，大不过一张卷烟纸的厚度。'

"他这样说，我就没有接话，心里感觉奇怪，仿佛所谓心弦，被捏在别人指间，又重重地一拨。隔了一会儿，我说，我想一想。我们就转了话题。恩赛姆修道士在波恩剩余的时间，我们再没有谈起任何跟宗教相关的事，但临走的时候，他给了我修道院的地址，说若是想好了要来，只需要写一句话寄过去，他会安排好。我没想到后来会那么想念他，冬去春来，到了盛夏，我在波恩一直都挺开心的，读歌德，读席勒，读海涅，我又读了荷尔德林和里尔克。可还是原地转圈。我一直在思考恩赛姆修道士说的那些话，最终我决定接受他的邀请。

"他在车站接我。修道院在阿尔萨斯，田野很漂亮。恩赛姆修道士把我引见给院长，带我去看了分配给我的房间。有一张窄窄的铁床，墙上一个十字架，说到家具，就只有几个光秃秃的必需品。饭点的铃声响起，我往饭堂走。那是个拱顶的大房间，院长和两个修道士立在门口，一个端着脸盆，另一个拿着条毛巾。院长洒几滴水在来客手上，算是洗手，然后用另一个修道士递过来的毛巾擦干。除我之外，还有三个客人，其中两个牧师是正好路过，来这里吃一顿饭，还有个不太高兴的法国老头，躲避世事到了这里。

"院长和一长一少两个副院长，三人都有自己的桌子，坐在饭厅主位；修道士沿着两边墙壁坐，而见习修士、庶务修士、访客，都坐在中间的桌子。有一个见习修士会坐在门口，用一成不变的语调读一本很有教育意义的书。每顿饭吃完，我们会再祷告一次。然后，院长、恩赛姆修道士、客人，还有负责客人的那位修道士，都会去一个小房间喝咖啡，聊些闲常的话题。然后我就回房间了。

"我在那里待了三个月，非常开心。那种生活是为我度身定制的。图书馆很好，我读了很多书。没有一个修道士试图用任何方式影响我，但他们都很愿意跟我聊天。他们的博学、虔诚，还有他们的超脱，都很让我震动。你千万不要以为他们过得很闲散，不是的，他们几乎没有空下来的时候。他们开垦自己的土地，种庄稼，也很欢迎我去帮忙。我也很乐于参加他们各种华美的仪式，最喜欢的是晨祷。凌晨四点，坐在教堂里，被夜色围绕着，修道士穿着他们那身袍子，斗篷蒙头，显得格外神秘，用雄厚的男声唱着平旋律的圣歌，听得人难以自已。日复一日，那种固定的程序让人安心，尽管到处见到奋发的人，尽管这里的思想是如此活跃，但你能感受到一种恒久的宁谧。"

拉里微笑了一下，带着惆怅。

"就像罗拉[1]，世界太老，我又到得太迟，我应该生在中世纪，那个时候，信仰理所当然，我也不用多想该往何处去，自然是进入教会。我没法相信——我想相信——但我没法相信一个比凡夫俗子好不了多少的上帝。那里的修士

---

1 原文为 Rolla，或为 Rolle，指 Richard Rolle（1290—1349），英格兰神秘主义者，过云游的隐居生活，用英语和拉丁文写宗教宣传册，在宗教改革运动之前很有影响力。

跟我说，上帝创造世界，是为了展现自己的光辉。在我听来，这好像不那么值得佩服。贝多芬创造交响曲，是为了展现自己的光辉吗？我不觉得。我认为那是在他灵魂中的音乐要求被表达出来，他只是尽自己所能，让那音乐尽可能完美。

"我那时候听修士念主祷文，心里时常困惑，他们一直祈祷天主每日提供食物，心里不会生出疑虑吗？小孩子会不会祈求他们人间的父亲提供生存所需？父亲这样做，本在孩子的意料之中，要是一个人把孩子带到世间，却没法养活他，或不愿养活他，对于这样的父亲，我们哪有一句好话？我总觉得，一个万能的创造者，创造了生灵，若是他没有想好要给他们提供生存的必需品，不管是物质的还是精神的，那他还不如不要创造。"

"亲爱的拉里，"我说，"你还好没有活在中世纪，否则肯定是要被消灭在火刑柱上面的。"

他微笑。

"你一直那么成功，那么受欢迎，"他继续道，"你希望别人当面夸你吗？"

"那只会让我尴尬。"

"我推断也是这样。我没法相信，这会是上帝想要的。飞行队里，有人靠拍长官马屁骗到了什么美差，我们会看不起他，一个人想靠猛烈的吹捧骗一个救赎，我很难相信上帝会看得起这样的人。要我说，最让上帝满意的敬奉，就是尽全力做你认为正确的事。

"这还不是我最大的困扰——照我观察，那些修士的心思几乎从来摆脱不了罪孽这件事，我是想不明白的。在飞行队，我结交了不少伙伴。自然，他们一有机会就喝高，只要有姑娘愿意，他们就上床，也经常污言秽语。不像话的人，肯定也有的，有个家伙用假支票被抓住，关了六个月，可那不完全是他的错，他之前身无分文，后来，做梦都没想过会有这么多钱，就昏了头。我在巴黎认识一些坏人，回到芝加哥，坏人更多，但大多数情况下，他们的坏是上辈传下来的，这是没有办法的事，或是跟环境有关系，环境也不是他们能选择的——他们要为自己的罪行担责，但我很难说社会不应该承担更多的责任。假如我是上帝，我没法说服自己，让他们遭受永世的折磨。一个都不行，最坏的那个也不行。恩赛姆修道士思想开明，觉得地狱是上帝缺失的地方，但一种惩罚能不堪忍受到可以被称作地狱，你要如何想象一个善的上帝，去施加这样的惩罚？说到底，人是他创造的，他们有犯下罪孽的可能，是因为上帝就是这样造的他们，因为这里有他的意愿。如果我这样训练我的狗，陌生人进我的院子，它就该飞扑向那人的咽喉，那它真这样做了，责打一顿岂不是很不公平？

"要是一个全能全善的上帝创造了世界，他为什么要创造邪恶？修士们说，痛苦、哀伤、不幸，都是上帝遣来净化他的考验，若能接受考验，又战胜内在的恶，抵御住诱惑，那他才终于配得上上帝的福祉了。在我听来，这就像让一个家伙送一封信，只为了增加难度，你造了个迷宫，他必须走通，挖了条护城河，他必须游过去，最后还砌了高墙，要他登攀。一个无比睿智的上帝，却不通常理，我很难信他。可能有个上帝，他没有创造世界，但眼前这个尴尬局面，他只是尽力应对，他的善、睿智和伟大，都是凡人万万不能及的，邪恶不是他造的，但他与之抗争，你期待他最后能战而胜之。我看不出，我们为什么不去相信这样一个上帝呢？但话说回来，我也看不出你为什么非要相信。

　　"那些修士都很好，但这些让我大惑不解的疑问，不管是我的头脑、我的心，对他们的答案都不满意。恩赛姆修道士之前那么肯定，我一定会从这段经验中获益，去跟他道别的时候，他没有问我是否有所收获，只看着我，带着难以形容的善意。

　　"'我恐怕让您失望了，修道士。'我说。

　　"'没有，'他说道，'你是个不信上帝的很有信仰的人。上帝会找到你。你会回来的。至于是回到这里，还是回到别的地方，只有上帝知晓。'"

4

"那年冬天剩下的日子，我都安心住在巴黎。对于科学，我一无所知，就觉得是时候懂一点了，至少懂点皮毛。我读了很多东西。但什么都没学到，只明白了一件事：我的无知太如渊似海了。但这一点我之前就知道。春天一来，我去了乡下，住在河边的一个小旅店里。旁边有个镇子，就是那种很美的法国老城，好像生活还是两百年前的样子。"

我猜就是那个夏天，他跟苏珊·鲁维耶待在一起，但我没有打断他。

"之后，我去了西班牙，想看看委拉斯开兹[1]、艾尔·格列柯，想着宗教没有给我指明的路，或许艺术能指出来。我到处游荡，到了塞维利亚。我很喜欢，以为冬天就要在那里度过了。"

我自己二十三岁的时候去过塞维利亚，也很喜欢。我喜欢那些蜿蜒的白色街道、大教堂、瓜达尔基维尔河两岸宽广的平原；可我也喜欢那些安达卢西亚女子，优雅而欢快，黑眼睛格外明亮，她们头发里别着康乃馨，对比之下，头发更黑，花朵也更鲜艳，我也喜欢她们皮肤中饱含的色

1　Diego Silva y Velázquez（1599—1660），十七世纪西班牙最伟大的画家之一，1624 年被西班牙国王腓力四世聘为宫廷画师。

彩，丰满的嘴唇像是种召唤。但话说回来，只要年轻，哪里都是天堂。拉里去的时候，比我当时大不了几岁，我不禁在想，他是否被那些撩人的姑娘摇动了心旌。他回答了我心里的问题：

"我在巴黎认识一个法国画家，叫奥古斯特·科泰，苏珊·鲁维耶跟过他一段时间。我在塞维利亚碰到他，他是去那里画画的，跟一个当地认识的姑娘住在一起。有一天晚上，他喊我去艾雷塔尼亚听一个弗拉门戈歌手，那个女孩有个朋友，也被他们带来。你肯定没见过这么可爱的小姑娘。只有十八岁，她在自己家乡的那个村子里跟一个男生出了事，只能跑出来，因为怀孕了。男孩去服兵役，她把孩子生下来，交给奶妈抚养，自己去烟草厂打工。我带她回了家。她很活泼，很贴心，几天之后，我问她愿不愿意搬来跟我一起住。她答应了，于是我们就在一家 casa de huéspedes¹ 里租了两个房间，一个卧室、一个客厅。我跟她说，可以不用上班了，但她不愿意，这也好，白天我就可以做自己的事。厨房是归我们用的，每天早上，她去上班之前会给我做早饭，中午会回来做中饭，晚上，我们会去餐馆吃，去看电影，或者找个地方跳舞。她觉得我是精神病，因为我有个橡胶澡盆，非要每天早上搓个冷水澡。她

1　西班牙语，意为：提供食宿的旅馆，比较好的寄宿舍。

的小孩养在塞维利亚几英里之外的小村子里，我们周末会一起去看看他。她也并不瞒我，跟我住一起是为了存钱，等她男朋友服兵役回来，他们就找一间分租的公寓，把这些钱拿去置办家用的东西。她是个很可爱的姑娘，我很确信她的帕科肯定拥有了一个好妻子。她总是开开心心的，脾气好，也很温柔。你们很文雅地说什么'发生性关系'，在她看来，这就是身体的一项功能，跟其他功能没什么两样。她能从中获得欢愉，也很乐意提供欢愉。她自然有野性，像个小动物一般，但又是只被驯养了的小动物，落落大方，魅力十足。

"一天晚上，她说收到一封西属摩洛哥寄来的信，帕科就是在那里服役，说马上就自由了，两三天之后就到加的斯[1]。第二天一早，她收拾行李，把钱塞进袜子，我带她去了车站。她深情地吻了我一下，我把她送上火车，她脑子里都是与情人重逢，已经全然不把我放在心上，我很确信，火车还没出站，她已经忘记有过我这个人了。

"我又在塞维利亚住了一段时间，秋天的时候，我就踏上了那段把我送往印度的旅程。"

1　Cadiz，西班牙西南部港市。

5

很晚了，人群散尽，只剩几张桌子还没空掉。不少人是没有别的去处，才坐在这里，现在也基本都回家了。有些是去看了戏、看了电影，再到这里来喝一杯，吃点东西，也都走了。时不时有零零落落的客人进来。一个高个子，明显是英国人，跟他一起的是个混混模样的年轻人。英国人一张长脸，面色苍白，稀疏的鬓发很有英国知识分子的派头。显然，他跟很多人一样有种幻觉，以为到了国外，出国之前认识他的人就再也认不出他了。年轻混混狼吞虎咽，吃下一大盘三明治，他的同伴饶有趣味地欣赏着，慈心善念，溢于言表。胃口真好。有一张脸我记得，因为他在尼斯跟我去的是同一家理发店。这是个粗壮的老头，灰白头发，涨红着脸，厚厚的眼袋。他是美国中西部的一个银行家，股灾后面临调查，就逃离了家乡。我不知道他是不是犯了罪，但即使有罪，恐怕也分量不够，不足以劳动政府费力将他引渡。他举止浮夸，常做出热情的样子来，像个蹩脚的政客，但眼睛里却是惊恐和哀伤。他从来不算醉，但也从来不够清醒，身边总有风尘女子，而她们的企图你一看便知，就是从他身上能捞多少是多少，此刻，他旁边就有两个浓妆艳抹的中年女子，对他的不屑甚至都懒得掩饰，她们讲的话，他半懂不懂，傻乎乎地笑着。多么愉悦的人生！我在想，当年他要是留在美国，接受制裁，或许也不会落到这步田地。总有一天，这些女人会把他榨干，他再也无路可走，要么选条大河，要么就是过量的佛罗拿[1]。

两三点之间，客人稍稍多了一点，应该是夜总会关门了。一群年轻的美国人晃了进来，很醉、很吵，但没有待很久。离我们不远，有两个严肃的胖女人，紧紧裹在男性化的衣服里，并排坐着，喝威士忌和苏打水，一片阴郁的沉默。一队穿着晚礼服的人报到了一下，法语里把这些人叫 gens du monde[2]，显然是去很多场子巡游了一番，现在是要吃两口夜宵当作尾声。他们来了又走了。有个小个子男人引起我不少好奇，他穿得很低调，黑胡须修得精致，戴着夹鼻眼镜，面前一杯啤酒，坐在那里读了一个多小时的报纸。最后有个女子来找到了他。他朝女子点了点头，看不出半分客气，我猜是等了太久，怪对方迟到。那女子很年轻，有些邋遢，但妆很浓，看上去很是疲惫。很快我注意到她从包里取了些东西出来，递给了他。是钱。他看了一眼，脸色沉下去。我听不到他对女人说的话，但从她的样子看得出，是被责骂了，她似乎在辩解。突然那男人挺身向前，打了她一记响亮的耳光。她惊叫一声，哭了起来。

1　Veronal，一种长效催眠剂和镇静剂。
2　法语，相当于毛姆常用的英文：men of the world（出入上流社会的人）。

390

经理听到骚动，过来看是怎么回事，似乎在跟他们说，要闹事情就出去闹。女子转过来，要他不要多管屁事，污言秽语，声音尖利，所以每个字大家都听得清楚。

"他打我耳光，那是因为我该打。"她吼道。

女人啊！我以前一直以为，要靠女人挣不道德的钱来养活自己，你总应该身材魁梧，有些粗鄙的派头和所谓性魅力，随时可以动刀动枪；这么一个孱弱的男子，乍一看还以为是律所的小职员，居然能在如此拥挤的行业里找到了自己的立足之地，不得不让人惊叹。

6

刚刚服务我们的店员要下班了，为了拿到小费，把账单送了过来。我们付了钱，点了咖啡。

"接下来呢？"我问。

我感觉到拉里愿意说话，而我自己清楚，我是很愿意听的。

"是不是我说的事太无聊了？"

"不会。"

"然后呢，我们就到了孟买。船要在那里停三天，让游客可以去看景点，走远一点也没关系。第三天下午，我放假，上了岸，到处逛了逛，看街上的人群，那真是包罗万象：中国人、穆斯林、印度人、黑得像礼帽一样的泰米尔人；还有拉车的牛，背脊高高隆起，牛角很长。然后我去了象岛[1]看石窟。我们在亚历山大的时候，有个印度人上了船，要去孟买，游客们都有些看不起他。他个子不高，是个胖子，穿一件黑绿格子的花呢西服，戴着牧师那种白领子。有天夜里，我去甲板上透口气，他过来跟我说话。那时候我不想跟任何人聊天，只想一个人待着，可他一直在问这问那，我可能态度不是很好。总之，我告诉他，我是个学生，打工挣路费，要回美国。

"'你应该在印度待一段时间，'他说，'西方人可以在东方学到很多，远超你们的想象。'

"'是吗？'我说。

"'不管如何，'他继续说道，'一定要去看一看象岛的石窟，你绝对不会后悔的。'"拉里自己停下来，问了我一个问题："你去过印度吗？"

"从来没有。"

"话说，我正看着那三个头的巨大塑像[2]，琢磨着它的含

---

1 Elephanta，又叫埃勒凡塔，有中世纪印度教石窟，位于距孟买约十公里的海岛上。

2 应指象岛石窟中著名的三面湿婆，或湿婆三面像，是印度艺术的瑰宝；湿婆三神合一，分别代表创造、保护、毁灭，但塑像的具体内涵仍存在争议。

义，后面有人说道：'你还是接受了我的建议。'我转过身，用了一分钟，才想出来是谁在跟我说话。这是船上那个穿厚格子西服、戴教士领的小个男人，现在换了一身橘黄色袍子，后来我知道，这是罗摩克里希纳[1]修道会斯瓦米[2]的衣服；之前是个滑稽的小男人，叽叽喳喳不知在讲些什么，现在不仅气度非凡，简直风采照人。我们都盯着那个恢宏的半身神像。

"'大梵天，创造者，'他说，'毗湿奴，护持者，还有湿婆神，毁灭者。绝对实在的三个面相。'

"'我可能并没有听懂。'我说。

"'不奇怪，'他答道，嘴角一丝微笑，眼光闪动，好像在温柔地取笑我，'一个可以被理解的上帝不是上帝。谁能用文字解释无穷？'

"他双手合十，上身微微一动，似乎算是鞠躬了，朝前走去。或许我那时处于一种敏感的心境，莫名被扰动了起来。你知道的，有时候回想一个人叫什么，明明在嘴边，就是记不起来——我当时就是这种感觉。走出石窟，我在

1　Ramakrishna（1836—1886），印度教改革家，提出"人类宗教"的思想，认为各种宗教的目的都是要达到与神的结合。罗摩克里希纳修道会及其附属组织是他的学生和信徒创立的，包括后文提到的罗摩克里希纳传教会。

2　Swami，印地语中原意为"主人、阁下""实现自我之人"，也指教会中的导师、贤人。

台阶上坐了许久，望着大海。对于婆罗门教，我只知道艾默生的那首诗，努力回忆，但恼就恼在什么都想不起来。回到孟买，我进书店看有没有哪本诗歌集里收了这一首。在《牛津英语诗选》里找到了。你记得吗？

　　"舍我者，心存灾厄；

　　他们飞翔，我是翅膀；

　　我是提问之人，疑问本身，

　　我是婆罗门吟唱的赞歌。

　　"我在当地人的一家小店里吃了晚饭，只要十点回船报到就行，我就在海边的空地上散步，看海水起伏。当时我在想，我还从没见过天上有这么多星星。一天燠热下来，凉意格外怡人。我找到一个公园，在长椅上坐下，周围很暗，黑夜中白色身影默声来去。那是美妙的一天，明媚的阳光，斑斓与喧嚷的人群，东方的气味有种刺鼻的芬芳，都让我沉醉；画家有时在作品中放入一个物件，泼上一小块色彩，整个画面顿时紧凑，有了结构，我看到那三个巨大的头像，大梵天、毗湿奴、湿婆神，也给了那一切某种神秘的意义。突然我的心像疯了似的怦怦直跳，因为我突然有种强烈的信念，就是印度能给我一些不能错过的东西。我就觉得像是谁给了我一个机会，我必须在此时此刻把握住，否则这样的机会就再也不会摆到我的面前。我很快拿定了主意，不再回船，船上只有我一个提包，几样小东西，无所谓的。我缓缓走回当地人的聚居区，四处找旅店。后来找到一家，要了一个房间。除了身上那套衣服，我只有一些零钱、护照，和我账户的信用证。那种自由之感让我放声大笑。

"船是十一点解缆，保险起见，我一直在房间里待到十一点，然后去码头上，看着它离港。之后，我去了罗摩克里希纳传教会，找那个在象岛跟我说话的斯瓦米。我不知道他的名字，只说我想见那位刚从亚历山大过来的导师。我跟他说我已经决定留在印度，请教他我应该去看些什么。我们聊了很久，最后他说他当晚要去贝拿勒斯[1]，问我是否愿意同行。我想也不想就答应了。我们坐的是三等座，车厢里都是人，吃饭、喝酒、聊天，热得受不了。我完全没有睡着，第二天·早很是疲惫，但那个斯瓦米却清新得像朵雏菊。我问他是怎么做到的，他说：'靠冥想，思考无形，我在"绝对实在"中获得休憩。'我不知道该作何想，但双眼确凿地看着他如此清醒和敏锐，就像昨晚是在一张舒服的床上好好睡了一觉。

"终于到了贝拿勒斯，一个跟我差不多岁数的青年人出来迎接我的同伴，斯瓦米让他帮我找一间屋子。他叫摩哂陀，是大学老师。这人很和气、很友善，也很聪明，我特

1　Benares，印度东北部历史古城、印度教圣地瓦拉纳西的旧称。

别喜欢他，似乎他也一样喜欢我。到了晚上，他划船带我到恒河上，熙攘的城市一直铺展到水边，美得让我心潮澎湃，也生出敬畏；但还不止这样，第二日破晓前他就来旅馆接我，又到了河上。我看到了一个我之前绝对无法相信的景象，成千上万的人到河里洗澡、祈祷，净化身心。我看到一个瘦削的高个子，蓬头乱发，一把乱糟糟的大胡子，长臂伸直，立在水中，全身只有一根布条遮住重要部位，仰着头，大声向着旭日祈祷。我说不出当时是什么感觉。我在贝拿勒斯待了六个月，一次次在黎明时去恒河目睹这个奇异的景象，每次看到还是觉得不可思议。那些人的信仰不是半心半意的，他们没有保留，没有难言的疑虑，而是把生命的每一丝每一毫都投入在信仰中。

"所有人都对我很好。他们发现我不是去射老虎的，也不是去买卖任何东西，只是去学习，马上就竭尽所能地帮助我。我想学印度斯坦语，他们很高兴，替我找了好几个老师，也一直借我书看，不厌其烦地回答我的问题。你对印度教了解吗？"

"微乎其微。"我答道。

"我觉得你会感兴趣的。宇宙无始无终，只无止境地从生长到平衡，从平衡到衰落，从衰落到瓦解，从瓦解到生长，周而复始，直至永恒，还有什么比这样理解宇宙更让人震撼？"

"那印度教觉得这样循环的目的是什么呢？"

"我觉得，他们会说，这是'绝对实在'的本质。这么说吧，他们相信，灵魂在前世的所作所为，会受到惩罚或奖赏，而所谓造物，只是惩罚或奖赏的某个阶段。"

"那这就先假定了灵魂是会转生的。"

"有三分之二的人类都相信灵魂会转生。"

"有很多人相信一件事，并不能保证它就是真的。"

"确实不能，但说明它值得认真对待。基督教吸收了这么多新柏拉图主义的思想，它若是吸纳了这一点，也是很顺理成章的事情，实际上，基督教早期有一派，就相信灵魂转生，但被定为异端。不然的话，基督徒们就会笃信转生说，就像他们相信基督复活一样。"

"我这样理解对不对：灵魂从一个身体转至下一个身体，是一段绵延不绝的体验，是由它之前行迹的善恶优劣决定的？"

"我觉得就是这样。"

"但你也要想到，我不只是我的精神，也是我的身躯，肉身有很多偶然的成分，我的这个自我，有多少是那些偶然决定的，谁又说得清呢？拜伦没有跛足，他还是拜伦吗？陀思妥耶夫斯基没有癫痫，他还是那个陀思妥耶夫斯基吗？"

"印度人不会说那是偶然。他们会这样解答：灵魂栖居在有缺憾的肉身之中，那是前生的行为所决定的。"拉里陷入思绪中，眼神空洞，手指不自知地敲打着桌面。这时候，他嘴角浮现一丝笑容，眼神中似乎想到了什么，继续道："你有没有想过，如果我们相信灵魂转世，那就能解释世上为什么会有恶，而且说明它理应如此？如果我们所遭受的恶是因为前生所犯下的罪，那我们就不必怨天尤人，也存着一个希望，就是如果此生向着德行而努力，那么我们将来的人生就不会有那么多折磨。但自身所受的恶其实没那么难捱，我们只需要刚硬一些就行了；无法承受的往往是别人遭受的恶，而且表面上看起来是如此不公。如果你能说服自己，那是往世的因果，是没有办法的，你当然还是会同情，你还是可以尽力去减轻痛苦，也应该这样去做，但你没有理由要愤恨不平。"

"可一开始，所有生命都谈不上什么善恶优劣去决定他们做什么事，上帝为什么不能在那时候造一个没有痛苦和悲惨的世界呢？"

"印度教的人会说，没有什么'一开始'，每个灵魂都跟宇宙一样，无始无终，一直都在那里，它的本质是由更早的存在决定的。"

"那么，相信灵魂转生的人，这个信仰对他们日常生活有什么实际影响吗？说到底，我们最终要看的不还是实际的作用？"

"我觉得是有的。我可以跟你讲一个我自己认识的人，这个信仰对他产生了很实际的影响。我在印度的前两三年，基本都住在当地的旅店，但也有人会邀请我住到他家里去，偶尔，我甚至作为客人，很奢靡地住进了王侯的宫殿中。我在贝拿勒斯有个朋友，通过他，我收到邀请，去了北方一个小邦国。他们的首都很迷人：'一座玫瑰色的城，如时间的一半那般古远。'[1] 经人引荐，我认识了那里的财政大臣。他在欧洲受教育，去过牛津。你跟他聊天就感觉得出来，这是个才思敏捷、开明进步的人，而且大家都公认他又是个极其能干的官员，一个很有谋略的政治家。虽然他跟很多印度人一样，到了中年容易发福，但他长得挺神气的，剃着寸头，胡须修剪得很精致，再加他总是穿欧式的衣服，看上去很是潇洒。他经常请我去他家里做客。他家花园很大，我们就坐在大树下面聊天。他有妻子，两个孩子已经成人。你会觉得，这就是一个普普通通的英国化了的印度人，大家都见惯了，后来我知道，一年之后，他就五十岁了，会辞去职位，放弃优厚的俸禄，把财产都留给妻子和孩子，去当一个四处行乞的修行者。听到这件事，我太讶异了，但最让人意想不到的一点，是他的朋友，还有邦国的国主，都不觉得这是匪夷所思的怪抉择，反而觉得很自

1　引自英国国教神学家伯根（John William Burgon，1813—1888）的著名诗篇《佩特拉》（"Petra"）。佩特拉是一座位于今约旦沙漠中的千年古城，城中诸多古建筑由当地的砂岩建造和雕刻而成。

然，是一件早有定论的事。

"有一天我跟他说：'你头脑这么开明，对世界又这么了解，读了这么多书，科学、哲学、文学——在你心底，你真的相信灵魂转生吗？'

"他整个表情都变了，就像换上了一张先知的面孔。

"'我的好朋友，'他说，'要是我不相信，生命对我就毫无意义可言。'"

"那你相信吗，拉里？"我问道。

"这是个很难回答的问题。对于我们西方人来说，不可能像这些东方人一样发自内心地相信它。这个信念在他们的骨血中，而对于我们，这就是一个想法，我既不是相信，也不是不相信。"

他停了片刻，手撑着脸孔，看向桌面，然后他朝后一仰，靠在椅背上。

"我想跟你讲一段很奇怪的体验。我当时在一个隐修的地方，照着印度朋友教我的办法，在自己的小房间冥想。我点了一支蜡烛，注意力都投射在烛焰上，但过了一段时间，透过火焰，我却清清楚楚看见一大串人，前后错落，显现在烛光后面。最前面是个老太太，戴着蕾丝的帽子，灰色的鬈发垂下来，盖着耳朵。她身上紧紧裹着黑色束身衣，下面是带荷叶边的黑色绸裙，我觉得是七十年代的衣服，她面对我站着，体态优雅、谦恭，手臂垂在身侧，掌心对着我。她脸上都是皱纹，神色慈祥、温柔、淡然。紧靠在她身后是个男人，但他是侧立的，所以我只看到侧脸，那是个高挑、瘦削的犹太人，大鹰钩鼻，厚嘴唇，身穿一件黄色的粗布长袍，浓密的黑头发上戴一个圆顶小帽。他神情专注，像个学者，阴沉沉的不苟言笑，但那严厉又好像出自某种热忱。在他后面，是个年轻人，清楚得就像面对面立在我跟前，他脸色红润，兴高采烈的样子，这显然是个十六世纪的英国人。他双腿微微分开，站得很稳当，脸上是放荡不羁的神色。他穿了一身红色，气派得像是宫廷里的着装，脚上是宽头的丝绒鞋，头上是丝绒扁帽。这三个人后面是一长串人，望不到头，就像影院外面排的长队，但他们太暗了，看不清样子，只见到朦胧的身形，动起来像夏日里微风拂过麦田。只过了一会儿，我也不知道是一分钟，还是五分钟、十分钟，他们缓缓隐入暗夜中，只剩下安定的一盏烛火。"

拉里微微一笑。

"当然也可能是我瞌睡，梦见了这些人，或者是我盯着微弱的烛光看太久，产生了幻觉，那些人物虽然明确得就像我此刻看到你一样，说不定是我之前在画作上看到的，留在了潜意识中。但或许他们就是我的前世。或许我不久之前是新英格兰的一个老太太，再之前，是个黎凡特的犹太人，再往前推，可能就在塞巴斯蒂安·卡博特[1]从布里斯托尔起航不久，我是威尔士亲王亨利·弗雷德里克[2]宫廷里一个多情的骑士。"

"你在玫瑰红之城那个朋友后来到底怎么样了？"

"两年之后，我去了南部，那个地方叫马杜拉。一天晚上，在一个寺庙中，有人拍了拍我胳膊，我转过头，看到一个大胡子，黑色长发，身上只裹了一条缠腰布，手里是圣徒的拐杖和行乞钵。直到他开口，我才认出是我的那个朋友。我讶异得不知该说什么。他问我最近都干了什么，我告诉了他；他问我要去哪里，我说特拉凡哥尔；他要我去见甘尼许[3]先生。'你寻找的东西，他会给你。'他说。我让他跟我说一说这个甘尼许先生，他只笑笑，说我需要知道的事情，只要见到他就全知道了。我终于从惊讶之情中缓过来，问他在马杜拉做什么。他说他步行朝圣，要去印度很多神圣的地方。我问他吃什么，在哪里睡觉。他告诉我，如果有人收留，他就睡在屋外的游廊上，其他时候就睡在树下，或者是庙宇周围；说到食物，别人施舍什么，

1　Sebastian Cabot（1474—1557），意大利裔航海家、探险家。十六世纪初从布里斯托尔出发，完成过一些重要的航海探索。

2　Henry Prince of Wales（1594—1612），詹姆斯一世与丹麦的安妮的长子。

3　Ganisha，甘尼许（Ganish）也是印度教中的象头神，为湿婆与雪山神女所生之子。（转译时英文拼写略有变化。）

他就吃什么，如果没有，他就饿着。我看着他说：'你瘦了不少。'他笑起来，说瘦了之后，身体感觉好多了。然后他就跟我道别，听一个身上只有缠腰布的人跟我用英国腔说：'行了，哥们儿，再会。'实在有些滑稽。接着他就往庙宇的深处走去，那个地方我是不能进的。

"我在马杜拉待了一段时间。那个寺庙或许是印度唯一一个白人可以随便走动的寺庙，只要你不进最神圣的那块地方。到了傍晚，庙里人挤人：男人、女人、小孩，男人都裹缠腰布，光着上身，牛粪烧出白灰，厚厚地抹在额头，有时也抹在胸口和手臂上。你会看到他们朝好些神龛膜拜，有时候要脸朝下完全扑倒在地上，这是膜拜的一种规矩。他们还会祈祷，背诵祷词。他们彼此呼喊，互相争执，有时候吵得极其激烈。那场面真是乱得无法无天，但你又觉得，神灵以某种神秘的方式活在他们中间。

"你穿过长长的走廊，支撑廊顶的柱子上都有雕刻，每根柱子底下都坐着一个行乞的僧人，每个僧人面前都有一个行乞钵，或者一张小小的垫子，时不时会有信徒朝这里扔一个铜板。有些穿着衣服，有些近乎赤身裸体。你走过的时候，有些行乞僧会目光空洞地看着你，有些在默默看书，有些则读出声音来，好像并不知道周围有喧扰的人流。我在他们之中找我的那个朋友，但我再也没有见过他。我想，他应该又踏上了旅程，朝他的目标进发了。"

"他的目标？"

"从轮回的束缚中解脱。我们叫灵魂，他们叫'阿特曼'，其实就是所谓自我，照吠檀多派的说法，自我跟身体、跟各种感官不是一回事，跟头脑和智力也不同，它不是'绝对实在'的一部分，因为'绝对实在'是无穷的，不可分割的。自我就是'绝对实在'本身，它不是创造出来的，而是亘古常有的，最终，它会揭下七层无知的面纱，回归源头，也就是无穷。它就像是一滴水，从海里升起，随大雨落下，聚在一个水潭中，淌入小溪，汇入小河、大江，穿过山峡和阔野，蜿蜒向前，有石块和倒下的树木会阻拦它，最终它会回到无边无际的海。"

"但那颗可怜的小水滴，终于和大海不分彼此了，它不也失去了自我吗？"

拉里微笑，说道：

"你只是要尝一尝糖的滋味，而不是要成为糖。自我是什么，它只是一种表达，本质是我们的自负。灵魂不把这种意识剥除干净，就不能与'绝对实在'合一。"

"'绝对实在'，拉里，你提起它那么熟练，可这个词又如此重大，在你看来，它到底是什么意思呢？"

"就是现实。你说不出它是什么；只能说它不是什么。它是不可表述的。印度人叫它'梵'，它不在任何地方，又无处不在，一切都指向它，依照它，它不是一个人，一样东西，不是因由，它没有品质、特性，它超越不变和变化，完全和部分，有限和无穷。它是永恒的，因为它的完整和完美与时间无关。它就是真相和自由。"

我心里喊了一声："老天！"但对拉里说道："这纯粹是思考，是头脑构想出来的，可人类受的是实实在在的苦，能从中得到慰藉吗？大家想要的一直是有人格的上帝，在痛苦中，他能向上帝求助，获得安慰，获得鼓励。"

"或许，在未来很遥远的一天，会有更明澈的洞见，让他们明白，他们必须在自己的灵魂中找寻安慰和鼓励。在我自己看来，之所以需要膜拜，只不过是我们还残存着一些古老的记忆，曾经那些残忍的神是需要安抚取悦的。我相信上帝要么就在我心里，要么就不在任何地方，既然如此，我要膜拜谁，膜拜什么呢？膜拜我自己吗？心灵的提升，有不同阶段，所以在印度人的想象中，'绝对实在'发展出重重形象，大梵天、毗湿奴、湿婆神，它还有成百上千种别的名字。他们有'伊湿伐罗'，就是'自在主'，世界的创造者、主宰，'绝对实在'在他之中；农民有朴素的拜物信仰，被阳光烤干的土地，他恭敬地摆上一朵花，'绝对实在'也在那朵花里。印度有形形色色的神，他们不过是一时的手段，最终是要你明白，你和那个终极的自我是合一的。"

我看着拉里，有很多想法。

"我在想，这么朴素的信仰，是什么如此打动了你。"

我说。

"我觉得我可以解释。很多宗教的创始者，都定下这样的规矩，要获得救赎，必须要信它，我一向觉得有点可悲，就好像他们指望着用你的信念去支撑他们自己的信念。这会让你想起某些古老的异教的神，要是虔诚的信徒没有一直烧各种东西供奉他，他会面色苍白，像是要晕过去。但吠檀多不二论，不会硬要你相信任何事，它对你唯一的要求，就是全身心地渴望了解现实；它说，你是可以体验上帝的，就像你可以体验喜悦和痛苦一样切实。在今天的印度，据我所知，可能有几百个人对自己体验过上帝深信不疑。你可以通过知识捕捉现实，我觉得这种想法妙不可言，让我极为满足。后世的印度大哲，认识到人类的种种缺憾，承认也可以在爱和劳作中获得救赎，但他们从不否认，通往救赎最高贵的路，虽然也是最难的路，是知识，因为它用到了人类最珍贵的能力：理性。"

7

此处我必须将故事暂停，说明一点：我这里所做的，并非要阐释那个被称为"吠檀多"的哲学体系。我没有那样的学问，即使有，这场合也不太合适。我们聊了很久，说到底，既然号称是部小说，拉里跟我说的很多话，就没有办法全部塞进来。我在意的是拉里。他那些遐想、思考，还有那些可能是此类想法所促成的奇异体验，至少要大致描绘几笔，否则他之后的动向便不好理解。若不是出于这样的考虑，如此复杂的问题，我宁可完全不去触碰；而他后来那些行径，我马上会让读者知晓。但我所恼恨的，是我企图用文字让读者对拉里的声音和表情有个大致的想象，却根本不可能做到。那悦耳的嗓音能让他最漫不经心的话也很有说服力，而他的表情伴随着他的想法，一直在变化，从郑重到柔和的喜悦，从沉思到顽皮和轻松，就像一首奏鸣曲，几把小提琴一气呵成演奏出跌宕的主旋律，伴着涟漪般的钢琴声。虽然他说的都是严肃的事情，但用的是聊天的语气，很是自然，或许带着些不自信，但并没有透露出多少紧张，就像聊的是天气和农作物。如果读了上面的文字，读者觉得他有些好为人师的腔调，那全是我的问题。他的谦逊就跟他的真诚一样，是显而易见的。

咖啡店里不过就零星几个客人。寻欢作乐的酒徒闹腾一会儿，早就走了。那些把情爱当生意的可怜人也走了，回去了他们污秽的住处。时不时会有男人一身疲惫地进来，点一杯啤酒、一个三明治，还有些像是半个人还在梦里，进来要一杯咖啡。都是白领职员。前面那些刚下夜班，准备回去睡觉；后面那些被闹铃喊起来，勉强拖着身子，前往一天漫长的工作。对周遭的情况，对时间，拉里似乎都毫无知觉。在我的一生中，我曾很多次意识到自己身处奇怪的境遇中；我不止一次命悬一线；我不止一次与浪漫碰触指尖，而且心里明白遇到了佳人；中亚有一条大道，马可·波罗曾沿着它直抵如梦似幻的契丹[1]，我曾跨着一匹矮马在上面奔驰；在彼得格勒一家干净的酒馆里，我曾喝着一杯俄国茶，有个穿黑大衣、条纹裤的小个男子，声音很轻柔，跟我讲述他是如何刺杀大公的；我曾坐在威斯敏斯特的一个客厅里，听着海顿的钢琴三重奏，乐声柔美，而窗外是炮弹的轰响；但是，此刻坐在红毛绒的座椅上，眼前是这家俗丽的餐馆，不知多少个小时已经过去，听拉里谈上帝和永恒，谈绝对实在和重生之轮不知疲倦地转个不休，却是我一生最怪异的时刻。

8

拉里沉默了好几分钟，我不想催他，只静静等着。没过多久，他友善地朝我微笑了一下，好像是突然又意识到我还在这里。

1　Cathay，从"契丹"演化而来的名称之一，在中世纪欧洲也用来泛指中国。

"等我到了特拉凡哥尔，发现不用费心打听甘尼许先生，所有人都知道他。之前他在一个山洞里住了很多年，有个善人给了他一块地，为他造了一个砖房，他终于被说服，搬到了平原上。特里凡得琅[1]是土邦首都，那个'阿什拉马'离首都很远，我先是坐火车，又坐牛车，花了一天才到。院落进门处有个年轻人，我问他是否能见瑜伽士。我带了一篮水果，一般大家都会送这样的觐见礼。几分钟之后，年轻人出来带我进了一个长厅，一圈都是窗户，屋角有个平台略高，铺着虎皮，甘尼许先生坐在上面，像是在冥想。'我在等你。'他说道。我有点吃惊，又以为是我马杜拉那个朋友跟他提过我。我提那位朋友的名字，他摇了摇头。我奉上水果，他让那个年轻人把水果拿走。只剩我们两人，他看着我，没有说话。我不知道我们沉默了多久，可能有半个小时。之前，我跟你描绘过他的样子，但我还没讲到他散发的那股宁谧之气，那种善意、平静、无私。那天长途颠簸，我又热又累，但很不可思议，我慢慢就觉得神气充沛起来。除了见面的话，他还一个字都没有说，但我知道这就是我要找的人。"

"他会说英文吗？"我问了一句。

"不会。但我学语言还挺快的，已经会了不少泰米尔语，

---

1 Trivandrum，印度西南部港市，临阿拉伯海。

在南方已经足够听懂他们说话，也能让别人明白我的意思。后来，他终于开口了，问道：

"'你来这里，是为了什么？'

"我开始跟他讲，我是怎么到印度的，过去三年，都干了些什么；还有，我听说了一些圣徒的智慧与贤德，就去找他们，但都没有找到我想要的。他打断我道：

"'这些我都知道，不用跟我说。你来这里是为了什么？'

"'希望你能当我的导师。'我答道。

"'只有梵才是导师。'他说。

"他的目光还一直在我身上，仿佛有奇异的能量投射过来，突然他身体变得僵硬，双眼似乎看向内心，我知道他入定了，印度人叫'三摩地'，说此时主体、客体消失，你会成为'绝对知识'。我盘腿坐在他前面的地板上，心怦怦直跳。过了多久我也不知道，他叹了口气，我明白他也恢复常态了。他温柔地看了我一眼，都是慈爱。

"'留下吧，'他说，'他们会带你去可以睡觉的地方。'

"他们让我住进了一个小木屋，是甘尼许先生最初下到平原时住的地方。后来信徒围在他身边，更多人慕名而来，就建了之前说的那个大厅，现在他日夜都在那里。为了不引人注意，我也换了舒服的印度服装，再加上被晒得很黑，除非是刻意关注，否则你会以为我是当地人。我读了很多书。冥想。甘尼许先生愿意说话的时候，就听他说话；他不太开口的，但总是乐意回答问题，听他说话，我总有醍醐灌顶的感觉。在耳朵里就像音乐一样。虽然他在年轻时苦修，对自己极为严厉，但不会把这些强加在门徒身上。他希望追随者能挣脱自我、激情、感官的奴役，告诉他们，通过平静、自制、舍弃、接受，通过心智的沉稳、对自由的热切渴望，获得解脱。附近的镇子在三四英里外，那里有个著名的寺庙，每年都有一个大节庆，很多人会聚在那里。到时就有很多人会来找甘尼许先生，向他倾诉苦恼，求建议，听他讲道，那个镇子上当然经常有人过来，也有人是从特里凡得琅或者很远的地方过来，他们离开时，灵魂都更有力了，更能接纳自我。他的教导很简单，就是我们比自己以为的更了不起，而通往解脱的路径是智慧。他教导我们，要获得救赎并不一定要遁世，但要抛下自我。他教导，摈除私欲的劳作可以净化头脑，而职责是契机，让人能湮灭那个独立的自我，合入大我之中。但他的非凡不在他的教导，而在于他本人，他的和善，他灵魂的高贵，他的圣人之气。他在你面前，就是一种福祉。我在那里非常开心，觉得终于找到我想要的东西。眨眼间，几周过去，几个月过去，快到难以想象。他跟我们说过，无意在这易毁易损的身躯中驻留太久，我打算要么就留到他死的那天，要么就到我彻悟的那一日，也就是你终于冲破了无知的困缚，心中澄澈，确知已和绝对实在合为一体。"

"那再往后呢？"

"如果他们说得不错，就没有往后了。灵魂在世间的道路已终结，它不会再回归。"

"甘尼许先生死了吗？"我问道。

"据我所知还没有。"

他说出这句话，已经听懂我的言下之意，轻声笑了一下。他当然明白第二个问题已到我嘴边，就是要问他是否已经彻悟，他犹豫了一下，又继续谈起来，但一开始的表述还让我以为他想避而不答。

"我没有一直在那个'阿什拉马'待下去。我很幸运地认识了一个当地的林业官员，他平时都住在山脚下一个村子边上，是甘尼许先生一个虔诚的信徒，工作只要能抽开身，就会来跟我们住两三天。他人挺好的，我们经常聊天聊很久。他喜欢跟我练英语。认识了一段时间之后，他说林业局在山上有个小木屋，若是我想要一个人去待一会儿，他可以给我钥匙。我时不时会去。路程要两天，先是坐巴士去那个林业官员的村子，然后就只能凭双脚上山了，但只要到了那儿，那种壮丽和孤寂太叫人动容。我把能装的都塞进一个背包，自己背着，又雇了一个挑夫替我背一些食物，什么时候吃完，我就下山。那不过就是个狭长的木屋，屋后有个厨房，说到家具，真是没有什么，只有一个床架子，你可以在上面铺张床垫，有一张桌子，两把椅子。

山上很凉爽，有时候晚上生个火很是惬意。知道方圆二十英里之内除我之外没有一个活人，是种奇妙的感觉。到了夜里，我经常听到老虎的吼声，或者大象穿过雨林时巨大的踩踏声。我经常去森林里散很久的步。那里有一个地方我特别喜欢，你坐下来，看着山峦在你眼前铺展开去，而下方还有一片湖泊，到了日暮时分，鹿、猪、野牛、大象、豹子，很多动物会去湖边饮水。

"在'阿什拉马'住了差不多正好两年，我又去了趟山上，理由说出来你要笑的，因为我想在那里过生日。我是生日前一天到的，第二天一早，天没亮我就醒了，我就想去刚刚说的那个地方看日出。那条路，我闭着眼睛也能找到。我坐在一棵树下等着。那还是夜晚，但星光已经淡了下去，天随时会亮起来。我突然有种奇怪的感觉，类似于悬念感。光线慢慢从黑暗中渗过来，变化太细微了，我简直没有意识到，好像是神秘的魂魄从枝叶间偷偷潜来。我感觉自己心跳加速，好像有危险在靠近。这时太阳升起来了。"

拉里停了一下，嘴角浮现一种遗憾、懊恼的笑意。

"我没有绘景状物的才华，我不知道要怎么用语言作画，日光撞破黑夜，在我眼前那种光彩夺目的景象，我想让你也能看见，但我说不出来。那些山峦，深邃的森林，晨雾还缭绕在树梢，山下是深不见底的湖水。山峰之间有道空隙，阳光穿过，正好射在湖面上，就像擦亮了的钢板一样。

世间的美让我心旷神怡，我还从来没有体验过这样的兴奋，这样超越世俗的快乐。我有种奇异的感觉，有种骚动从脚底开始，慢慢升到头顶，我就觉得自己挣脱了身体，成了纯粹的精神，正在享受一种从未有过的美妙。我感觉被一种知识所掌控，它超越人类认知，于是，之前的所有混沌都清晰了，一切让我困惑的事都有了解释。我是如此快乐，它简直成了痛楚，我很难让自己从这种痛楚中挣脱，感觉再多承受一刻，我就要死了；但它又是如此一种极乐的状态，我宁愿死也不想错过它。那种感觉，我怎么跟你说得清呢？没有文字能描绘我那时的幸福和狂喜。当我恢复意识，已经精疲力竭，全身颤抖。我就睡着了。

"醒来的时候已经是正午，我走回木屋，心情太轻盈了，走路好像足不点地一般。我给自己做了些东西吃，啊，我那时真是饿坏了，也点起了烟斗。"

拉里现在也抽起了烟斗。

"我不敢说那是彻悟，其他人为之求索那么多年，承受了那样的苦行和煎熬，却依然还在等待，而我，伊利诺伊州马尔文的拉里·达雷尔，怎么可能呢。"

"你为什么觉得它不只是某种心理状态？或许是你的心境，加上寂寞、黎明的神秘，还有你那块如抛光钢板一般的湖面，引发了这种迷幻感？"

"只因为它太真实了，让我无法质疑。多少个世纪以来，很多神秘主义者有过类似体验，印度的婆罗门，波斯的苏非派，西班牙的天主教徒，新英格兰的新教徒，尽管那些体验实在难以落于文字，但他们尽力描绘时用的说法都相差无几。我不可能否认它真的发生了，唯一的难题是解释它。是否在片刻之间，我与'绝对实在'合一了，还是我跟所有人一样，在潜意识中与宇宙之灵魄亲近，它在那一刻喷涌了上来，这我就不知道了。"

拉里停顿了一下，朝我瞄了一眼，是探询的眼神。

"随便问一句，你能用小拇指碰你的拇指吗？"他问道。

"那当然了。"我笑道，向他演示了一下。

"你是否意识到，只有人类和灵长类动物才能做这件事？正因为拇指和其他手指相对而生，人类的双手才成了这么难得的工具。人类古远的祖先，或者拿猩猩举例，有没有可能，当初只有少数几个长出了对生的手指，当然还是很原始的形态，但要经过无数代的进化，它才成了普遍的特质？那种跟'现实'合一的体验，各式各样的人都有过，是不是至少也有一种可能，就是它指向人类意识中的某种第六感，在很远、很远的将来，人类也会普遍拥有？就像现在能感觉实在的物体一样，那时他们也能直接感受'绝对实在'？"

"那么，你觉得这会对他们造成什么影响呢？"我问。

"就像当初第一个可以用拇指触碰小拇指的生物，他绝对想不到，这么一个微不足道的动作，可以包含无穷的结果，我也一样回答不了你的这个问题。不谈别人，我只能告诉你，狂喜的那一刻，我所感受的强烈的平静、喜悦和安心，依旧留在我心里，最初是我的双眼迷醉于世界的美，但那种意象至今还在我头脑中如此的鲜活。"

"可是，拉里，照你'绝对实在'的说法，那你只能相信，这个世界和它的美不过是种幻象——那是玛耶[1]的织物。"

"认为印度人把世界看作幻象，这是不对的；他们并不这么认为；他们只是说，它的真跟'绝对实在'的真不是一回事。玛耶不过是种假设，有些潜心其中的思考者发明这个概念，用来解释'无限'如何制造'有限'。商羯罗[2]是他们中最有智慧的，也说这是无法参透的迷。你看，梵也就是存在、是福祉、是智慧，它是不可改变的，永远维持在安宁之中，它无缺无求，也从来没有变化和冲突，它是完美的，这就很难解释，为什么它要创造世界。要是你这样问了，一般来说，他们给你的解答是，'绝对实在'创造世界只为了好玩，不带任何目的。但你又想到洪水和干旱，想到地震和暴风，所有那些肉身领受的苦厄，要说造这些

---

1 Maya，印度教虚幻女神，湿婆神之妻；在一些印度教的派别中，这个词指代一种宇宙力量或魔力，它可以把无限的"梵"表现为有限的现象世界。
2 Samkara（788—820），印度中世纪经院哲学家，吠檀多不二论理论家，认为最高真实的"梵"是宇宙万有的根基。

都是为了好玩，完全违背我们正常的道德感。甘尼许先生心里有太多的仁爱，无法相信这种说法，他把世界看成'绝对实在'的一种表现，是从完美外溢而出的。他教导我们，创造是上帝的本能，这个世界是上帝本质的一种呈现。我问他，既然上帝是完美的存在，而世界又呈现了他的本质，为什么它会如此可憎，而理智的人居然只剩一个目标，就是从它的束缚中解脱，甘尼许先生答，此世的满足是转瞬即逝的，只有无限才能给你长久的幸福。但无休无止并不能让一件好事变得更好，也不能让白色变得更白。一朵玫瑰到中午可能失去了黎明时的美，但它之前的美是真实的。世间没有一样东西是永恒的，要求任何事物能长久，都是笨想法，但还拥有它的时候，不去享受它，不就更笨了吗？变化是存在的本质，不把这一点作为我们哲学的前提，似乎不合情理。我们无法迈入同一条河流，河水只会向前，而我们踏进的另外那条河也很清凉。

"雅利安人刚到印度的时候，发现有一个我们知晓的世界，有一个我们不知晓的世界，前者只是后者的表象；但他们觉得表象很好，觉得它美，觉得它是恩赐；很多个世纪过去，征伐难以为继，气候让人无力，他们的活力被消磨，成了游牧部落的侵袭目标，只是到了那个时候，他们才在生命中只看到邪恶，渴望从它的轮回中解脱。但我们这些西方的人，尤其是我们美国人，为什么要被腐坏与死亡、饥饿与干渴、疾病与衰老、悲痛与错觉这些东西吓得畏惧不前？我们的生命力是很旺盛的。那天坐在木屋里抽烟斗，我觉得比以往任何时候都更像活着，觉得体内有股能量求着我要把它用掉。避世而居不适合我，我要生活在这个世界里，爱这世上的一件件实在的东西，其实也不是爱它们本身，而是那里面藏着的无穷。在那些心醉神迷的时刻，如果我真的汇入了绝对，如果他们说的是真的，那么我已经万事不侵了，只等消完了此生的业报，我将不再回归。这个想法让我满心的惆怅。我想一遍一遍地活下去。我愿意接受各种各样的人生，不管它会带来怎样的痛苦和哀伤。我感觉，我的迫切、我的冲劲、我的好奇，需要一生接着一生、一世接着一世去满足它们。

"第二天一早，我往山下去，再过一天，到了'阿什拉马'。甘尼许先生见我穿的是欧洲人的衣服，有点意外。那是上山之前，我在林业官员的木屋里换上的，因为山上有点冷，后来没想到要换回来。

"'我是来跟你道别的，老师，'我说，'我要回到自己的同胞中去了。'

"他没有说话，跟平时一样，盘腿坐在台子的虎皮上，台前火钵里点着一炷香，空中微微有它的香气。跟我第一天见他时一样，只有我们两人。他看我的眼神太锐利，我觉得好像直看透我生命的最深处。我知道他知道我经历了什么。

"'挺好的,'他说,'你已经离开很久了。'

"我跪了下去,他给我赐福。我站起来的时候,两眼中都是泪水。这是个高贵、圣洁的人,能与他相识,我将永远视作对我的眷顾。我跟他的追随者道了别。有些人来得比我晚些,有些已经在那里很多年了。我把自己寥寥几样东西留下了,书也没有带走,心想着,别人可能用得到。我走回镇子,背着背包,身上还是来的时候那条宽松的长裤,棕色的外套,头顶一个破旧的通草帽。一周之后我在孟买登船,在马赛上岸。"

沉默又落在我俩之间,我和他都在琢磨着自己的事;虽然我已经很累了,但还有一点,我想听他聊一聊,后来是我先开口的。

"拉里啊,"我说,"你这段漫长的求索,起点是要解决恶的问题。是这个问题一直在推着你前行。说了这么多,你还没有提过,是不是已经能试着解答它了。"

"或许这个问题没有解答,或许我不够聪明,还没找到。罗摩克里希纳把世界看作上帝的消遣,他说:'这就像个游戏,这个游戏里有快乐和悲伤,有美德和堕落,有知识和蒙昧,有善与恶,若是把罪孽和痛苦完全从创造中抹去,游戏就无法继续了。'我会全身心地抗拒这样的解答。我自己能给出的最好的想法,是这样:当'绝对实在'显现于世间,恶只是善的天然对应。喜马拉雅山美得让人叹为观止，但若不是地壳有骇人的动荡，就不会有这样的山。中国匠人做瓷器，有一种他们叫'蛋壳瓷'的工艺，器型特别优美，有漂亮的纹饰，迷人的色泽，外面的那一层釉也完美无瑕，但它本性如此，匠人再怎么高超，它终究只是易散。失手掉在地板上，它就立刻成了十几块碎片。我们在世上珍视的那些价值，有没有可能也是这样，它们只能跟邪恶搭配才能存在？"

"这个想法非常巧妙，拉里，但我觉得也不是很让人满意。"

"我也觉得不满意，"他微笑道，"但非要给它找优点，就是一旦得出了这样的结论，有些东西就是不可避免的，那你就只能尽量往好处努力了。"

"你接下来有什么打算？"

"我这里还有活儿要先干完，然后我就回美国了。"

"去干吗呢？"

"生活。"

"怎么生活？"

他答得很镇定，但眼神中闪烁着顽皮，因为他也知道这个答案会大大出乎我的意料："带着平静、忍耐、同情、无私，和禁欲。"

"很有追求，"我说，"可为什么要禁欲呢？你是个年轻人，它和饥饿是人类这种动物最强烈的本能，要压制它你觉得明智吗？"

"我这人运气还可以，只觉得纵情声色很开心，但不是必需的。印度那些智者提出，独身会大幅提升精神力量，根据我的个人经验，这是他们说得最准的一点。"

"我一直以为，所谓智慧，是要在身体的需求和精神的需求之间谋得一个平衡。"

"印度人一直认定，这正是我们西方人没有做好的。他们觉得，我们有无数发明，工厂、机器，不停生产，是在物质世界里找寻幸福，但幸福并不蕴藏在它们之中，幸福在精神世界里。他们还觉得，我们选择的道路通往毁灭。"

"然后，你感觉美国很适合践行你刚刚提到的美德？"

"我不觉得有什么不行的。你们欧洲人根本不了解美国。因为我们积累了巨大的财富，你就觉得我们只在乎钱。我们根本不在乎；钱一到手，我们就花掉了，有的时候花得对，有的时候是乱花钱，但总之就是花掉了。对我们来说，它什么都不是，只是成功的符号。我们是世界上最理想主义的一堆人；我只是觉得，一是我们把理想放在了错误的目标上，二是一个人最伟大的理想应该是自我完善。"

"这个目标很了不起。"

"试着让生活配得上这样的目标，不觉得很有价值吗？"

"可美国这个民族都那么忙碌、那么难驯，那么歇不下来，带着那么强烈的个人主义，就靠你一个人，会对他们

421

产生影响吗？哪怕只是瞬间的期待也是妄想吧？它的难度不亚于你要徒手拦住密西西比河的河水。"

"我至少可以试一试。发明轮子，只需要一个人。发现万有引力的定律，只需要一个人。事情只要发生，就会有影响。你往池塘里丢一颗石子，宇宙也跟之前不完全一样了。印度的那些圣徒，他们过的人生没有意义吗？这种想法是不对的。他们代表一种理想，对他们的同胞来说，也是醒神剂；普罗大众或许永远达不到那种境界，但只要心存敬意，对他们的生活也有积极的作用。一个人变得纯粹、完善，他人格的影响会散播出去，那些寻找真相的人自然就会被吸引。我心目中的那种人生，如果能够践行，或许也能影响他人，或许那种影响力是很细微的，就像石子投在水塘里引起的涟漪，但一道涟漪会引起第二道，第二道会引起第三道。或许有几个人会明白，我的生活方式能带来幸福和宁静，然后他们也会把学到的东西传授给其他人。我觉得有这种可能。"

"我在想，你知不知道自己将会面对怎样的阻力，拉里。市侩庸人想要压制他们不喜欢的论调，拷问台、火刑柱，这些东西他们早就不用了。他们找到了一个致命得多的武器：风凉话。"

"我还挺顽强的。"拉里微笑道。

"好吧，我只能说，你运气也还不错，有一份自己的收入。"

"它确实向来都很有用，要是没有这笔钱，我之前做的事，基本都做不成。但我的学徒期已经结束了。从现在开始，它对我只会是负担。我会丢掉它的。"

"这就很不明智了。你所设想的那种人生，只有一样东西能让它成为可能，那就是经济独立。"

"恰恰相反，经济独立会让我设想的人生毫无意义。"

我忍不住做了个不耐烦的手势。

"对于一个在印度云游的乞丐来说，或许是可以的，他可以睡在树下，虔诚的人为了获得福报，总愿意在他讨饭的碗里填满食物。但美国的天气很不适宜在露天过夜，虽然我不会装作很懂美国，但我还是知道，要是你的美国同胞只剩下一个共识，那就是：要吃饭，你得干活。可怜的拉里，还没等你施展抱负，就已经被当作流浪汉送进教养所了。"

他哈哈笑起来。

"我明白，所有人都得适应环境，我自然也是要工作的。等我到了美国，我会试着在车行里找份工作。我对机械还算在行，这应该不难。"

"那样的话会耗掉你很多精力，本来可以用在别的地方，不是更有价值吗？"

"我喜欢体力劳动。每回学习到饱和，我就会干一段时间的体力活，发现能让我的心灵振奋起来。我记得读过一本斯宾诺莎的传记，写他为了一点微薄的收入，只能打磨镜片，书里说这未免也太辛苦了，我就觉得这作者太笨了。我很确定这对他的学问是有帮助的，研究和思考很费神，只是分散一下注意力就很好。洗车或是摆弄汽化器的时候，我的头脑是放松的，一个活儿干完，那种成就感也很愉悦。当然我也不会一直留在车行里。我离开美国已经很多年了，我要重新了解它。我会尝试当个卡车司机，这样我就能东南西北走遍美国了。"

"你可能忘记了金钱最重要的一项功能，就是它可以节省时间。生命太短暂，要做的事情太多，一分钟也荒废不起；比如说，你要去一个地方，本来可以坐巴士，甚至可以打车，现在却只能走路，那会浪费多少时间？"

拉里微笑着说道：

"说得挺对的，我之前没有想到，但我也有应对的办法，就是弄一辆自己的出租车。"

"这话什么意思？"

"最后我会到纽约定居，除了别的缘由，最主要是那里有很多很好的图书馆；我只要一点点钱就足够生活了，我不介意睡在哪里，一天只吃一顿也挺好；我说我想见识一下美国，等看够了，应该也攒够了买车的钱，到时我就可以跑出租了。"

"你还是闭嘴吧，拉里，这些话真是疯癫透顶。"

"一点都不疯，我是个很理智、很实际的人。我当了

424

出租车司机，又是自己的车，工作多少个小时全看我自己，只要挣够住宿和饭钱就行了，再算上车的折旧费用。剩余时间，我可以做别的事，若是着急要去什么地方，我开着那辆出租车就去了。"

"可是，拉里，一辆出租车，它也是财产，跟政府债券不是一样的吗？"我在逗他，"开自己的车赚钱，你就成了一个资本主义者。"

他哈哈笑起来。

"不是的，我的出租车只是我劳作的工具，它跟云游僧的拐杖和钵是一个意思。"

闲扯至此结束。已经有好一会儿工夫，我注意到进餐厅的人多了起来。有一个男子，穿着晚礼服，坐在我们不远处，点了一大份早餐。他的风姿，疲惫却自得，是回望一夜风流的那种畅意。几个老头，绅士模样，岁数大了不需要多少睡眠，起得早，细细品着奶咖，隔着厚镜片读着早报。年轻一些的男子，有几位衣冠楚楚，有几位穿得破旧，匆匆进来，啃下一个面包卷，灌进一杯咖啡，又要急忙赶去商铺或是公司。有个干瘪的老婆婆，捧着一沓报纸进来，一桌桌地售卖，只是我没有看到卖出一份。大玻璃窗外，天已大亮。又过几分钟，店员关了电灯，但厅堂很大，深处有几盏灯还亮着。我看了一眼手表，已经过了七点。

"要不要吃一口早饭？"我说。

我们吃了可颂，热腾腾地刚从面包房送来，很是松脆，也喝了奶咖。我累得提不起精神，肯定是老天都嫌弃的邋遢样子，但拉里却毫无倦态，目光炯炯有神，光洁的脸上也找不到一丝皱纹。看他的样子，最多不过二十五岁。咖啡喝下去，我活了过来。

　　"拉里，能不能允许我给一条建议？我是很少给建议的。"

　　"我也很少接受建议。"他微笑着答道。

　　"你那一点点小财产，扔掉之前，能不能再仔细考虑一下？只要扔掉，就再也回不来了。或许有一天，你急需用钱，可能是你自己需要，也可能是为别人，到时后悔，怪自己太蠢，都没用了。"

　　他眼神一动，似是嘲讽，但完全没有恶意。

　　"你比我更看重金钱。"

　　"你是可以这样想，"我冷冷地说，"你要知道，你一直是有钱的，而我不是。生命里我最看重的东西，是独立，这是金钱给我的。这世上随便是谁，只要我愿意，都可以叫他滚蛋，你无法想象这是多么让人舒畅的心理状态。"

　　"可我不想让这世上的任何人滚蛋，要是我真这么想，空寥寥的银行账面也拦不住我。你看，钱对你来说意味着自由，但对我意味着束缚。"

　　"你可真是头倔牛啊，拉里。"

　　"我知道。我也没办法。但不管怎样，我还有很多时间，说不定会改主意的。我要到明年春天才回美国。我那个画家朋友，奥古斯特·科泰，把他在萨纳里的乡间小屋租给我了，今年冬天我就在那儿过。"

萨纳里是里维埃拉一个简简单单的海滨度假地，在邦多和土伦之间，有些艺术家和作家讨厌圣特罗佩[1]，觉得又闹腾又俗气，就经常会选择萨纳里。

"只要不介意那儿沉闷得像一潭死水，应该会过得挺舒服。"

"我有活儿要干。我已经收集了很多材料，准备写一本书。"

"关于什么的？"

"书出来的时候你就知道了。"他微笑道。

"写完了，如果你愿意寄给我，我应该可以帮你出版。"

"不用麻烦，我有几个美国朋友，他们在巴黎经营一家小出版社，已经说好了，他们会帮我印出来。"

"但这样出版的话，就不太可能有什么销量，也没人会给你写书评。"

"我不在乎有没有书评，也不指望能卖出多少。能稍微印一些，寄给几个印度的朋友，还有几个想来会感兴趣的法国人，也就够了。这书一点也不要紧的。之所以要写它，

---

1 St Tropez，法国东南部港市，临地中海，度假胜地。

只因为我不想留着那些材料了，而之所以要出版，是我觉得，一个东西只有白纸黑字印出来，你才看得清它是怎么一回事。"

"这两个理由我都理解。"

早饭也已经吃完，我喊服务员拿账单。账单送来，我递给拉里。

"既然你要把钱都扔进下水道，总可以把我的早餐费付了。"

他哈哈一笑，付了钱。坐了这么久，我人都僵了，往外走的时候身子两侧有些酸疼。秋日的早晨，空气清新，抬头天是蓝的，脚下这条克里希大道，夜里人来车往，只觉得污秽，此刻却有种活泼，如同一个浓妆艳抹、形容憔悴的妇人，脚步轻快，像个小姑娘，也有她的可爱之处。我拦了一辆出租车。

"我载你一程吧？"我问拉里。

"不用，我准备走到塞纳河，找个浴场游一会儿泳，然后我必须要去一下图书馆，还有些研究要做。"

我们握了手，我看着他甩着两条长腿穿过马路。我没有那样一副铁打的身躯，就跨进一辆出租车，回到了酒店。走进客厅，我注意到已经八点多了。

时钟顶上的玻璃罩子下面，有位赤身裸体的女子，从1813 年开始就待在那里，我觉得她一定极不舒服。"这个钟点到家，真是很符合一个老头的作息。"我向她抱怨道。

她依旧在鎏金的镜子里看着自己鎏金的面孔，而她身下的时钟只用滴答声作为回应。我放了热水泡澡，在里面躺到水都不热了，起来擦干，吞下一颗助眠药，因为床头柜上正好有本瓦莱里的《海滨墓园》，我读了一会儿就睡着了。

第七章

1

菲拉海角的那栋房子，书房在屋顶，半年之后，是四月的一个早晨，我正在奋力写作，仆人上来跟我说，圣让（就是我们旁边的那个村子）的警察在楼下，想要见我。写作被打断，我自然恼怒，也想不出他们找我有什么事。我的良心很清白，当地的慈善基金我也没有拖欠过会员费，捐款之后，他们给了我一张卡片，我放在自己车里，若是超速被警察拦下，或是弄错了街道哪一侧允许停车，在出示驾驶证的时候，我可以不经意间让人注意到那张卡片，于是，我只会被很宽大地警告一番，安然脱身。检举揭发是法国的一大消遣，更有可能，是我某个仆人的证件没有办妥，被匿名举报了；但我和当地警方关系融洽，每次进我房子，我都要请他们喝红酒，加快他们再次出门的步伐，所以，这方面我也不担心有多少麻烦。法国警察总是成双成对出现，这次他俩的任务跟我预想的大不相同。

先是握手，彼此问候身体，接着，职权更高的那位（大家叫他 brigadier[1]，我还没有见过谁的八字须如此气势恢宏）从口袋里掏出笔记本，用脏兮兮的拇指翻页。

"索菲·麦克唐纳，这个名字你有印象吗？"他问道。

"我认识一位叫这个名字的人。"我小心地应答道。

"我们刚刚跟土伦的警局通过电话，总督察要求你此刻立即前往（vous prie de vous y rendre）。"

"是为了什么呢？"我问道，"我与麦克唐纳夫人只是见过几面而已。"

我暗自推断是她惹了麻烦，恐怕跟鸦片有关系，但我看不出来为什么要让自己牵涉其中。

"这不归我管。你跟这位女子有往来，这是肯定。据说她有五天没有回寄宿的地方，他们在港口中捞到一具尸体，警方有理由相信，就是这位失踪人士。他们想让你去指认身份。"

我全身一个寒战，但也说不上有多诧异。她选择的这个人生，总会有那么一时半刻的阴郁让她想要了结自己。

"可你们总能从衣服和证件断定身份啊。"

1　法语，意为：警队队长。

"发现的时候,全身一丝不挂,还给人割了喉咙。"

"天呐!"我听得毛骨悚然。想了一想,我也明白,警方是可以逼迫我去指认的,那还是优雅些,听从吩咐好了。"行吧,我收拾一下,会坐最早一班火车过去。"

我查了火车时刻表,有一班五点多抵达土伦,我赶得上。队长说,他会致电总督察,汇报相应情况,要我一下火车,直接前往警局。那天上午,我没有再拿起笔,往旅行箱里放了几件必需品,吃了午饭就开车前往火车站。

2

到了土伦警局总部,报了自己的来历,立马有人带我进了总督察的办公室。他坐在桌边,皮肤黝黑,身子敦实,面貌透着阴沉,看去像是个科西嘉人。或许是习惯使然,他朝我瞥了一眼,眼神多疑。我特意在钮孔里戴上了荣誉军团勋章,他注意到了勋带,堆起谄媚的微笑,请我坐下,说也是万不得已,叨扰像我这样的有身份的人,万分歉疚。我也采用类似口吻,要他宽心,能为他尽一些绵薄之力,是最让我开心的事。于是转入正题,他又回到了轻慢甚至无礼的语气,看着身前放着的一些文件,说道:

"这是个龌龊案子,看起来,这个叫麦克唐纳的女人名声很臭。酗酒，大烟鬼，还是个色情狂。她习惯了不只跟下船的水手上床，还跟城里的各种地痞流氓睡觉。您这岁数，又是这么体面的人，怎么会认识这么个女人的？"

我有冲动想说，这关他什么事，但我发奋研读过几百本侦探小说，明白跟警察还是客客气气为好。

"其实不怎么认识。我在芝加哥第一次见到她，她还是个小姑娘，后来她在那儿嫁给了一个挺有钱的人。大概一年之前，因为我跟她有一些共同的朋友，在巴黎又见到了。"

我之前一直在想，他是怎么从索菲查到我的，此时他把一本书推到我面前。

"这本书是在她房间里找到的。上面有签赠，麻烦您看一眼，您读了也会认可，它暗示你们之间应该不像您说的那么生疏。"

这是我一部小说的法语译本，她当时在书店的橱窗里见到，要我在里面写两句话。签名下方，我写着"亲爱的，来看一看那朵玫瑰是否……"，只因为那是我头脑中冒出的第一句话。读上去确实有些亲昵。

"如果您在暗示我是她的情人，您的推断是错的。"

"这不关我的事，"他说道，这时，他眼神一转，"另外，我不是要说任何冒犯您的话，但必须指出，我听说过她的一些偏好，在我看来，您不是她喜欢的类型。但不用我说，对一个完全的陌生人，您不会称呼她为'亲爱的'。"

"那句话，monsieur le commissaire[1]，是一首名诗的开头。以您的教育程度和文化修养，一定很熟悉龙萨的作品。我写了这么一句话，是因为我很确定她知道那首诗，也会想起接下来那几句，我自然是很含蓄地向她指明，她当时的生活或许过于轻率了。"

"龙萨的诗，我在学校里自然是读过的，但公务缠身，我得坦白，您提到的那几句我一时想不起来了。"

我背了第一诗节，心里很清楚，若不是听我刚刚提起，他应该从来没有听说过什么龙萨，也不担心他会想起那首诗的最后一节，无论如何也称不上是贞洁的颂歌。[2]

"她显然是读过书的女子，在她的房间里，我找到了好几本侦探小说，两三册诗集，有波德莱尔，有兰波，还有一本英文诗，是一个叫艾略特的人写的。他有名吗？"

"知道他的人不少。"

"我没空读诗，再说我也读不了英文。如果他写诗写得不错，那应该用法语写，否则有教养的人读不到他，岂不是可惜。"

想象我们这位总督察读起《荒原》的画面，我满心喜

1　法语，意为：警察大人。

2　原诗最后一节大致如下：所以，亲爱的，你若是信我，/ 此刻正是你绽放在 / 最为新鲜的年华，采摘，采摘你的青春 / 就如同这朵花，暮色 / 将终结你的美。

悦。突然他把一张快照推到我面前。

"这人你知道吗？"

我一下认出了拉里。那并不是一张老照片，他穿着泳裤，应该是跟伊莎贝尔和格雷那年夏天在第纳尔拍的。我的第一反应是说我不知道，因为完全不想让拉里也牵扯进这桩可怕的事情里，但我又想到，若是警方查出他是谁，就会觉得是我要掩藏什么。

"他是一个美国公民，叫劳伦斯·达雷尔。"

"这个女子的遗物中，只有这么一张照片。他俩是什么关系？"

"他们都是从芝加哥城郊的一个村子里出来的。是童年的好友。"

"但这张照片是近期拍摄的，我猜应该是在法国北部或西部的一个海滨度假地。要找到具体地方也容易得很。这个男人是干吗的？"

"是位作家。"我断言道。总督察眉毛浓密，耸动了一下，我猜是因为他觉得我们这个行当的道德水准普遍堪忧。"有一点自己的财产。"我补了这一句，想让他听起来更体面一些。

"他现在在哪儿？"

我又有冲动想说我不知道，但还是觉得，这样一否认，到时反而说不清楚。法国警察有很多缺点，但因为体制优势，想找一个人，转眼就能找到。

"他住在萨纳里。"

总督察抬头看我，显然提起了兴趣。

"具体呢？"

我之前圣诞节回到家，想起拉里说过，奥古斯特·科泰把自己的乡间小屋借给了他，就写信请他来我这里住上几天，不出所料，拉里拒绝了。我把他的地址给了总督察。

"我会给萨纳里方面打电话，让人带他过来。问问他应该会有收获。"

他显然是觉得自己可能找到了嫌疑人，而我简直要笑出声来；拉里自然能轻松证明自己跟这件事毫无关系，这一点我很确信。而我更急于了解一些索菲的悲惨结局，总督察答了几句，虽然补充了几处细节，但基本就是之前我所知道的。两个渔夫捞起了尸体。我那边的警察说一丝不挂，显然是凭想象加工了一下，凶手给她留了紧身褡和胸罩。如果索菲遇害时跟我见她那天穿得一样，那凶手不过就是脱掉了她的长裤和套衫。尸体上没有东西能确认身份，警方在当地报纸登了一则启事。这就把一个妇女引到了警局。她在一条偏僻巷子里经营一家小客栈，法国人叫maison de passe[1]，男主顾可以带女子或小男生过去。她本就

---

1 法语，意为：妓院。字面意为：路过之屋，接客之屋。

是警方的探子，因为谁经常去她的客栈，去干什么，当局一直是感兴趣的。在码头遇到索菲的时候，她本住在另一家旅店，但她的行径过于不堪，连那个很不计较的老板也难以忍受，把她赶了出去。她就去找了刚刚说到的那位女士，提出要长租一个带小客厅的卧房。本来每个房间一晚上可以分小段租出去两三次，自然更赚钱，但索菲给的租金太诱人，老板就按月租给了她。现在她来警局是报告这位租客已经好几天不见人，她之前并不担心，以为索菲去了马赛或者滨海自由城[1]，英国舰队刚到，一有这样的大场面，沿海女子，无论老少，都会被吸引过去；可她看到报纸上死者的描述，心想，跟她那位房客倒是配得上。警方带她去看了尸体，她微微沉吟，还是说出那就是索菲·麦克唐纳。

"既然尸体已经认出来了，你们找我过来做什么？"

"贝莱夫人是光明磊落、品性高洁之女子，"总督察说，"但她指认死者，或许有自己的道理，我们不一定了解，不管怎样，我觉得应该让一个跟她有密切关系的人来看一看，这样事实也能比较清楚。"

"您认为有机会逮到凶手吗？"

---

1 Villefranche，即 Villefranche-sur-mer，位于尼斯以东约六公里的蓝色海岸地区，它的天然港湾是地中海所有港口之中最深的，数百年来被用作重要的海军基地。

总督察耸了耸肥硕的肩膀。

"我们肯定会调查，比如她常去的那些酒吧，我们已经问过不少人。可能是水手因为妒忌杀人，或许早就跟着船走了，也可能是个歹徒，不管她身上带着多少钱，总之要谋财害命。据说，她随身带着的现金，在那一路男人看来，一直都算是巨款。也可能一些人心里已经有严重怀疑的对象，但她活动的那些圈子，没有好处是不会开口的。她既然要跟那些下三烂混在一处，落得这样的下场也不能算是出乎意料。"

他的这些说法，我也无言以对。总督察要我第二天早上九点过去，到时，他已经见过了"照片中的这位先生"，有警察会领我们去旁边的停尸房看遗体。

"她会如何安葬？"

"若是指认了遗体，作为死者的朋友，你们想要将她领走，并且愿意承担葬礼的费用，你们会拿到必要的授权文件。"

"我很确定，达雷尔先生和我都想尽早拿到这些文件。"

"我很能理解，真是件伤心事，这位可怜的女子也应该尽快入土为安。这倒是提醒我了，我这里有张名片，是一个做殡葬的，收费合理，做事也很利索，能帮你都安排好。只需要我在上面留句话，他肯定对你们关照有加。"

我敢肯定总督察能从中拿到回扣，但还是热情地感谢了他。他送我出门，说尽了恭维的话，我一离开警局就直接去了名片上的地址。那个殡仪馆老板只说正事，比较爽快，我选了一口棺材，既不是最便宜的，也不是最贵的，他说认识一家花店，可以帮我拿到两三个花圈，"是对亡者的尊敬，先生也不必亲自操办这件麻烦事"，我同意了。我们约好，他第二天两点会派灵车在停车房门口。他行事毫不拖泥带水，我只有佩服，因为他跟我说，关于墓地，我也不需要费心，一切他会打点，"我猜夫人应该是位新教徒"，还补充道，如果我有这个意向，他会找一位牧师等在墓地主持葬礼。但我是生客，又是外国人，他心里拿得准，问我要一张支票作为预付金，我是不会介意的；不过，他报的数字倒比我预想的要大，想必是等着我砍价，但我毫无异议，取出支票簿照数签下，在他脸上，我不只读出惊讶，甚至还有失望。

我在酒店要了一个房间，第二天早上回到警局。等了好一会儿，有人让我去总督察的办公室。拉里在里面，一脸沉重和悲伤，坐的椅子就是我前一天坐的。总督察开开心心地招呼我，像是失散多年的兄弟。

"啊，mon cher monsieur，我职责所在，有些问题不得不问，但你的朋友全都非常坦诚地答复了我。他说上次见到这位可怜的女子已经是十八个月之前，我完全没有理由不相信他。至于他上个礼拜的行踪，也交代得一清二楚，没有任何问题，同样的，他也解释了为什么他的相片会出现在被害人的房间里。那是在第纳尔拍摄的，有一天两人吃午饭的时候，那张照片正好在这位先生的口袋里。我从萨纳里方面收到了一些报告，对这位年轻人赞赏有加。另外，我这人不喜欢自夸，但我评断性格还是很准的；我已经认定，这位先生绝无可能犯下这样的罪行。我刚才已经很冒昧地表达了我的同情和慰问，这样一个童年的玩伴，在家庭的温馨中成长起来，结局却如此让人痛心。可人生就是这样吧。那么，两位先生，我的一位手下会陪同你们去陈尸间，指认了死者之后，时间就由你们自己安排了。建议去好好吃一顿午餐。我这里有张名片，是土伦最好的餐馆，只需要我在卡片上留一句话，你们放心，餐厅老板一定不敢怠慢。经受了这样的打击，去喝瓶好红酒，对你们俩都有好处。"

到了这时候，他的一片好意简直在发光。接着，我们跟一位警察去了太平间。这个地方生意就不怎么样了，只有一张停尸桌上摆着遗体。我们走过去，工作人员掀开遮布，露出脸孔。那可不是什么让人想多看几眼的画面。本来是染成银色的鬓发，被海水抚平，湿湿地贴在头颅上。脸已经肿得不成样子，看起来十分可怕，但毫无疑问就是索菲。工作人员又把遮布往下拉了一拉，给我们看那个恐怖的刀口，横着划过喉咙，从左耳延伸至右耳。

我们回到警局，总督察在忙，我们把要交代的话告诉了一个助理；他走开，很快拿了必要的文件回来。我们又去把文件交给了殡仪馆。

"我们去喝杯酒吧。"我说。

从警局出来到太平间，又回到警局，拉里始终不发一言，只是向他们确认，那的确就是索菲·麦克唐纳。我带着他走到码头，坐在咖啡馆里，就是那回我遇到索菲的咖啡馆。地中海北岸有种干冷的西北风，那时吹得正凶，往日里光滑的水面泛起点点斑驳，是白色的水沫。渔船温柔摇摆。阳光亮晃晃地照下来，每回遇上这样的风，视野中的一切都有种晶莹的分明，就好像望远镜调对了焦距，比平时更清晰一些。万物都因此鲜活起来，似乎带着一股搏动的生机，叫人不由得紧张。我喝了白兰地和苏打，也给拉里点了，但他碰都没有碰。他只阴沉沉地坐着，不发一言，我没有打扰他。

过了一会儿，我看了一眼手表。

"我们最好还是去吃点东西，"我说，"两点之前还要赶回太平间的。"

"我饿了。早饭什么都没吃。"

根据总督察的外形来判断，他应该知道哪里的饭菜比较好，我把拉里带去了他说的那家餐馆。我知道拉里几乎不怎么吃肉，就点了煎蛋卷和烤龙虾，要了红酒单，也还是听从了警方的建议，按年份点了瓶好酒。酒上来，我给拉里倒了一杯。

"你无论如何给我喝下去，"我说，"或许就能想到要聊什么了。"

他恭顺地照做了。

"甘尼许先生曾经说过，沉默也是聊天。"

"剑桥那些有学问的老师，他们其乐融融聚在一起就是这样。"

"这场葬礼的开销，恐怕得你一个人负担了，"他说，"我完全没钱了。"

"我本就想好了……"话到一半，我才突然明白他的言下之意，"你不会已经干了那件事吧？"

他没有立刻答话，我又见到了他眼神中那种调皮、无所谓的光芒。

"你已经把钱都扔掉了？"

"一分不剩；其实还留了一点点，让我能撑到开船的时候。"

"什么船？"

"我在萨纳里住的那幢房子，邻居在马赛做船运生意，路线是从近东到纽约。收到亚历山大发来的电报，说两个船员病了，只能下船，要他在船到马赛的时候，找两个人补上去。他跟我很熟，已经答应了把这份活儿给我。我把自己那辆老爷雪铁龙给了他，当作临别礼物。等我上船的时候，除了身上的衣服，和手提包里的几样东西，我就一无所有了。"

"行吧，反正是你自己的钱，你是个自由的二十一岁白人[1]。"

"自由这个字说得没错。我还从来没有觉得像现在这么开心和独立。等我到了纽约，会拿到工资，能撑到我找着工作。"

"你的书怎么样了？"

"哦，已经写完，也印出来了。我列了一个单子，是我要寄书的人——你再过一两天应该就会收到了。"

"感谢。"

其他也没有什么可多谈的，在融洽的静默中，我们用完午餐。我要了咖啡。拉里抽起了烟斗，我点了一支雪茄。我看着他，心里涌现很多想法。他感觉到了我在看他，扫了我一眼，眼睛里又是顽皮地一闪。

"要是你很想骂我是个蠢货，不要犹豫，我完全不会介意的。"

"没有，我并不是很想骂你蠢货。我只是假设，你要是跟所有人一样，结了婚，生了孩子，人生是不是会有一条

1　Free, white and twenty-one，美式英语表达，在二十世纪三四十年代颇为流行，强调当时的白人特权，常用来形容一个人可以随心所欲，为所欲为。

更圆满的路线。"

他微笑起来。那个笑容有多好看，我肯定夸过不止二十回。里面充满了温馨、信任和亲切，他的坦率、真挚，本就是他天生魅力的一部分，都展露在这样的微笑之中。可现在之所以又谈起他的笑容，因为除了上述特质，今天又多了些忧伤和柔情。

"现在已经来不及了。我认识的人当中，若要结为夫妻，只有一个人有可能，就是我们可怜的索菲。"

我不可思议地看着他。

"发生了这么多事，你还这么想吗？"

"她有可爱的灵魂，热烈、慷慨，满心的向往。她的理想都很无私无畏。即使到了最后，她寻求毁灭的方式，也有种高贵的悲情。"

我不说话了，弄不清自己听到这些奇怪的论断是什么感觉。

"你当年为什么没有娶她？"我问道。

"她还是个孩子。那时候我经常去她爷爷家里，我们会一起在榆树下读诗，实话跟你说，我从来不曾想过，在那个瘦骨嶙峋的小鬼心里，居然孕育着这么美好的灵魂。"

话已经说到这里，他还没有提过伊莎贝尔，我自然觉得奇怪。他不可能忘了自己曾和她订婚，我只能揣测，在他眼里，那是少不更事、一时糊涂，双方都不知道自己要什么，所幸后来也烟消云散。自那之后，伊莎贝尔对他朝思暮想，黯然神伤，我甚至相信这个念头从不曾偷偷掠过他的脑海。

时间差不多了，我们先走到广场，拉里那辆已经相当破旧的车就停在那里。我们开到太平间。殡仪馆老板没有食言。一切都有板有眼地、干净利落地完成了，那个下午天空亮得刺眼，狂风拽弯了墓区的柏树，葬礼的高效给整件事更添了最后那份难以承受。所有步骤都完成之后，殡仪馆老板客气地跟我们握手。

"先生们，就这样了，希望你们满意。刚刚都挺顺利的。"

"很顺利。"我说。

"先生也请不要忘记，若是需要帮忙，我随时愿意效劳，距离不是问题。"

我谢了他。走到墓区大门口，拉里问我还有什么需要他做的。

"没有了。"

"我想尽快赶回萨纳里。"

"麻烦你把我放在酒店吧。"

我们在车里一句话都没有。到酒店，我下了车，他开走之前，我们只握了握手。我付了账单，拿了包，喊了辆出租车去车站。我也不想继续待在这个地方。

3

几天之后，我出发前往英国。之前并没有打算在任何地方停留，但发生了这样的事，我特别想见一见伊莎贝尔，于是决定在巴黎待二十四小时。我发电报问她，可不可以下午晚些时候过去，留下来吃顿晚饭；到了酒店，她给我留了一条消息，说她和格雷晚上要出去吃，但她也很乐意见我；不过她还约了试衣服，让我不要五点半之前过去。

那天凉飕飕的，雨下下停停，雨量还不小，我猜想格雷应该不会去莫特方丹打高尔夫了。这对我就很不方便，因为有些话我不想让第三个人听到，但进了公寓，她告诉我的第一件事就是格雷去旅行人俱乐部打桥牌了。

"我跟他说了，要是想见你，不要回得太晚，但我们是九点的饭局，也就是说，九点半之前不用到那儿。我们有很多时间可以好好聊一聊，我有一大堆事情要跟你说。"

他们已经作为二房东把公寓租出去了，艾略特藏品的拍卖会两周之后举行。为了参加拍卖会，他们会住到丽兹酒店里去。之后就要登船回国。伊莎贝尔把什么都卖了，只留下艾略特在昂蒂布房子里的现代绘画，虽然她自己并不怎么喜欢，但觉得将来挂在新家，会显得很有身份，这一点她考虑得完全没错。

"只可惜艾略特舅舅的观念还是没跟上时代。毕加索啊，马蒂斯啊，卢奥[1]啊，你知道的。他的那些画，自然有它们的好，但我就是担心会显得很老派。"

"要是我就不会担心这种事情。再过几年，又有新的画家出来，毕加索和马蒂斯不会比你那些印象派更时髦。"

格雷的谈判到了收尾阶段，有了伊莎贝尔提供的资金，他会以副总裁的身份入主一家欣欣向荣的企业，做的是跟石油有关的生意，他们会住在达拉斯。

"首要任务是找一栋适合的房子，我想要一个正经的花园，这样格雷下班回家就有地方让他到处忙活了，另外，就是客厅必须非常宽敞，否则我没法招待客人。"

"我在想，你怎么不把艾略特的家具一起带过去？"

"我觉得会搭配不了。我想要完全现代派的装潢，或许有些地方加一点墨西哥风味，让它不要太平淡了。等我到了纽约，马上就能知道现在大家都在追的设计师是谁。"

安托万是这里的男仆，端进来一个盘子，上面放着一排各色酒瓶，伊莎贝尔最善解人意，知道十个男人里有九个都觉得自己比女人更会调鸡尾酒（这个想法是正确的），就请我做两杯酒。我倒好琴酒、诺伊普拉[2]，加了少许苦艾酒，毫无特色的干马丁尼在我手下脱胎换骨，奥林匹斯山

1　Georges Rouault（1871—1958），法国画家、版画家，画风受表现主义影响，以宗教为主要题材。

2　Noilly-Prat，味美思酒（Vermouth）的一种，带有药草味和花果香。

上的诸神若能尝到，肯定会倒光他们自酿的琼浆玉液，不过，那种神话饮料在我想象中本就跟可口可乐差不多。我把杯子递给伊莎贝尔的时候，注意到桌上一本书。

"哟！这不是拉里的书嘛。"

"是，今天早上到的，但我一直太忙了，午饭之前就有一千样事情要做，午饭是外面吃的，下午又在莫利诺克斯。真是不知道我什么时候能有片刻的空闲，好认真看书。"

我听得暗自惆怅，一个作家花好几个月写一本书，或许把自己的心都绞出了血，但那本书就随处放着，直到读者满世界找不到事情做了，才想起它来。这是本三百页的书，印得很漂亮，装帧也很精致。

"你大概也知道了，拉里整个冬天都在萨纳里，或许你们碰到过？"

"是的，我们几天之前在土伦见过。"

"是吗？你们在那儿干吗？"

"给索菲下葬。"

"她不会死了吧？"伊莎贝尔喊道。

"要是她还活着，我们恐怕没有合适的理由把她埋到地下去。"

"这不好笑，"她停了片刻，"我不会装出一副痛心的样子。应该是酒精加毒品吧。"

"不是，她被割了喉咙，赤身裸体扔进了海里。"

就跟圣让的那个警队队长一样，我好像也不由自主地夸大了她衣不蔽体的程度。

"太可怕了！真可怜啊。当然了，过着那样的日子，免不了会以悲剧收场。"

"土伦的警长也说了这样的话。"

"他们知道是谁干的吗？"

"没有，但我知道。我觉得是你杀了她。"

她惊诧地瞪着我。

"你在说什么东西啊？"然后又若有似无地轻笑一声，说道，"我有天衣无缝的不在场证据；重新再猜。"

"去年夏天，我碰巧在土伦遇到她。我们聊了很久。"

"她居然没喝醉吗？"

"还算清醒。就要嫁给拉里的前几天，她如此莫名其妙地消失了，到底发生了什么，她跟我说了。"

我注意到伊莎贝尔的脸僵硬起来。然后我把索菲讲的话又重复了一遍。她听得很仔细。

"她的故事，我琢磨了很久，越想越认定这其中有问题。我在这里吃过二十顿中饭，你们中饭从来不喝利口酒。那天你是一个人吃的午饭，托盘上怎么会有一瓶滋布洛卡跟咖啡杯放在一起？"

"艾略特舅舅刚把酒寄到，我只是想尝尝看，是不是还像丽兹酒店里那么好喝。"

"对，我记得你当时把它夸得天花乱坠，我很意外，因为你太在意自己的体型了，平时根本不喝利口酒。我那时候就感觉你是在引诱索菲，但当时我以为你不过是爱使坏、要人难受而已。"

"多谢你的评价。"

"总体而言，你是很少爽约的人，你在等索菲去试穿婚纱，这件事不仅对她相当重要，对你来说也很有意思，你怎么会出门呢？"

"她自己都跟你说了，琼的牙齿有问题，我们的牙医忙得很，他给什么时间，我只能接受。"

"看牙医的时候，都会把下一次的时间先约好。"

"我知道，但他早上打电话给我，说我们约好的时间他要取消，但可以给我那天下午三点，我当然很爽快地答应了。"

"不能让家庭女教师带去吗？"

"她胆子小，这个可怜的小姑娘。我觉得有我在身边，她能稍微开心些。"

"回来的时候，发现那瓶滋布洛卡少了四分之三，索菲也不见了，你觉不觉得意外？"

"我还以为她等烦了，自己去了莫利诺克斯。我过去之后，他们说她没来过，我就想不明白了。"

"不是还有那瓶滋布洛卡吗？"

"我确实注意到酒被喝了不少，我还以为是安托万，几乎都要跟他对峙，但他拿的是艾略特舅舅的钱，也是约瑟夫的朋友，我想我最好还是算了。他是个很能干的用人，偶尔喝两口酒，我又凭什么去说他？"

"你太能撒谎了，伊莎贝尔。"

"你不信我吗？"

"从头到尾没有信过。"

伊莎贝尔起身走到壁炉旁，木柴正在烧着，天气阴沉的日子里，炉火很让人舒服。她一个手肘撑在壁炉架上，姿态优雅，这是她最有魅力的地方，就是能看似无心地摆出造型。跟法国大多数有身份的女人一样，白天穿黑色，特别衬出她皮肤的好色泽，今天的这条裙子也简洁得不便宜，彰显出她苗条的身材。她抽了一会儿烟。

"我没有道理要瞒你任何事。我必须出门，这的确是很不巧的事情，当然了，把酒和咖啡杯什么的留在屋子里，安托万也很不应该，我出门的时候就该拿走。等我回来，看到瓶子基本空了，我自然知道怎么回事，找不着索菲，我还猜她是要去纵酒寻欢一场。之所以我什么都没说，因为我觉得说了也只是让拉里伤心，他本来就已经够着急了。"

"你确定吗，那瓶酒不是照你的明确指示留在那里的？"

"很确定。"

"我不相信你。"

"那就不信好了，"她恶狠狠地把香烟丢进壁炉中，眼神黑漆漆的全是怒意，"行啊，你既然要事实，那就听好了，去死吧你这家伙。确实是我干的，要是再来一遍，我还是会那么干。我跟你说过，为了不让她嫁给拉里，我什么都干得出来。你是不会出手的，你和格雷都一样，就耸耸肩，说这是乱来，可你们根本就不在乎；我在乎。"

"你要是没出手，她现在还活着。"

"他们也还结着婚，而拉里会痛不欲生。他以为自己改造了她。男人有多蠢！我很清楚，她迟早要崩溃的，这是明摆着的事情。我们在丽兹吃饭的时候，你自己也看到了，她魂不守舍的样子。喝咖啡的时候，我知道你也在看，她手抖成那样，都不敢一只手拿咖啡杯，只能双手捧着喝咖啡。服务员给我们倒红酒的时候，我注意到她一直在看，那双无神的眼睛一直跟着酒瓶，就像一条蛇跟着一只刚会扑打翅膀的小雏鸡，我再明白不过，如果那一刻能交出灵魂，换一杯酒喝，她根本不会犹豫。"

伊莎贝尔此刻面对着我，激动地双眼放光，声音也刺耳起来，因为她刚刚恨不得把要说的话一口气都说出来。

"那什么波兰破酒，艾略特舅舅当成不得了的宝贝，我就有了想法。我觉得那酒难喝透顶，但装出一副它只应天上有的样子，我知道，要是给她一个机会，她绝对没有那个心志能抵住诱惑。这也是为什么我要带她去时装秀，为什么我要提出送她一件婚纱。那天，最后一次试穿，我跟安托万讲，午餐之后我要喝点滋布洛卡，然后又跟他说，会有一位女士要找我，让她等一下，给她准备点咖啡，那瓶酒也留下，说不定她也想尝一杯。我确实带琼去了牙医的诊所，但没有预约，医生不见我们，于是我带她去看了新闻短片[1]。当时我就跟自己说好了，要是我发现索菲没有碰那瓶酒，我会尽量把事情往好处想，努力跟她做朋友。这是实话，我发誓。但等我到家，看到了酒瓶，我就知道我是对的。她不见了，多少钱我都敢拿来打赌，她不会再出现了。"

说完这段，伊莎贝尔确实需要停下来喘一会儿气。

"在我的猜想中，事情差不多也就是这样，"我说，"你也明白了，我说得没错，她的喉咙确实就是你割开的，这跟你亲手挥刀没有什么区别。"

"她是个坏人、坏人、坏人。死了最好。"她把自己丢进一张椅子里。"给我一杯鸡尾酒，你这混蛋。"

我又过去调了一杯酒。

"你这人真是恶毒得要命。"她接过酒时，这样说道。然后，她放松了一下，脸上露出一个微笑。这种笑容，就

---

1 当时在电影院等场所放映的时事短片，在二十世纪上半叶颇为盛行，五十年代之后被电视取代。

像孩子的笑，他明知自己顽皮，但觉得自己天真无邪，能打动你，哄得你不跟他生气。"你不会告诉拉里吧？"

"我是不可能说的。"

"对天发誓吗？男人太不可信了。"

"我向你保证，不会说的，可就算我想说，应该也没有机会了。因为我觉得我这辈子应该见不到他了。"

她一下坐得笔挺。

"这话什么意思？"

"此时此刻，他应该在一条开往纽约的货轮上，可能在甲板上帮工，可能在给锅炉加煤。"

"你在瞎扯吧？这可真是个怪人！就几周之前，他来过，为了他那本书要在公共图书馆里找什么东西，但从来没提过要去美国。不过我挺高兴的，这样我们就能见到他了。"

"应该不会。他的那个美国，跟你的美国不在一起，他的美国会比戈壁沙漠都离你更远。"

然后，我说了他之前做了什么，接下去准备要做什么。她张大嘴巴听着，一脸的惊愕。时不时，她会打断我，评论一句："他疯了。这人疯了。"等我说完，她垂下头，我看见两颗泪珠从她脸颊滚落。

"现在我真的失去他了。"

她转过身去，脸靠着椅背抽泣起来。她已经无心再掩饰哀愁，可爱的脸都被扭曲了。我帮不上忙。我不知道她本来怀抱着怎样虚妄的、矛盾的期待，终于被我这些近来的音信砸碎了。我大致揣测，在她看来，能偶尔见到他，或者知道他们还在同一个世界之中，依旧是种纽带，系着他们，不管这种联结如何微弱，但现在拉里做了这些事，最终把纽带切断了，她知道自己永远失去了他。我不知道有什么无用的悔恨在折磨她，但哭一场对她不是坏事。我拿起拉里的书，看着目录。我离开里维埃拉的时候，书还没到，要好多天之后才能到我手上。这本书跟我想象中完全不同。它是一部散文集，写了好些著名的人物，文章篇幅跟李顿·斯特雷奇的那本《维多利亚名人传》[1]相当。他选的这些人让我困惑。有一篇写苏拉，那是罗马的独裁者，夺取绝对权力之后，又放弃权力，退出公众生活；有一篇写阿克巴，莫卧儿的皇帝，善于征伐，建起了一个帝国；有一篇写的是鲁本斯，一篇写歌德，还有一篇写《书信集》的作者查斯特菲尔德。一看便知，每篇散文都需要海量的阅读，怪不得拉里写了那么久，但我不明白他为什么觉得在这上面值得花这么多时间，也看不出为什么偏偏选了这些人物去研究。这时我想到，这些都是辉煌无匹的人生，拉里感兴趣的或许正是这一点，他想看看最后这样的人生

---

1 *Eminent Victorians*，李顿·斯特雷奇（Lytton Strachey）选了维多利亚时代的四个人物：红衣主教曼宁、南丁格尔、托马斯·阿诺德和戈登将军，用带有个人趣味的选材和笔调刻画对象，对英文传记有革新意义。

都归到了何处。

我想知道他的文字是什么样的，大致读了一页，有学者气，但清晰、自然，很多初入行的作家都难免做作，卖弄学问，拉里则完全没有这样的问题。你看得出，他在最一流的作家间下了很多苦工，就像艾略特·坦普尔顿把心思都花在贵族和绅士身上。伊莎贝尔一声叹息，打断了我的思绪。她坐了起来，手上的鸡尾酒已经微温，她一皱眉头，把剩下的酒都喝掉了。

"再哭下去眼睛就毁了，今天晚上还有饭局。"她从包里拿出一面镜子，焦躁地查看妆容。"冰袋敷眼半小时，我现在需要的就是这个。"她补了粉，涂了涂口红，然后她若有所思地看着我，说道："我确实做了这样的事，你会不会有些看不起我？"

"你在意吗？"

"你可能会觉得奇怪，我确实在意。我需要你的欣赏。"

我朝她笑着。

"亲爱的，我是个很不讲道德的人，"我答道，"只要我真的喜欢一个人，虽然我厌恶他们做的错事，但并不会因此少喜欢他们一些。你的为人并不坏，若比的是优雅和魅力，你已经没有一点缺憾。我如此欣赏你的美，就算知道那是完美品位和无情自律的巧妙组合，也丝毫不会减损我的欣赏。但若要让人完全沉醉，你似乎还缺一样东西。"

她微笑着，没有接话。

"温柔。"

她的微笑僵死在唇间，瞪了我一眼，目光中不剩一丝友善，但她还来不及镇定心神反驳我，格雷到了，进屋时动静很大。在巴黎这三年，格雷添了不少体重，脸孔更红了，头发掉得飞快，但体壮如牛，情绪也很高涨。他见到我很高兴，应该全然是真情流露。格雷聊天，全是耳熟的套话，不管多么陈词滥调，他讲出来显然带着一种信念：在他之前，没有人想到这句话还能这么说。他从来不是去睡觉，而是去"倒在干草上"，他睡的觉都是"良心清白之人的睡眠"；要是下雨，一定下得"盖过乐队"；而巴黎对他来说，直到现在，依旧是"开心巴黎"[1]。但他是如此和善、如此无私、如此正直、如此可靠、如此朴质，你没办法不喜欢他。我对他有种发自内心的好感。他们马上就要启程，他很是兴奋。

"天呐，再套上马具一定感觉很棒，"他说，"我已经感觉到我的燕麦了。[2]"

"全都安排好了？"

1　原文为 Gay Paree，本来是法语 le gai Paris，英语人士常借用这个词和它的法语发音表达对巴黎的固有印象。
2　此句用了两个跟马相关的俗语："套上马具"，指进入工作状态；"感觉到燕麦"，指精神抖擞，就像马刚被喂过饲料的状态。

"我还没有在那一行虚线上签字，但反正放冰柜里先存着。这次我跟我大学室友一起干，那家伙绝对是个好人，我敢打包票，他不会给我一个酸柠檬。等一到纽约，我就飞去得克萨斯来个大检查，眼睛睁大，绝对不漏掉任何一个柴堆里的黑鬼，否则别想让我把伊莎贝尔的钱吐出来。"

"你知道的，格雷做生意多精明啊。"她说。

"我可不是在牛棚里长大的。"他微笑道。

接着他开始给我介绍他要投身的这门生意，似乎有些过于详尽了，那些事我都听不太懂，只抓到一条确切的讯息，那就是他很有机会赚一大笔钱。他说得太高兴了，过了一会儿转过头去对伊莎贝尔说：

"我说啊，我们不如就推了那个烂派对，就我们三个，去银塔¹吃顿便饭不好吗？"

"亲爱的，这可不行，这个派对就是为我们办的。"

"而且，我反正也不能陪你们，"我插了一句，"之前听说你们晚上没空，我已经打电话给苏珊·鲁维耶，约了她出去吃饭。"

"苏珊·鲁维耶是谁？"伊莎贝尔问。

"哦，拉里的一个姑娘。"我故意逗她。

---

1 La Tour d'Argent，位于巴黎第五区，始建于 1582 年，最初有法王亨利三世、亨利四世光顾，1914 年改名为"银塔"，二十世纪中期进入鼎盛期，维持米其林三星四十多年。

"我一直都怀疑，拉里在什么地方藏着个小妞。"格雷呵呵笑起来，笑声格外浑厚。

"瞎说，"伊莎贝尔呵斥道，"我对拉里的性生活再清楚不过。他根本就没有。"

"行吧，分别之前，最后再喝一杯。"格雷说。

酒喝完，我跟他们道了别。夫妻俩陪我到了门廊，我穿外套的时候，伊莎贝尔把手臂伸进格雷的臂弯里，贴着他，看着他的双眼，问道："格雷，你说实话，我是不是不够温柔？"她此时脸上演出的神色，有力地驳斥着我先前的毁谤。

"不是啊，亲爱的，完全不是。怎么了，有人这么说你？"

"没有。"

她把头转到格雷看不见的角度，朝我吐了吐舌头，要是艾略特看到，肯定要说这太不淑女了。

"不是一回事。"我出门时喃喃念了一句，又把门带上了。

4

再经过巴黎，马图林一家已经走了，艾略特的公寓里住进了陌生人。我想念伊莎贝尔。跟她聊天很轻松，或只是看着她，也赏心悦目。她听人说话，反应很快，心眼也不坏。我后来再也没有见过她。我不擅长写信，喜欢拖拉，而伊莎贝尔更不是写信的人，要是不能靠电话或者电报沟通，她就跟你断绝联系。那年圣诞，我收到她一张贺卡，上面印着一栋漂亮的别墅，殖民地风格的柱廊，环绕着加州野枒。我推断，应该是他们在种植园的房子，当年缺钱的时候，种植园没能脱手，现在很可能又愿意留着了。邮戳显示，寄信人在达拉斯，想必生意成功敲定，他们也在那边住了下来。

我从来没有去过达拉斯，但我见过一些美国城市，想必达拉斯也大同小异，它们会有一个住宅区，开车的话，一会儿就能到商业区、乡村俱乐部，住宅区里都是大花园，有钱人在自家花园里建精致的别墅，从客厅的窗户望出去，是漂亮的湖光山色。伊莎贝尔当然就住在这样的地方、这样的房子里，从纽约请来最热门的设计师，从地窖到阁楼，全是最时新的装修风格。我只希望她的雷诺阿、莫奈的风景、马奈的花，和她的高更，不会显得过于老派。餐厅的尺寸无疑最适合开主妇间的午餐会，她会经常请朋友们过来，午餐桌上有上乘的红酒、一流的饭菜。伊莎贝尔在巴黎学到了不少。女儿渐渐长大，即使未到社交的年纪，也有舞会要办，这是做母亲的一项愉快的义务，当初选定这套房子，她必定一眼看出客厅极其适合那样的舞会。琼和普丽希拉现在大概也到了谈婚论嫁的年纪。她们一定都有极佳的教养；她们上的一定是最好的学校，伊莎贝尔一定花了很多心思，确保她们有足够的才艺，让她们在条件不错的年轻人眼里很值得追求。我猜格雷的脸现在应该更红、更方了，头顶更秃，也一定胖了不少，但我无法相信伊莎贝尔会有任何变化。她依然会比她的两个女儿更美。马图林一家肯定让当地社区引以为傲，我也毫不怀疑他们很受欢迎，这些都是顺理成章的事。伊莎贝尔有趣、优雅、周到、得体，而格雷当然是那个最纯粹的"普通男人"[1]。

5

我还是时不时和苏珊·鲁维耶见面，后来她的境遇起了意外转变，只能离开巴黎，也从我的生活中消失了。与马图林夫妇道别大概两年后，一天下午，我在奥德昂剧场下面的长廊里逛书摊，舒舒服服翻了一小时的书，剩下还有大段空闲，我又想到去看看苏珊。我已经有六个月没有见过她了。她给我开门，拇指戳着调色盘，嘴里横咬一支画笔，套着一件盖满颜料的罩衫。

1　指美国文化中对"普通男人"的普遍认同，认为他们质朴、勤勉、善良、可靠。

"Ah, c'est vous, cher ami. Entrez, je vous en prie.[1]"

我略有些惊讶，平时我们说话都用第二人称单数，今天她却用"您"称呼我，但我还是进了她那间小屋子，既是客厅又是画室。画架上有块画布。

"我太忙了，都不知道人要往哪边转，你自己找地方坐，我还要干活。我一刻都浪费不起。你肯定不信，我要在迈尔海姆那儿开一场个展，要准备三十幅画。"

"迈尔海姆？那太棒了。这你怎么做到的？"

塞纳街有很多小店，总因为拖欠房租在闭门歇业的边缘，店主都是些东躲西藏的艺术贩子。我刚才之所以这么问，因为迈尔海姆不是那样的贩子，在塞纳河更有钱的那一岸，他开了一家精致的画廊，有国际声誉。一个艺术家只要被他看上，名利双收就是早晚的事。

"阿希尔先生带他来看我的画，他觉得我很有才华。"

"À d'autres, ma vieille。"我答道，这句话我觉得最贴切的翻译应该是："鬼才信你。[2]"

她朝我瞥了一眼，咯咯笑起来。

"我要结婚了。"

"嫁给迈尔海姆吗？"

---

1 法语，意为：啊，是您啊，好朋友。请进请进。
2 原文为 Tell that to the marines，源自英文谚语：这话你跟皇家海军去说吧，连水手都不信你。（前文法语可直译为：这话你跟别人说去，我的老朋友。）

"别说傻话，"她把画笔和调色盘放下，"我都画了一整天了，休息一下不算偷懒。我们去喝一小杯的波尔图，我好好跟你说说。"

法式生活，有一个烦人的地方，到了某个不讲道理的钟点，你常会被逼着喝一杯发酸的波尔图红酒。你只能认命。苏珊拿来一个酒瓶，两只酒杯，斟满，坐下时长舒一口气。

"我已经站了好几个小时，静脉曲张都疼起来了。对，事情是这样。年初的时候，阿希尔先生的妻子过世了。她是个好女人，虔诚的天主教徒，但阿希尔先生娶她不是因为投缘，而是因为对生意有好处，虽然他敬重妻子，但要说妻子亡故让他悲痛欲绝，那也是夸张。他儿子娶得也好，在公司里很有作为，现在他女儿的婚事也定了，要成伯爵夫人了。只是比利时的伯爵，没错，但货真价实，他在那慕尔旁边有一座很漂亮的城堡。阿希尔先生觉得，孩子的母亲肯定也不希望因为自己延误了他们的幸福，所以，虽然大家还在哀悼之中，等资产方面的事情打点妥当，婚礼就会尽快举行。而他们在里尔的宅子那么大，到时阿希尔先生一定觉得寂寞，他需要一个女人，不仅是确保他能过得舒适，也得帮他操持家业，匹配男主人的身份。长话短说，他已经求婚了，说得很实在：'我第一次结婚，是为了在敌对企业间消除竞争，我不后悔，但我第二次结婚，为什么不能只是取悦我自己？'"

"恭喜。"

"自由的生活我过得很开心，肯定会怀念的，但人总要想一想将来。只是我们私下说，你知道也没事，我再也过不了四十岁的生日了。阿希尔先生到了危险的年纪，万一他那天心思一动，跑去追一个二十岁的姑娘，我怎么办？我也要为女儿着想。她今年十六岁，看样子，应该长得跟她爹一样好看。我已经给了她很好的教育。摆在眼前的事实，假装看不见是没用的，她没有当演员的天分，也不像她母亲，没有当妓女的脾气，那我就问你，她能指望什么美好的未来？当个秘书，还是去邮局上班？阿希尔先生很大方，说她可以跟我们一起住，还答应给她准备一份丰厚的 dot[1]，让她能嫁个好人家。相信我，亲爱的朋友，随便他们怎么讲，女人最理想的职业还是结婚。既然有人问我愿不愿意，虽然要牺牲我的一些快乐，可一旦关系到女儿的幸福，我肯定不能犹豫，再者说了，时过境迁，那些快乐我发现也越来越难以满足；我必须得告诉你，等我结了婚，一定会恪守妇道（d'une vertu farouche），丰富的阅历让我不得不信，美满的婚姻只能建立在双方绝对的忠诚之上。"

"这是何其高尚的情操，"我说，"阿希尔先生还会每半

1　法语，意为：嫁妆。

个月来巴黎出差吗？"

"Oh, la la,你把我当什么人了？阿希尔先生求婚的时候，我第一句话就是：'听好了，亲爱的，你再到巴黎来开你的股东大会，不用再问，我是肯定会跟来的。你一个人在巴黎，我不放心。'他说：'到了我这岁数，你难道以为我还有本事瞎混吗？'我跟他说：'阿希尔先生，你正在男人的黄金年龄，没有人比我更清楚，你内心最是激情澎湃。你看上去就仪表堂堂，是个大人物，讨女人欢心的东西，你什么都不缺，简而言之，我觉得最好还是不要让你经受考验。'说到最后，他同意把董事会的席位让给儿子，以后来巴黎开会，也就由儿子代劳了。阿希尔先生嘴上怪我不讲道理，其实是装的，心里得意得很，觉得是种恭维。"苏珊满意地叹了口气。"女人过活不容易，要不是男人都虚荣到了匪夷所思的地步，我们就更难了。"

"这都挺好，但跟你在迈尔海姆的个展有什么关系？"

"你今天有点蠢啊。我都跟你说了多少年了，阿希尔先生是个极为聪明的人。他总要顾及自己的身份地位，里尔的群众很爱说三道四，这么位高权重的人，他的妻子也理所当然要受到大家尊崇，阿希尔先生希望我自己就有这样的身份。你也知道这些小地方的人是什么样的，脖子灵活得很，总在探听别人的事情，一上来他们就会问，谁是苏珊·鲁维耶呀？好了，答案准备好了。她是一个远近驰名的画家，不久前在迈尔海姆画廊的展览众望所归，大获成功。"苏珊·鲁维耶夫人，殖民地军官的遗孀，她和可爱的女儿过早失去了丈夫和父亲的关怀，凭着法国女子特有的坚韧不拔，多年来凭借才华养家，感谢迈尔海姆先生一贯卓越的鉴赏力，公众也即将在他的画廊中感受鲁维耶夫人笔触的细腻和技法的醇熟。"

"这是哪里来的胡言乱语？"我听得来了精神。

"这一段，亲爱的，就是阿希尔先生放出的预告；法国但凡是稍有分量的报纸，都会刊登。他真是太厉害了。迈尔海姆提的条件挺吓人的，但阿希尔先生随口就答应了，好像这对他就是毛毛雨。贵宾预展上准备了 champagne d'honneur[1]，艺术部长欠阿希尔先生一个人情，到时会做开场致辞，大肆颂扬一番我作为一个女子的德行，和作为画家的才华，那篇演讲最后，他会说，让出色的国民获得认可与奖赏，是国家的职责和荣幸，然后宣布艺术部已经买下我的一幅作品，放入国家艺术收藏。到时，整个巴黎都会到场，迈尔海姆会亲自打点那些评论家。他已经保证，所有的通讯报道不仅要说好话，而且篇幅也一定十足。那些评论家挺可怜的，赚得那么少，这也算做善事了，让他们有机会拿点外快。"

---

1 法语，意为：为特殊场合或特殊来宾而准备上等香槟或香槟酒会。

"这些都是你应得的，亲爱的。你一直是个好人。"

"Et ta soeur[1]，"她回答，这句话是译不出的，"还不止这样，阿希尔先生在圣拉斐尔[2]买了一栋靠海的房子，放在我名下，所以，等我进了里尔的上流社会，不只是个远近驰名的画家，也是有产业的贵妇。再过两三年，他也退休了，我们就住里维埃拉，过上流人士的日子（comme des gens bien）。他可以操个桨去海里捕虾，而我就全身心投入艺术。现在你可以看看我的画。"

苏珊画画已经好几年了，逐一修炼了前任的技法，最终抵达了自己的艺术风格。她还是不会线条，但对色彩的感知玲珑可喜。她给我看了几幅风景，有几幅是跟母亲住在安茹乡下时画的，有几幅是凡尔赛花园、枫丹白露森林的某个角落，有几幅是她住在巴黎郊区时，几幕街景让她动心了。她的画如雾似霭，没什么分量，但花草般的优雅，甚至有种妙手偶得的风姿。

有一幅画我看着还挺喜欢，也知道，要是我提出买下这幅画，她会很开心。我不记得那幅画叫《林间空地》还是《白围巾》，后来仔细看过几次，但直到今天还是吃不

---

1 法语俚语，意为：滚蛋；直译是"你的姐妹"，大意为"这不关你的事（你先管好你的姐妹）"。词源说法不一，但大致都跟"姐妹"一词带有"情妇""妓女"的含义有关。

2 St Rafael，法国海滨城市，位于里维埃拉。

准它叫什么。我问了价格，还算合理，就说这画我要了。

"你是个天使，"她喊道，"这是我卖出的第一幅画。当然了，要到画展之后才能给你，但你买画这件事，我一定让它见报。说到底，帮你做点小宣传，对你也不是坏事。你选了这一幅，我很开心的，我觉得这是我最好的一幅。"她拿出一面小镜子，眯起眼睛看镜子里的画，说道："这画是有魅力的，这一点没有人能否认。你看那绿色——多饱满，但又多么精致！再看中间那一抹白色，那是真的独具只眼；它勾连了整幅画，确实是不俗的一笔。这幅画里有才华，这是毫无疑问的，是真正的才华。"

我看出来她已经很有职业画家的风范了。

"现在呢，我们家长里短也聊够久了，我得干活了。"

"我也得走了。"我说。

"À propos[1]，可怜的拉里还跟那些红皮人生活在一起啊？"

她提起"上帝之国"的居民，习惯用这个不很恭敬的称谓。

"我没听说他去了别的地方。"

"他那么温柔、和气，肯定活得特别艰难。电影若是真的，那里遍地是土匪、牛仔、墨西哥人，太可怕了。倒也

1　法语，意为：对了，想起来了。

不是说牛仔的外形一点吸引力也没有。Oh, la la! 但你若是在纽约街头口袋里没一把左轮手枪，那简直是九死一生的事情。"

她送我到门口，亲了我两侧脸颊。

"我们一起度过了不少开心的时光，要多留一些对我的美好回忆啊。"

6

我的故事讲完了。至今，我没有拉里的任何消息，但本来我也不指望会有。他以往都是说到做到的，我想，他回美国之后，很可能就是在车行里打工，然后去当了卡车司机。离开故土这么多年，他说想了解这个国家，他会在路上累积足够的见闻。在那之后，他还有个异想天开的主意，说要去做出租车司机；虽然只是咖啡桌上随口的玩笑话，但真付诸实践了，我也不会如何讶异，后来在纽约打车，我每次都要瞄一眼司机，怕错过拉里那双深邃的眼睛，里面那份沉静的笑意。但我从来没有遇上他。战争打响。算他的年纪，应该当不了飞行员了，但不管是在国内、在海外，他还是有可能重新开起了卡车，或者去工厂里干活。我还存着一个念想，或许他空闲的时候，又在写一本书，把生活给的启示，把他认为同胞应该知晓的道理，试着在书中阐明；但就算他确实在写，大概一时半会儿也是完不成的。但他不缺时间，岁月更迭，在他身上没有留下痕迹，他实际上仍然是个年轻人。

他没有野心，不渴望声名；成为公众人物，他一定很不舒服；或许，过自己选择的人生，只做自己，他就很满意了。他太谦虚了，不会去做别人的榜样。但或许他会觉得，若有几个踌躇不定的灵魂被他吸引，像飞蛾被引向烛光，最后也拥有他那个煜煜生辉的信念：终极的满足只在精神生活中，这样也未尝不可。或许他也觉得，与其写书，或是对着众人宣讲，不如去寻找那条通向完美的小径，抛舍自我与牵念，只顾前行，可能一样有用。

但这些只是揣测。我是地上之人，一身的尘土；写某些与凡尘俗世更近的人物，我感觉能设身处地，进入他们内心，但那样罕有的灵魂，我没有办法替他设想，只能仰慕他的光辉。如其所愿，拉里被卷进了喧阗的人间熔炉，那么多彼此冲突的诱惑与追求，在纷繁世事中那么迷惘，又那么一心向善，表面那么不可一世，内心又那么自卑，那么友善，那么刚强，那么轻信，那么谨慎，那么刻薄，又那么慷慨，这一切，都是美国人。

关于拉里，我只能讲到这里，我知道这很不让人满足，但没有办法。收尾之时，我也很不自在，意识到最后不给读者一个说法，终是叫人难以安心，却想不出解决办法，于是在头脑中回放了一遍这个漫长的故事，看能不能从中创发出一个妥帖的结局。突然我发现了一件事，很是意外：我毫无意识地写了一个人人成功的故事。这里面牵涉的每个人都得到了自己想要的东西：艾略特有了社会地位；伊莎贝尔有巨大的财富支撑，安身在一个繁荣、文雅的社群中；格雷工作稳定，收入丰厚，有一间办公室可以每天朝九晚六；苏珊·鲁维耶得了保障；索菲得了死亡；拉里得到了快乐。高眉人士再如何了不起，如何挑剔，我们普通人将心比心，还是喜欢成功故事；这么一看，读者合上小说，或许也没有那么遗憾了。